Um romance inspirado na vida
da autora de *Anne de Green Gables*

Melanie J. Fishbane

Maud

Um romance inspirado na vida
da autora de *Anne de Green Gables*

Tradução
Eliana Rocha

Texto © 2017 Melanie J. Fishbane
Publicado em acordo com a Tundra Book Group, uma divisão da Penguin Random House Canada Limited.
"L.M. Montgomery" é uma marca registrada dos herdeiros de L.M. Montgomery Inc.
"Anne de Green Gables" e outras relações com Anne são marcas registradas e oficiais pertencentes à Anne of Green Gables Licensing Authority Inc.

© 2022 desta edição:
Ciranda Cultural Editora e Distribuidora Ltda.
Esta é uma publicação Principis, selo exclusivo da Ciranda Cultural

Título original
Maud: a novel inspired by the life of L.M. Montgomey

Texto
Melanie J. Fishbane

Editora
Michele de Souza Barbosa

Tradução
Eliana Rocha

Preparação
Jéthero Cardoso

Produção editorial
Ciranda Cultural

Revisão
Fernanda R. Braga Simon

Diagramação
Linea Editora

Design de capa
Ana Dobón

Imagens
cristatus/shutterstock.com

Dados Internacionais de Catalogação na Publicação (CIP) de acordo com ISBD

F532m	Fishbane, Melanie J.
	Maud: um romance inspirado na vida da autora de Anne de Green Gables / Melanie J. Fishbane; traduzido por Eliana Rocha. - Jandira, SP : Principis, 2022.
	384 p. ; 15,50cm x 22,60cm.
	Título original: Maud: a novel inspired by the life of L.M. Montgomery
	ISBN: 978-65-5552-635-6
	1. Literatura canadense. 2. Superação. 3. Família. 4. Escrita. 5. Carreira. 6. Profissão. I. Rocha, Eliana. II. Título.
2021-0137	CDD 813
	CDU 82.3-(71)

Elaborado por Lucio Feitosa - CRB-8/8803

Índice para catálogo sistemático:
1. Literatura canadense 813
2. Literatura canadense 82.3-(71)

1ª edição em 2022
www.cirandacultural.com.br
Todos os direitos reservados.
Nenhuma parte desta publicação pode ser reproduzida, arquivada em sistema de busca ou transmitida por qualquer meio, seja ele eletrônico, fotocópia, gravação ou outros, sem prévia autorização do detentor dos direitos, e não pode circular encadernada ou encapada de maneira distinta daquela em que foi publicada, ou sem que as mesmas condições sejam impostas aos compradores subsequentes.

Sumário

Personagens 13
LIVRO UM – *Maud de Cavendish* 19
LIVRO DOIS – *Maud de Prince Albert* – 1890-1891 155
LIVRO TRÊS – *Maud da Ilha* – 1891-1892 307
Notas 365
Mais sobre Maud e sua época 366
O que aconteceu com os amigos de Maud 372
Leitura adicional 375
Obras de ficção e contos de L. M. Montgomery 378
Agradecimentos 380

Em memória de
Zaida Myer Shaw

Quero fazer algo esplêndido antes de ir para o meu castelo, algo heroico e maravilhoso que não seja esquecido depois da minha morte. Não sei o quê, mas estou buscando e pretendo surpreender todos vocês algum dia. Penso que deverei escrever livros e ficar rica e famosa, o que seria perfeito para mim e, portanto, é meu sonho preferido.

Louisa May Alcott, *Mulherzinhas*

*Mas desde a infância meu único desejo era escrever.
Nunca tive, ou quis ter, nenhum outro.*

L. M. Montgomery

Personagens

Os personagens relacionados aqui aparecem no romance e não fazem parte da árvore genealógica verdadeira da família de L. M. Montgomery.

LUCY MAUD MONTGOMERY, escritora e sonhadora apaixonada; filha de Hugh John Montgomery e Clara Woolner Macneill.

Seus pais

HUGH JOHN MONTGOMERY, pai de Maud, político, leiloeiro; também marido de Mary Ann McRae e filho do senador "Big Donald" Montgomery.
CLARA WOOLNER MACNEILL MONTGOMERY (falecida) (1853–1876), mãe muito amada de Maud; filha de Lucy e Alexander Macneill; morreu de tuberculose quando Maud tinha 21 meses.

FAMÍLIA PATERNA DE MAUD

Os Montgomerys
(por ordem de entrada)

SENADOR "BIG DONALD" MONTGOMERY, avô de Maud; indicado ao Senado do Canadá em 1873, quando a Ilha do Príncipe Edward se juntou à Confederação.
HUGH JOHN MONTGOMERY, pai de Maud.
MARY ANN MCRAE MONTGOMERY, madrasta de Maud.
KATIE MONTGOMERY, meia-irmã de Maud.
BRUCE MONTGOMERY, meio-irmão de Maud; nascido quando ela estava em Prince Albert.

FAMÍLIA MATERNA DE MAUD

Os Macneills
(por ordem de entrada)

LUCY WOOLNER MACNEILL, avó materna de Maud; esposa do chefe dos correios.
ALEXANDER MACNEILL, avô materno de Maud; fazendeiro e chefe dos correios.
TIO JOHN FRANKLIN MACNEILL, tio de Maud; irmão mais velho de Clara; fazendeiro.
LUCY (LU) MACNEILL, filha mais velha do tio John Franklin; prima e amiga de Maud.
SENHORA MARY BUNTAIN MACNEIL, prima de Maud e mãe de Pensie.

Amigos próximos de Maud
(por ordem de entrada)

MOLLIE (AMANDA) MACNEILL, prima em terceiro grau e grande amiga de Maud.

PENSIE MACNEILL, prima em segundo grau e grande amiga de Maud.

LAURA PRITCHARD, irmã mais nova de Will Pritchard; melhor amiga de Maud em Prince Albert.

Pretendentes de Maud
(por ordem de entrada)

NATE (SNIP) SPURR LOCKHART, filho da senhora Nancy Lockhart Spurr e enteado do ministro batista reverendo John Church Spurr; um dos Quatro Mosqueteiros.

WILL PRITCHARD, irmão mais velho de Laura.

JOHN MUSTARD, professor da escola secundária de Prince Albert; amigo da madrasta de Maud, Mary Ann McRae, de Ontário.

DA ILHA

Os Campbells (Park Corner)

TIA ANNIE LAURA MACNEILL CAMPBELL, tia preferida de Maud; irmã mais velha de Clara.

TIO JOHN CAMPBELL, outro tio preferido de Maud; fazendeiro.

FILHOS DE ANNIE E JOHN CAMPBELL E PRIMOS EM PRIMEIRO GRAU DE MAUD, Clara, Stella, George, Fredericka (Frede).

Os Macneill Montgomerys (Malpeque)

TIA (MARY) EMILY MACNEILL MONTGOMERY, tia de Maud, irmã mais nova de Clara; cuidou de Maud quando Clara morreu.

TIO JOHN MALCOLM MONTGOMERY, tio de Maud e primo do pai dela.

Escola de Cavendish
(por ordem de entrada)

SENHORITA HATTIE GORDON, nova professora da escola; primeira advogada de Maud.

SENHORITA "IZZIE" ROBINSON, ex-professora de Maud.

JACK (SNAP) LAIRD, melhor amigo de Nate Lockhart; um dos Quatro Mosqueteiros.

CLEMMIE MACNEILL, arqui-inimiga de Maud e amiga em tempos mais fáceis.

ANNIE MACNEILL, melhor amiga ocasional de Clemmie; rival de Maud.

NELLIE CLARK, MAMIE SIMPSON, seguidoras respectivamente de Clemmie e Annie.

AUSTIN LAIRD, o exuberante irmão mais novo de Jack.

Moradores de Cavendish
(por ordem de entrada)

REVERENDO W. P. ARCHIBALD, ministro da Igreja Presbiteriana de Cavendish.

SENHORA ELVIRA SIMPSON, membro da Igreja Presbiteriana de Cavendish.

SENHORA MATILDA CLARK, membro da Igreja Presbiteriana de Cavendish.
SENHORA NANCY LOCKHART SPURR, mãe de Lockhart; professora de órgão de Maud; esposa do reverendo John Church Spurr.

DE PRINCE ALBERT

Os McTaggarts
(por ordem de entrada)

SENHOR JOHN MCTAGGART, padrasto de Mary Ann McRae Montgomery; sogro de Hugh John Montgomery; agente fundiário em Prince Albert.
SENHORA MARY MCTAGGART, mãe de Mary Ann McRae Montgomery.
ANNIE MCTAGGART, meia-irmã mais nova de Mary Ann McRae Montgomery.

Os Pritchards/Kennedys
(por ordem de entrada)

TIA KENNEDY, tia de Laura e Will; vizinha dos Montgomerys.
RICHARD PRITCHARD, pai de Willie e Laura; rancheiro e negociante.
SENHORA CHRISTINE GUNN PRITCHARD, mãe de Will e Laura.

Os Stovels
(por ordem de entrada)

SENHORA MARY MACKENZIE STOVEL, sobrinha de Mary Ann McTaggart; regente do concerto de Natal da Igreja Presbiteriana de Prince Albert.

DOUTOR STOVEL, dentista de Prince Albert; recém-casado com a senhora Stovel e interessado nos textos de Maud.

Escola Secundária de Prince Albert
(por ordem de entrada)

OS ENCRENQUEIROS, Tom Clark, Arthur Jardine, Bertie Jardine, Willie MacBeath, Joe MacDonald, Douglas Maveety.
FRANK ROBERTSON, amigo de Will Pritchard.

Moradores de Prince Albert
(por ordem de entrada)

EDITH (EDIE) SKELTON, criada da família Montgomery e amiga de Maud; de Battleford, Saskatchewan.
LOTTIE STEWART, amiga de Maud da igreja.
ALEXENA MACGREGOR, amiga de Maud da igreja.
ANDREW AGNEW, um dos pretendentes de Laura Pritchard; ajuda o pai na administração da loja local.
J. D. MAVEETY, editor do *Prince Albert Times*.
REVERENDO ROCHESTER, assume a Igreja Presbiteriana depois da partida do reverendo Jardine; organiza estudos bíblicos semanais.
SENHORA ROCHESTER, esposa do ministro presbiteriano; organiza a Escola Dominical.

LIVRO UM

Maud de Cavendish

CAVENDISH, ILHA DO PRÍNCIPE EDWARD, 1889-1890

Porque as terras têm personalidade assim como os seres humanos; e, para conhecer essa personalidade, é preciso viver na terra e acompanhá-la, e tirar dela sustento para o corpo e o espírito; só assim alguém pode conhecer uma terra e ser por ela conhecido.

L. M. Montgomery, *O caminho alpino*

Capítulo 1

Ela não conseguia respirar. O suor minava sob seus longos cabelos, encharcando a gola de renda. O fino anel de ouro que sempre usava na mão direita apertava o inchado dedo indicador. Ela tentou girá-lo, mas ele não se mexeu.

– Pare de se agitar, Maud – sussurrou a avó, enquanto cutucava discretamente o marido, que cochilava durante o sermão do reverendo Archibald sobre o filho pródigo. O avô gemeu quando acordou. – Honestamente, estou surpresa com vocês dois. Essa não é a maneira de um Macneill se comportar na igreja. – O avô sentou-se bem ereto, e Maud limpou a garganta para poder rir.

Naturalmente, o calor não incomodava a avó Macneill. Assim como a rede preta que escondia seus cabelos grisalhos, ela era capaz de esconder suas emoções: uma habilidade que vivia dizendo faltar a Maud. A avó dizia que a neta era muito sensível, exibindo seus sentimentos à flor da pele como a areia rosada nas praias da ilha. E estava certa na maioria das vezes. A avó estava certa sobre tudo.

Maud murmurou um pedido de desculpas, lançando de seu banco, sempre o segundo do lado esquerdo, um rápido olhar à congregação da

Igreja Presbiteriana de Cavendish. Os Clarks, os Simpsons e os Macneills estavam todos presentes, como todos os domingos, para agradecer – e também para saber quem estava presente, quem estava ausente e quem estava dormindo durante o sermão do reverendo. Maud adorava pensar como os descreveria se os incluísse em uma de suas histórias.

Definitivamente, eles estavam olhando para ela – principalmente o clã das matriarcas, senhora Elvira Simpson e senhora Matilda Clark. Maud tinha notado que elas a olharam quando entrara na igreja com os avós naquela manhã.

Sabia o que elas estavam pensando. Ela não havia saído de Cavendish meio de repente por causa de um problema com a professora senhorita "Izzie" Robinson seis meses antes? Certamente não fora surpresa que a volúvel, sensível (e francamente esquisita) filha da querida falecida Clara Macneill e de seu irresponsável marido, Hugh John Montgomery, agisse daquela maneira. Não havia como fugir disso; estava no sangue.

Era verdade que Maud havia partido seis meses antes para morar com os tios Emily e John Malcolm Montgomery em Malpeque e depois com os tios Annie e John Campbell em Park Corner. Mas não eram verdadeiras as circunstâncias particulares em que as pessoas acreditavam – e ela nada podia fazer sobre isso.

Agora Maud estava de volta e morava com os avós Macneills, pais de sua mãe, em sua fazenda em Cavendish, na Ilha do Príncipe Edward, onde todo mundo sabia da vida de todo mundo. Tinha passado o verão com seus alegres primos Campbells, mas agora voltara aos sermões da avó, aos vestidos desconfortáveis e a um novo ano escolar com uma nova professora. Maud notou um chapéu de palha enfeitado de viçosas flores e assentado sobre uma montanha de cabelos louros e crespos. Sob ele estava sua melhor amiga, Mollie, que tinha o privilégio de se sentar no banco dos pais na primeira fila, ao lado da nova professora. A senhorita Gordon, a nova professora, parecia ouvir atentamente o sermão do reverendo. Tinha chegado a Cavendish naquela semana, depois que a última professora, senhorita Robinson, finalmente havia partido durante o verão. Maud esperava ter a oportunidade de se apresentar à nova professora. Embora o avô nutrisse fortes sentimentos contra mulheres no ensino ("Outra professora atrapalhada", Maud o ouvira resmungar quando passaram pela senhorita Gordon a caminho da igreja), uma professora ainda tinha um lugar importante na comunidade: as pessoas respeitavam sua opinião – algo que Maud sofrera para aprender no início do ano.

Mollie virou a cabeça discretamente para capturar o olhar de Maud e, a seu modo bastante dramático, abanou-se com o leque. Maud retribuiu o gesto com um sorriso exagerado, merecendo um firme *psiu* da avó. Ela abafou um risinho e olhou pela janela, que dava para a encosta da montanha oeste, e tentou imaginar a brisa fresca entrando pela janela da capela e eliminando todo e qualquer julgamento. Ela ansiava por correr pela praia de areias rosadas, arrancar as meias – nem queria pensar em como estavam suas pobres meias pretas – e pular na água do golfo. O ar estava tão sufocante quanto o que a aguardava quando voltasse para casa: uma tarde lendo a Bíblia em calma contemplação e a chegada do irmão de sua mãe, tio John Franklin, e a família para jantar. Ainda bem que a prima Lu também estaria lá.

Maud dirigiu sua atenção para a frente. Não tinha a menor ideia do que o reverendo Archibald estava falando; seus pensamentos voltavam ao que Mollie lhe dissera antes do serviço na igreja – que tinha novidades. Mollie sempre tinha as melhores notícias.

Resistindo à vontade de dar um tapinha no ombro da melhor amiga, Maud lançou um rápido olhar à prima Pensie, que estava sentada no banco do outro lado do corredor. Aos 16 anos, Pensie podia usar seus cabelos ruivos na última moda, no alto da cabeça, com uma franja que acentuava seu rosto e os olhos castanhos. Infelizmente, tendo apenas 14 anos, Maud não tinha permissão para prender os cabelos para cima, sendo obrigada a viver sob o peso da cabeleira. Mas, felizmente, a avó lhe permitira prendê-los com duas fitinhas atrás da cabeça, deixando o rosto à mostra.

Finalmente, o serviço religioso chegou ao fim. Se a avó não estivesse ali, Maud teria forçado passagem pela congregação e descido as escadas correndo, onde havia espaço para respirar. Como era domingo – e a avó estava ali –, ela caminhou com o que esperava que fosse uma graciosa civilidade, como convinha a uma menina do clã Macneill, em direção ao cemitério em frente à igreja, onde conseguiu encontrar a bem-vinda sombra de uma árvore enquanto esperava pelas amigas... e pelas novidades de Mollie.

Maud se recostou contra a casca áspera da árvore e fechou os olhos, tentando escapar aos murmúrios das pessoas que saíam da igreja, mas não pôde evitar ouvir a conversa.

– Ouvi dizer que ela teve um ataque de histeria no pátio da escola – disse a senhora Simpson. – Foi o que minha filha Mamie me contou.

Naturalmente, Mamie contara à mãe alguma mentira. Ela era uma das meninas que seguiam a rival de Maud, Clemmie Macneill.

– Isso não me surpreende, diante de... tudo – disse a senhora Clark. – Espero que a nova professora saiba lidar com uma criança tão emocional como Maud Montgomery.

– É seu lado Montgomery, com certeza – disse a senhora Simpson.

Maud arranhou a casca da árvore. Como elas ousavam falar do pai quando ele não estava presente para se defender? Ela era ao mesmo tempo uma Montgomery e uma Macneill, razão pela qual não se rebaixaria dirigindo-se àquelas mulheres para dizer-lhes que cuidassem dos seus assuntos. Não. Fingiria ignorá-las.

– Não foi um comportamento digno – disse Pensie, em uma perfeita imitação da avó de Maud, inclusive quanto ao olhar severo, mas as duas não conseguiram ficar sérias por muito tempo e começaram a rir.

Primas próximas que moravam a apenas alguns minutos a pé uma da outra, Maud e Pensie foram amigas a vida toda, às vezes escrevendo cartas mais de duas vezes por dia, que Maud mantinha em um pequeno baú ao pé da cama. Mas, como Maud estivera ausente e Pensie não frequentava mais a escola, as cartas estavam se tornando menos frequentes. Elas raramente discutiam, mas Maud se perguntava se havia algo errado. Agora, porém, Pensie estava se comportando como sempre. Tudo voltaria ao normal agora que ela estava de volta.

Maud

– Eu estava começando a pensar que o reverendo iria nos manter confinados naquele calor o dia todo. – Maud olhou por cima do ombro da prima e viu que Mollie sorria para ela enquanto caminhava na sua direção.
– Oh, veja, lá está Mollie – e sorriu de volta.

Ela e Mollie sentavam-se juntas na escola desde os 8 anos; pouco antes de Maud ser enviada a Malpeque, elas selaram um voto solene de amizade. O nome verdadeiro de Mollie era Amanda, mas no outono anterior haviam criado um apelido para cada uma delas, quando formaram um clube secreto com Jack Laird e o enteado do ministro batista, Nate Spurr. O apelido de Maud era Pollie, e Jack e Nate eram Snap e Snip.

– Maudie! – Mollie gritou e estendeu a mão ao redor de Pensie para abraçar Maud também.

Maud retribuiu o abraço da amiga e tentou reprimir uma pontada de ciúme ao sentir uma pequena agitação nas costas do vestido de verão de Mollie. Maud tinha lido no *Young Ladies' Journal* que a anquinha – uma peça de roupa que se prendia ao cós da saia por trás, dando-lhe um volume extra – voltara a ser um sinal de elegância. Maud adoraria ter uma sob o vestido, mas, de acordo com a avó, anquinhas eram um desperdício – "todo aquele tecido".

– Quando vocês vão desistir desses apelidos juvenis? – disse Pensie quando elas se separaram.

Mollie bufou sob o chapéu de pelúcia.

Desde o ano anterior, quando Pensie começara a usar um espartilho, passou a se dar ares de sabichona. Era confuso, porque às vezes Pensie parecia a garota com quem Maud crescera, e em outras vezes era como se ela estivesse penetrando naquela região onde tudo o que importava era encontrar um marido. Mas estava quente demais para brigas.

– Nunca! – disse Maud. – Nós os amamos, não é, Mollie?

Em resposta, Mollie a abraçou de novo, ainda mais ardorosamente. Maud não pôde deixar de se perguntar se Mollie estava fazendo isso mais para agradar Pensie do que a ela.

– Por que não tenho um apelido? – perguntou a prima de Maud, Lucy, que viera atrás de Mollie.

– Você tem, sim, prima querida. Seu nome completo é Lucy, e eu a chamo de Lu – disse Maud.

Lu irradiou alegria.

– Você viu Jack Laird? – perguntou Mollie, pegando a mão de Maud. Pensie franziu a testa para as mãos delas, e Maud discretamente as soltou. De qualquer modo, estava muito quente para dar as mãos. – Ele está bonito hoje.

– Amanda Macneill – disse Pensie, usando o nome de batismo de Mollie –, você é terrível.

– E você não é muito melhor – brincou Maud. – Da última vez que veio para um chá, sua mãe contou a vovó que Quill Rollings ligou.

Pensie enrubesceu.

– Ele perguntou pela mamãe.

Maud e Mollie trocaram um sorriso.

– Não sei por que todas vocês se importam com isso – disse Lu. Tendo apenas quase 12 anos, Lu não achava os meninos tão interessantes.

Mollie tentou mudar suavemente de assunto.

– A nova professora é adorável. Ela tem grandes planos para a nossa classe e não é nada parecida com a arrogante senhorita Robinson. Oh, sinto muito, Maud.

O rubor subiu às faces de Maud – e não era efeito do calor.

– Vai ficar tudo bem, Maudie – disse Pensie, colocando o braço em volta dos ombros da amiga. Dessa vez foi Mollie quem franziu a testa, mas Maud não se mexeu. – Suspeito que o conselho escolar não a teria contratado se não a achasse adequada.

Mas tinha contratado a última.

– Mamãe está me chamando – disse Lu, acenando um adeus. – Vejo vocês esta tarde.

– Bem, agora posso lhe dar isto. – Mollie abriu a Bíblia e tirou uma folha de papel dobrada: uma carta! Devia ser a "notícia" de que ela falara.

Pensie se moveu para a esquerda de Maud para bloquear qualquer olhar curioso.

– Você precisa ter cuidado – ela sussurrou.

Maud conteve a vontade de suspirar. Desejou que sua velha amiga pudesse estar apenas curiosa sobre o conteúdo da carta, e não tão convencional.

– Foi por isso que esperei Lu ir embora – disse Mollie.

Todas elas amavam Lu, mas ela era famosa por deixar que as coisas escapassem acidentalmente, e então seu pai contaria aos avós de Maud. Tio John Franklin era o irmão mais velho de sua mãe, mas tratava Maud como se ela fosse uma prima pobre do interior, dependente dele pelo resto da vida. Durante as reuniões de família, ele a ignorava ou a insultava. Nenhum dos dois era tolerável. Mas, ao ver a caligrafia familiar do remetente, Maud esqueceu tudo isso e foi tomada por uma trêmula excitação. Graças a Deus Mollie tinha esperado.

Maud enfiou a carta na Bíblia.

Mais pessoas estavam começando a voltar para casa para o jantar de domingo. Em breve Tio John Franklin, Lu e o resto da família estariam na fazenda, e então a longa e enfadonha tarde começaria.

– Maud – chamou a avó da escada da igreja, o avô se arrastando atrás dela. – Não demore muito.

– Sim, vovó – disse Maud.

– É disso que estou falando. Estou tão curiosa quanto você sobre essa carta, mas você precisa ter cuidado para que sua avó não a veja, Maudie – disse Pensie. – Eu já tive que ficar longe de você no verão. Odiaria que você fosse mandada embora novamente.

Então a prima tinha sentido saudades dela! Maud a abraçou.

– Eu não quero ficar longe de você nunca mais. Prometo ter cuidado – disse ela.

Pensie deu um passo para trás e parecia estar procurando alguém. Maud afastou a sensação de que a prima mais querida não queria retribuir o abraço, mas então Pensie disse:

– Lá está mamãe. Ela está me esperando. Vejo você em nossa caminhada amanhã, e você pode me falar sobre a escola.

Quando ela disse "escola", Maud sabia exatamente do que (ou quem) Pensie estava falando – o precioso segredo de quem escrevera a carta que agora estava escondida na Bíblia. Maud esperava que Pensie a abraçasse novamente, mas ela não o fez. Talvez ela só estivesse nervosa.

Mollie e Maud caminharam pela vereda gramada do cemitério em direção à rua principal de Cavendish. Mollie morava colina abaixo.

– Obrigada por ser o mensageiro – disse Maud.

– Ele a deu a Jack para me entregar – disse Mollie. – Jack disse que ele estava determinado que você a recebesse antes do início das aulas.

– A intriga – disse Maud, certificando-se de que a carta ainda estava guardada em segurança em sua Bíblia.

Mollie deu uma risadinha.

– Tentei que Jack me desse pelo menos uma dica, mas ele ficou em silêncio como o nascer do sol da manhã. (Mollie gostava de falar por metáforas.)

Elas pararam no fim do cemitério.

Maud adorava aquela encruzilhada, de onde podia ver uma grande parte de Cavendish. Dali havia uma bifurcação para a estrada vermelha ao sul, que levava à praia norte, e outra para o leste, que ia dar em sua casa. Descendo a colina, após a casa de Mollie, ficava o Laird's Hill, o Cavendish Hall e a igreja batista.

– Infelizmente, isso terá que esperar – disse Maud, quando seu olhar flutuou e se deteve em uma determinada lápide.

Mollie segurou a mão de Maud.

– Você já a visitou desde que voltou?

– Foi a primeira coisa que fiz. Mas você sabe como amo meus pequenos rituais.

– É por isso que eu adoro você. – Elas se abraçaram, e então Mollie disse: – O primeiro dia de aula promete ser interessante.

– Certamente – murmurou Maud, observando Mollie descer a colina.

Capítulo 2

Maud tentou caminhar em silenciosa reverência até o túmulo da mãe, mas sua mente continuava vagando para o dia seguinte na escola. Apesar de estar emocionada por estar de volta com Mollie e Lu – e, possivelmente, com a pessoa que havia escrito a carta guardada em segurança em sua Bíblia –, Maud também estava bastante nervosa e preocupada se ela e a nova professora, a senhorita Gordon, iriam se dar bem.

No ano anterior, Maud ficara encantada quando soube que os administradores da escola haviam escolhido a senhorita Izzie Robinson como professora. Claro que naquela época nem todos na comunidade estavam satisfeitos. Muito se falou sobre as mulheres serem incapazes de lidar com uma sala de aula tão bem quanto um homem – principalmente com os meninos mais velhos.

E para o avô era ainda mais grave. Ele pensava que lecionar era uma profissão masculina – uma profissão certamente adequada a um Macneill. Quando certa vez Maud revelara que poderia querer dar aulas, ele declarou que "nenhuma Macneill se rebaixaria a ser pouco mais que uma babá".

Então, de alguma forma, a senhorita Robinson convenceu os avós a deixá-la morar com eles. Não era incomum: os professores costumavam fazer isso. Os avós ganhavam dinheiro com a fazenda e também administrando o posto dos correios situado do lado de fora de sua cozinha, mas uma renda adicional seria útil. Entretanto, o temperamento azedo da senhorita Robinson e a tendência do avô a insultar certamente causariam dificuldades. E assim foi.

Uma noite, um mês depois que a senhorita Robinson começou a morar com eles, o avô insinuou que ela não conseguia manter a ordem na sala de aula, o que era uma meia verdade, já que ela só poderia manter os meninos sob controle se os ameaçasse com chicotadas.

– Se você fosse um dos meus alunos, senhor Macneill, eu poderia lhe mostrar como lido com a impertinência – disse ela.

– A impertinência é o seu traço nada feminino – disse o avô.

– Que tal mais ervilhas? – disse a avó, estendendo a tigela para o marido.

– Vou aceitar – disse Maud. A avó lhe passou a tigela, e ela pegou uma porção extra. – Estão deliciosas!

– Obrigada, Maud. – E a avó lhe lançou um olhar de aprovação sobre os óculos.

– O senhor deveria inspecionar minha classe – continuou a senhorita Robinson. – Talvez realmente aprendesse algo, como ser hospitaleiro.

O avô bateu na mesa com a jarra de sidra de maçã com a qual estava se servindo, e um pouco do suco se derramou na toalha de linho. Maud se esquivou.

– Senhorita Robinson – disse a avó –, ouvi dizer que seu irmão virá nos visitar. Você sabe que ele também ficou conosco no ano passado.

Isso teve o efeito desejado, pois a senhorita Robinson adorava falar sobre o irmão, e a briga por enquanto foi aplacada.

Mas a situação entre o avô e a senhorita Robinson continuou bastante difícil, o que fez com que as coisas piorassem para Maud na escola. A senhorita Robinson escolhia Maud sempre que podia e, por mais que a jovem tentasse não chorar na frente de todos, a professora sabia exatamente o que dizer. Quando Maud contou à avó o que estava acontecendo, foi aconselhada a parar de chorar e ouvir os mais velhos.

Maud

Tudo havia piorado em março passado, quando a senhorita Robinson pediu à classe que memorizasse e interpretasse um poema. Maud passou grande parte da semana praticando para que a senhorita Robinson não pudesse encontrar falhas.

Depois que Nate fez sua recitação e interpretação de "Sir Lancelot e a rainha Guinevere", de Tennyson, Clemmie se atrapalhou tanto na sua vez que a senhorita Robinson decidiu interpretar o poema.

Maud mal a ouvia; seria a próxima e estava bastante nervosa.

– Você não concorda, Maud? – perguntou a senhorita Robinson.

Maud recuou. A classe ficou em silêncio. Maud tentou desesperadamente pensar.

– Suponho que você pense que não estou correta – continuou a senhorita Robinson. – Você sabe que tem um rosto expressivo que nos diz tudo em que está pensando.

Maud olhou para suas botas. Pelo menos a professora não veria seu rosto, ou as lágrimas.

– Como seu avô, você pensa que é superior e poderosa. Se você sabe tanto, deve ser capaz de fazer sua leitura agora sem nenhum erro.

Era como se um sapo tivesse adormecido na língua de Maud. Ela não conseguia se lembrar de nada. A senhorita Robinson sorriu, triunfante, e disse a Maud que se sentasse.

Depois da escola, Maud subiu correndo para seu quarto para escrever sobre toda aquela provação em seu diário. Sentada na cama, Maud escreveu como se escrever a fizesse arder, mas na verdade queimaria se não o fizesse. À medida que as palavras se misturavam à raiva, o mundo mudou e a levou além da senhorita Robinson, à fronteira de seu mundo de sonho. Seus ossos doíam, seus olhos ardiam, os ombros gritavam, mas ela continuou escrevendo até se perder e encontrar o caminho de volta.

Depois de um jantar muito estranho, no qual Maud não conseguia engolir a refeição de tanto nervosismo, a avó a chamou à saleta. A senhorita Robinson sentou-se orgulhosamente no sofá verde, e a luz suave da lâmpada destacou a decepção de seus avós. Era considerado falta de educação desafiar um professor.

– Você esqueceu sua lição de hoje? – perguntou a avó.
– Não, senhora.
– Ela mente – disse a senhorita Robinson. – Você ficou lá boquiaberta como um dos peixes do seu avô.
– Isso deve ser por seu temperamento azedo – disse o avô.

Maud sabia que era melhor não pensar que ele a estava defendendo; esse era um de seus insultos.

– Alexander, por favor – disse a avó, cruzando as mãos no colo. – Maud pode ser inconstante e irresponsável, mas nunca soube que ela mentisse, senhorita Robinson.

Por um breve momento, Maud imaginou que talvez a avó fosse defendê--la. O reverendo Archibald estava sempre falando sobre os milagres de Deus; talvez aquele fosse um deles.

– Maud – disse a avó –, por favor, explique o que aconteceu de uma forma calma e racional.

– Eu sabia a lição – disse Maud, como se cada palavra tivesse uma centelha de veneno. – Mas a senhorita Robinson não me deu a oportunidade de falar.

– Maud – e a avó olhou por cima dos óculos –, eu disse calma e racionalmente.

– Mas você não entende, vovó! – Maud respondeu, odiando o lamento infantil em sua voz. – Eu sabia, mas ela me assustou tanto que as palavras fugiram completamente da minha cabeça. Eu sabia! Eu sabia!

– Não fale assim com sua avó – disse o avô, sem levantar a voz.

O som gelou o estômago de Maud, trazendo as lágrimas inevitáveis.

– Senhorita Robinson – a avó disse, levantando-se –, sinto muito pela conduta de minha neta. – E olhou feio para Maud. – Ela sabe que não deve permitir que suas emoções tirem o melhor dela.

Não houve misericórdia. Seus avós sempre teriam vergonha dela.

A boca da senhorita Robinson torceu-se em um quase sorriso.

– É a idade, senhora Macneill. As jovens precisam saber o seu lugar.

Nenhum dos avós confirmou a observação da senhorita Robinson, mas a avó pediu à professora que saísse da sala. Satisfeita, a senhorita Robinson alisou a saia e subiu as escadas.

A avó esperou até ouvirem o barulho da porta da senhorita Robinson se fechando.

– Sente-se, Maud – disse ela, entregando à neta um lenço de papel. – Você lidou mal com isso.

– Eu sei – disse Maud, assoando o nariz. – Mas não pude evitar. Ela me tratou de forma tão abominável!

– Convenhamos... – disse a avó. – Honestamente, a maneira como você falou com ela...

O avô não falou; criar filhos era trabalho de mulher.

– Precisamos nos proteger das fofocas, Maud – ela continuou. – Essa mulher já anda pela cidade espalhando mentiras. Você tem idade suficiente para entender o dano que pode acarretar a uma família se as pessoas tiverem uma ideia errada.

A avó estava se referindo ao pai dela.

– Seu avô e eu conversaremos sobre isso e daremos nosso veredicto – disse a avó.

Maud se levantou. Foi como se uma raiz retorcida a estivesse sufocando quando se lembrou do que acontecera na escola. E o que aconteceria se ela voltasse.

– Não posso voltar lá – disse ela calmamente.

– Você pode, se nós a obrigarmos – disse o avô.

Maud abriu a boca para falar, mas a avó ergueu a mão como se quisesse silenciá-la.

– Verdade, Alexander. Mas... – Ela deu um tapinha na mão da neta e deitou-se no colo dela. – Não tenho certeza de qual será o melhor curso de ação. Agora, suba e discutiremos isso depois.

Maud ouviu a avó, subiu as escadas e esperou. Então escreveu em seu diário como se sentiu injustamente acusada e como nunca perdoaria a professora.

Ninguém disse nada por alguns dias, e pela primeira vez os avós deixaram Maud ficar em casa sem ir à escola. Maud ajudava a avó nas tarefas domésticas e nos correios. Dava longos passeios pelo caminho das vacas, que chamava de Trilha dos Amantes, seu lugar favorito, e esperava. Queria perguntar a que "veredicto" os avós haviam chegado, mas eles continuavam em silêncio.

Poucos dias depois, chegou uma carta de tia Emily, de Malpeque, indicando que ela estaria "disposta a receber Maud por um tempo".

– Está resolvido – disse a avó, dobrando a carta ao meio. – Você deve deixar a escola, e faremos arranjos com Emily. Ela tem tido alguns problemas ultimamente com as crianças, e suspeito que adoraria sua ajuda. Você vai ficar lá até decidirmos como lidar com – ela fez uma pausa – "ela".

É claro que eles nem mesmo consideraram enviar Maud para morar com o pai em Saskatchewan. Ele não podia ter levado Maud quando deixou a ilha logo depois da morte da esposa. Vendeu sua loja em Clifton e foi visitar a tia de Maud em Boston. Voltara duas vezes: uma quando Maud tinha 9 anos e outra quando ela estava com 11, mas desde então ela nunca mais o vira. Ele lhe escreveu, é claro, e ela até soube que teve uma irmãzinha, Katie. Embora não o tivesse dito, Maud sabia que um dia ele viria buscá-la.

Agora, diante do túmulo da mãe, ela se perguntou se o pai a teria levado. Pelas cartas dele, nunca parecia ser um bom momento. Originalmente, ele havia se mudado para Prince Albert para administrar sua casa de leilões. Mas, como tinha grandes sonhos, também ingressou no governo, tornando-se guarda florestal e investigador de herdades. Seu supervisor o acusou de estar em um "conflito de interesses" por continuar administrando seu negócio de leiloeiro enquanto desempenhava outras funções. À época, ele e sua nova esposa moravam em Battleford, Saskatchewan. Em suas cartas, dizia a Maud que seus pedidos de transferência para Prince Albert, onde havia comprado sua bela casa, a Eglintoune Villa, eram sistematicamente negados. Não era justo! O pai trabalhara muito. Por que seu supervisor não conseguia ver isso?

Pelo menos Maud encontrava conforto visitando o túmulo da mãe. Em silêncio, ela se colocou de pé em frente à lápide salpicada de branco e cinza. Amava aquele cemitério, com os velhos túmulos dos fundadores de Cavendish, clãs antigos do Velho Mundo. Todos em Cavendish eram praticamente parentes. Seus avós frequentemente murmuravam que a pessoa precisava ter cuidado se não quisesse se casar com um parente, como era o costume de alguns. Pelo modo como falaram, ficou claro que eles não se colocavam nessa categoria.

Maud havia memorizado cada fenda profunda da lápide de sua mãe: a mão com o dedo indicador apontado para o céu, a inscrição "Deus é Amor" e o hino frequentemente citado para os mortos: "Mais uma vez esperamos te encontrar/Quando o dia da vida acabar", ela leu em voz alta.

Até a lápide da mãe mostrava quanto o avô e a avó desaprovavam o pai. O hino falava de uma irmã falecida, não de uma amada esposa e mãe. A mãe morreu quando tinha 23 anos, quase oito anos mais velha do que Maud era agora. O pai amava a mãe, mas ninguém nunca falava como os dois se conheceram. Ninguém nunca mencionara por que se casaram tão rapidamente. Ninguém jamais falava qualquer coisa sobre a mãe. Um dia Maud se reencontraria com o pai, e ele lhe contaria tudo sobre sua mãe, sobre o namoro e a vida dela com ele antes de sua morte. Um dia ela teria uma família e um lugar para chamar de lar.

Quando sua mãe morreu, não havia ninguém para cuidar de Maud. O irmão da mãe, tio John Franklin Macneill (pai da Lu), tinha família, assim como a irmã de Clara, Annie Campbell, de modo que a responsabilidade recaiu sobre Emily, a tia de 16 anos. Maud se perguntou se era por isso que Emily agora tinha um temperamento tão azedo; certamente herdara seu talento para insultos do avô Alexander. Mas, quando Maud era menor, Emily tinha sido gentil com ela, disposta a responder a perguntas sobre o paraíso e se a mãe estava feliz onde estava.

Parada ali, ouvindo o vento e o gemido baixo do mar, Maud se permitiu viver na memória. Ninguém acreditou nela quando disse que se lembrava do funeral da mãe. Era tudo que Maud tinha da mãe.

Maud tinha apenas 21 meses quando isso aconteceu, mas conseguia se lembrar de cada detalhe. O pai chorando ao lado do caixão, o cabelo escuro bem penteado, a barba aparada, os olhos tristes e opacos. A mãe estava linda, pálida, como uma rainha adormecida. Maud havia usado essa descrição exata em seu poema sobre uma rainha que foi envenenada por um vilão malvado. Ela o tinha chamado de "A traição da rainha". Era muito dramático.

O vento quente assobiou, e ela olhou para cima e viu que não era o vento. Nate Spurr caminhava em sua direção vindo da Floresta Assombrada[1], e surgira quase que por um passe de mágica. Maud sentiu aquela vibração novamente e virou o rosto para a praia, para que ele não pudesse dizer que ela estava excitada em vê-lo. Sendo enteado do ministro batista, ele devia ter frequentado a Igreja Batista do outro lado do bosque.

Eles não se falavam desde que ela partira no inverno passado, e Maud se perguntou se ele ainda estava com raiva dela por se ter recusado a lhe dizer por que teve que ir embora. Quando estava fora, ela lhe havia mandado dizer onde estava em uma carta para Mollie e esperava que ele lhe escrevesse. Afinal, eram amigos. Nunca recebeu uma carta de volta, mas o bilhete que lhe enviou por meio de Mollie mostrou que ele a tinha perdoado. Com mãos trêmulas, Maud abriu rapidamente a Bíblia para ler o bilhete antes que ele a alcançasse:

Querida Polly,
Uma mensagem rápida de boas-vindas de volta à escola. As coisas certamente não foram tão interessantes sem você. Agora podemos ter todos os tipos de problemas.
Snip

Maud não sabia muito bem o que ele queria dizer com "problemas", mas a última coisa de que precisava era que os avós encontrassem outro motivo para mandá-la embora novamente.

Nate era o menino mais inteligente da escola. Ele havia crescido desde que Maud o vira pela última vez. Suas orelhas ainda estavam um pouco salientes, mas o cabelo castanho se enrolava em torno delas de uma forma atraente. Ele tinha olhos cinzentos intensos e maxilares quadrados com

---

[1] "Haunted Woods", no original em inglês. (N.T.)

uma covinha no queixo. Era magro, mas forte, e olhava para ela como se conhecesse toda a sua história. Isso sempre a deixava nervosa.

Maud baixou o olhar e, tentando manter as coisas leves, voltou a uma velha brincadeira:

– Olá, Snip. É Pollie com *y* ou *ie*? – Fazia parte do jogo de apelidos entre Maud, Mollie, Jack e Nate. Nate insistia que o apelido dela fosse escrito com *y* em vez de *ie*, como Maud preferia.

– Com *y*, é claro! – Nate sorriu. – É a única maneira digna de soletrá-lo.

– Não é – ela respondeu de imediato. –Você sabe que *ie* é o único modo.

Nate pigarreou.

– Vejo que você recebeu meu bilhete – disse ele.

– Sim, acabei de ver. – Ela guardou o bilhete na Bíblia. – Não tive tempo de responder.

Maud percebeu que Nate trazia um livro debaixo do braço. Ele estava vestido com sua melhor roupa de domingo – um belo colete escuro –, mas o boné marrom, usado para trás como ela gostava, fazia-o parecer mais com ele mesmo.

– Receberei uma resposta amanhã? – ele perguntou.

– Talvez – disse Maud. – Se você me disser o que está segurando na mão...

Ele puxou o livro de capa dura que estava carregando e o mostrou a ela:

– Devo confessar que Mollie disse a Jack que você poderia estar aqui. Então pensei em aproveitar a oportunidade.

– Sério? – disse Maud, ganhando coragem para olhá-lo nos olhos.

– Sim. Li este livro durante o verão e achei que você iria gostar.

– Como você saberia do que eu gosto?

Nate deu uma risadinha.

– Eu conheço você, Lucy Maud Montgomery. – Ele fez uma pausa. – Mais do que você pensa.

Todo o corpo de Maud ansiava para pegar o livro, mas ela apenas leu o título: *Ondina*, de Fouqué. O título lhe era familiar. Ela levou um momento para localizá-lo.

– Esse é o livro que Jo está lendo no início de *Mulherzinhas!*

Ele sorriu.

– Lembro que na primavera passada você mencionou estar curiosa sobre esse livro. Então comprei um exemplar quando fui com meu padrasto para Charlottetown no início do verão. Embora *Mulherzinhas* seja um livro para garotas bobas...

– Não é um livro para garotas bobas – Maud disse, pronta para defender seu romance favorito, mas parou quando percebeu que ele estava brincando com ela, como de costume.

Ele o estendeu para ela. O livro estava encadernado em um rico tecido azul-marinho. Na capa havia uma sereia elegantemente vestida, com cabelos esvoaçantes, embalada por algas marinhas.

Nate Spurr havia *pensado* nela.

– Pegue – disse ele, estendendo-lhe o livro. – Estou ansioso para ouvir sua opinião.

Ela brincou com seu anel.

– Não sei.

– Deixei alguns dos meus pensamentos para você aqui dentro. – Ele abriu a capa para mostrar suas anotações. Maud fazia o mesmo com seus livros, como se estivesse conversando pessoalmente com o autor.

– Você o leu – disse ela.

– Sim – disse ele.

Ela torceu o anel.

– Não acho que seja adequado receber um presente seu.

Nate deu um passo à frente.

– Ajudaria se fosse apenas um empréstimo? – O livro estava inocentemente na palma de suas mãos.

Um empréstimo. Ninguém – nem mesmo a avó – poderia dizer nada sobre alguém ter-lhe emprestado um livro. Mesmo que fosse o enteado do ministro batista.

– Tudo bem – disse ela, pegando-o, seus dedos roçando levemente as bordas curvas da lombada. – Se for apenas um empréstimo.

– Claro – ele disse. – Nada como começar uma nova história, não é, Maud?

Capítulo 3

Maud leu a carta que acabara de escrever para Nate e olhou para o pomar de maçãs do avô. Era a manhã do primeiro dia de aula, e ela queria que tudo fosse perfeito.

Depois que ela e Nate se separaram, Maud voltou para casa bem a tempo do jantar de domingo e não prestou muita atenção aos primos, irritando Lu, que, em uma explosão de impaciência, finalmente disse:

– Sua cabeça está nas nuvens de novo, Maud.

Ao que o tio John Franklin respondeu:

– Isso é o resultado de tanta leitura.

Mas Maud estava pensando qual seria sua resposta. Pensou muito no que deveria escrever antes de realmente colocar o lápis no papel. O papel era escasso, e a avó achava um desperdício escrever apenas para jogar fora. Então Maud pensava no que poderia escrever e depois pegava alguns dos papéis de carta deixados nos correios. Mas, como a carta para Nate estaria em papel timbrado ou papel de carta, ela não poderia cometer erros.

Maud se perdeu na narrativa que o avô fazia de "Cabo LeForce", como ele costumava fazer durante reuniões familiares. Apesar de um tanto rude, o avô sabia contar uma história tão bem que transportava todos para as velhas costas da ilha um século atrás, quando os assassinos piratas franceses disputavam seu ouro precioso. Ela planejava um dia tentar sua versão da lenda da ilha.

Antes de começar a carta para Nate, ela havia escrito sobre tudo isso em seu diário durante seu ritual matinal. Como Jo March em *Mulherzinhas*, Maud se imaginou escrevendo épicos e artigos arrebatadores para jornais, ou viajando para as grandes cidades do mundo. Seria independente, não precisaria mais da família – de pessoas como o tio John Franklin –, e não teria que se preocupar com o que pensavam dela.

Às vezes Maud escrevia sobre o tempo, praticando as várias maneiras de descrever o vento. Outras vezes, confidenciava certos sentimentos que não ousava compartilhar com ninguém, sentimentos de ter sido mandada embora ou como às vezes ficava zangada com os avós.

Eles não entendiam que ela precisava se tornar independente e que isso significava ter uma boa educação. A menos que você quisesse estar em serviço, a única opção respeitável para as moças era lecionar. Embora os avós acreditassem na educação, a única pessoa da família enviada para a universidade era o irmão mais velho de sua mãe, tio Leander George, agora ministro em New Brunswick. Estava claro em sua família que o ensino superior era apenas para meninos. Maud não tinha a menor expectativa de ir para a universidade. Seus "rabiscos" mal eram tolerados.

E, depois da catástrofe de Izzie Robinson havia seis meses, era mais fácil sonhar do que convencer o avô de que valia a pena educar as meninas. Talvez, se ela fosse boa na escola e lhe mostrasse o que poderia fazer, ele mudasse de ideia.

– Maud! – A avó abriu a velha porta de madeira, usando seu vestido engomado cinza escuro e avental branco engomado. Maud largou o lápis. – Você estava rabiscando de novo, não estava? – E suspirou. – Você vai se atrasar.

– Eu estava terminando – disse Maud.

A avó fechou a porta. Encerrando o diário, ela se levantou e ajeitou o vestido verde novo, tentando ignorar o pouco alvoroço que ele causara.

Maud

Na semana anterior, quando voltou da casa dos primos Campbells, a avó inspecionou seu velho vestido de algodão – que quase lhe chegava aos joelhos – e declarou que não havia como uma neta sua usar um vestido que se usava em um dia empoeirado. Eles haviam passado os últimos dias fazendo roupas "práticas", o que significou apenas um leve alvoroço que ninguém conseguiu detectar.

Apertando o diário contra o peito, Maud foi até a mesinha de cabeceira de carvalho e colocou-o embaixo de uma pilha de lençóis na gaveta, trancando-a com chave. As fotos dos pais estavam no topo. A mãe usava um lindo corpete de renda, os cabelos castanhos presos no alto em uma espessa trança. Maud se perguntou o que a mãe estaria pensando então. Ela teria entendido o desejo de Maud por um vestido que causasse grande alvoroço.

Ela leu o bilhete que havia escrito naquela manhã:

Caro Snip,
   Só posso imaginar o tipo de problema a que você se referiu, mas tentarei ficar fora disso.
   Sinceramente,

                                                          Pollie

Ao colocá-lo dentro de seu exemplar de *Mulherzinhas* e na mochila da escola, Maud teve uma ideia ousada. Talvez o bilhete inspirasse Nate a ler seu romance favorito!

Examinando-se no espelho uma última vez, terminou colocando o anel de ouro que tia Annie lhe dera em seu aniversário de 12 anos e foi se juntar à avó na cozinha.

Capítulo 4

Maud e Lu encontraram Mollie no final da trilha que ficava do outro lado da estrada da fazenda dos avós Macneills. Maud lamentava que Lu estivesse ali porque queria contar a Mollie sua conversa com Nate no cemitério, o conteúdo da carta dele – e sua resposta um tanto ousada.

– Estou tão feliz por você estar em casa – disse Mollie, e deu-lhe um abraço tão forte que precisou impedir que seu chapéu caísse. – Foi como se este verão não tivesse sol sem você.

– Tantas noites desejei que você estivesse comigo – Maud suspirou.

– Tive que me sentar com Mamie – Mollie disse. – E isso significou ter que lutar com Clemmie Macneill. Ela e Mamie estão unidas como sempre.

Clemmie e Maud tinham sido amigas. Embora Maud tivesse sido cautelosa com a amizade da garota no início, Clemmie parecia interessada nos poemas e histórias de Maud, que apreciava qualquer um que mostrasse interesse em seus textos. Mas, depois que Nate e Maud descobriram seu amor mútuo pela literatura, e Jack e Mollie se juntaram a eles para formar um quarteto, Clemmie parou de falar com ela. E, quando falava, era cruel. Maud se recusava a admitir que a traição ainda doía.

– Que coisa horrível – disse Maud. – Eu me pergunto se ela está falando com Annie ou se estão tendo uma de suas brigas. – Annie era a melhor amiga de Clemmie e, dependendo do tempo, sua rival.

– Elas estavam se falando quando as vi pela última vez, mas com aquelas duas nunca se sabe. São tão inconstantes quanto meu irmão, Hammie, ao escolher uma isca de pesca. – Às vezes as metáforas de Mollie faziam sentido, às vezes, não.

– Seria mais fácil se vocês fossem todas amigas – disse Lu, tropeçando nas pedras vermelhas enquanto tentava alcançá-las.

– Por que você se importa com isso? – Mollie perguntou.

Lu fungou.

– Não quero mais problemas. Quero dizer, para você, Maud.

Maud também não queria, mas não precisava que a prima a lembrasse do que havia acontecido.

– Se chegarmos atrasadas, vamos perder todas as notícias – disse Mollie.

– E isso não podemos perder. – Maud riu.

Mollie se orgulhava de sempre saber as últimas fofocas. Quando Maud estava fora, Mollie lhe mandava longas cartas detalhando "todas as notícias" para que não perdesse nada.

A nova escola de um cômodo – construída nos últimos cinco anos – ficava à beira da estrada, sob um arvoredo em forma de arco. O sol brilhava através das folhas, dando à escola um brilho de auréola e aquecendo os nervos de Maud.

– Sim – disse Mollie, apontando para três colegas, todas maquiadas e cheias de babados e cachos. – Essas três estão tão apertadas quanto os pontos do acolchoado da mamãe.

Maud ignorou a pequena pontada ao ver Clemmie – cuja mãe certamente não seguia a filosofia de discrição de sua avó –, Mamie e uma figura mimada de mangas bufantes com babados chamada Annie.

– Oh, olhe, ali estão Snip e Snap! – Mollie disse, apontando para Nate e Jack.

Finalmente os Quatro Mosqueteiros estavam reunidos.

– Vejo você mais tarde, Maud – disse Lu, caminhando em direção a umas meninas de sua idade que brincavam no pátio.

– O que você acha, Pollie? – Mollie sussurrou. – Você acha que Nate será suas nove estrelas?

Um jogo popular na escola era que, se você contasse nove estrelas por nove noites consecutivas, o primeiro menino que apertasse sua mão seria aquele com quem você se casaria. Depois de várias tentativas, a única coisa que Maud e Mollie conseguiram foi rir. Estava tudo bem; se tivessem conseguido, Maud tinha certeza de que inevitavelmente apertaria a mão de Nate, e isso era a última coisa de que ela precisava: como a avó a advertira havia muito tempo, uma boa presbiteriana não se ligava a um batista, e Nate era certamente um batista.

– Bom dia, Mollie. – Nate fez uma pausa e piscou para Maud, que corou. – Polly.

– Como vão as coisas, Polly com *y*? – disse Jack.

Maud sorriu para ele, que geralmente era um menino calmo, de natureza sólida, cabelos castanhos claros adoráveis e olhos verdes.

– Com *ie* – ela disse. – Feliz por estar de volta.

– Eis a *nossa* árvore – disse Mollie, apontando para a bétula sob a qual os Quatro Mosqueteiros sempre se sentavam. – Clemmie, Mamie, Nellie e Annie estão lá de propósito.

– Podemos nos sentar em outro lugar – disse Jack.

– Não – disse Mollie. – É uma questão de princípios. Precisamos lutar por nosso território, assim como quando meu irmão pensa que pode pegar o último pedaço de torta.

Maud não conseguia ver como a torta podia representar o território de alguém, mas entendia o sentimento.

– Venham, meninos, temos uma árvore para resgatar.

Os meninos as seguiram alguns passos atrás.

– Acredito que vocês estão perdidas – disse Mollie, aproximando-se das garotas, que descansavam sob a árvore.

Maud

– Queríamos dar a Maud uma recepção calorosa – disse Clemmie, em tom não tão acolhedor. – Bem-vinda de volta, Maud. Você se divertiu? Teve um merecido descanso enquanto labutávamos com a senhorita Robinson?

O nome da professora do ano anterior fez Maud querer puxar os cachos do cabelo de Clemmie, mas em vez disso ela respirou fundo. Isso exigia uma técnica que sua tia Annie sempre recomendava: pegam-se mais moscas com mel do que com vinagre.

– Clemmie! – Maud se aproximou e abraçou a garota com certa força. Todo o corpo de Clemmie ficou rígido. – Eu não sabia quanto você se importava! – Maud se afastou e abriu seu melhor sorriso.

Clemmie enrubesceu e olhou de Maud para Nate.

– Veremos você no ensaio do coral nesta noite, Nate?

– É o coro do meu padrasto, Clemmie. Claro que estarei lá – disse ele.

Clemmie pigarreou e entrou na escola com Annie, Mamie e Nellie a reboque.

– Muito bem, Pollie – disse Mollie.

Maud sorriu. Era bom estar ali com seus amigos, mostrando a Clemmie Macneill que o que ela dizia não poderia afetá-la.

Mollie estendeu o braço:

– Venha. Vamos pegar nossos lugares perto da janela.

Pegando o braço da amiga, Maud começou a entrar, mas Nate se moveu para impedi-la.

– Polly – ele sussurrou –, você tem algo para mim?

– Vamos nos atrasar. – Ela ainda duvidava se deveria lhe entregar o bilhete. Havia prometido a Pensie que teria cuidado para não ser mandada embora novamente. Além do mais, ela e Nate eram apenas amigos.

Alheio, Jack já havia entrado na escola. Mollie largou o braço de Maud e sussurrou:

– Encontro você lá dentro.

– Você já leu *Ondina*? – perguntou Nate, balançando levemente seus livros.

– Você acabou de me dar ontem – disse ela, rindo. – Como filho...

– Enteado.

– Enteado, então, de um ministro, você sabe que no Dia do Senhor só se lê a Bíblia ou sermões.

Nate pigarreou. Seria possível alguém ter sardas tão perfeitas?

– Então.

– Então.

– É melhor entrarmos. – Ela se voltou para entrar, mas então parou e virou de volta. – Tenho algo para você.

– Tem? – Suas orelhas se arrebitaram quando ele sorriu.

Maud enfiou a mão na bolsa e tirou seu exemplar de *Mulherzinhas*.

– É justo trocarmos livros. – Ela hesitou. Emprestar-lhe seu livro favorito era quase íntimo demais. Ela havia sublinhado passagens comoventes. Talvez isso revelasse muito. Mas ela sabia, pelo jeito como ele a olhava agora, que podia confiar nele. – Este é meu livro favorito – disse em voz alta, como se quisesse deixar claro para os dois o que estava fazendo. – Embora você possa achar que é bobo...

– Eu só disse que...

– Eu sei o que você disse. – Ela fez uma pausa. – Mas eu gostaria de fazê-lo mudar de opinião.

Seus dedos se tocaram quando ele o pegou.

– Estou ansioso para vê-la mudada – disse ele.

Capítulo 5

Quando Maud e Nate entraram, ela ficou aliviada ao descobrir que nada havia mudado na nova escola: cinco fileiras de carteiras cuidadosamente alinhadas na sala, que cheirava a sol, esmalte e giz. As crianças mais novas sentavam-se na primeira fila, enquanto as mais velhas acomodavam-se no fundo.

Mollie acenou para eles. Maud sentou-se alegremente ao lado dela, e Nate sentou-se ao lado de Jack, atrás delas. O grupo de Clemmie – Annie, Mamie e Nellie – sentou-se na frente de Maud, enquanto Lu estava na segunda fila com os outros alunos do seu nível.

Maud não conseguia acreditar que tinha sido tão ousada, emprestando a Nate seu livro favorito. Nate teria alguma ideia idiota? Será que se veria como Laurie, o vizinho rico que veio de longe? Ela certamente não o poderia pedir de volta agora. Haveria muitas perguntas. Ela ia tirar isso da cabeça. Mas Nate, brincando com Jack atrás dela, era bastante perturbador.

A senhorita Gordon bateu palmas, pedindo ordem à classe. Usava o cabelo em um coque elegante preso no topo da cabeça e estava vestida com uma longa saia marrom e um corpete de gola alta combinando. Não tinha nada do azedume da senhorita Robinson, e havia nela certa malícia sábia que Maud achou imediatamente atraente. Sim, a senhorita Gordon definitivamente era seu estilo.

Enquanto ela caminhava em direção a eles, sua saia roçou o chão.

– Estou ansiosa para aprender como ajudá-los a ter sucesso no futuro. Maud sentiu que a nova professora estava olhando diretamente para ela.

No fundo, Maud temia que, se não se casasse, a responsabilidade de cuidar dos avós recairia sobre ela. E, embora fosse esperado que ela se casasse, a ideia não era atraente. Pelo menos não agora. Quando visitou sua tia Emily em Malpeque, ela parecia muito cansada por ter que cuidar dos filhos, do marido e da casa. Maud queria ver coisas, fazer coisas e escrever sobre essas coisas. Ainda não sabia ao certo como, mas, se Louisa May Alcott, que tinha menos oportunidades do que ela, pôde fazer isso, talvez, apenas talvez, pudesse escrever também.

– Lucy Maud Montgomery.

Maud pigarreou.

– Presente. – Ela fez uma pausa. – Mas todos me chamam de Maud.

– Claro. – A senhorita Gordon escreveu algo em seu bloco de notas e continuou a chamada. – Nathan Spurr.

Maud não se conteve; virou-se quando o nome de Nate foi chamado, embora tentasse não olhar para o exemplar de *Mulherzinhas* na carteira dele.

– Presente. – Seu sorriso mostrou o espaço encantador entre seus dentes. – Mas, senhorita Gordon, será que a senhorita poderia, por favor, mudar seu registro para refletir uma mudança de nome recente? Eu esperava que minha mãe tivesse falado com a senhorita sobre isso.

Maud e Mollie trocaram um olhar. A atenção de Nate estava na senhorita Gordon, mas Maud tinha certeza de que seu olhar estava nela.

– Decidi voltar a usar o sobrenome de meu pai, Lockhart.

Mollie agarrou a mão de Maud por baixo da carteira. Quando era pequeno, Nate fora adotado pelo reverendo Spurr quando este se casou com a mãe dele. O pai de Nate, Nathaniel Lockhart, era um capitão de navio que desapareceu quando a atual senhora Spurr estava grávida.

MAUD

Você sabia disso? Maud rabiscou em seu quadro-negro.
Ele deve ter mantido isso em segredo. Mollie escreveu de volta.
Para você não saber, definitivamente.
Definitivamente. Mollie deu uma cotovelada nela.
– Senhoritas, posso ajudar em alguma coisa?
Ambas as meninas se sentaram eretas.
– A menos que vocês desejem compartilhar suas anotações com a classe.
As duas garotas murmuraram um pedido de desculpas. Do outro lado da sala, Lu balançou a cabeça, e Clemmie sussurrou algo para Annie, que deu uma risadinha.

A senhorita Gordon terminou a lista de chamada e ficou andando de um lado para outro, fazendo contato visual com cada aluno.
– Agora quero discutir dois projetos emocionantes. O primeiro é o concurso anual de redação do *Montreal Witness*. Pelas anotações da senhorita Robinson, sei que vocês participaram, mas ninguém desta classe terminou nas finais. – Os olhos da senhorita Gordon pararam em Maud. – Também entendo que alguns de vocês gostam de escrever e, portanto, espero vê-los no topo da lista.

Maud teve de se conter para não bater palmas. Por causa do que acontecera no ano anterior, ela havia perdido a competição. Talvez, se ganhasse, sua família a levasse a sério.

– Aqueles que estiverem interessados terão tarefas semanais de redação para que possam praticar, e então definiremos nossos tópicos em alguns meses. Porém podemos começar com alguma coisa que vocês já tenham escrito, ou podem pensar em um evento importante que lhes interesse – disse a senhorita Gordon. – Pode ser algo tão recente quanto o crescimento da ferrovia ou alguma coisa que aconteceu há muito tempo.

Maud ficou entusiasmada. Desde o quarto nível, não tivera um professor realmente interessado em redação desde o senhor Fraser, que lhe dera *A bad boy's diary*, de Little George, sobre um menino que sempre se metia em confusão. Tinha que ser algo dramático – talvez pudesse reler

"A traição da rainha". Voltaria a ele e se certificaria de que estava perfeito, com muitas descrições.

– O segundo projeto será um concerto de Natal em dezembro, quando também mostraremos nossos talentos. Todos devem participar.

Houve um resmungo coletivo de alguns, mas Maud se virou para Mollie e piscou. Fariam o que fosse necessário para serem as estrelas desse concerto, ou de qualquer outro, pois adoravam atuar.

Pelo resto da manhã, a senhorita Gordon manteve o controle firme sobre a classe (nem mesmo o irmão de Jack, Austin, atreveu-se a colocar um sapo em sua carteira como fizera no primeiro dia da senhorita Robinson) e, em seguida, dispensou-os para o recreio. Maud, Mollie, Nate e Jack foram diretamente para a velha bétula; Clemmie e Nellie sentaram-se sob um arvoredo do outro lado do pátio, em profunda conversa com Annie e Mamie.

– Parecem minhas irmãs no dia da costura – disse Mollie, colocando o sanduíche no guardanapo em seu colo. – Problemas.

– A senhorita Robinson certamente as mimou demais – disse Nate, mordendo seu sanduíche. – Nunca achei que ela a tratava com justiça, Polly. – Ele sacudiu algumas migalhas das calças. – Foi por isso que você saiu?

Maud teve dificuldade de engolir o sanduíche. Por que as pessoas não podiam deixar o passado em paz?

Do outro lado do pátio, as quatro meninas pararam de falar e agora estavam olhando para o outro grupo. Annie sussurrou algo para Mamie, que deu uma risadinha.

– Não quero falar sobre isso – disse Maud.

– Se é assim que você se sente... – Nate ficou amuado.

Maud se lembrou de que Nate odiava ser excluído, mas a última coisa que queria era que ele ficasse zangado com ela.

– Eu confio em você – ela começou –, mas há certas coisas que prefiro não repetir, principalmente quando há outros ouvidos por perto. – Maud apontou para o grupo de meninas.

– Elas estão suficientemente longe. Não vão ouvir – disse ele.

MAUD

— Eu entendo — disse Jack. — Algumas coisas precisam ser enterradas ou queimadas.

Maud deu a Jack um sorriso agradecido.

— Ótimo! — Nate sorriu, mostrando que tudo estava perdoado. — Serei bom e não vou pressioná-la, mas prometa-me que um dia ouvirei a história toda.

— Prometo — disse Maud.

— Eu me pergunto sobre o que elas estão falando — disse Mollie, limpando as mãos e colocando o guardanapo dentro da lancheira.

— Quem se importa? — disse Maud.

Para falar a verdade, ela se importava. Mollie descobriria, e essa era uma das razões pelas quais Maud a adorava.

— Odeio não saber o que as pessoas estão pretendendo — disse Mollie.

— Mas qual é sua preocupação? — Jack perguntou.

— É sempre bastante difícil explicar esses assuntos para os meninos — disse Mollie. — São como crianças pequenas que não param quietas no banco da igreja aos domingos.

— Acho maravilhoso como a senhorita Gordon está nos preparando para o concurso do *Montreal Witness* — disse Maud, em um esforço para mudar de assunto.

— Você se sairia bem — disse Mollie. — Sempre com lápis e papel nas mãos e debruçada sobre seu diário.

— Você já compartilhou algo do seu diário com outras pessoas? — perguntou Nate.

— Apenas com alguns poucos escolhidos — disse Maud.

— Como alguém entra nesse clube seleto?

— Precisa merecer.

Por que seria que, sempre que ela e Nate conversavam, imediatamente a conversa caminhava para alguma coisa que ela não queria discutir?

— Espero um dia ter essa oportunidade. — Ele realmente não deveria sorrir assim.

Maud precisava se afastar de Nate, de seu sorriso e da agitação que ele lhe causava. Ela agarrou o braço de Mollie.

– Quero falar com a senhorita Gordon sobre os requisitos da redação.

– Sim – disse Mollie, como se entendesse. – Eu também.

– Veremos vocês duas mais tarde – disse Nate, virando o boné ao contrário, como Maud gostava.

Mas, em vez de entrar na sala onde a senhorita Gordon estava almoçando, Mollie puxou Maud para perto de onde Clemmie, Nellie, Mamie e Annie pareciam estar discutindo.

– Mollie, já tive drama suficiente por um dia – disse Maud, tentando puxá-la em outra direção.

– Vamos, Pollie – disse Mollie. – Precisamos saber o que está acontecendo. E esta é uma briga e tanto.

Maud deixou que Mollie a puxasse. Estava curiosa e secretamente esperava que Annie finalmente desse a Clemmie o que ela merecia.

Reunidas do outro lado, Lu e algumas das meninas mais novas também estavam curiosas.

– Você disse a Clara e a Mamie que elas não deveriam ser minhas amigas porque menti ao dizer que não pude me encontrar com elas no sábado – gritou Annie, apontando dramaticamente para Clemmie. – Você sabe que tive que ir para casa cuidar da minha irmã porque mamãe estava doente!

– Não sei nada disso – disse Clemmie. – Você está sempre usando sua mãe como desculpa. Como saberíamos se ela está realmente doente?

– Você não saberia porque é uma menina mimada – disse Mamie.

– Parece que as coisas não mudaram nada – disse Maud.

– Mamie segue Annie como se ela fosse a abelha-rainha. E Nellie é devotada a Clemmie – disse Mollie.

– Você é que é mimada, Mamie Simpson – disse Nellie. – Sempre se exibindo.

Quando Mamie estava prestes a rebater, a senhorita Gordon tocou a campainha, e Clemmie e Nellie passaram por ela e entraram.

– Estou aliviada por não estarmos envolvidas dessa vez – disse Maud quando elas entraram.

– Mas vocês duas estão – disse Annie, passando por elas e bloqueando a porta. – Você e Amanda viram tudo e podem ser chamadas para me defender, se necessário.

– E por que nós a ajudaríamos? – disse Mollie.

– Porque Clemmie disse coisas horríveis sobre Maud e Nate. – Ela se virou para Mollie. – Eu sei que você vai defender Maud. Não foi isso que vocês duas juraram na primavera passada? – Annie e Mamie estavam lá quando Maud e Mollie fizeram seu voto de amizade.

– O que Clemmie disse sobre mim e Nate? – perguntou Maud.

– Oh, você sabe do que se trata. – E entrou.

Maud encostou a cabeça no ombro de Mollie.

– Isso foi inoportuno – disse Mollie –, trazer à tona nosso voto de amizade.

– Você sabe do que ela está falando? – perguntou Maud.

– Não. – Mollie alisou o cabelo de Maud e beijou-a no topo da cabeça. – Mas desconfio de que ela esteja apenas tentando causar confusão.

Capítulo 6

Deitada de bruços em sua cama, Maud lia o exemplar de *Ondina* de Nate apoiado no travesseiro à sua frente. O jantar tinha sido bastante tranquilo, e ela estava aliviada por seus avós terem apenas perguntado como fora seu dia e logo passado a discutir quem fora ao correio naquele dia e tudo o mais que acontecera.

De volta ao quarto, aproveitando a solidão, vestira uma roupa mais confortável – uma saia verde e um corpete branco. Tinha certeza de que na manhã seguinte Nate ia lhe perguntar sobre *Ondina*. A verdade era que ela não estava lendo – apenas pensava no calor dos dedos dele quando lhe entregara o livro. Já tinha registrado todo o episódio no diário, que agora estava aberto a seu lado.

Maud deslizou o dedo pela gravura da majestosa sereia que estava na capa de *Ondina*, seu cabelo esvoaçante acariciando as algas, os braços fortes acima da cabeça, pronta para assumir o comando de sua vida. Adorava como o papel acariciava seus dedos, a curva da lombada e o cheiro de mofo de um livro bem lido e amado. Também havia algo delicioso em compartilhar um livro com Nate. Estava gostando das migalhas de pão que ele deixara nas margens e das passagens que ele sublinhara. Era como se estivessem tendo uma conversa secreta.

Enquanto lia, sorriu ao ver como Nate havia sublinhado: "Foi na suavidade causada por um cavaleiro galante, elegantemente trajado, que saiu da sombra da floresta e veio cavalgando em direção ao chalé".

Será que Nate se vê como um verdadeiro e nobre cavaleiro?

Quando virou a página, um pedaço de papel escorregou do livro para a cama. Ela o leu:

Querida Polly,
   Estou ansioso para ouvir sua opinião sobre este livro.
   Talvez possamos encontrar um momento para discutir isso alguma tarde depois da aula de órgão.
   Sinceramente,
                                                       Snip

Na primavera anterior, Maud começara a ter aulas de órgão com a mãe de Nate, a senhora Spurr, que obviamente tinham parado quando ela fora para a casa de tia Emily e tio John Malcolm em Malpeque. Esperava retomá-las, mas precisava convencer os avós de que era um investimento valioso.

Mas teria de se preocupar com isso mais tarde, porque Pensie, usando seu cabelo ruivo preso com um lindo laço na nuca, bateu à porta do quarto para a caminhada noturna delas até a praia. Maud deu um pulo, deixando cair o livro no chão, e então rapidamente o apanhou e o jogou na cama ao lado do diário.

Cerca de vinte minutos depois, Pensie e Maud estavam na praia, diante do Golfo de Saint Lawrence, perto de seu local favorito, o Buraco no Muro, uma escultura de arenito que anos de erosão haviam transformado em um grande buraco que se podia atravessar. Naquela noite a maré estava subindo perigosamente – a areia estava escorregadia e poderia arrastar uma pessoa para o golfo –, mas, quando a maré baixava, Maud o atravessava facilmente, imaginando que era um portal para outro mundo.

Maud contou a Pensie quase tudo o que havia acontecido na escola. Chegou a pensar em lhe contar a troca secreta de livros com Nate, mas, como não estava preparada para um dos sermões de Pensie sobre o decoro entre batistas e presbiterianos, concentrou-se na discussão entre Clemmie e Annie.

Pensie apertou suavemente o braço de Maud e se inclinou para ela.

– Tudo isso me parece muito tolo – ela suspirou. – Estou feliz por ter acabado a escola. Mamãe precisa de mim.

– Você não se entedia de ficar em casa o dia todo?

– Não, de maneira alguma. Tenho Fauntleroy e Topsy para me manter entretida – disse Pensie, referindo-se a seus gatos. – Além disso, mamãe precisa da minha ajuda na casa, agora que minhas irmãs estão casadas.

– Se aqueles gatos pudessem falar – disse Maud, lembrando que, apenas um ano antes, ela e Pensie brincavam juntas no velho celeiro com os gatinhos, compartilhando seus segredos mais profundos.

– E quanto a Nate Spurr? – disse Pensie, depois de alguns segundos.

Maud empurrou Pensie para longe e olhou para o golfo. Não queria falar sobre Nate.

– Ora, vamos, Maudie. Você me prometeu que me diria o que havia naquela carta.

Maud forçou uma risada.

– Bem – ela encarou a amiga –, agora o sobrenome dele é Lockhart.

– É mesmo? – Os olhos castanhos de Pensie se arregalaram. – O que o levou a adotar o nome do pai, que ele descanse em paz?

Maud encolheu os ombros. Ela honestamente não sabia. Talvez ele quisesse estar mais próximo do pai. Ela podia entender isso.

As duas amigas ficaram em silêncio, observando o sol se pôr nas águas do golfo.

– O que dizia a carta? – Pensie perguntou depois de um tempo.

– Ele estava me dando as boas-vindas de volta à escola.

– Não acredito que foi só isso, Maud. – Pensie segurou ambas as mãos da amiga. – Ele quer cortejá-la!

Ela não gostou do que Pensie estava sugerindo. Ela e Nate eram apenas amigos.

– Como Quill Rolling quer cortejar você?

Pensie largou as mãos de Maud e se afastou.

– Não estamos falando de mim.

Maud imediatamente se arrependeu de suas palavras. Não conseguia suportar quando Pensie estava chateada com ela. Então, pegou uma das mãos de Pensie e a beijou.

– Perdoe-me. Isso é... ridículo, só isso.

Pensie agarrou a mão de Maud e retribuiu o beijo.

– Minha irmã Lillie diz que eu deveria começar a pensar nessas coisas, e você também. Você deve ter cuidado como induz os meninos, porque eles só querem uma coisa. – Pensie fez uma pausa. – Casamento. Homens como Nate estão procurando uma esposa.

– Nate não está procurando uma esposa. – Maud gargalhou. – Ele só tem 14 anos! E, mesmo se estivesse, não seria eu. Como disse, somos bons amigos, nada mais. Além disso, ele é enteado do ministro batista. Meu avô não permitiria. Quase como se casar com um primo, casar-se com um batista é um convite ao inferno.

– Verdade – disse Pensie.

Era hora de mudar de assunto.

– Quando você vem dormir aqui? É a sua vez, você sabe. Você não veio desde que voltei para Cavendish.

Pensie suspirou.

– Sua casa é tão triste.

Maud riu de novo. Achava a mesma coisa, mas nunca teria ousado dizer isso em voz alta.

– Por que você não vem ficar comigo? Você sabe que minha mãe não se importa. Ela adora você.

– Vou perguntar à vovó – disse Maud.

Uma hora depois, Maud voltou para a fazenda dos avós e estava prestes a subir as escadas para ler *Ondina* quando a avó a chamou à cozinha. Ela encontrou os avós sentados em extremidades opostas da mesa da cozinha, com duas xícaras de chá pela metade e o que parecia ser um livro de couro vermelho aberto no meio da mesa. Parecia muito o seu diário, o que era estranho, porque seu diário estava trancado em uma gaveta no andar de cima.

– Estamos espantados, Maud – disse o avô.

– Alexander... – O tom agudo da avó fez a nuca de Maud formigar.

– O que você quer dizer?

– Embora ache adequado uma menina manter um diário – a mão da avó tremia quando ela pegou o diário e o estendeu a Maud –, nunca pensei que você escreveria sobre nós dessa maneira.

Maud não se mexeu. Se fizesse isso, então estaria consentindo. Será que os avós realmente tinham lido seu diário?

– Você acha que vou mandá-la para a faculdade depois de ler isso? – disse o avô. – Escritora e professora – ele zombou. – De onde você tirou essas ideias?

– E se alguém além de mim tivesse descoberto isso? – disse a avó. Ela estendeu o diário para Maud e, em um momento de desespero, Maud se perguntou se a avó tinha lido as entradas mais recentes sobre Nate, mas a linha de questionamento parecia estar indo em uma direção diferente.

– Você mexeu nas minhas coisas? – Maud sussurrou.

O colarinho preto da avó acentuou sua carranca.

– Eu nunca mexeria nas suas coisas. Estava levando a roupa de cama e o vi aberto na sua cama.

Maud se lembrou de tê-lo deixado aberto na cama quando Pensie chegou. Era tudo culpa dela. Havia se esquecido de guardá-lo.

Maud sentiu como se os avós tivessem pisado em seu coração. Tremendo, com lágrimas escorrendo pelo rosto, ela se levantou, esperando que um deles se desculpasse por tê-la traído. Mas não houve nenhuma desculpa. O único som foi o silêncio de desaprovação.

Tremendo, ela estendeu a mão para pegar o diário.

– O que vocês vão fazer?

– Não sabemos – disse a avó. – Mas achamos que, devido a essas novas informações e aos problemas que você teve no ano passado, está claro que não estamos mais capacitados a lidar com você. – Ela fez uma pausa. – Por favor! Vá para o seu quarto.

Como se estivesse se observando do alto, Maud saiu da cozinha, seu querido diário pesando como uma pedra em suas mãos.

Algumas horas depois, Maud olhou a noite escura e depois a foto de um pai jovial e de uma mãe angelical. O que a mãe pensaria dela agora?

A lua crescente havia passado pela janela, mas Maud esperou até ouvir os avós irem para a cama.

Não era justo! Por que teve de sofrer porque a mãe havia morrido? Maud nunca havia pedido isso. Talvez fosse tão horrível que por isso nem mesmo o próprio pai a queria.

Maud alisou as bordas desgastadas das páginas de seu diário. Desde os 9 anos de idade, tinha sido uma companhia constante nas solitárias noites afogadas em lágrimas.

E agora, com um ato descuidado, estava manchada. Desacreditada.

Sob a luz baixa do lampião a querosene, Maud desceu lentamente as escadas até a cozinha e caminhou em direção ao forno a lenha. Levantando a tampa do forno, ficou feliz de ver que as brasas ainda estavam incandescentes. Jogou lá dentro outra tora, que se incendiou rapidamente. As chamas estalavam e assobiavam.

De qualquer forma, o diário continha muitas bobagens, comentários triviais sobre o tempo. Claro que havia algumas passagens excessivamente românticas de momentos roubados com Nate, o sonho de ir para a faculdade e a triste história de uma garota banida para viver com os tios por seis meses solitários enquanto uma estranha morava em sua casa. Mas, se pretendia mostrar aos avós e ao pai que poderia ser uma dama, teria de começar uma nova história, criar uma nova versão de si mesma.

Sem olhar para o diário novamente, Maud atirou-o no fogo. Ele caiu em uma dança violenta, girando e girando, as páginas se enrolando e dobrando sobre si mesmas. E, quando a última página desapareceu, transformada em cinzas negras, ela sussurrou:

– Agora ninguém saberá o verdadeiro segredo do meu coração.

À luz do amanhecer, Maud não se arrependeu de sua ação dramática. A única coisa que lamentou foi ter deixado o diário descuidadamente sobre a cama. Foi uma lição amarga, mas ela nunca faria isso novamente.

Não tinha dormido bem. Seus sonhos intermitentes foram assombrados por imagens do diário se queimando. Não foram só as páginas que se queimaram, mas também uma parte de sua alma. Talvez fosse um pensamento perverso esse de almas ardendo no fogo, mas pela primeira vez ela gostou da ideia de que pudesse ser perversa.

Lentamente, deslizou para fora da cama e estendeu a mão para o robe, mas seu corpo estava dormente. Ainda não estava pronta para ver os avós. Sabia que teria de sofrer com sua desaprovação e o silêncio. Mas não naquela manhã, talvez nem mesmo naquele dia.

Sentia-se áspera e vermelha, como terra raspada. Não poderia ir para a escola. Além disso, o avô não disse que não pagaria a escola? Se não ia se importar em mandá-la para a faculdade, provavelmente não se importaria se ela não fosse à escola naquela manhã.

Maud largou o robe no chão, voltou para a cama e chorou até conseguir empurrar a memória chamuscada para longe e cair no sono.

Mais tarde, acordou quando sentiu alguém se sentar ao lado dela na cama. Permaneceu imóvel, mal ousando respirar.

– Você é muito parecida com sua mãe – sussurrou a avó.

O peso no coração ameaçava arrastar Maud para a terra de argila vermelha. O que a avó dissera não fazia sentido. A mãe era uma boa mulher que morreu muito jovem. Maud não era boa, parecia estar sempre se metendo em problemas. O que a avó quisera dizer?

Maud guardou essas perguntas para si mesma quando voltou à escola no dia seguinte. Ela também não contou aos amigos o que havia acontecido. Ainda assim, todos podiam ver que não estava de bom humor. Mollie tentou fazê-la se sentir melhor e até Nate lhe mandou um bilhete durante a aula de francês perguntando se ela estava doente. Uma parte dela havia sido queimada com o diário, e não havia nada que alguém pudesse fazer para trazê-la de volta para si mesma.

Em vez de permitir que Maudie fosse para a casa de Pensie naquele fim de semana, os avós decidiram que ela deveria voltar para a casa dos primos Campbells em Park Corner por alguns dias, para "manter-se a uma certa distância". Normalmente, ela esperava ansiosamente o dia de visita de seu avô "Big Donald" Montgomery – um fiel senador conservador que estava em casa sempre que o Parlamento não estava em sessão –, os irmãos do pai, a irmã mais velha da mãe, tia Annie, e os demais primos Campbells. O avô Montgomery nunca a fizera se sentir um fardo. Ela admirava os dois cães de porcelana, Gog e Magog, sempre majestosamente sentados na lareira de sua sala de jantar e que eram a primeira coisa que ela visitava quando chegava.

Mas, dessa vez, nem mesmo os dois cães conseguiram levantar seu ânimo. Então Maud decidiu visitar tia Annie, que sempre a fazia se sentir à vontade e segura. Tia Annie incentivava seus "rabiscos", e os primos, Stella, Clara, George e Fredericka (que todos chamavam de Frede), sempre lhe davam a sensação de ser um deles. Era um lugar que ela carregava no coração.

Como de costume, tia Annie sabia exatamente o que Maud precisava fazer. Sempre acreditara na importância de se manter ocupada. "Mãos ociosas, mente ociosa", costumava dizer, e sugeriu que ela começasse uma colcha de retalhos para "afastar a mente dos problemas". Maud não sabia se isso ajudaria, mas gostava de costurar. Concentrar-se em encontrar os vários retalhos para costurar aliviou a dor surda por um tempo. E, embora às vezes sua mente divagasse, era bom criar algo quando o coração estava tão pesado.

Mas, quando retornou a Cavendish na segunda-feira seguinte, ver os avós trouxe de volta aquela noite horrível. Ela precisava recomeçar, mas como?

Depois da escola, Maud pegou algumas folhas velhas de papel de carta dos correios e costurou um novo caderno usando um barbante e um pedaço de couro vermelho que encontrou no celeiro. Então, foi dar uma longa caminhada pela Trilha dos Amantes. A luz tremeluzia ao longo do caminho, indicando que ela deveria continuar andando, até que chegou à sua árvore favorita, cujo tronco entrelaçado lembrava duas pessoas apaixonadas. Maud a chamava de Árvore dos Amantes, denominação que havia inspirado o nome da trilha. Era um lugar verdadeiramente romântico, com uma cerca quebrada próxima e um pequeno riacho onde vaga-lumes dançavam, sussurrando segredos aos pinheiros e bordos.

Sentada sob a Árvore dos Amantes, Maud esperou que a centelha de inspiração viesse. E, quando a ideia surgiu, como um lampejo de luz interior, ela puxou o novo caderno e começou a escrever um novo tipo de diário, um diário que não teria reflexões bobas sobre o tempo.

E este, ela escreveu, *vou manter trancado.*

Capítulo 7

Naquela noite de sexta-feira, a avó deu permissão a Maud para dormir na casa de Pensie. Maud ficou surpresa. Durante toda a semana, os avós só tinham falado com ela para criticar: seus modos à mesa eram abomináveis, ela era desleixada, e sua costura não era suficientemente benfeita.

Mas na sexta, depois das aulas, Pensie encontrou Maud no caminho da escola para casa.

– Implorei à mamãe para apelar aos seus avós em nosso nome, e ela o fez esta manhã, dizendo que você não passava a noite conosco havia muito tempo e que eu sentia muito sua falta.

– Também senti sua falta! – Maud abraçou Pensie, que retribuiu seu afeto com um forte aperto.

Provavelmente os avós não queriam se preocupar com ela, raciocinou Maud, mas não ia questionar essa decisão. Outro fim de semana sem seu julgamento constante era exatamente do que ela precisava.

Agora, sentadas na sala dos Macneills, Maud, Pensie e a senhora MacNeill trabalhavam em suas costuras. Maud colocou sua colcha de retalhos no colo e olhou pela janela. O sol estava se pondo, dando à praia vermelha do golfo um brilho violeta.

— Mãe, a colcha de Maud não está muito bonita? — disse Pensie depois de um longo tempo.

Maud não estava convencida de que sua amiga dizia a verdade. Era seu primeiro grande projeto de costura, e ela tinha certeza de que estava fazendo uma bagunça. Quando a mãe de Pensie se inclinou, Maud notou quanto a amiga se parecia com a mãe.

— Sim. Esquema de cores adorável. Essa malva é linda. — Ela se levantou. — Sabe? Tenho um pedaço na minha sacola de retalhos que seria perfeito. Vou buscá-lo e já volto.

— Qual é o problema, Maudie? — perguntou Pensie depois que a mãe saiu da sala.

Maud pegou sua colcha e retomou a costura. Preferia que Pensie se concentrasse em algo diferente dela.

— Você costumava confiar em mim — disse Pensie.

— Nas cartas — disse Maud, puxando um fio.

— Ainda tenho todas as suas — disse Pensie.

Pensie ainda guardava suas cartas!

— Espero que estejam em um lugar secreto — brincou Maud.

— Claro! — Pensie riu. — Não gostaríamos que alguém descobrisse nossos segredos, não é? — Pensie se levantou, espiou em volta para se certificar de que a mãe não estava vindo e voltou a se sentar. — Acho que sei qual é o problema. Você brigou com Nate Lockhart, não foi?

Maud sentiu um calor no rosto. Entre os avós e seu diário, tinha praticamente esquecido *Ondina* e Nate Lockhart.

— Não — ela disse. — Por quê? — E colocou um quadrado da colcha no colo.

— Pedi a mamãe que me contasse novamente o que fez com que alguns membros da família se separassem e se unissem à Igreja Batista.

— Verdade? — Maud se perguntou por que Pensie estava tão curiosa.

— Sim — disse Pensie. — Você nega, Maudie, mas, se as intenções de Nate Lockhart forem honradas, você terá que decidir se irá segui-lo àquela outra igreja.

— Pensie Macneill, mesmo que eu considere os sermões do reverendo Archibald um tanto longos, sou uma presbiteriana devota.

Pensie ergueu a mão.

– Eu sabia que você diria isso, mas talvez Nate não seja tão devoto. Talvez ele esteja disposto a mudar de lado.

– "O enteado do ministro batista?" – Maud gargalhou. – Pensie, acho que você anda bebendo muito vinho de groselha.

Pensie riu.

– Tudo bem. Tudo bem. Devo lhe contar o que mamãe me disse?

Maud tinha certeza de que já tinha ouvido a história antes. Todos em Cavendish a conheciam. Mas deixou que a amiga continuasse.

– Minha mãe disse que o rompimento na família ocorreu quando nossos primos... ah, não lembro o nome deles, mas acho que um deles era David, se casaram com duas mulheres da família Dockendorff que eram batistas. Todos estavam preocupados que essas mulheres forçassem seus maridos a se tornarem batistas, mas elas prometeram que não o fariam. Mas mamãe disse que elas usaram seus artifícios para que nossos primos deixassem o presbiterianismo e criassem sua própria igreja.

– As pessoas estão sempre culpando essas mulheres por afastarem os homens, como se eles não pudessem pensar por si mesmos – disse Maud.

– A maioria dos homens precisa ser liderada – disse Pensie. – Veja Quill. Ele quer que eu diga para onde vamos à noite. Se dependesse dele, não sairíamos da sala da mamãe.

– Não acho que Nate queira que eu lhe diga o que fazer – disse Maud.

– O que estou lhe dizendo, Maudie, é para ter cuidado. E lembre-se de que, afinal de contas, ele também é de fora.

– Sim, Nate é da Nova Escócia. E isso significa que ele não tem nada a ver com o que aconteceu naqueles anos – disse Maud. – Nem nós.

– Poderia muito bem ter acontecido ontem – disse Pensie. – As pessoas têm memória longa.

– Seletiva – disse Maud, retomando a costura, na esperança de que isso pusesse fim à conversa. Onde estava a senhora Macneill com aquele retalho de tecido? Ela precisava mudar de assunto. – Como vão as coisas com Quill?

Agora foi a vez de Pensie corar.

– Bem, na verdade... Mary Woodside e eu temos conversado longamente sobre isso.

Mary Woodside! Desde quando Pensie confiava naquela garota? Andava "conversando longamente sobre isso" com ela?! Mas, como não queria estragar aquele tempo que passaria com Pensie, Maud então ela lhe disse, no que esperava fosse o tom mais natural: – O que aconteceu?

– Quill pediu para me levar à palestra mensal no Cavendish Hall. No próximo mês o sermão será do reverendo Carruthers.

Ao ouvir o farfalhar da saia da senhora Macneill, elas rapidamente retomaram a costura.

– Vou pedir à mamãe enquanto você estiver aqui, porque então ela será mais amigável – disse Pensie.

– Claro, querida. – Maud não disse a Pensie que não gostava de Quill. Ele não tinha intelecto e era terrivelmente enfadonho. Não era o estilo dela.

Quando a senhora Macneill voltou e deu a Maud o retalho de tecido rosa, ele lhe pareceu perfeito em contraste com o lilás da colcha. Elas costuraram por um tempo, e então Pensie encontrou o momento certo para fazer o pedido à mãe, que se mostrou aberta à ideia de discutir o assunto com o pai. Estava quase resolvido: Pensie iria ao sermão com Quill.

Mais tarde, enquanto estavam aninhadas na cama, Pensie brincou que talvez ela não fosse a única convidada para a palestra. E Maud fez um desejo secreto: que Pensie pudesse ir à palestra não com Quill, mas com ela.

Capítulo 8

Depois de seu fim de semana com Pensie, Maud voltou para a escola com determinação renovada, inspirada a falar com a senhorita Gordon sobre seu poema épico, "A traição da rainha". Mas a oportunidade nunca surgia. Quando Maud chegou, Clemmie e Nellie estavam sentadas sob a bétula, pela qual ela foi obrigada a passar para chegar à escola. O cabelo de Clemmie estava preso em um meio coque que acentuava sua testa forte, e ela estava vestida com uma saia rosa com estampa floral. Parecia estar pronta para um piquenique de domingo, não para a escola.

As duas meninas não tentavam ocupar, nas palavras de Mollie, "seu território" desde o primeiro dia de aula. Talvez essa fosse a maneira de chamar a atenção de Maud. Embora Maud não quisesse admitir, estava funcionando. Talvez, se ignorasse suas transgressões, as duas a deixassem em paz. Maud exibia o comportamento que a avó esperava dela, mas não havia muita coisa que uma pessoa pudesse fazer quando se deparava com garotas como Clemmie e Nellie.

Maud desejou desesperadamente que sua melhor amiga estivesse lá. Mollie era muito melhor nessas coisas e poderia inventar o insulto perfeito, mas ela havia avisado na noite anterior que se atrasaria porque estava ajudando a mãe com o pai doente.

– Você não vai dizer "bom dia", Lucy?

Maud parou. Clemmie sabia que ela odiava ser chamada pelo primeiro nome.

– Sim, você não vai dizer "bom dia", Lucy? – Nellie papagueou.

Maud se consolou com a ideia de que Nellie Clark nunca teria uma ideia original.

– Ela é tão rude, não é, Nellie? É claro que morar com os velhos avós e onde quer que ela tenha morado no ano passado, provavelmente algum hospício em Charlottetown, porque ela é de fato louca, talvez tenha corrompido suas maneiras.

Maud girou nos calcanhares e as encarou. As garotas esticaram as pernas à sua frente de uma maneira nada feminina.

– Ao contrário de sua mãe, que a abençoou com seu talento único para a mesquinhez – disse Maud –, minha avó me ensinou a dar a outra face. E então, quando vi vocês duas sentadas onde sabem que não é o seu lugar, decidi adotar uma base moral mais elevada e, portanto, ignorá-las.

Maud não havia percebido que ia dizer tudo isso, mas também se deu conta de repente de que não tinha mais medo delas ou do que possivelmente elas lhe fariam.

Clemmie se levantou e deu dois passos na direção de Maud. Exibia um sorriso de lábios finos que lhe provocou um arrepio. Nellie a seguiu, ligeiramente atrás de Clemmie, mas seu sorriso não teve o mesmo efeito.

– Lucy – disse Clemmie.

– Lucy é o nome da minha prima – disse Maud, já se arrependendo de suas ações.

Ela e Clemmie eram quase da mesma altura, mas Clemmie não mostrava nenhum sinal de medo, enquanto Maud tinha certeza de que podiam ouvir seu coração bater. O fato de não ter mais medo delas não significava que gostava de confronto.

– Maud – Clemmie estendeu a mão, e seus lábios apertados se transformaram em um sorriso de boas-vindas –, vim aqui esta manhã decidida a lhe oferecer uma prova de amizade.
– Verdade?
Nellie parecia tão perplexa quanto Maud.
Maud respirou fundo.
– Clemmie, você não me mostrou um verdadeiro gesto de amizade desde sua repentina mudança de opinião no ano passado.
Clemmie baixou a mão.
– Tudo bem, eu ia avisá-la sobre seu novo namorado, Nathan Spurr.
– Lockhart. Meu Deus, Clemmie, para uma garota tão inteligente, você realmente pode entender tudo errado.
O sorriso de boas-vindas sumiu.
– Esqueci. Eu o conheço como Spurr há anos. Uma pessoa não deve mudar de nome. Não é adequado.
– Nate pode fazer o que quiser – disse Maud. – Ele é dono de si mesmo.
– Maud – disse Clemmie com mais calma –, vim aqui esta manhã para lhe contar algo sobre Nate.
Maud notou uma sensação horripilante lhe descer pela nuca.
Nellie mexeu nas mangas. Estava claro que estava desconfortável com essa confissão estranha. Clemmie se virou e fez um sinal para que ela se afastasse.
– Você não vai me dizer do que se trata, Clemmie? – O tom de Nellie quase fez Maud sentir pena dela.
– Prometo que vou. Mas isso precisa ser entre mim e Maud – disse Clemmie.
Nellie se afastou, mas ficou perto dos degraus da escola.
– Então, sobre o que você deseja me avisar? – disse Maud.
– Tenho sentido sua falta, Maudie. Eu realmente sinto. Sempre nos divertimos muito juntas, você e eu. Todas aquelas caminhadas para casa, debochando daquela velha bruxa, a senhorita Robinson.

Maud tinha uma lembrança bem diferente. Maud, Mollie e Pensie tendo uma conversa confidencial e Clemmie parecendo simpática, até que deixava de ser.

– Vocês, meninas, estavam sempre rindo.

Clemmie fez uma pausa ao ouvir a conversa suave dos colegas de classe que vinham pelo bosque da escola. Maud pôde ver Nate e Jack a distância.

– Você está ficando sem tempo, Clemmie. Diga-me o que quer.

– Bem – Clemmie estendeu a mão para pegar o braço de Maud, mas Maud o afastou –, você sabe que Nate e eu frequentamos a mesma igreja.

Maud concordou com a cabeça.

– Somos amigos desde que ele veio para Cavendish. Vamos à Escola Dominical e cantamos no coral juntos. Mamãe acha que ele seria um bom par para mim e que tenho o temperamento certo para ser esposa de um ministro.

Maud notou que Nate e Jack pararam na clareira para esperar Mollie, que vinha na direção deles. Mas, quando viu Clemmie, Mollie começou a andar na direção das meninas. Maud ergueu a mão, sinalizando que aquilo era entre elas.

– O padrasto dele é um ministro, mas não acho que Nate tenha aspirações semelhantes – disse Maud.

Clemmie apertou os lábios.

– Essas coisas sempre podem ser arranjadas, se feitas de determinada maneira.

– Então, qual é o aviso? Você quer transformá-lo em um ministro? Vá em frente e tente. Como eu disse, Nate é dono de si.

A máscara de Clemmie caiu.

– Se você e Nate continuarem com esse namoro...

– Não estamos namorando, somos apenas amigos!

Clemmie respirou fundo.

– Se você e Nate continuarem com esse namoro, vou criar um tremendo problema para você. Ele é batista, você é presbiteriana, Deus a ajude, e isso não está certo. Ele é um de nós, e vamos garantir que ele não seja desviado por seus caprichos.

Maud gargalhou.

– Você está superestimando minhas habilidades.

– Então, como você explica a mudança de nome?

– Não sei. – Ela realmente não sabia. – Fiquei tão surpresa quanto você quando ele contou à senhorita Gordon. Ele nunca me disse nada. Acho que ele pode querer se conectar com o pai dele. Mas por que ele mudar o nome tem algo a ver comigo?

– Nós, eu, achamos que tem algo a ver com seu tio, o poeta, em Halifax.

– O pastor Felix?

– Sim. Acho que deve ter algo a ver com ele.

– Embora admire a poesia do tio, não consigo entender por que Nate mudar de nome tem algo a ver com ele, ou comigo.

– Você não vê? Ele sabe quanto você gosta de todas aquelas bobagens de poesia e quis impressioná-la.

Maud riu de novo, mas pensou. Ele faria uma coisa tão boba para impressioná-la? Não. Ela não acreditava nisso.

– Você está sendo ridícula – disse ela, e se virou para ir embora, mas Clemmie agarrou seu braço.

Maud olhou para os dedos que seguravam sua manga e, em seguida, ergueu lentamente a cabeça. Ficou claro pela severidade na expressão de Clemmie que ela acreditava em cada palavra.

– Você vai me ouvir. Tenha cuidado, Maud, ou vamos criar problemas para vocês dois. Você não vai estragar minha vida.

Maud afastou a mão de Clemmie. Estava farta de pessoas lhe dizerem o que deveria fazer – e com quem poderia estar. Clemmie certamente poderia tentar ganhar Nate, mas Maud seria uma presbiteriana digna e deixaria isso nas mãos da Providência. Se Clemmie e Nate estivessem destinados – e ela duvidava muito disso –, Deus faria a união.

– Clemmie – disse Maud –, não permitirei que você ou qualquer pessoa de sua congregação determine de quem posso ser amiga. Como já lhe disse três vezes, Nate Lockhart é dono de si e fará o que quiser, seja permanecer meu amigo, seja escolher alguém de sua congregação.

Clemmie fez uma careta.

– Mas, se ele acabasse ficando com você, eu sentiria pena de sua situação – arrematou Maud. Ela se virou, caminhou na direção de Mollie, pegou sua mão e então se dirigiu para a clareira onde estavam Nate e Jack.

– O que foi aquilo? – perguntou Mollie.

– Um absurdo – disse Maud. – Eu lhe contarei todos os detalhes mais tarde.

Mollie franziu a testa.

– Promete?

Maud concordou com a cabeça.

– Como está seu pai?

Mollie puxou os cabelos cacheados para trás da orelha.

– Está apenas cansado, eu acho. Nada que um pouco de chá e simpatia não curem. – E então sorriu. – Venha, vamos encontrar nossos amigos.

– Sim, vamos! – E Maud se certificou de que sua risada fosse alta o suficiente para que Clemmie pudesse ouvi-la.

Capítulo 9

Naquela noite, Maud estava costurando sua colcha com os avós na sala da frente. A avó trabalhava em um bordado, e o avô lia o *Charlottetown Patriot*. Maud teve de admitir que gostava dessas noites calmas com os avós; havia uma tranquilidade no silêncio do trabalho produtivo – especialmente depois do episódio com Clemmie.

Desde o incidente com o diário, ela e os avós não se falavam muito, mantendo a conversa em temas seguros, como os correios e as tarefas domésticas. Era difícil trabalhar lado a lado com eles sabendo que a avó estava zangada com o que ela havia escrito. Maud ainda se sentia traída.

Mas agora, sentada na sala da frente depois do jantar, com a calma do trabalho e a luz do fogo fazendo-a se sentir aconchegada e segura, ela estava em paz pela primeira vez em muito tempo. Maud baixou os olhos para sua colcha maluca. Estava trabalhando no retalho que a mãe de Pensie havia lhe dado.

– Maud – disse a avó –, há algo que gostaríamos de discutir com você.

Os pontos que Maud estava costurando se embaraçaram. Ela suspirou. Teria de cortá-los e refazê-los.

– Sinceramente, estamos pensando que é hora de você voltar às aulas de música – prosseguiu a avó.

Surpresa, Maud quase deixou cair o quadrado em que trabalhava. Se a avó estava sugerindo que retomasse as aulas, definitivamente não estava preocupada com sua amizade com Nate – então era certo de que não tinha lido as entradas mais recentes sobre ele em seu diário. Maud se concentrou em costurar para esconder um sorriso. Apesar de os avós ainda estarem decepcionados, ela sentiu um peso sair de suas costas.

– Espero ouvir você praticar – disse o avô.

– Claro, vovô – disse Maud enquanto pegava o retalho e começava a tirar os pontos. Ela mal podia esperar para escrever para Nate e lhe contar.

A casa de tijolos cinza dos Spurrs se escondia entre um arvoredo no topo da colina, do outro lado da estrada que vinha da Igreja Batista e do Cavendish Hall.

O órgão fora orgulhosamente colocado na sala onde a senhora Spurr dava aulas de música, adjacente a uma sala de estar onde Nate estudava. A primeira aula de Maud só aconteceu em outubro e, quando ela chegou depois da escola, Nate já estava sentado na sala ao lado, fingindo ler *Mulherzinhas*. Em suas aulas anteriores, ela tinha gostado de tê-lo por perto, mas agora, muito consciente de sua presença, perdeu toda a coordenação.

– Maud, preste atenção à coordenação entre pedal e mão – disse a senhora Spurr. – Vamos dar uma olhada em *Abide with me*. É um hino tão comum que você precisará conhecê-lo se for convidada a tocar. Você precisa – ela limpou a garganta e olhou para o filho, que cuidadosamente mantinha os olhos no livro – se concentrar.

– Desculpe – murmurou Maud. Ela percebia quanto havia esquecido. Entre reaprender a ler música e ter que coordenar as mãos tocando as teclas e os pés bombeando os pedais, já podia sentir a tensão no pescoço. Mas, ao endireitar as costas para se reajeitar no banco, seus olhos captaram a letra do hino, e ela sorriu. – Amo essas palavras, senhora Spurr: "Brilhe na escuridão e me aponte os céus".

– São adoráveis, não são? – A professora de órgão sorriu. – Mas faça o que puder para ignorá-las por enquanto e concentre-se na música.

Maud tentou, mas ignorar as palavras era como ignorar a cor do céu em um dia de verão: impossível.

Maud

Nate não estava ajudando. Ela apertava os pedais, ele virava uma página. Ela tocava, ele batia com o pé.

– Acho que terminamos por hoje, Maud – disse a senhora Spurr depois de meia hora de música terrível. – Tente praticar sua coordenação para a próxima semana.

A senhora Spurr levou Maud até a porta e lhe desejou boa-noite. Quando ela virou a esquina para descer a colina em direção à Mata Assombrada, Nate assobiou e apareceu atrás dela.

– Posso levar sua partitura? – ele disse.

– Sou perfeitamente capaz de cuidar da minha música – disse ela.

– Oh, você é perfeitamente capaz de cuidar da maioria das coisas. – A maneira como ele disse isso a fez se perguntar se era capaz de olhá-lo nos olhos sem rir. – Mas o que minha mãe ou as damas locais diriam de meu caráter se eu permitisse que você carregasse suas coisas? – ele disse.

Maud entrou no jogo.

– O que as damas locais diriam de meu caráter se nos vissem caminhando juntos?

Nate parou no topo da colina.

– Por que devemos nos importar? – ele disse.

Maud pensou no que Clemmie havia dito e em como seus avós finalmente estavam relaxando depois do episódio do diário.

E, ainda assim, a maneira como Nate a olhava agora – com um sorrisinho – e suas gracinhas a venceram: ela se viu entregando-lhe a partitura.

Era uma daquelas tardes de outono em que o calor do sol fazia pensar que o inverno nunca chegaria. Eles caminharam em silêncio por um tempo, o vento acariciando as folhas, fazendo-as cair suavemente, uma a uma. Tomaram o caminho que passava pela fazenda de David Macneill.

– Estou muito curioso sobre sua opinião sobre *Ondina* – disse ele. – Eu estava certo, não estava? É um livro de Maud. Particularmente porque você ainda o tem.

Maud ficara com o romance porque gostara muito dele – e das anotações que ele deixara nas margens. Ele a ajudara depois que ela queimou o diário. Certos livros, entre eles *Mulherzinhas,* a haviam salvado, dando-lhe permissão para esquecer seus problemas. E, como Nate lhe emprestara seu exemplar, ela encontrara em *Ondina* uma distração bem-vinda.

– Eu o achei delicioso. Particularmente a situação em que Ondina se colocou, guardando segredos para se salvar, e tudo para... – Ela se interrompeu e sentiu o calor do sol da tarde forte em sua face.

– Acho que todos podemos nos identificar com isso – disse ele.

Sua mão roçou a dela. Relutantemente, ela a afastou.

– Percebi que você estava lendo *Mulherzinhas* – disse Maud. – Eu estava certa, não estava? Não é um "livro para meninas".

Nate deu uma risadinha.

– Bem, certamente há partes que acho que só vocês, mulheres, entenderiam, como quando Meg vai à *Vanity Fair.* Mas devo admitir que apreciei o "Pickwick Portfolio". Deveríamos ver se a senhorita Gordon gostaria de ter nosso próprio jornal...

– Ou algum tipo de clube onde poderíamos escrever histórias – ela o interrompeu.

– Exatamente – disse ele, e por um tempo Maud esqueceu seu nervosismo enquanto os dois conversavam sobre as histórias que escreveriam para a senhorita Gordon e o *Montreal Witness.* Ela ia escrever sobre o naufrágio do *Marco Polo,* que acontecera quando ela era pequena.

Quando chegaram ao final da Trilha dos Amantes, Nate parou e disse:

– Você vai assistir à palestra do reverendo Carruthers?

– Oh, não sei – disse Maud, lembrando-se de que Pensie iria com Quill.

– Com certeza será uma noite bastante interessante – continuou ele.

Eles estavam parados sob uma de suas árvores favoritas.

– Pensie e Mollie me falaram sobre isso, mas depende de meus avós permitirem. – Talvez a avó a deixasse ir. – Vou tentar.

Nate sorriu.

– Talvez eu tenha a oportunidade de acompanhá-la até sua casa.

Ela certamente tinha sardas adoráveis.

– Talvez – ela disse.

Capítulo 10

Você deve vir e ficar comigo na noite da palestra, Mollie escreveu em seu quadro-negro no dia seguinte, quando Maud lhe contou sobre a caminhada para casa com Nate. Eles deveriam estar lendo sobre a história britânica enquanto a senhorita Gordon atendia o segundo nível, mas, em vez disso, estavam escrevendo bilhetes.

Meus avós podem não me deixar ir, Maud escreveu.

Mas eles deveriam!

Seus pais se importariam? Maud não quis dizer, mas se perguntou se o pai da amiga estaria bem até lá. Mas Mollie não tinha as mesmas preocupações.

Absolutamente não! Ela agarrou a mão de Maud e sussurrou:

– Será tão divertido quanto uma dança ao luar na praia. Vamos ficar acordadas e conversar a noite toda! Talvez eu possa convencê-los. – Mas Maud não se convenceu.

Peça a seus avós esta noite, escreveu Mollie.

Durante o jantar naquela noite, Maud esperou o momento certo. O avô estava de bom humor. Como o posto dos correios estivera muito ocupado, ele pudera pôr em dia as notícias da ilha, e agora regalava a família com histórias. A Providência podia estar do lado dela.

Quando a avó acenava com a cabeça enquanto o avô falava, Maud percebeu que ela estava um pouco distraída e tinha manchas escuras sob os olhos. Na noite anterior, ao ouvi-la andar de um lado para outro, ela se perguntara se a avó estava tentando decidir o que fazer com ela – como se livrar dela. Mas não parecia que uma decisão havia sido tomada, então, quando o avô fez uma pausa para comer, Maud respirou fundo.

– Vocês sabiam que o reverendo Carruthers fará uma palestra no Cavendish Hall neste fim de semana?

– Sim – disse a avó. – Por que você pergunta?

Reunindo coragem, Maud falou com o máximo de força que pôde.

– Posso ir?

Os avós trocaram um olhar.

– Acho que não, Maud – disse a avó. – Não temos certeza de que tipo de bobagem esse reverendo vai defender, e você é bastante impressionável.

A bela noite que ela e Mollie tinham planejado estava se esvaindo. Clemmie e sua turma estariam lá, já que seus pais certamente permitiriam que comparecessem. Ela tinha que encontrar uma maneira de convencer os avós.

– Vovó, vovô – disse Maud, acenando com a cabeça para cada um deles –, a mãe de Amanda estará lá, e planejamos que eu ficaria com ela. – Ela mal podia tolerar o tom de choramingo em sua voz. – Pensie também vai.

– Maud sabiamente não disse nada sobre Quill.

– Vocês planejaram, não é? – disse a avó, franzindo a boca. – A senhora Macneill já tem muito o que fazer sem duas meninas tolas e irritantes.

– Mollie me disse que a mãe faria isso de bom grado. – Isso era basicamente verdade.

– Esse reverendo não é um daqueles batistas? – perguntou o avô, dando uma mordida no frango.

Maud engoliu seu último pedaço. Na verdade, não tinha certeza. A religião era importante para os avós – e para pessoas como Clemmie e sua família. Maud tinha orgulho de ser presbiteriana, mas isso não significava que não pudesse ouvir outros ministros. Mas, em vez disso, disse:

– Muitas pessoas da congregação também estão pensando em assistir.
– Não tinha ideia se era totalmente verdade, mas tinha certeza de que pelo menos era em parte verdade.
– Bem – disse o avô –, concordo com sua avó. Você é bastante impressionável, Maud. Quem sabe com que ideias você vai voltar para casa.
– Eu não sou! – Maud praticamente gritou.
O avô largou o garfo e lhe lançou um olhar feroz; não aprovava que meninas gritassem.
A avó suspirou.
– Vamos pensar sobre isso. Se Amanda e Pensie têm permissão para comparecer, talvez a palestra seja mais educacional do que religiosa.
Maud não falou mais no assunto, mas a espera era insuportável. Quase não dormiu a noite toda. Mas, na manhã seguinte, a avó lhe deu a boa notícia.
– Verdade?! – Maud disse, apertando as mãos em um esforço para se impedir de abraçar a avó.
– Existem regras, Maud – disse a avó, enxugando as mãos em um pano de prato. – Você deve esperar que as carruagens passem pela rua principal antes de começar a andar. Vai estar quase escuro, e você não vai querer ser atropelada.
– Claro, vovó – disse Maud, pensando na oferta de Nate para acompanhá-la até sua casa.
– E não aceite, em hipótese alguma, nenhum pedido inapropriado de meninos.
Maud reprimiu um sorriso.
– Claro, vovó.

Capítulo 11

Foi uma noite perfeita no Cavendish Hall. Para impressionar o reverendo visitante, as damas de Cavendish prepararam seus melhores petiscos e estavam servindo sidra de maçã fresca e picante. O corredor estava decorado com lindas faixas brancas e flores de outono.

A palestra do reverendo Carruthers foi muito inspiradora. Ele dirigiu sua fala para "os muitos jovens na plateia", dizendo que, só porque eram jovens, não significava que não poderiam fazer coisas importantes, fazer parte da comunidade, ser um exemplo para os outros. Foi definitivamente um dos palestrantes mais animados que Maud já tinha ouvido. Normalmente, quando ouvia os sermões do reverendo Archibald aos domingos, ficava entediada, mas o reverendo Carruthers falava com tanta emoção que a fazia querer fazer mais perguntas, pensar mais profundamente naquilo em que acreditava.

Maud sentou-se com Mollie, enquanto Pensie se sentou com Mary de um lado e Quill do outro e passou grande parte da noite rindo alto demais de suas piadas desagradáveis. Depois da palestra, Maud ouviu Quill perguntar a Pensie por que passava tanto tempo com pessoas "com metade de sua idade", e Mary arremedou a pergunta dele. Pensie riu alto demais de novo, mas Maud não achou graça.

Maud

Divertido era observar Nate e Jack – bem, Nate.

Sentados algumas fileiras à frente, eles brincavam um com o outro, e algumas vezes ela pensou ter visto Nate se virar para olhar para ela. A certa altura, Nate sussurrou algum comentário para Jack, o que fez com que o reverendo parasse de falar enquanto "os rapazes terminavam". Embora Nate não parecesse se importar com isso, Maud se sentiu envergonhada, como se ela própria tivesse sido pega conversando.

Depois disso, Pensie voltou para casa com Quill, e Maud e Mollie esperaram do lado de fora da entrada pela passagem das carruagens, para que não fossem acidentalmente atropeladas, como a avó havia instruído. Na saída, a senhora Simpson e a senhora Clark as cumprimentaram.

– Como está seu pai, querida? – perguntou a senhora Simpson a Maud.

Maud não gostou do tom da senhora Simpson.

– Ele está se instalando no oeste – disse Maud, esperando demonstrar orgulho dele. E estava orgulhosa mesmo, embora ele não tivesse escrito desde o verão. Mas, como seu décimo quinto aniversário seria em algumas semanas, com certeza teria notícias dele.

– Ouvi dizer que ele se casou novamente – disse a senhora Clark à senhora Simpson.

– Sim, outra jovem que ele engana – disse a senhora Simpson enquanto caminhavam.

Como aquelas mulheres ousavam julgar seu pai? Maud deu um passo à frente, mas Mollie a conteve.

– Não dê ouvidos a essas velhotas. São como corvos grasnando ao vento.

Mollie estava certa, mas isso não impediu Maud de querer arrancar os chapéus das velhotas e jogá-los nas águas do golfo.

Mollie colocou o braço em volta de Maud.

– Não as deixe estragar esta linda noite.

Maud afastou os pensamentos do pai – e do que aquelas mulheres haviam dito – e ergueu os olhos. A lua brilhante guiaria seu caminho para casa.

– Vamos tentar contar estrelas enquanto esperamos? – disse Mollie.

Paradas um pouco mais para o lado, em frente à casa de Nate, começaram a contar, mas, depois de duas ou três, Mollie começou a rir, o que fez Maud parar de contar. Agora teriam que começar tudo de novo.

– Se vamos fazer isso, precisamos nos concentrar – disse Maud.

– Desculpe.

– Se nos concentrarmos em algo, talvez não nos distrairemos.

– Quem queremos encontrar depois de nossas nove estrelas? – perguntou Mollie, o que fez as duas rirem novamente.

Quando finalmente recuperaram o controle, Maud perguntou:

– Jack?

Mollie corou, e as duas voltaram a contar. Ao chegar à nona estrela, Maud não conseguiu evitar a sensação de que estava à beira de algo maravilhoso.

– Conseguimos! – disse Mollie, segurando a mão de Maud e dando pulos de alegria. – Achei que nunca iríamos conseguir.

– Garotas como nós não precisam contar estrelas para encontrar marido – disse Clemmie ao passar por elas ao lado de Nellie.

– Não é isso que eu acho – disse Mollie.

Nellie riu, e Clemmie a puxou em direção à estrada.

Depois de mais alguns minutos, Maud e Mollie decidiram que era seguro descer a colina. Mas, quando passaram pelo portão de Nate, que ficava do outro lado da via, os meninos pularam na frente delas. Mollie e Maud gritaram.

– Boa noite, damas – disse Nate, curvando-se galantemente. – Não queríamos assustar vocês.

Jack baixou ligeiramente a cabeça e sorriu.

Mollie riu.

– Seus tolos! – Ela fingiu estar chateada, mas então sorriu.

– Você não sentiu falta da sua casa, Snip? – perguntou Maud, apontando atrás de si.

– Eu? – Nate encolheu os ombros. – Em uma noite tão escura, decidimos que não seria seguro para vocês andarem sozinhas.

– Essas estradas estão em nosso sangue – disse Mollie. – Acho que podemos dar conta disso. – Embora Maud concordasse com a melhor amiga, lembrou-se do severo aviso da avó sobre ir para casa com meninos, e então prontamente dispensou a ajuda. Essa era uma das noções antiquadas da avó que não tinha nada a ver com o que Maud e Mollie estavam fazendo. Nate e Jack não as estavam namorando; todos eram bons amigos.

– Não preciso ser salva, mas estou feliz pela companhia – disse Maud, surpresa com sua ousadia.

Havia algo fantasmagórico e misterioso em sair à noite. Eles continuaram a descer a colina, e Mollie e Jack avançaram na frente deles. Maud em parte queria estar com eles, mas também estava emocionada com a rebeldia de caminhar sozinha com Nate.

Ficaram em silêncio por um momento, e Maud procurou algo para dizer. Por que na escola parecia tão simples, mas ali, sozinha no escuro com ele, não conseguia pensar em nada interessante?

– Você está gostando das aulas de redação da senhorita Gordon? – perguntou Nate.

Maud ficou aliviada por estar falando sobre a escola e as aulas de redação.

– Sim! Acabei de contar a ela sobre meu poema "A traição da rainha". Estou ansiosa para ver o que ela vai dizer. Ela tem me dado indicações interessantes sobre como fazer minhas rimas funcionarem. Amo escrever versos. É minha verdadeira vocação.

Nate pigarreou.

– Eu também tenho uma vocação.

Por um breve segundo, Maud se perguntou se aquela vocação tinha algo a ver com o que Clemmie havia lhe dito.

– Parece um segredo delicioso – ela disse, esperando que seu tom escondesse seu desconforto.

– Não sei se é um segredo delicioso, mas poucas pessoas o conhecem.

– Mesmo? Então você deve me dizer imediatamente – ela disse.

– Bom. – Ele fez uma pausa, sabendo que ela odiava ser mantida em suspense. – Fui aceito na Acadia e vou para a faculdade no ano que vem.

– Que incrível! – A exuberância de Maud escondeu seu alívio avassalador. A ida para a faculdade ela podia suportar, mas detestava a perspectiva de Nate se casar com Clemmie. – Estou muito feliz por você.

– Se vou ser advogado, é o próximo passo.

– Então você não vai para o ministério?

Nate lançou-lhe um olhar curioso.

– Quem colocou essa ideia na sua cabeça?

Ela deu de ombros e percebeu como estava preocupada. Deveria ter pensado melhor antes de acreditar que Clemmie seria capaz de levar Nate a fazer qualquer coisa.

– Vou estudar para obter o certificado de professor e depois economizarei para a faculdade de Direito – disse ele.

– Um plano perfeito. – Um que ela gostaria de ter.

– Você vai escrever para mim, espero – disse ele.

– Claro – ela disse. – Vou fazer você ficar com tanta saudade de Cavendish que vai querer correr de volta no final de cada período.

Ele sorriu.

– Com você me escrevendo, suspeito que vou sentir falta de mais do que apenas Cavendish.

Maud ergueu os olhos para as mesmas estrelas que contara naquela noite. Não se atreveu a olhá-lo nos olhos, pois tinha um certo medo do que poderia ver neles. Sentiria falta dele, mas não era justo. Ele iria para a nova escola, enquanto ela ficaria presa em Cavendish, sem ninguém com quem conversar sobre livros. Ficaria amarga como a avó, ou mesquinha como a senhora Simpson, ou obcecada em encontrar marido como Clemmie.

– No que você está pensando? – ele perguntou.

Maud desejou não pensar no futuro, no que ela faria ou gostaria de fazer. Por que não podia simplesmente aproveitar o momento, caminhando com um garoto de quem gostava – e gostava mais do que de qualquer outro? Perceber isso a fez parar de andar. Gostava dele mais do que de qualquer outra pessoa. Será que ele se sentia da mesma maneira? Clemmie e Pensie disseram que sim, mas isso não significava que fosse verdade. Nate franziu a testa.

– Está tudo bem, Polly?

– Eu estava apenas admirando este ar noturno – disse ela.

Ele estendeu a mão.

– Venha.

Ela pegou a mão dele e não conseguia pensar. Nunca tinha segurado a mão de um menino antes. E depois de contar suas nove estrelas! A ideia era ao mesmo tempo emocionante e assustadora. Caminharam em silêncio, e Maud tentou desesperadamente pensar em algo para dizer, mas tudo em que conseguia pensar era no calor da mão de Nate na dela. Finalmente, desconfortável com o longo silêncio, ela largou a mão e, ignorando que ele tentou pegá-la novamente, disse:

– Vamos alcançar os outros.

Nate não tentou segurar a mão dela de novo, mas Jack e Mollie estavam alegremente de braços dados, e Maud lamentou tê-la soltado. Mollie riu de algo que Jack disse. Sabia que Mollie gostava de Jack e gostaria que ele a levasse pelo braço, mas Maud não estava pronta para essa demonstração pública de afeto.

Quando chegaram ao sopé da colina perto da casa de Mollie, os dois meninos fingiram jogar uma bola imaginária, enquanto Mollie e Maud os animavam. Jack correu para trás, fingindo receber um longo arremesso de Nate, e trombou com Clemmie e Nellie, que estavam paradas à beira da estrada, na sombra. Maud se aproximou de Mollie.

O que elas estavam fazendo ali? Talvez Clemmie estivesse cumprindo sua ameaça e as estivesse espionando. Ou estavam retardando a chegada a casa?

Fosse qual fosse o motivo, o dano estava feito.

– Boa noite, senhoritas. – Nate tirou o boné. – Uma bela noite, não é mesmo?

Clemmie ignorou completamente Maud e Mollie.

– Uma bela noite, Nate – disse Clemmie. – Tantas estrelas que é praticamente impossível contá-las.

Nellie deu uma risadinha.

– Duvido que ela possa contar até nove – murmurou Mollie.

– O que dizem, senhores? – Clemmie disse, ignorando-a. – Vão nos levar em casa?

– Que coragem! – disse Mollie ao ouvido de Maud. – Todo mundo sabe que uma garota deve esperar para ser convidada. – Maud concordou, mas desejou não ter ficado tão impressionada com a ousadia de Clemmie. Ela nunca teria coragem de pedir a um jovem que a acompanhasse até sua casa.

– Sinto muito, Clemmie – disse Nate suavemente. – Seria rude, já que Jack e eu nos comprometemos com estas senhoritas.

Clemmie lançou um rápido olhar para Maud antes de partir, empertigada, levando Nellie com ela. Quando estavam fora do alcance de sua voz, Maud sussurrou para Nate:

– E se essas duas fofoqueiras disserem alguma coisa?

– Elas vão falar de qualquer maneira – disse Nate, encolhendo os ombros, o semblante tranquilo.

– Eu não me preocuparia com isso – disse Jack.

– Você não entende – disse Maud, segurando a mão de Mollie e sentindo-se mais segura.

Mollie retribuiu o gesto.

– Aquela garota pode tornar as coisas extremamente difíceis para Maud. Para nós.

– Mas eu não me importo com o que essas garotas dizem – disse Nate.

– Nem eu – concordou Jack.

– E, se elas causarem problemas, nós as defenderemos como cavaleiros galantes que somos! – disse Nate, e ele e Jack fingiram andar a cavalo e galoparam pelo resto do caminho para casa.

Maud e Mollie riram, mas uma nova tensão pairou sobre a noite, e Maud ficou aliviada quando se despediram e caminharam pela Hammie's Lane em direção à casa de Mollie.

Capítulo 12

Na segunda-feira seguinte, a senhorita Gordon devolveu os trabalhos semanais de redação. Quando Maud viu todas as marcas vermelhas riscando grande parte de sua amada história "A traição da rainha", fez tudo o que pôde para conter as lágrimas. A professora não tinha gostado de nada? No final da página, a senhorita Gordon escrevera: "Escreva sobre o que você conhece".

Ela não tinha feito isso? Havia baseado a descrição da rainha em sua mãe morta. Não, Maud nunca fora envenenada, mas vira o que acontece quando um animal é envenenado; o pobre gato que encontrara um dia no celeiro lhe ensinara isso. Foi isso que a senhorita Gordon quis dizer?

Era difícil se concentrar. Maud sentiu como se tivesse desapontado a professora e se decepcionado. Como podia pensar em escrever como Louisa Alcott se não era capaz nem de escrever um poema épico? Não conseguiu olhar para a senhorita Gordon pelo resto do dia.

Mollie tentou fazer Maud se sentir melhor escrevendo coisas engraçadas em seu quadro-negro, mas não ajudou. Também não ajudou o fato de Nate não estar lá e ela não saber por quê. Ele parecia ótimo na noite de sábado depois da palestra. Mas, não tendo certeza se queria lhe contar sobre as observações da senhorita Gordon, talvez fosse melhor assim.

No dia seguinte, Nate voltou. Enquanto caminhava pelo corredor para entregar seu trabalho à senhorita Gordon, deixou cair seu livro de francês na mesa de Maud – do qual saía um pedaço de papel. Maud puxou-o para fora, colocou-o embaixo do livro de leitura e, em seguida, abriu-o com cuidado.

Querida Polly,
Por favor, perdoe meu comportamento pouco cavalheiresco. O fato de estar doente obrigou-me a atrasar a entrega desta mensagem.
Eu realmente gostei de nossa caminhada no último sábado à noite, especialmente aquele momento em que paramos para olhar as estrelas e segurei sua mão.
Vamos tentar de novo? Jack e eu podemos levar você e Molly para casa depois da palestra de literatura na próxima semana?
Seu amigo,

Snip

A senhorita Gordon havia perguntado a Maud e a Mollie se gostariam de se apresentar na reunião de novembro da Sociedade Literária, que seria no sábado. Maud ficou muito honrada, já que apenas algumas meninas foram convidadas. A reunião literária prometia ser uma noite maravilhosa de entretenimento, que incluía diálogos curtos (ou esquetes), leituras dramáticas e música. A senhorita Gordon sugeriu que Maud declamasse "A criança mártir", um dos poemas de seu Royal Reader[2], porque era bastante dramático e o favorito do público. Maud passou a maior parte do mês praticando, mas, depois do comentário da professora sobre sua redação, já não tinha certeza se deveria participar.

Maud olhou para o bilhete de Nate. Seria uma maneira divertida de terminar a noite e, se ela fosse honesta consigo mesma, gostaria de "tentar de novo". E, se ansiava por isso, certamente poderia dedicar-se à literatura.

---

[2] Série de livros publicada desde 1877 em resposta à decretação de leis educacionais obrigatórias e à crescente demanda por livros educativos. (N.T.)

Maud

No caminho de volta para sua carteira, Nate casualmente pegou seu livro e sentou-se para ler.

Maud mostrou o bilhete a Mollie, que concordou ansiosamente. Maud olhou para onde os meninos estavam sentados. Nate lhe deu um grande sorriso, o que destacou suas covinhas. Maud se viu sorrindo de volta e depois se voltou para escrever uma resposta.

Depois de pensar por algum tempo, ela escreveu:

Mollie e eu conversamos e concordamos em tentar novamente.

Quando terminou seu bilhete, ouviu a senhorita Gordon pigarrear. Maud fingiu ler, enquanto discretamente guardava sua resposta dentro do livro.

O momento perfeito veio quando a senhorita Gordon os dividiu em grupos para trabalhar nas tarefas de Inglês. Maud entregou o bilhete a Nate. Na frente deles, Clemmie, Nellie e Annie estavam amontoadas.

– Elas devem estar amigas de novo – murmurou Mollie.

– Mal posso esperar – disse Nate depois de ler a mensagem de Maud.

– Escrevem bilhetes de amor – disse Clemmie.

Nellie e Annie riram.

– Acho que você está com ciúme, Clemmie, porque Maud e Nate encontram coisas interessantes para conversar – disse Mollie.

– Níveis superiores, vocês deveriam dar o exemplo – disse a senhorita Gordon.

Os alunos rapidamente voltaram ao trabalho.

Mais tarde naquele dia, a senhorita Gordon, sentindo que Maud não estava em seu estado normal de atenção, pediu-lhe que lesse um poema, "Para a genciana de franjas". Maud se levantou e começou a ler:

Então sussurra, floresce, em teu sono
Como posso escalar
O caminho alpino, tão difícil, tão íngreme,
Que leva a alturas sublimes;

*Como posso alcançar esse objetivo distante
De verdadeira e honrada fama,
E escrever em seu pergaminho brilhante
O humilde nome de uma mulher.*

Enquanto lia o poema, ela teve a sensação de estar na costa do golfo, olhando além do Buraco no Muro. Não havia montanhas na ilha, mas ela podia ver ao longe seu nome em um pergaminho brilhante. Podia ser ela.

– Você leu muito bem, Maud – disse a senhorita Gordon enquanto Maud se sentava. – Estou ansiosa para ver como você se sai na jornada literária no próximo fim de semana.

– Obrigada – disse Maud. Ela pensou na sugestão da senhorita Gordon de "escrever sobre o que conhecia". Maud conhecia a ilha e as histórias que seu avô contava. Será que deveria começar por aí? Ela se esforçaria mais e mostraria à senhorita Gordon – e a si mesma – que poderia escalar grandes alturas e realizar seu sonho. Ser uma autora publicada.

Seus flertes com Nate eram divertidos, mas aquele poema – a imagem daquele pergaminho brilhante com seu nome, Lucy Maud Montgomery, inscrito em folha de ouro – era sua verdadeira vocação.

Teria que ser um segredo por enquanto. Estudaria e trabalharia muito, provando para sua família que era capaz disso.

Os avós ou qualquer pessoa de sua família não podiam saber disso. O avô costumava se gabar de que seu primo Hector Macneill constava do *English Bards and Scotch Reviewers* de Lorde Byron. Maud sabia que, se expressasse esse desejo ao avô, ele provavelmente lhe diria para se concentrar em encontrar um marido.

Depois da aula, Maud ficou para conversar com a senhorita Gordon sobre o trabalho. Se queria ser escritora, precisava aceitar corajosamente as críticas.

– Com licença, senhorita Gordon.

A professora ergueu a cabeça dos papéis que estava corrigindo e sorriu.

– Como posso ajudá-la, Maud?

– Podemos falar sobre "A traição da rainha"?

A senhorita Gordon largou o lápis e fez-lhe um sinal para se aproximar.

– Achei que você estava chateada com meu comentário.

– E estava – disse Maud, sentando-se. – Veja, uma professora me elogiou por minha maneira de escrever. E eu pensei – ela respirou fundo – que você admirava minha redação.

– Meus comentários não impedem isso, Maud – disse a professora. – Você certamente tem talento. Mas a história deveria estar conectada a você, vir de você.

– Não tenho certeza se entendi.

A senhorita Gordon pegou a redação e apontou para um trecho que havia marcado.

– Veja esta descrição da rainha, toda pálida e bela. Isso parece refletir você, como você vê o mundo.

A nuca de Maud formigou.

– Sim! É uma memória do funeral de minha mãe.

A senhorita Gordon sorriu suavemente.

– Exatamente. – E lhe devolveu o poema. – Há outro texto em que você está trabalhando?

Maud pensou por um momento.

– Tenho experimentado uma das histórias do meu avô sobre o Cabo LeForce. É sobre piratas que pousaram em nossa costa cerca de cem anos atrás. Os piratas conspiraram para tirar todo o ouro da tripulação, mas no momento final um trai o outro. – Algo havia mexido com seu coração quando ela pensou em escrever essa história.

A senhorita Gordon deve ter percebido isso, porque disse:

– Vindo de seu avô, certamente parece mais pessoal.

Maud começou a entender o que a senhorita Gordon estava dizendo. Era mais pessoal porque ela tinha ouvido o avô contar a história muitas vezes.

– É semelhante a Louisa May Alcott?

– Não tenho certeza do que você quer dizer.

– Li que *Mulherzinhas* foi inspirado nas experiências de Alcott durante a guerra civil – disse Maud. – E de viver com as irmãs.
– Sim, muito parecido – disse a senhorita Gordon.
Maud pensou novamente nos dois últimos versos do poema que acabara de ler:

E escreva em seu pergaminho brilhante
O humilde nome de uma mulher.

– Mais alguma coisa, Maud? – perguntou a senhorita Gordon.
– Eu imaginei... não é possível agora... mas estive pensando no Prince of Wales College. Em Charlottetown.
A senhorita Gordon sorriu.
– Acho que você pode ir muito bem na faculdade. E estamos entrando em uma era em que uma garota precisa de uma profissão.
– Como ser professora – disse Maud.
– Ser professor seria uma opção conveniente – disse a senhorita Gordon. Estava escurecendo. Era hora de ir para casa.
– Você tem que decidir como quer viver sua vida, Maud – disse a senhorita Gordon, levantando-se e guardando suas coisas. – Não faz muito tempo, as mulheres eram proibidas de lecionar. Acreditava-se que não éramos adequadas para a profissão, mas aos poucos estamos provando que essas pessoas estavam erradas. E uma escritora? Há quem acredite que mulheres não podem escrever. – Ela fez uma pausa. – Você escolheu um caminho difícil, Maud. Mas acredito que vai perseverar. E vou ajudá-la da melhor maneira que puder.
Era tão raro alguém encorajá-la que Maud perguntou:
– Por quê?
A senhorita Gordon sorriu gentilmente.
– Cada aluno deve ter um professor que veja seu potencial, e não acho que você tenha tido essa oportunidade. Você é mais inteligente que a maioria dos alunos aqui. E sei o que aconteceu com minha antecessora. – Maud

baixou os olhos. – Não se preocupe. Não permito que outros obscureçam meu juízo sobre as pessoas.

– O concurso do *Montreal Witness* parece ser a oportunidade perfeita – disse Maud, mais para si mesma do que para a professora.

– Eu concordo – disse a senhorita Gordon.

Maud se despediu da senhorita Gordon e tomou o longo caminho para casa pela Trilha dos Amantes, pois havia muito em que pensar, planos a serem feitos. Quando chegou em casa, queimou "A traição da rainha" e começou uma nova versão de "Sobre o Cabo LeForce". Então, copiou "Sobre a genciana de franjas" em um papel de carta e colou-o na frente de uma de suas pastas de trabalho. Seria um lembrete constante de uma meta longínqua: talvez um dia, se estivesse vigilante, alcançasse aquelas alturas sublimes.

Capítulo 13

Na manhã do sábado seguinte, vários colegas de classe de Maud – incluindo Nate, Jack, Clemmie, Nellie e Annie – se reuniram para ajudar a decorar o Cavendish Hall para a noite literária. Mas, enquanto trabalhavam, estavam consternados ao ouvir o som da chuva forte batendo nas vidraças. Isso manteria as pessoas afastadas?

Maud e Mollie estavam sentadas a uma mesa fazendo um buquê de folhas que simbolizava as ricas cores do outono da ilha. Cada uma tinha enfiado um no cabelo: Mollie, o laranja; Maud, o vermelho. Maud notou como o laranja destacava o loiro dos cachos de sua melhor amiga. Elas já haviam trabalhado em algumas belas bandeirolas feitas com restos de tecido que a senhorita Gordon havia recolhido. Mesmo se o dia estivesse cinza e tempestuoso lá fora, seria colorido dentro.

– Não sei por que estamos nos incomodando – disse Clemmie, prendendo na parede algumas das bandeirolas que Maud e Mollie haviam confeccionado. – As pessoas são obrigadas a ficar em casa. Eu sei que é onde eu estaria se não tivesse que estar aqui.

– Que atitude é essa? – disse a senhorita Gordon, levantando os olhos de sua lista de controle. – As pessoas trabalharam muito, e é justo que a comunidade mostre seu apoio.

Maud

Clemmie e Nellie trocaram um olhar, mas silenciosamente voltaram ao trabalho.

Mollie deu um sorriso tranquilizador a Maud, que tentava não demonstrar, mas estava nervosa. À noite, pela primeira vez teria que recitar algo diante de um público real. Toda a cidade, incluindo seus avós, estava chegando. Na noite anterior, antes da habitual caminhada noturna das duas, Pensie havia passado por ali para dar a Maud um pouco de fita para dar sorte.

– Talvez você possa prendê-la no seu chapéu – ela sugeriu.

O nervosismo certamente ajudou a distrair Maud da outra questão que a inquietava: voltar para casa com Nate. Ela só tinha que esperar que seus avós tivessem partido, o que não seria um problema, porque eles tendiam a partir imediatamente. Graças a Deus, Jack e Mollie estariam lá. No caminho, Mollie não conseguia parar de falar que esperava que Jack segurasse sua mão, o que ele ainda não tinha feito. Maud não havia contado à amiga que Nate pegara sua mão. Parecia-lhe algo muito particular contar isso a alguém.

Nate e Jack arrumavam as cadeiras de madeira do outro lado do corredor. Maud não pôde deixar de notar que a camisa azul-marinho de Nate se encaixava perfeitamente em seus ombros, que estavam mais largos. Ela se atrapalhou com uma das folhas do buquê, cujo caule ficou preso em seu anel. Evitando o olhar questionador de Mollie, Maud trouxe o assunto de volta para Clemmie e Annie.

– Vi Annie e Clemmie brigando esta manhã? – disse Maud.

Mollie acenou com a cabeça.

– Sim, parece que elas estão brigadas... novamente.

– Essas meninas precisam ter o cuidado de manter sua briga para si mesmas – disse Maud. – A senhorita Gordon não está de bom humor hoje.

– Ela é definitivamente como meu pai no dia do plantio.

– Não a culpo – disse Maud. – Ela chegou recentemente e quer mostrar aos curadores que eles não cometeram um erro.

– Ela é infinitamente superior a você sabe quem – disse Mollie.

Uma cadeira tombou e alguém gritou. Maud e Mollie pularam para ver Clemmie no chão, segurando o tornozelo, com Annie triunfantemente em pé sobre ela.

– Sim, a trégua definitivamente acabou – Mollie murmurou.

– Senhorita Gordon! – choramingou Clemmie. – Annie me empurrou da cadeira. – Ela se sentou em uma cadeira, esfregando o tornozelo. Nellie obedientemente ficou ao lado dela.

– Eu não fiz isso, senhorita Gordon – disse Annie. – Ela se recusou a se mover, e eu estava tentando colocar a bandeira como a senhorita solicitou.

A senhorita Gordon se aproximou.

– Não sei o que está acontecendo entre vocês, meninas, mas tenho observado. Não tentem negar, Clemmie e Annie. Eu esperava que vocês resolvessem isso sozinhas como verdadeiras damas, mas claramente estava errada sobre seu caráter...

– Mas... – Clemmie disse.

– Não me interrompa quando estou falando. – A senhorita Gordon ergueu a voz. Maud e Mollie trocaram olhares de preocupação. A professora nunca levantava a voz. – Segunda-feira à tarde vocês ficarão depois da aula. Teremos um julgamento para determinar a causa de tudo isso, e vocês podem chamar testemunhas.

Maud deixou cair o buquê que segurava. Tinha ouvido falar que outras escolas tinham julgamentos simulados, mas nunca imaginou que a senhorita Gordon faria isso. Maud se lembrou de que Annie a ameaçara em setembro. Ela ousaria? Vendo como Annie empurrou Clemmie da cadeira, Maud não tinha certeza do que mais a garota seria capaz.

Depois da discussão, todos os alunos se concentraram silenciosamente em deixar o salão pronto. À noite, a chuva parou e, conforme a senhorita Gordon previra, muitos moradores chegaram. O senhor George Simpson disse à senhorita Gordon que o salão parecia bastante "pitoresco", enquanto a senhora Simpson se virou para Maud e disse:

– Não seja muito dura consigo mesmo se cometer um erro. Poucos jovens têm prática em falar em público.

Maud

Maud tentou sorrir de volta e, nervosa, passava a mão pela manga do vestido. A avó a ajudara a fazer a roupa nova com base em um modelo que ela tinha visto no *Young Ladies' Journal*. Embora ainda não aprovasse a agitação, permitiu que Maud usasse uma manga de acordeão, porque o jornal dizia que estava na moda para meninas de 11 a 15 anos. O vestido era feito de um tecido xadrez verde-escuro e azul que até a avó achou adequado. Maud não deixaria que a senhora Simpson lhe roubasse a alegria daquela noite.

Ela olhou para a plateia, que começava a se encher, e viu os avós sentados lá no fundo.

– Boa sorte – disse Nate a Maud antes de o programa começar.

Ele foi sentar-se no fundo com Jack. Maud e Mollie sentaram-se na primeira fila com os demais que iriam se apresentar. Pensie e Lu estavam lá, assim como Quill e Mary. Pensie veio dar um abraço em Maud para dar sorte e ficou radiante ao ver que ela usava no chapéu a fita que lhe dera.

Maud estava grata por pelo menos estar sentada ao lado de Mollie, que iria apresentar uma das canções de Shakespeare de "As you like it". Sua voz e seu talento dramático certamente contribuíram para sua interpretação, mas Maud estava tão nervosa que era difícil dar toda a atenção à amiga.

Rapidamente chegou sua vez.

– A próxima récita é da senhorita Maud Montgomery – disse o senhor Simpson, e se sentou.

Maud fechou os olhos e se concentrou em firmar as pernas. Enquanto caminhava para a frente, Clemmie disse, um pouco alto demais:

– Lá vai ela!

Maud parou. Primeiro a senhora Simpson, e agora Clemmie! Ela não permitiria que aquela garota sacudisse sua base. Ela endireitou o corpo e rolou os ombros para trás, conseguindo chegar à plataforma enquanto o público a aplaudia educadamente.

Olhando para a plateia, ela sentiu como se toda a Cavendish estivesse ali, esperando para vê-la fracassar. Maud procurou os avós e primos. Seu olhar então caiu sobre Nate, que teve a audácia de lhe piscar!

Tentando não rir, Maud respirou fundo. Tremendo, tinha certeza de que esqueceria uma palavra ou perderia um verso. Ela começou. E, enquanto falava, cada verso caía sobre o próximo com facilidade.

Uma criança, com olhos ternos e melancólicos,
Tropeçou suavemente na sombra
De árvores sussurrantes, nem procurou os locais...

Quando Maud chegou ao último verso e ergueu a mão de maneira dramática, foi como se sua voz viesse de outra pessoa, enchendo a sala.

E então tudo acabou. Foi tão rápido que ela quase não se lembrava de nada. Fez-se silêncio por alguns momentos, e então Nate se levantou, assobiou e liderou uma ovação de pé. Até seus avós aplaudiram educadamente.

Depois da apresentação, Maud e Mollie ficaram juntas enquanto as pessoas as cumprimentavam. Um dos admiradores de Mollie, um camarada desajeitado de Mayfield, George Robertson, tropeçou em si mesmo para lhe dizer "como havia declamado bem aquele poema". Mollie sorriu docemente (educada, como sempre) e levou Maud até alguém que não a fazia "sentir o estômago como se tivesse bebido óleo de fígado de bacalhau". Elas esbarraram em Pensie, que lutava para abrir caminho no meio da multidão para chegar até elas.

– Muito bem, Maudie! – Ela a abraçou. – Quill e Mary ficaram muito impressionados. – Ela olhou para Mollie como se tivesse acabado de notar que ela estava ali. – Você também foi bem, Amanda.

Mollie murmurou um agradecimento e desviou o olhar.

Maud não queria que elas brigassem.

– Estou tão feliz que você tenha vindo – disse ela. E acrescentou: – Com seu convidado. – Ela acenou com a cabeça para onde Quill estava parado, conversando com Jack e Nate.

– É claro que eu vim – disse Pensie, ignorando a provocação de Maud. – Sua grande noite. Vamos comemorar na próxima vez que você for dormir em casa.

Maud

Maud se sentiu um pouco culpada por não ter passado tanto tempo com Pensie ultimamente quanto com Mollie. Elas ainda caminhavam juntas à noite quando o tempo cooperava, mas Maud não dormia na casa dela desde aquele fim de semana após o incidente com o diário.

– Alguém aplaudiu você de pé – Pensie disse, um pouco alto demais, apontando para o fundo do corredor. A sensação de calor desapareceu, e Maud olhou rapidamente ao redor para ver se alguém a tinha ouvido. Por que Pensie a envergonharia? Ela geralmente era tão cuidadosa.

– Bem, Quill está esperando por mim – disse Pensie. – Vejo você amanhã à noite. – Ela beijou Maud na bochecha e saiu.

Os avós vieram em seguida e disseram que a senhorita Gordon havia organizado um "negócio muito bom". Maud sabia que não era da natureza deles cumprimentá-la diretamente – ou ela poderia se envaidecer –, mas esperava que apenas uma vez (em uma ocasião como aquela) eles o fizessem. Ainda assim, tinham vindo, e isso já era alguma coisa.

Depois que os alunos ajudaram a senhorita Gordon a desmontar as decorações, Maud ficou mais tempo do que provavelmente o necessário. Agora que ela deveria encontrar Nate, não tinha certeza se isso era uma boa ideia. E se a avó tivesse ouvido Pensie? Mas era tarde demais: ela e Mollie já haviam aceitado o convite, e, apesar de todas as suas reservas, Maud estava ansiosa por outra caminhada para casa.

Os Quatro Mosqueteiros decidiram que se encontrariam na frente da casa de Nate e, quando Maud e Mollie se aproximaram, os meninos apareceram.

– Como prometido, mantivemos nosso voto solene de levá-las para casa mais uma vez. – Nate fez uma reverência.

– É verdade. Estamos aqui para levá-las para casa – disse Jack, repetindo o gesto do amigo.

Maud e Mollie riram.

Novamente eles formaram pares, e Maud observou as estrelas e a lua cheia do final do outono. E conversava com Nate sobre livros, a palestra e seus planos de ir para a escola e escrever. Ele a fez prometer que lhe escreveria tudo o que acontecesse no julgamento na escola.

– Se vou ser advogado, devo estar a par de todos os acontecimentos.

Quando chegaram ao topo da colina, perto do cemitério onde Maud tinha lido o bilhete de Nate semanas antes, Nate pegou a mão dela e disse:

– Sabe, alguém pode pensar que sou candidato a seu futuro marido por pegar sua mão.

Maud tentou puxar a mão, mas ele a segurou firme e a beijou. Sua mão era quente – e o beijo! Maud tinha certeza de que qualquer pessoa que já tivesse escrito sobre aquilo não conseguiria resumir a ternura e a alegria que sentiu naquele momento. Ele continuou segurando a mão dela quando tomaram a direção do bosque da escola. Ela sentiu as faces quentes e, diante da certeza de que estava ruborizada, focou a atenção na terra vermelha para que ele não visse isso, na esperança de estar mantendo a conversa – embora não tivesse ideia do que dizia.

Sabia que deveria soltar a mão. Eles aproximavam-se ousadamente da casa dos avós, e ela imaginava o que aconteceria se eles fossem vistos. Isso só terminaria em desgosto.

Ele era batista, e ela, presbiteriana.

Ela se lembrou da conversa que tivera com Pensie sobre aquelas noivas Dockendorff que haviam causado um rompimento na família por motivo religioso. Mas, enquanto caminhava com a mão de Nate na dela, sentindo cada dedo contra sua pele, todas essas preocupações foram carregadas pelas estrelas que iluminavam seu caminho para casa.

Capítulo 14

Mas, na tarde de segunda-feira, todas essas preocupações retornaram. Maud chegou a casa depois da escola tão furiosa com Clemmie e Annie – e com o que elas haviam dito sobre ela e Nate – que, mesmo depois de ter escrito em seu diário sobre o que acontecera, ainda tremia de raiva.

Maud havia prometido a Nate que lhe escreveria uma carta contando exatamente o que acontecera, de modo que seria como se ele tivesse estado lá. O que quer que decidisse escrever, precisava ter certeza de que Nate ficaria tão chateado que nunca mais falaria com Clemmie! Clemmie prometera criar problemas para Maud, e foi o que fez. Maud não tinha certeza do que mais a preocupava: o fato de sua professora favorita estar envolvida ou de que o problema entre Annie e Clemmie tivesse a ver com ela e Nate.

Depois de andar de um lado para outro em seu quarto por quase uma hora, Maud finalmente se acalmou para lhe contar como na verdade via a situação. Sentada à mesa em frente à janela, observando os galhos nus da macieira do avô chicoteando ao vento, ela respirou fundo e começou:

Caro Snip,
Como prometido, estou registrando fielmente os eventos que ocorreram depois das aulas desta tarde.

Em primeiro lugar, estou impressionada com a maneira como Mollie saiu dessa confusão dizendo à senhorita Gordon que não sabia de nada!

Você acredita nisso? Nem me ocorreu mentir para a senhorita Gordon.

A árvore bateu contra a janela.

Maud parou. Será que poderia contar a Nate o que Clemmie havia dito? Talvez, se preparasse o terreno...

Nate, era como se estivéssemos em um tribunal de verdade – ou como imaginei que seria quando ouvi vovô Montgomery falar sobre isso. A senhorita Gordon até bateu na mesa com a régua, como se fosse um martelo. Ela realmente poderia ter sido uma advogada.

– Annie, Clemmie e Nellie – disse ela. – Seu comportamento tem sido deplorável. É hora de vocês me dizerem a verdade.

– Foi Clemmie que começou. – Annie apontou para suas inimigas. – Eu apenas me defendi.

E então ela teve a coragem de apontar para mim!

– Maud viu todo o episódio – disse ela.

Fiquei mortificada, mas me levantei quando a senhorita Gordon me pediu e a encarei orgulhosamente.

– O que você sabe?

– Não sei o que Annie pensa que vi.

– Isso não é verdade! – Annie disse.

A senhorita Gordon suspirou e bateu a régua na mesa.

– Maud, você viu Annie e Clemmie discutindo?

– Sim. – Eu cedi.

– E qual foi a natureza dessa discussão?

Eu queria limpar aquela expressão presunçosa do rosto de Annie com um pano sujo, mas respirei fundo e disse a verdade sobre o que vi no primeiro dia de aula entre Annie e Clemmie.

Maud

Fiquei me perguntando como cheguei a isso. Eu não queria me envolver com essas garotas, queria evitá-las, ignorá-las e, ainda assim, elas me prenderam em sua armadilha! Eu nem queria imaginar o que a senhorita Gordon estava pensando sobre mim.

Por fim, a senhorita Gordon me disse para sentar e pediu a Mamie que se levantasse.

– Agora me diga: por que você está do lado de Annie?

Mamie não falou por um longo tempo.

– Deve existir um motivo pelo qual você escolheu ser amiga de Annie e não de Clemmie – *disse a senhorita Gordon.*

– Existe – *Mamie finalmente disse.* – Clemmie é uma fofoqueira e uma linguaruda.

– Não sou, não! – *atacou Clemmie.*

– Clemmie! – *A senhorita Gordon bateu a régua na mesa.* – Você terá sua chance de falar. Agora é a vez de Mamie.

Clemmie murmurou um pedido de desculpas.

Voltando-se para Mamie, a senhorita Gordon disse:

– Por favor, continue.

A árvore colidiu com a casa novamente. Maud fez uma pausa. Poderia realmente escrever essas palavras? O que Nate diria? Mas, se ela não as dissesse e Clemmie contasse a ele, seria pior...

– Algumas semanas atrás, Clemmie me disse algo maldoso sobre Maud e Nate Lockhart – *disse Mamie.*

– E o que Clemmie disse? – *perguntou a senhorita Gordon.*

Mamie pigarreou.

– Clemmie disse: "Não é um absurdo a maneira como Maud e Nate se comportam?".

Maud releu a frase. Lá estava a verdade como as pessoas a viam. Assim ela entendeu. Maud se lembrou de que não conseguia nem olhar a senhorita

Gordon nos olhos, mas não diria isso a Nate! Não, ela precisava desviar a atenção dele para Clemmie, mostrar que tudo era culpa dela!

Teve a coragem de dizer isso. Mas, depois que a senhorita Gordon disse a Mamie para se sentar, pediu a Clemmie para se levantar.
Clemmie se levantou, com as mãos às costas, respirando pesadamente pela boca. Parecia um peixe preso em uma das redes do meu avô.
– Como exatamente Maud e Nate "se comportam"? – perguntou a senhorita Gordon.
Clemmie engoliu em seco.
– Bem...
– Sim?
– Eles estão sempre trocando bilhetes e conversando. E ele sempre a leva para casa. Não é civilizado.
Finalmente olhei a senhorita Gordon nos olhos e rezei para não dar nenhuma indicação de que qualquer coisa que Clemmie disse fosse verdade – o que, como você sabe, não é. É claro para qualquer pessoa que Clemmie tem ciúme de nossa amizade.
Quando a senhorita Gordon finalmente falou, parecia estar escolhendo as palavras com muito cuidado.
– Nunca achei que Maud ou Nate exigissem muita orientação. – Ela fez uma pausa. – Nem acho agora.
Clemmie lançou-me um olhar extremamente venenoso, e a senhorita Gordon lhe disse para se sentar. Sua decisão: as duas meninas receberam alguns tapas de régua nas mãos e foram advertidas de que, se continuassem com aquele comportamento, seriam expulsas.
Agora você sabe de tudo e quero que me prometa que, como punição, seguirá meu exemplo e nunca mais falará com Clemmie Macneill!
Sinceramente,

Pollie

Quando Maud entregou a carta a Nate no dia seguinte, ele ficou tão furioso que jurou que nunca mais falaria com Clemmie Macneill. A vitória era realmente doce.

Capítulo 15

Após o julgamento, Clemmie manteve distância de Maud e Mollie. Até Annie levou a sério o aviso da senhorita Gordon, concentrando-se em tentar chamar a atenção de Austin.

Certa manhã, Maud e Mollie estavam a caminho da escola quando Clemmie se aproximou delas. O cabelo encaracolado de Clemmie estava enfiado sob um chapéu de lã azul acinzentado, e as mãos aquecidas, em um agasalho.

– O que você quer, Clemmie? – perguntou Mollie.

Clemmie aproximou o regalo do peito.

– Eu esperava falar com Maud em particular.

– É mesmo? – disse Maud.

– Qualquer coisa que queira dizer a Maud você pode dizer na minha frente – disse Mollie.

Maud estava grata pela devoção de Mollie, mas aquele assunto era entre ela e Clemmie.

– Mollie – disse Maud –, eu vou ficar bem.

– Tem certeza?

Maud a abraçou e, relutante, Mollie se afastou.

– Estarei no bosque da escola se você precisar de mim.

Depois que ela saiu, Maud se voltou para Clemmie.

– O que você queria me dizer?

Clemmie tirou as mãos do agasalho, deixando-o cair ao lado do corpo.

– Eu queria me desculpar por meu comportamento. – Ela franziu o cenho. – E pelo que eu disse.

– É gentileza da sua parte dizer isso – disse Maud, o mais educadamente que pôde. Mas não pôde deixar de notar que o olhar de Clemmie se demorou nos meninos, que agora desciam pelo caminho.

– Nunca quis que fosse tão longe.

Maud sentiu-se repentinamente cansada. Ela realmente estava farta de Clemmie e, fosse lá o que fosse que a levara a se desculpar, Maud suspeitou que provavelmente tinha a ver com o fato de Nate ignorá-la. Mas talvez, aceitando suas desculpas, todos eles pudessem seguir em frente.

– Aceito suas desculpas, Clemmie – disse ela.

– Estou tão aliviada por podermos deixar esse assunto terrível para trás. – E, quando Clemmie a abraçou, com muito entusiasmo, o agasalho roçou o rosto de Maud.

– Eu também – disse Maud.

Quando Clemmie se dirigiu para onde Nellie obedientemente a esperava, Maud voltou para junto de Mollie realmente aliviada.

Em 30 de novembro, Maud comemorou seu décimo quinto aniversário com Pensie, Mollie e Lu, que foram à sua casa para comemorar com bolo e passar a noite.

Maud não tinha notícias do pai havia meses e estava começando a ficar preocupada. Ele nunca se esquecera do aniversário dela. Como guarda florestal e investigador de propriedades rurais, ele estava ocupado fazendo um trabalho importante para o governo. Seria por isso?

Tia Annie e tio John Campbell enviaram a Maud alguns retalhos para sua colcha, e os primos lhe mandaram um álbum de recortes para ela colocar suas lembranças especiais.

Os Quatro Mosqueteiros também lhe ofereceram uma pequena festa na escola. Jack levou os biscoitos amanteigados de sua mãe, e Mollie lhe deu uma linda peça de renda. Nate presenteou Maud com um livro de versos do tio, o pastor Felix, e lhe fez uma dedicatória:

Para Polly,
Feliz aniversário!
Seu amigo,
Snip

Maud adorou o presente e começou a ler a poesia imediatamente.

No dia seguinte ao aniversário, ela teve uma surpresa genuína quando o avô Montgomery apareceu na hora do chá.

– Esse homem tem uma noção de tempo impecável – disse a avó a Maud, colocando um prato de frios na mesa.

O avô Montgomery era alto e forte, com bigode espesso, um sorriso inteligente e os olhos do pai, e, mesmo aos 80 anos, contrastava fortemente com os calmos e recatados Macneills. Depois de oferecer a Maud doces comprados em uma loja e um chapéu de aba larga com uma longa fita azul, ele lhe mostrou uma carta. Maud imediatamente identificou a caligrafia nítida do pai. Quase estendeu a mão para pegá-la, mas não era dirigida a ela.

O avô pigarreou.

– Seu pai escreveu que ainda está tentando voltar a Prince Albert e por isso não é uma boa hora para você visitá-lo. – Ele se virou para os avós dela. – Sei que vocês andaram discutindo a possibilidade de Maud se juntar a mim no próximo ano, mas acho que não será possível. – Ele bateu levemente no ombro da neta. – Sinto muito, Maudie.

Maud ficou surpresa. Era por isso que ela não tinha notícias do pai? Era isso que os avós estavam planejando depois de lerem seu diário?

Ela não conseguia acreditar. Por que era a primeira vez que ouvia falar disso? E por que o pai não a aceitara?

– Seu filho nunca assumiu a responsabilidade por Maud – disse o avô Macneill.

– Isso não é verdade – disse o avô Montgomery, mas não havia força nessa defesa.

Maud sabia que o avô havia providenciado o emprego atual do pai e desaprovava as aventuras do filho, que sempre pareciam levá-lo a perder dinheiro. Quando visitara a casa do avô em Park Corner no verão anterior, Maud ouvira os tios reclamarem que o pai dela tinha pedido mais dinheiro "para algum projeto" e o avô não tinha "feito o suficiente para lhe garantir aquele posto no oeste".

Maud queria pular em defesa do pai, mas sabia que não deveria interferir quando os adultos estavam falando. O pai fora apenas mal interpretado. Ele tinha grandes sonhos, como ela. Ele viria buscá-la. Podia não ser de imediato, mas um dia ela iria morar com ele e sua família. Por isso, era importante mostrar aos avós quanto ela havia mudado, que era capaz de conter suas emoções diante de pessoas estranhas.

Maud agradeceu ao avô pelos presentes e pela carta do pai e, depois que ele saiu, levou as coisas para cima e chorou.

Felizmente, Maud não teve muito tempo para pensar nos problemas do pai. Tinha de se preparar para as provas do fim do ano e, ainda mais importante, para o concerto de Natal, que incluía diálogos e cantos. Ela e Mollie representariam uma cena, e Annie e Clemmie cantariam. O concerto foi um grande sucesso, e Maud foi aplaudida de pé. Os avós foram vê-la, mas, como antes, não lhe fizeram nenhum elogio.

Maud também terminou seu ensaio sobre o naufrágio do *Marco Polo*, que entregou à senhorita Gordon pouco antes das férias. Ela amou escrevê--lo, porque, não importava o que acontecesse no resto de sua vida, quando escrevia todos os seus problemas desapareciam. Ela e sua história do grande naufrágio eram tudo o que existia.

A senhorita Gordon ficou muito satisfeita com o ensaio e o enviou ao *Montreal Witness* junto ao de Nate e aos de alguns outros alunos. Maud estava confiante em que Nate venceria. Embora o ensaio dele fosse floreado demais para o seu gosto, era realmente bom, e ele havia escrito sobre a ferrovia, um tema muito popular.

No Natal, Maud finalmente teve notícias do pai. Ele enviou a ela um pacote que continha uma carta, uma foto dele e de sua nova esposa, Mary Ann, e uma foto de Katie, sua meia-irmã bebê. Sabendo que "ela gostava de ler sobre moda e histórias", ele também incluiu uma pilha de revistas. Mas ela não conseguiu lê-las, porque a lembravam muito da falta que sentia de estar com ele. E assim as revistas ficaram em sua escrivaninha sem ser lidas.

Entretanto, o Natal foi cheio de diversão, com o serviço religioso noturno e os famosos peru e bolo de Natal da avó. Até seu tio John Franklin estava de bom humor quando eles abriram os presentes no dia de Natal. Como era difícil para ela ver Nate fora da escola, eles trocavam cartas durante as férias, mas Mollie e Pensie vinham frequentemente para trabalhar em seus projetos de costura.

As aulas recomeçaram na primeira semana de janeiro, e todos se acomodaram ao novo semestre, enquanto o inverno caía sobre eles. Maud adorava a forma como o gelo esculpia seu caminho em volta das macieiras nuas e como a terra vermelha se misturava à neve branca, dando às estradas um tom rosado. As noites eram quentes e aconchegantes na casa dos avós, e Maud se viu aproveitando o silêncio. Ela trabalhava em sua colcha de retalhos ou lia, enquanto o avô fumava seu cachimbo e lia o jornal e a avó costurava ou tricotava.

Frequentemente, Maud dormia na casa de Mollie ou de Pensie. As meninas conversavam até bem tarde, juntinhas para se aquecer. Às vezes Mollie "ajudava" Maud a escrever segurando o tinteiro enquanto ela escrevia em seu diário. Havia momentos em que Maud lia partes dele em voz alta. Era estranho e maravilhoso reviver coisas que haviam acabado de acontecer, como se o diário tivesse uma história e uma vida próprias. Ela se lembrava de ter vivenciado aqueles acontecimentos, mas, ao ler sobre eles, mesmo algumas semanas depois, pareciam ter acontecido havia muito tempo, como se ela estivesse falando sobre uma pessoa diferente.

A primeira semana de janeiro também trouxe uma série de reuniões de oração que ocuparam Cavendish. Enrolados em cachecóis, mantas e capas, Maud, Mollie e Pensie caminhavam pela neve até a igreja presbiteriana ou batista. Todos os moradores da cidade (exceto os avós de Maud, que alegavam que era difícil sair com todo aquele frio) iam a essas reuniões de oração, não importava a igreja que frequentassem regularmente.

Na maioria das vezes, Pensie sentava-se com Mary ou Quill, deixando os Quatro Mosqueteiros juntos. Maud quis que Pensie se sentasse com eles, mas ela disse – bem alto – que estava "muito velha para se sentar ao lado de crianças". Os meninos riram dela, Mollie fechou a cara, e Maud engoliu as lágrimas. Como é que ela era boa companhia para dormir na casa de Pensie, mas não quando estava com os amigos da escola?

Sentar-se em um banco do fundo era divertido, e assistir Nate e Jack brincando juntos ajudava a distrair Maud do que quer que Pensie estivesse fazendo com Mary e Quill. Durante um dos sermões do reverendo Archibald, Nate e Jack passaram bilhetes para as meninas, nos quais escreveram rimas bobas sobre os presentes, que Mollie e Maud leram com as cabeças juntas, tentando desesperadamente conter o riso e ignorando o pobre George, que se sentava perto delas para chamar a atenção de Mollie. Era quase impossível para Maud ser a garota respeitável que a avó esperava que ela fosse.

Quanto mais tempo Maud passava com Nate, mais ela gostava e se esquecia de suas diferentes origens religiosas. Não se sentia mais nervosa ao voltar para casa com ele, e eles sempre encontravam assuntos de conversa. Ela não queria pensar que ele iria embora no próximo ano, mas havia tempo suficiente para se preocupar com isso.

Mas tudo mudou uma noite na igreja presbiteriana de Maud. Nate e Jack se sentaram atrás de Mollie e Maud e, como sempre, tentaram distraí-las sussurrando em seus ouvidos, fazendo piadas e puxando o xale de Maud, o mesmo que ela usava quando Nate a levara para casa. Quando ela se virou e disse a ele para parar, a senhora Simpson, que estava sentada à frente dela, virou-se e disse:

– Vocês estão agindo como pequenos demônios.

Maud tentou pedir desculpas, mas lutava para conter o riso.

– Espere até sua avó saber disso – disse a senhora Simpson.

Maud

A risada de Maud ficou presa na garganta. Não era uma ameaça vã. Embora não fossem amigas, a senhora Simpson e a avó de Maud eram contemporâneas, e Maud sabia que ela definitivamente faria uma visita – afinal, era seu dever – bem na hora do chá.

Depois da reunião de oração, a senhora Simpson e a senhora Clark estavam na fila para uma xícara de sidra quente perto de onde Maud e Mollie ajudavam a senhorita Gordon.

– Não admira que essa garota se comporte dessa maneira – disse a senhora Simpson. – A avó dela se preocupa muito.

– Tenho vontade de derramar sidra na cabeça dela – disse Mollie em voz baixa para Maud.

– Depois de todos aqueles problemas no ano passado – disse a senhora Clark, passando pelas meninas. – Não admira.

– Ouvi dizer que a antiga professora foi expulsa de casa por causa do temperamento do senhor Macneill. Foi esse temperamento que definitivamente levou Clara para os braços de um homem que estava abaixo dela, talvez não quanto à posição social, mas ao temperamento.

Maud engasgou, e a concha que segurava caiu de volta na tigela de vidro, espalhando gotas de sidra pela mesa. Ela não conseguia se mover. A primeira parte da fofoca da senhora Simpson era verdadeira. A senhorita Robinson partiu quando se cansou do avô, mas a segunda...

É por isso que ninguém falava sobre seus pais?

As mulheres continuaram como se não tivessem notado que Maud estava parada ali.

– Bem, ele era muito mais velho que ela. Imagine fugir no meio da noite – disse a senhora Simpson. – E todos nós sabemos por quê.

– Ele certamente enganou Clara – disse a senhora Clark. – Pobre cordeiro. – E deu à senhora Simpson um olhar significativo. – Aquele homem entrou e saiu tão rápido quanto entrou. Se o pai dele não fosse um senador, ele não valeria nada.

Ao lado dela, Mollie pegou a concha e continuou com seu dever, fingindo não ter ouvido o que elas haviam dito. Maud estava ciente de que outras pessoas circulavam por ali. Poderiam tê-las ouvido?

Ela engoliu em seco. Elas contavam histórias sobre sua família, sobre pessoas que não estavam ali para contradizê-las. A mãe tinha fugido! A avó nunca havia indicado nada parecido. E ninguém jamais havia insinuado isso, nem mesmo a tia Annie ou a mãe de Pensie. Não era de admirar que as pessoas pensassem tão mal dela. As lágrimas a traíram, e ela se virou para a parede para que ninguém as visse.

Mollie colocou a mão no braço da amiga.

– Venha, deixe que cada um se sirva de sua sidra.

Maud fungou e, agarrando suas capas e cachecóis, as meninas abandonaram seu posto e foram para fora. Havia começado a nevar, e a neve velha e suja se cobria com um casaco leve e fresco.

– É tão frustrante. – Maud enxugou as lágrimas do rosto e estremeceu. – Ninguém nunca fala sobre mamãe. Sempre que eu perguntava a meu pai, ele sorria, triste, e dizia que ela era uma mulher maravilhosa. – Ela evitou dizer mais alguma coisa. Mollie era uma amiga querida, mas seria capaz de manter isso em segredo? – Por favor, jure que não vai contar isso a ninguém – ela disse.

– Claro que vou. Não está certo – declarou Mollie, enrolando o cachecol no pescoço. – As pessoas devem cuidar da própria vida.

– Quem deve cuidar da própria vida?

As meninas ergueram os olhos e viram Nate, que parecia preocupado. A última coisa de que Maud precisava era que mais pessoas ouvissem o que seus pais poderiam ter feito – especialmente Nate. Além disso, aquele era um assunto particular de família, e não para os ouvidos do enteado do ministro batista.

– Nada – disse Maud, secando os olhos. – Só o frio.

– Sério? – disse ele, e seu olhar preocupado ficou um pouco mais frio. – Pensei que estávamos além dos segredos, senhorita Montgomery.

Maud suspirou. Ela sabia que ele nunca suportaria ser excluído.

– Você sabe que nós, garotas, temos nossos segredos – disse Maud, tentando aliviar o clima. – Você não precisa conhecer todos os nossos assuntos.

Nate fez uma careta.

Maud

— Embora isso seja verdade, há coisas em que um amigo pode ajudar se tiver a chance.

Maud gostaria de poder dizer algo, mas era um assunto de família muito pessoal.

— Nate, isso é realmente entre mim e Mollie.

Ele franziu a testa.

— Pensei que já tínhamos superado isso...

— Não é...

— Não, Maud. Sei quando não sou desejado. — E saiu, amuado, caminhando pela neve.

Mollie abraçou a amiga.

— Ele vai mudar de ideia. Você sabe que ele não pode ficar com raiva de você por muito tempo.

Maud esperava que Mollie estivesse certa.

Pensie saiu da igreja vestida com sua capa de lã azul-marinho.

— Maud, vi você sair.

— Está tudo bem?

Naquela noite, ela já as havia envergonhado por não se sentar com elas, e agora havia a questão da sua mentira!

— Por que você não me contou? — perguntou Maud.

Pensie colocou a mão no braço de Maud, mas a amiga a afastou.

— Não lhe contei o quê?

— Você não sabia? Sobre meus pais? — Maud não conseguia olhar para ela.

— O que sobre seus pais?

Maud colocou a cabeça no ombro de Mollie. Pensie olhou feio para Mollie.

— Você finalmente conseguiu, não foi? Espalhou mentiras sobre mim.

— Eu não fiz isso — disse Mollie, esfregando os ombros de Maud. — Isso tem algo a ver com... — Ela parou e pensou.

Maud ergueu a cabeça.

— Isso não tem nada a ver com Mollie — disse ela. — Tem a ver com você esconder algo de mim.

– Eu não escondi nada de você – disse Pensie, com os olhos marejados. – Eu juro, Maudie.

Ao ver as lágrimas de Pensie, Maud sentiu seu queixo tremer. O que ela estava fazendo? Pensie não iria mentir para ela, esconder coisas dela.

– Sinto muito – disse Maud, abraçando as duas amigas.

– Ela teve um choque – disse Mollie.

– Minha pobre Maudie – disse Pensie, enquanto Maud se afastava. – Diga-me. O que aconteceu?

Mas, assim que Maud criou coragem, Quill apareceu.

– Está pronta para ir embora, Pensie?

Pensie olhou para Maud.

– Posso ter que ficar mais um pouco.

– Está ficando bastante frio – disse Quill. – Prometi a seus pais que a levaria para casa imediatamente após o lanche.

Claro que sim, mas para Maud bastava que ela quisesse ficar.

– Está tudo bem, Pensie. Mollie está aqui comigo. Prometo contar a você, mas não nesta noite.

Pensie se enrolou ainda mais na capa.

– Vou lhe cobrar isso. – Ela disse boa-noite, e ela e Quill desceram a colina.

– Vou avisar Jack que estamos indo embora – disse Mollie. – Espere aqui.

Maud sentiu-se grata por ser deixada sozinha. Estava cansada e com frio, e gostaria de poder dar uma longa caminhada pela Trilha dos Amantes para clarear a cabeça. Mas estava escurecendo, e, com toda aquela neve, a trilha estava precária.

Minutos depois, Mollie voltou com Jack, e os três amigos caminharam para casa. Maud tentou fingir que estava se divertindo, embora Mollie soubesse a verdade e a encobrisse. Não conseguia parar de pensar no que aquelas mulheres haviam dito. Como iria descobrir a verdade se ninguém estava disposto a falar com ela sobre a mãe?

Capítulo 16

Na semana seguinte, Nate parecia o clima da ilha: frio em um momento e quente no seguinte. Na escola, alguns dias ele era o simpático Nate, que a convidava para andar de trenó e lhe enviava bilhetes bobos, além de um poema sobre a noite da palestra em que ele a levara para casa pela primeira vez. Mas, enquanto ela não lhe contasse por que tinha ficado tão chateada na noite da reunião de oração, ele faria beicinho.

Quaisquer preocupações de que a senhora Simpson contasse à avó o comportamento deles na reunião de oração foram esquecidas. Em vez disso, Maud se concentrou em descobrir a verdade sobre o que ela e Mollie começaram a chamar de "descoberta secreta". Ela não podia perguntar aos avós se os pais dela haviam fugido, porque eles provavelmente negariam ou diriam que não cabia a ela fazer tais perguntas. Pior, eles podiam ficar mortificados demais para responder. Se os avós e tia Annie nunca lhe disseram nada, por que o fariam agora? E tia Emily tinha sido tão fria com ela da última vez que estivera em Malpeque que com certeza não lhe diria nada.

Um dia, depois das aulas, os alunos mais velhos foram ao Cavendish Hall para ouvir uma palestra do reverendo Archibald sobre um trabalho missionário em andamento na América do Sul. Agora que Maud havia assistido a uma série de palestras sem incidentes – pelo menos que os avós soubessem –, eles estavam mais tolerantes em deixá-la comparecer. Nate estava de melhor humor e juntou-se a Mollie, Maud e Jack na subida da colina. Clemmie, Nellie e os outros estavam bem atrás deles.

– Vocês já estão prontas para me contar aquele segredo? – perguntou Nate, em um tom que a Maud pareceu muito alto.

Mollie puxou Maud um ou dois passos à frente e sussurrou:

– Talvez você devesse lhe contar. – Mollie odiava o que estava acontecendo entre os dois porque isso estava causando tensão entre os Quatro Mosqueteiros, já que Jack sempre ficava do lado de Nate.

– Não – ela disse. Não podia contar a ele. O que ele pensaria dela quando descobrisse? Ela se virou para Nate. – Os segredos são mantidos por um motivo.

Não obtendo as respostas que procurava, Nate recuou e foi para casa em vez de ir para a palestra.

– Acho que ele está de mau humor – disse Maud, fingindo que aquilo não a incomodava.

– Você torna tudo mais difícil – disse Mollie.

– Não é minha culpa que ele leve as coisas tão pessoalmente.

– Você sabe que ele não consegue pensar direito quando está perto de você – disse Jack.

Surpresas, Maud e Mollie pararam.

– Jack Laird, você é sempre tão quieto, mas, quando fala, só sai absurdos – disse Maud, arrependendo-se imediatamente do que acabara de dizer.

As orelhas de Jack ficaram ruborizadas e, chateado, ele foi embora.

– Agora você conseguiu – disse Mollie. – Eu esperava que ele se sentasse conosco.

– Sinto muito – disse Maud. – Essa coisa toda...

– Eu sei. – Ela pegou a mão de Maud. – Jack não guarda rancor. Tenho certeza de que, se lhe pedirmos desculpas, ele vai nos perdoar.

Maud já tinha gente suficiente descontente com ela. Elas encontraram Jack dentro do Cavendish Hall e sentaram-se ao lado dele. Mollie estava certa: ele as perdoou instantaneamente.

Maud

Mas naquela noite, após a palestra, Maud não conseguia dormir. Sentia uma falta desesperada de Nate. Sentia-se mais pesada, mais grisalha, como se estivesse tentando se mexer depois de um sonho ruim. Depois do jantar, sentada na sala da frente com os avós, teve que refazer os quadrados da colcha maluca três vezes, porque continuava cometendo erros.

Choveu durante todo o fim de semana, o que aumentou sua solidão e melancolia. No sábado ela foi para a casa de Mollie, mas, como a cabeça lhe doía e nem mesmo sua melhor amiga a fazia se sentir melhor, voltou para casa. A avó fez uma compressa fria e disse-lhe que fosse para a cama.

Mas, na segunda-feira, Maud encontrou um bilhete em um exemplar dos *Sonetos de Shakespeare*:

Querida Polly,

Tenho grande interesse em saber de quem você apertou a mão depois de contar nove estrelas por nove noites. Como seu bom amigo, acho importante saber quem será seu futuro marido. É preciso ter certeza de que ele é digno de você.

Terei o prazer de lhe dizer quem foi minha pessoa se você estiver disposta a divulgar a sua. Assim estaremos ambos informados.

Seu amigo,

Snip

– É por isso que ele estava tão chateado com você? – perguntou Mollie quando Maud mostrou o bilhete de Nate durante a aula de matemática no final da tarde.

– Ele acha que esse é o nosso segredo? – Mollie riu. – Os meninos realmente não sabem de nada, não é?

– Não. – Maud ficou olhando o bilhete por um longo tempo. Ela se lembrou da noite literária em novembro, a maneira como eles tinham ficado de mãos dadas depois que ela contou nove estrelas, e a maneira como ele beijou sua mão. – Eu não sabia que ele tinha levado aquilo tão a sério.

– Claro que ele levou a sério. – Mollie deu uma risadinha.

– O que eu faço?

– Escreva de volta. Vocês dois são muito melhores em expressar seus sentimentos no papel do que pessoalmente.

Mollie estava certa. Maud e Nate sempre acharam mais fácil escrever cartas. Naquela noite, ela leu a carta de Nate e escreveu:

Caro Snip,
  Levei sua proposta em consideração e, embora não a ache justa, concordo em revelar a pessoa a você, mas primeiro você precisará me dizer quem é a sua.
  Sua,

Pollie – com "ie"
(Já que essa é a única maneira de soletrar meu nome.)

No dia seguinte, na hora do almoço, Maud e Mollie sentaram-se com Jack e Nate, que estavam a um canto jogando cartas. Como estava muito frio lá fora, a senhorita Gordon permitira que eles tivessem o recreio dentro da escola.

A avó teria ficado muito orgulhosa da compostura de Maud, pois, embora seu coração batesse forte, ela manteve seus sentimentos ocultos. Mollie disse mais tarde que ela parecia tão gelada quanto limonada em uma tarde de verão.

Nate pegou uma carta e colocou-a no caixote que ele e Jack estavam improvisando como mesa.

– Talvez isso esclareça algumas coisas? – disse Maud, entregando seu bilhete a Nate.

Ele o pegou, leu e pigarreou. Sem dizer uma palavra, enfiou o bilhete no bolso e mudou de assunto:

– Maud, precisamos nos concentrar neste excelente jogo de cartas. Certo, Jack? Não vamos permitir que essas garotas nos distraiam. – Jack não disse nada, como sempre, mas sorriu levemente e colocou sua carta na mesa.

Enfurecidas, Maud e Mollie voltaram para a classe e discutiram longamente o assunto. Então, depois de horas de espera excruciante, e pouco antes de a senhorita Gordon terminar a aula, Maud encontrou um pedacinho de papel saindo do livro de leitura.

Querida Polly – com "y",
Estou feliz em ver que você concorda. Sua proposta é certamente interessante, e estou disposto a considerá-la – mas com uma ressalva. Você deve fazer outra coisa por mim em troca. Sou eu quem assume todo o risco, dando-lhe a resposta antes de você, e isso tem mais peso do que qualquer argumento que você possa me dar.
Portanto, aqui está a minha posição: você deve responder honestamente, sem nenhuma evasiva, a verdade sobre suas nove estrelas. Claro que, como sou um cavalheiro, você pode me fazer uma pergunta e juro que a responderei – só depois que você me disser a sua.
Seu amigo,

Snip

Depois da escola, Maud desculpou-se rapidamente com Mollie e correu para casa, indo direto para o quarto para pensar. O que Nate lhe perguntaria a seguir? A única maneira de resolver o problema era concordar com suas demandas. Sentada à escrivaninha, Maud elaborou cuidadosamente uma resposta e no dia seguinte a entregou a ele a caminho da escola.

Antes do almoço, um bilhete estava enfiado no bolso do suéter pendurado nas costas de sua cadeira.

Querida Polly – com "y",
Depois de muita consideração e tolice, aqui está: você foi a pessoa de quem apertei a mão depois de contar nove estrelas em nove noites. Foi na noite da palestra do reverendo Carruthers, quando Jack e eu levamos você e Mollie para casa e peguei sua mão por um momento – lembra?
Agora, minha pergunta sobre suas nove estrelas e uma continuação: de qual dos seus namorados você mais gosta? É ele o garoto de suas nove estrelas?

Snip

Maud quase jogou o bilhete na cabeça de Nate. Que coragem! Ela nunca imaginara que ele seria tão ousado. O que ela ia fazer? Claro que ela gostava mais de Nate. Ele era o garoto mais inteligente da escola, mas dizer isso a ele em uma carta? Em palavras? Isso era algo que não sabia se estava preparada para fazer... ou algo que *pudesse* fazer. Ela lhe perguntaria o mesmo em troca, e então ele desistiria de tudo.

Caro Snip,
   Direi que, embora tenha sido difícil para mim chegar às nove estrelas, parece que os destinos se alinharam e... sim... foi você. Quanto à sua pergunta, só responderei se você responder a sua ao contrário: De qual das suas namoradas você mais gosta?
Pollie

Maud deu o bilhete a Nate antes das aulas. Ele saiu para ler, mas logo voltou, envergonhado, e disse:
– Acho que isso está ficando meio fora de controle, Maud, você não acha? Vamos parar com tudo?
– Não sei, Nate. Você me deu muito o que pensar – disse Maud.
Nate enfiou as mãos nos bolsos e soprou suaves lufadas de ar frio. Maud se perguntou se tinha ido longe demais.
– Eu só quis dizer... – Ela parou. Ela com certeza não ia se desculpar. Fora ele quem a colocara naquela situação. Mas também não queria que ele fosse embora. Ela suspirou. – Tudo bem, Nate. Sim, vamos parar com tudo.
– Excelente – disse ele. – Vamos entrar?
Foi um breve adiamento. Mais tarde, naquele dia, ela encontrou outra carta em seu livro de História, no meio de um trecho sobre *sir* Walter Raleigh e a rainha Elizabeth.

Cara Polly,
   Pensei muito no assunto e reconsiderei minha decisão. Vou responder à sua pergunta, mas você deve responder à minha. Não é justo

desistir de uma barganha. Não mostra boa camaradagem. Não somos bons camaradas acima de tudo?

Snip

Caro Snip,
    Tudo bem, mas apenas se eu vir sua resposta primeiro.

Pollie

Cara Polly,
    Não gosto dessa ideia, mas vou atender a seu pedido.

Snip

Naquela noite, depois de muito andar e de alguns olhares sombrios de Pensie, que tinha vindo para sua caminhada noturna e ficou irritada quando Maud não lhe disse o que a preocupava, Maud sentou-se para escrever outro bilhete.

Querido Nate,
    Você tem um pouco mais de cérebro do que os outros meninos de Cavendish, e, como gosto de cérebros, acho que gosto mais de você – embora não entenda por quê, depois do truque que você pregou em mim.

Maud

Ela só entregaria aquele bilhete a Nate quando ele lhe tivesse dado o dele. E, enquanto apagava a lâmpada, ela pensou: *Se ele disser o nome de outra garota, nunca vou perdoá-lo.*

Capítulo 17

Pouco antes do período de leitura, Nate entregou sua carta a Maud. Ela conseguiu permissão da senhorita Gordon para ir ao banheiro externo, vestiu o xale e o cachecol e desceu correndo até o bosque de bordos. Era um daqueles dias menos quentes de fevereiro, em que as fadas faziam travessuras, levando as pessoas a pensar que a primavera estava chegando mais cedo. Suas mãos tremiam ao ler a carta. Ele havia escrito com tinta vermelha!

Bem, Polly, deve ser feito. A princípio pretendi escrever uma epístola bastante longa, expondo minha má opinião sobre mim, meus dotes pessoais muito inferiores, minha felicidade ou, melhor, meu êxtase se sua carta se mostrasse favorável aos meus desejos, etc., etc., etc. Mas alterei meu plano e resolvi lhe dar fatos duros, secos, simples, que assim podem lhe parecer, mas que no entanto são tão verdadeiros quanto o Evangelho. Aqui vai: de todas as minhas amigas, aquela que eu mais admiro – não, não estou ficando imprudente –, aquela que eu amo (se as autoridades permitirem que essa palavra pertença ao vocabulário de um menino da escola) é L. M. Montgomery, a garota de quem apertei a mão, a garota do meu coração.

MAUD

Sim, Polly, é verdade. Sempre gostei mais de você do que de qualquer outra garota, e isso foi crescendo até atingir proporções "prodigiosas". Oh, eu não gostaria de vê-la lendo isso. Mas devo concluir, ou você dirá que esta carta está muito longa, afinal. Lembre-se de que espero que você cumpra sua parte no acordo com uma impaciência cada vez maior.

de
Nate

P.S.: Suponho que você dirá que sou muito sentimental. Bem, talvez seja, e bastante. No entanto, isso não faz muita diferença. Agora mesmo eu estava rindo da tenacidade com que nos agarramos à nossa maneira diversa de soletrar Polly! (Pollie). Vou me apegar à minha maneira ad finem, *porque é a certa. Espero que você também seja teimosa.*

N. J. L.

Sob o sol excepcionalmente quente, Maud quase chorou de alegria. Estava feliz de receber aquela carta depois de tanto mal-estar. Mas então ela se perguntou se era uma boa ideia encorajar aquela situação. Ela não podia ter tais complicações. Era muito complicado. Mesmo que Clemmie tivesse se acalmado, havia as congregações batista e presbiteriana a considerar – sem falar nos avós, que nunca poderiam saber disso. Eles certamente se envergonhariam dela.

Além disso, assim que Maud entregasse seu bilhete a Nate, estaria feito. Ele saberia que ela gostava dele, que gostava mais dele.

O que foi que o reverendo Carruthers dissera sobre ser um exemplo? Como aquilo seria um exemplo? Pensie lhe diria:

– Eu a avisei. – E estaria certa: Nate sempre quis mais de Maud.

Pingentes de gelo caíram sobre o banco de neve.

Ele a amava. Ninguém nunca lhe dissera isso. Ela o admirava. Mas era amor? Ela lhe tinha feito uma promessa e teria que lhe dar sua resposta. Maud voltou para a escola e evitou Nate pelo resto da manhã.

Ao meio-dia, Maud deu a Nate a resposta que havia elaborado na noite anterior em seu livro de gramática francesa. O resto da tarde foi um dos mais lentos que Maud já conhecera, ainda pior do que quando Nate não estava falando com ela. De vez em quando, ela tinha certeza de que o ouvia assobiar baixinho.

Finalmente, a longa tarde acabou. Maud recolheu seus livros e correu para casa. Ela sentia muito por toda aquela confusão sórdida. E, no entanto, havia algo extraordinário – triunfante – em ter um menino apaixonado por ela. Maud nunca acreditara que alguém pensaria nela dessa maneira. Agora ali estava – em tinta vermelha.

Indo até sua escrivaninha, ela a destrancou e copiou a carta em seu diário, trancando-a cuidadosamente de volta na gaveta.

Capítulo 18

Com o passar dos dias, cartas eram encontradas dentro de livros escolares e partituras de música. Nate também gravou seu apelido em cifras: Ἴδλλυη.

Maud encontrou esta carta depois de sua aula de órgão:

Querida Polly,
  Juro solenemente que nunca mostraria interesse por qualquer outra garota além de você. Você não sabe o que sinto por você? Não mostrei meu interesse em suas palavras e em nossas conversas? Seria mais fácil para todos se tivéssemos a mesma tradição religiosa, mas, como discutimos no passado, nossos sentimentos básicos sobre Ele são semelhantes. Que os dogmáticos lutem entre si enquanto provamos a eles que nada disso importa.
  Podemos ter nossa própria história – ouso dizer –, nossa história de Romeu e Julieta, salvo o terrível final.
  Seu,
                                                                      N.

No dia seguinte, Nate descobriu o seguinte em seu livro de francês:

Caro Snip,
É difícil jurar sobre coisas que não podemos conhecer.
Sinceramente,

Pollie

Nate então contrabandeou seu último apelo durante a aula de Geografia.

Querida Polly,
Sei que não acreditamos em amor à primeira vista, mas penso na primeira vez que a vi e acredito que talvez os poetas saibam algo que ainda não entendemos.
Houve também uma certa maneira como você virou a cabeça naquela reunião de oração e eu tirei os olhos do meu hinário e me tornei seu. Você me veria como outra coisa senão um amigo? Você pode até achar que esta carta é muito boba, e você estaria certa. Mas, Polly... por favor, deixe-me ser seu.

N.

Cada vez que recebia uma das cartas de Nate, Maud tinha uma sensação que não sabia onde situar. Começou nos dedos dos pés e subiu pela espinha. Queria simultaneamente fugir dele e abraçá-lo. Havia noites em que ansiava ser abraçada por ele e o imaginava beijando sua testa e seus lábios sussurrando quanto ela era querida por ele.

No Dia dos Namorados, Nate enfiou um coração de papel vermelho dentro de seu exemplar de Tennyson que dizia: *Seja minha namorada. Encontre-me em nossa árvore favorita.* A Árvore dos Amantes, aquela com dois galhos curvados um sobre o outro em um abraço permanente, havia se tornado seu lugar especial. Foi então que ela finalmente admitiu que estava apaixonada por Nate Lockhart e decidiu que iria encontrá-lo.

Quando Maud descia pelo caminho, ouviu o assobio familiar.

Ele estava esperando por ela.

Quando ela se aproximou, Nate tirou a luva e estendeu a mão para ela. Em um movimento ousado, ela a aceitou. Eles caminharam em silêncio. Agora que estava sozinha com ele, a tontura havia desaparecido, substituída pela incerteza sobre o que viria a seguir... sobre o que ela queria que viesse a seguir.

– Você enviou seu ensaio sobre a ferrovia para o *Montreal Witness?* – ela perguntou, para preencher o silêncio. Era uma conversa que eles haviam tido muitas vezes.

– Você sabe que sim. – Ele apertou a mão dela.

Maud não conseguia falar. Estava fascinada pelo calor da mão sem luva de Nate na dela. Embora já tivesse segurado a mão dele antes, agora era diferente. Antes ela acreditava – ou fingia acreditar – que eles eram bons amigos, que estavam brincando. Agora ela tinha consciência de seus dedos ao redor dos dela. Havia uma firmeza que ela nunca sentira antes, uma consciência de que ele sempre estaria ao seu lado. Isso a emocionou e a aterrorizou. Ela tanto queria soltá-la quanto segurá-la.

Ele esfregou o polegar no dorso da mão dela. Ela estremeceu. Sentiu o anel frio contra a pele quente.

Nate parou, e Maud se voltou para encará-lo. Ele virou o boné ao contrário, do jeito que ela gostava.

– Posso beijar você? – ele perguntou.

Maud mal conseguia respirar.

– Sim.

Ele se inclinou e bateu sua testa na dela.

A segunda tentativa foi mais bem-sucedida. Dessa vez, ela não se mexeu, permitindo que ele a guiasse. Ela inclinou a cabeça para a direita, e os lábios dele encontraram os dela.

Quão doce foi o beijo. Seu primeiro beijo.

Quando eles se separaram, ela estava pronta para contar a ele a verdade sobre seus pais – ou, pelo menos, a verdade em que alguns acreditavam.

– Tenho algo a lhe dizer. Meu segredo. Meu pai – disse Maud e se afastou, mas ele tomou sua mão novamente.

Maud não falou. Suas botas pretas aninhavam-se na neve manchada do vermelho do solo.

– Maud, não me importo com o que as pessoas dizem sobre sua família. Não somos responsáveis pelas ações de nossos pais.

Com todas as histórias que tinha ouvido, Maud não tinha certeza se acreditava em Nate. Afinal, éramos uma combinação das histórias de nossa família, não éramos?

– Você sabia do que as pessoas falavam sobre meus pais? – ela perguntou. Durante todo o tempo, ela pensou que o estava protegendo e protegendo-se. – Por que não disse nada?

– Porque eu esperava que você me contasse. – Ele se afastou. – Por que você não confiaria em mim?

– É um assunto de família, Nate – disse Maud, estendendo a mão para tocar seu braço. Por que ela teve que estragar este momento perfeito?

Ele se virou para encará-la, e havia suavidade em sua expressão.

– Você sabe o que aconteceu com meu pai? – ele perguntou.

– Só que ele morreu em um navio antes de você nascer.

– Isso é verdade. – Ele a tomou pela mão e a levou a uma grande rocha perto de um pequeno lago. – A verdade é que meu pai desapareceu. Ele era capitão de um navio que se perdeu em algum lugar perto da Argentina.

– Que terrível!

– Minha mãe me disse que durante semanas não se sabia se ele estava vivo ou morto. Mas então chegou uma carta de um de seus oficiais, confirmando seus piores temores.

– Ele estava morto.

Nate fungou.

– Ainda há rumores de que ele foi assassinado, mas nunca saberemos com certeza. Essa foi uma das razões pelas quais minha mãe voltou para a casa dos pais e ficou grata quando meu padrasto a pediu em casamento.

Maud

Maud podia perceber por quê. Estar ligada a alguém que pode ter sido assassinado podia prejudicar a reputação de uma mulher, mesmo que ela não tivesse nada a ver com isso.

– Então você vê, Polly, minha Polly, temos mais em comum do que você imagina. Ouvi essa história de minha mãe apenas recentemente, porque ela queria que eu a ouvisse dela. As pessoas vão falar.

– Sim. Elas vão.

– Foi por isso que mudei meu nome de volta para Lockhart. Queria mostrar a eles que tenho orgulho de meu pai. Acredito que foi um acidente.

Maud piscou para conter as lágrimas. Ele entendeu. Ele a viu sem julgamento. Ele era seu cavaleiro, e ela, a garota que precisava ser salva. Ela queria ser amada, e ele a amava.

– Obrigada por me confiar sua história – ela sussurrou.

– Você não vê, Polly? – Ele se inclinou. Ela tinha sardas maravilhosas. – Você sempre pode confiar em mim.

Seu segundo beijo foi ainda mais doce.

Capítulo 19

– Você parece corada, Maud. Tenha cuidado para não ficar com febre – avisou a avó quando a neta chegou a casa algumas horas depois.

Quando Maud era mais jovem, queimara o dedo em um atiçador e ficara muito doente, quase morrera. Desde então, a avó sempre ficava preocupada quando Maud parecia "corada".

Mas Maud só conseguia pensar nos lábios de Nate – ele beijava como se estivesse escrevendo nas margens de um livro, com profunda intensidade. Às vezes ele gemia, e ela ficava ao mesmo tempo lisonjeada e desconfortável. O calor floresceu em sua nuca quando se permitiu pensar nisso.

Ela até ousou escrever sobre isso em seu diário, relendo várias vezes as passagens que tinham levado ao primeiro beijo, inclusive a carta de amor que ele lhe escrevera. Como tudo parecia bobo agora que eles estavam juntos. E então um dia, enquanto trancava seu diário na gaveta, ela viu uma carta em cima da escrivaninha, perto da pilha de revistas não lidas. E congelou quando reconheceu a caligrafia do pai.

Era início de março, e Maud não tinha notícias do pai desde que recebera o pacote de revistas. Deveria perturbar sua frágil alegria com outra carta decepcionante? Por fim, a curiosidade venceu.

O pai se desculpava (de novo) por sua longa ausência, mas tinha um bom motivo. Depois de "resolver alguns assuntos", finalmente tinha voltado para Prince Albert, para a Villa Eglintoune. A parte seguinte fez Maud prender a respiração e reler a frase até acreditar que podia ser verdade.

Estou escrevendo para meu pai para saber se ele ainda planeja vir para o oeste no final do verão. Sei que ele está interessado em inspecionar a expansão da ferrovia. Talvez você possa se juntar a ele.

Maud praticamente despencou escada abaixo para mostrar a carta aos avós. Claro que eles a tinham visto entre as demais correspondências, mas não conheciam seu conteúdo. O avô estava sentado perto da janela. Ele observou a avó ler a carta rapidamente e devolvê-la a Maud como se fosse um pano sujo.
– Fico feliz que ele tenha planos de viagem para você, já que é indecente para uma garota da sua idade, ou qualquer mulher, aliás, viajar sozinha de trem.
– Ele quer que isso seja permanente? – disse o avô, limpando a garganta.
– Ele não dá detalhes – disse a avó.
– Entendo – disse ele. – Talvez precisemos pensar um pouco sobre isso.
Por que os avós não conseguiam ver que era uma coisa boa? Mas, não querendo que nada estragasse essa oportunidade, ela concordou em esperar até que eles conversassem sobre o assunto.
Mas, no dia seguinte, quando caminhava com Nate pelo bosque da escola na hora do almoço, Maud não conseguiu se conter e contou a ele sobre a carta do pai.
Em vez de ficar feliz por ela, Nate fez uma careta.
– Você não pensou direito nisso – disse ele. – O que vai acontecer quando você partir? Quando eu a veria? Como estou indo para a nova escola no próximo ano, teríamos ainda menos tempo juntos.
Maud não tinha respostas e ficou perturbada por ele não poder simplesmente apoiá-la.

– Você deseja que eu espere por você?

Nate colocou as mãos nos bolsos e não enfrentou o olhar dela.

– Não gosto da ideia de você estar tão longe.

Maud também não gostava da ideia de ficar longe dos amigos – e dele.

– Ele é meu pai, Nate – ela sussurrou.

Nate segurou as duas mãos dela.

– Claro. Se eu tivesse a oportunidade de ver meu pai novamente, eu a aproveitaria. É que vou sentir sua falta. – Ele abriu seu adorável sorriso com covinhas no queixo, e ela o perdoou.

– As coisas vão se resolver sozinhas – disse ela, não se permitindo pensar que a ideia poderia não se concretizar.

Quando Pensie veio buscar a correspondência alguns dias depois, comentou que era tolice Maud alimentar esperanças. Seu pai ainda precisava ver se o avô Montgomery estava indo para o oeste; ainda havia muitas coisas a decidir. Maud sabia que Pensie não estava sendo cruel por ser tão prática; a amiga se preocupava com ela, mas isso não significava que precisava lembrá-la de todas as vezes que o pai a magoara. Isso também confirmava que Maud estava certa em não lhe contar os boatos que ouvira sobre os pais. Pensie não entenderia. Maud precisava de compaixão, não de julgamento.

Mas, à medida que o inverno se transformava em primavera, o mesmo acontecia com a esperança de Maud. Ela não tinha ouvido mais nada do pai ou do avô Montgomery.

Maud afastou a decepção indo a palestras no Cavendish Hall com os Mosqueteiros e se preparando para os exames. A senhorita Gordon havia planejado um concerto para junho, e então, terminados os exames de abril, toda a classe voltou sua atenção para isso. Maud e Mollie iam fazer uma versão de *Maria Stuart, rainha da Escócia*, e nesse dia seriam anunciados os vencedores do concurso do *Montreal Witness*. A senhorita Gordon esperava que um de seus alunos fosse contemplado, e por isso cada um teve de praticar a leitura de seu ensaio em voz alta.

Maud

Maud e Nate voltavam para casa regularmente juntos depois das aulas de órgão, da escola ou de uma das muitas palestras. Ela se sentia inquieta quando ele ficava sério e falava sobre o próximo ano. Ela não tinha ideia de quando – ou se – partiria. Nem se voltaria.

Ainda assim, com tudo incerto, era bom pensar em um futuro possível, mesmo que Maud soubesse que seus avós – se descobrissem sobre Nate – proibiriam o namoro. Então, aproveitou seu tempo com ele.

Até que tudo desmoronou.

Capítulo 20

Maud voltou da aula de órgão em uma tarde do início de maio e encontrou os avós sentados juntos no sofá da sala. Esperando. O avô olhou através dela.

– Nós sabemos sobre Nathan Lockhart – disse a avó Macneill. – Você deve acabar com isso agora.

Maud segurou as mãos trêmulas à sua frente.

– Não há nada acontecendo entre nós... Somos apenas amigos.

– Mesmo? – disse a avó. – A senhora Macneill, mãe de Clemmie, esteve aqui hoje cedo com a história mais fantástica.

Maud cerrou os punhos. A mãe de Clemmie. Não a senhora Simpson! Afinal, tinham encontrado uma maneira de se vingar.

– A senhora Macneill disse que você e o garoto Lockhart foram vistos juntos depois da escola.

– Essa mulher deveria prestar mais atenção. Ela sabe que tenho aulas de órgão com a senhora Spurr – disse Maud.

– Cuidado com o seu tom! – disse o avô.

– Desculpe – resmungou Maud. Ela soltou as mãos e sentou-se na cadeira perto da janela. Um corvo bicou a terra vermelha e voou para longe.

– Somos apenas amigos – ela disse, mas mesmo para ela isso parecia falso.

Maud

– Olhe para nós quando estamos falando com você! – disse a avó.

Sentando-se o mais ereto que podia, Maud os encarou. Era a hora do julgamento.

A avó olhou para ela por cima dos óculos.

– Vagabundeando com meninos, e um batista, ainda por cima – disse o avô. – Toda a Cavendish está falando sobre isso. Não permitirei que nosso bom nome seja manchado por uma garota que está mais interessada em meninos do que em sua reputação.

Não havia necessidade de parar as lágrimas que agora fluíam. Os avós que pensassem o que quisessem.

– As lágrimas não vão ajudá-la agora – disse a avó. – Você precisa de uma mão firme, o que não podemos lhe dar. – Ela suspirou. – Não posso acreditar que a situação tenha chegado a esse ponto, mas talvez, finalmente, estar com seu pai ajude a frear essa atitude.

Um longo silêncio encheu a sala – silêncio que se estendeu até que o coração de Maud se partiu. Ela era tão indesejada quanto uma órfã. Não havia nada mais que ela pudesse fazer para desapontá-los. Era hora de descobrir a verdade. Seus batimentos cardíacos quase abafaram suas palavras:

– Todos em Cavendish já falam sobre mamãe e papai... o que importa uma coisa mais?

Sem dizer uma palavra, o avô se levantou e saiu da sala, batendo a porta dos fundos.

– Como se você não tivesse irritado seu avô o suficiente. – A avó mergulhou em si mesma. – A pobre Clara não tem nada a ver com isso.

– Como eu iria saber? Você nunca fala sobre ela! – Maud agora já chorava. Ela não se importava que eles soubessem sobre Nate. Na verdade, estava aliviada.

A avó esfregou as mãos no colo.

– Não vou discutir isso. – Ela pigarreou. – Seu avô e eu estamos profundamente desapontados com você. Achamos que você tinha aprendido a lição quando a mandamos embora no ano passado. É claro que estávamos errados. Talvez saindo de Cavendish você finalmente entenda o que acontece quando permite que suas emoções a guiem, em vez das regras.

Maud esfregou o punho da manga no rosto e respirou fundo. Não adiantou. A avó havia julgado pelas fofocas e a achara culpada. Ela havia priorizado a reputação em detrimento da família. Novamente.

A avó se levantou.

– Está resolvido. Seu pai escreveu sobre a possibilidade de você se juntar a ele, mas não acho que ele estivesse falando sério. Agora é a vez dele.

Como seu desejo mais profundo de repente se tornara um castigo? Maud sempre quis ir para Prince Albert morar com o pai e ter uma família de verdade. Mas agora estava sendo forçada a isso. O que ele pensaria dela? A vergonha a estrangulou tão firmemente quanto um de seus colarinhos de renda.

Seria melhor partir.

Naquela noite Maud ficou deitada na cama, olhando o céu, onde a lua fria brilhava em um mar escuro de estrelas.

O que faria? Como ela contaria a ele? Parte dela desejava poder voltar. Voltar para um tempo em que contar nove estrelas por nove noites era apenas um jogo.

Nate estava tão apaixonado por ela que provavelmente esperaria. Ele voltaria da Universidade Acadia, e ela poderia retornar e se casar com ele. Nate acreditava no amor deles porque se imaginava um cavaleiro valente, e era isso que um cavaleiro faria.

Maud saiu silenciosamente da cama e foi até o baú onde guardava todas as cartas dele, amarradas com duas fitas azuis de um vestido velho que não servia mais. Ela as releu, lembrando-se de seus beijos, seu toque, seu assobio. Será que algum dia tiraria essa melodia da cabeça?

Graças a Deus, os avós não tinham visto aquelas cartas.

Maud tinha tão pouco poder sobre quase tudo em sua vida; nunca havia experimentado nada como o poder que tinha sobre as emoções de Nate. Era paixão. Os olhares roubados. O primeiro beijo. E ele a amava e esperaria para se casar com ela, e ela... ela queria viajar e escrever. Não queria se acomodar. Ainda não.

Maud

Nate havia presumido que ela sempre estaria esperando por ele, mas no fundo ela sabia que o futuro que ele tinha imaginado para eles não era possível. Ela não o amava da mesma forma como ele a amava. E seus planos futuros? Ela ainda não sabia como, mas seria uma escritora e continuaria estudando. Isso não era justo com ele, porque, por mais que o amasse – oh, e ela o amava! –, não o amava tão profundamente quanto ele a amava.

Enquanto a lua fria acariciava uma nuvem cinza, Maud sabia o que precisava fazer. Tinha de deixá-lo ir.

No dia seguinte, seus avós enviaram uma mensagem ao avô Montgomery e ao pai de Maud, contando-lhes sobre Nate. Ela estava mortificada e preocupada que eles pensassem mal dela. Só quase duas semanas depois os avós receberam uma carta do avô, na qual dizia que planejava uma viagem à Colúmbia Britânica a negócios para a ferrovia no final de agosto e que então levaria Maud com ele. Enquanto a avó lia em voz alta a carta do avô, não havia nela nada do seu calor e de seu humor habituais. Em vez disso, eram negócios, factuais, como se ele estivesse escrevendo a um de seus colegas políticos em Ottawa.

Agora que ia partir, Maud gostaria de poder voltar a uma época em que ela e Nate eram apenas amigos, quando as coisas não tinham ficado tão complicadas, quando ela podia contar nove estrelas sem entender as consequências.

Uma noite Mollie sugeriu que elas caminhassem até o Buraco no Muro. Quando chegaram à costa, Maud disse a Mollie o que havia acontecido com seus avós. Mollie ficou chocada e demonstrou sua simpatia.

– Por mais que não desejemos admitir – disse Mollie, colocando o braço em volta de Maud –, a diferença de religiões importa.

Maud apoiou a cabeça no ombro de Mollie.

– Eu gostaria que não importasse. – E era verdade.

Elas ficaram em silêncio por um tempo, observando a água gelada esculpir e rachar em torno do Buraco no Muro.

– Vou sentir falta disso – disse Mollie.

Maud beijou o rosto da amiga.

– Vou sentir saudade. – Elas se abraçaram, e Maud foi confortada pela força dos braços de Mollie ao seu redor. Uma amizade consistente e constante. Quando se separaram, ela disse: – Você precisa me prometer que me manterá informada de todos os acontecimentos.

Mollie enxugou uma lágrima perdida.

– Você tem meu juramento solene.

As duas continuaram caminhando, e a conversa mudou para outros assuntos. Mollie perguntou a Maud o que ela estava escrevendo. Mesmo que nem sempre entendesse, Mollie sempre dizia a Maud que sua escrita era "simplesmente esplêndida".

– Promete não rir?

– Eu nunca riria de você – disse Mollie.

– Decidi que, quando "Cabo LeForce" estiver pronto, irei submetê-lo para publicação.

– Ah! – Mollie a abraçou. – Que emocionante!

Maud apreciava quanto a amiga acreditava nela, embora ela mesma ficasse muito nervosa com isso.

– Gosto de escrever sobre história. E você sabe que escrever versos é minha verdadeira vocação.

– Estou tão impressionada, Pollie. Nunca terei talento para essas coisas. Meu talento será encontrar um marido. Um que minha mãe aprove.

Maud não queria que a amiga se casasse.

– Não temos nem 16 anos ainda – disse Maud.

– Verdade – disse Mollie. – Mas mamãe diz que já é hora de eu começar a pensar no assunto. Ela se casou aos 18 anos, você sabe.

– Acho que a minha esperou – disse Maud, sem pensar. – Era março. – Então ela se lembrou do que a senhora Simpson havia dito e sentiu seu rosto ficar quente.

Mollie ficou em silêncio por um tempo, depois disse, como se tivesse lido a mente de Maud:

– Tenho certeza de que não foi como aquelas mulheres sugeriram. Você sabe que elas estavam tentando ferir seus sentimentos.

Embora tivesse certeza de que isso era verdade, Maud também sabia que havia alguma verdade no que elas haviam dito. Por que ninguém falava sobre o namoro de seus pais? Mas, não querendo mais falar sobre isso, ela perguntou:

– Você tem algum pretendente em mente?

Mollie corou.

– Acho que você sabe.

– Jack.

Mollie concordou com um aceno da cabeça.

– Continuo insinuando, como a uma garota é permitido, que eu estaria... aberta... a isso. Mas ele não percebe.

Maud não queria desencorajar a amiga, mas tinha percebido que, toda vez que os Quatro Mosqueteiros estavam juntos, Jack nunca se aproximava de Mollie ou tentava segurar sua mão, como Nate fizera quando tentara lhe mostrar como se sentia. Maud se perguntou o que teria acontecido se ela estivesse na mesma situação. Ficaria aliviada ou tão infeliz quanto Mollie?

– Aqueles não são Jack e Nate vindo da duna? – disse Mollie.

– Mollie Macneill, você organizou um encontro clandestino? – disse Maud, fingindo estar chocada.

A amiga encolheu os ombros.

– Não é minha culpa se os meninos decidiram aproveitar este primeiro dia de primavera na ilha e descer para a costa. – Ela pegou a mão de Maud. – Você não precisa dizer a ele hoje.

Sua melhor amiga estava certa. Ela precisava de mais tempo.

– Sei que as coisas parecem terríveis, Pollie, e seus avós são inflexíveis, mas, por favor, não vamos estragar o dia de hoje. Vamos manter as coisas como eram antes... antes que tudo mude.

De repente, Maud viu a tristeza por trás da disposição de Mollie. Com tudo o que havia acontecido, ela não percebera até agora como isso a afetaria. O relacionamento de Maud e Nate não seria a única coisa que terminaria. Com Jack e Nate indo para a faculdade, e ela para Prince Albert, Mollie ficaria sozinha.

A ideia atingiu Maud como as ondas geladas do golfo, e ela sentiu tanta pena de Mollie que esqueceu os próprios problemas. Mas percebeu que Mollie não queria sua piedade; só queria mais um dia de diversão antes que a realidade se impusesse.

Então Maud cumprimentou Nate e Jack como em qualquer outro dia, e os quatro amigos se aproximaram do Buraco no Muro. O sol estava baixo no céu, espelhado na água, e Maud pensou como sua ilha era linda, perfeita, mesmo quando seu coração doía.

– Você parece mais quieta do que o normal hoje, Polly – disse Nate, enquanto Mollie e Jack caminhavam mais à frente.

Mollie riu muito alto de algo que Jack disse.

– Só que há muito em que pensar – disse Maud.

– Suspeito que isso seja muito próprio de você. – Ele pegou a mão dela. – Pensar demais.

Ela riu para esconder as lágrimas que já lhe chegavam à garganta.

– Por que você acha que escrevo tanto? Meus pensamentos precisam de um lugar para onde ir. – Havia verdade nisso. Sempre que as coisas ficavam demais, emocionais demais, ela escrevia em seu diário.

– Venha. – Ele a puxou para mais perto do Buraco no Muro.

Sempre era perigoso atravessá-lo, pois, se a maré subisse, alguém podia ser arrastado por ela, mas isso também fazia parte da diversão. Com todo o cuidado, eles entraram.

Não falaram. O espaço era muito pequeno para qualquer som. Encostaram-se na parede, ainda de mãos dadas. Um arrepio de algo que parecia repulsa ou paixão – ela não tinha certeza – acariciou sua espinha. Eles se beijaram. Ela sabia que seria a última vez que ela lhe permitiria fazer isso, que se permitiria senti-lo. Daquele dia em diante, teria que dizer a si mesma para endurecer o coração. Dizer a si mesma que seus beijos lhe causavam repulsa. Dizer a si mesma que nunca o amou de verdade.

Capítulo 21

Seus avós falavam sobre sacrifício, mas eles nunca saberiam – ninguém jamais saberia – do que ela havia desistido.

Depois daquele lindo dia no Buraco no Muro, ela precisava deixar claro para Nate que não o amava mais. Se lhe contasse que os avós tinham descoberto o seu segredo e lhe dado um ultimato, Nate só veria isso como mais um obstáculo a ser vencido. Tão romântico quanto ela, ele acreditava que o amor deles poderia resistir a qualquer tempestade. Então, teria de mostrar a ele que seus sentimentos haviam mudado. Ela se afastaria. Era a única solução.

Ainda mais desafiador, Maud ainda estava tendo aulas de órgão. Como não queria chamar atenção, a avó lhe permitiu ir, desde que se comportasse e voltasse direto para casa. Foi impossível recusar a oferta de Nate para acompanhá-la até sua casa. Ela o fez se despedir antes de chegarem ao cemitério. Se a senhora Spurr suspeitou de alguma coisa, não deixou transparecer.

Na escola, era pior. Maud evitava Nate, esperando que alguma distância amenizasse o golpe que viria. Então, quando Nate se aproximou dela na hora do almoço para convidá-la para um passeio, Maud saiu com Mollie como se não o tivesse visto, ignorando a profunda dor em seu rosto. Isso também tornava difícil para Mollie ver Jack. Maud se sentiu mal com isso, mas esperava que a amiga a entendesse.

Por fim, Maud disse a Pensie que estava indo embora. Pensie parecia muito triste. Disse que lamentava ter julgado mal o pai de Maud e prometeu escrever longas cartas, cheias de todas as novidades. Maud quase mencionou a fuga então, mas algo a impediu. Logo ela estaria com o pai e lhe perguntaria sobre isso.

Mas, quanto mais Maud evitava contar a Nate – não apenas que ela estava indo embora, mas que eles não podiam mais ficar juntos –, pior era. Não importava o que ela fizesse, Nate certamente a desprezaria, e a ideia de ele odiá-la era insuportável. Teria que viver com isso para sempre.

Uma semana após a carta do avô, Maud convidou Nate para um passeio pela Mata Assombrada. Eles caminharam em silêncio por um longo tempo. Sabendo que aquela podia ser a última vez que ficariam sozinhos, ela descobriu que não conseguia deixá-lo ir.

– Tenho uma coisa para você – disse ele, puxando uma carta.

Ela não a aceitou. Sabendo o que dizia, não teve coragem de ler. Não conseguia dizer a verdade.

– Vou para Prince Albert em agosto – disse ela simplesmente.

Nate amassou a carta.

– Então você decidiu que era melhor me ignorar do que me dizer a verdade?

Ela olhou para a carta. Se a tivesse pego, pelo menos teria uma última carta dele.

– Achei que não tínhamos mais segredos.

Ele tocou seu braço. Ela sabia que deveria se afastar, mas não conseguiu. Teve um desejo repentino de empurrar seu cabelo castanho para trás daquelas orelhas irresistíveis. Mas, em vez disso, disse:

– Eu não queria magoar você.

– Seu comportamento me magoa – disse ele. – Depois de tudo por que passamos, você não sabe o quanto eu a amo e vou esperar por você?

Maud

O queixo de Maud tremia na tentativa de conter as lágrimas. Era verdade. As palavras de Nate ecoaram o que ela sempre soube. Eles eram semelhantes, tão semelhantes! Se ela o amasse como ele a amava, poderia ter esperado por ele. Amar Nate significava não apenas desafiar os avós, mas também negar a si mesma o que ela mais desejava: independência, uma vida de literatura e educação.

Ela tinha algo que lhe cortaria profundamente o coração, algo que o faria parar de persegui-la, de lutar por ela, de lutar por eles. Até aquele momento, não sabia se teria de usá-lo. Mas era preciso. Ela enfiou a mão na bolsa e tirou o livro com a capa de sereia que ele lhe havia "emprestado" meses atrás e o estendeu para ele.

Ele engasgou.

Ela se afastou de Nate e olhou para a Trilha dos Amantes. Será que algum dia seria capaz de estar ali sem pensar nele? Em seguida, as palavras borbulharam, ecoando algo que Pensie havia dito meses antes. Maud se virou, tentando encontrar a emoção que a fazia acreditar que o que estava prestes a lhe dizer era verdade. Empurrando o livro nas mãos dele, ela disse:

– Acho que estávamos nos enganando, Nate. Amamos a ideia de Amor. Foi isso. Eu gostaria que você não fosse tão sonhador o tempo todo. Isso estraga as coisas.

O rosto de Nate ficou branco. Será que ele ia chorar? Ela não suportaria.

– Eu acreditava que era isso que você amava em mim – ele gaguejou.

O romance era maravilhoso nos livros, mas na vida real o amor era complicado, doloroso. Era hora do golpe final.

– Acho que só podemos ser bons amigos – disse ela.

Nate cambaleou para trás, deixando *Ondina* cair no chão. Ela tentou impedir a queda, mas ele o deixou cair. Seu jeito descontraído havia desaparecido; seus olhos normalmente calorosos e cinzentos de repente estavam tão frios quanto uma tempestade na ilha.

– Você não vê, Maud? – disse ele, pegando o livro. – Nós nunca o fomos.

Capítulo 22

Nunca o fomos.

As palavras a cortaram como cacos de vidro.

Maud tentou esquecer Nate e o que ele havia dito, mas ele estava em toda parte: na escola, no ensaio do concerto, no Cavendish Hall. Ela via um garoto na estrada e pensava que era ele. A facada final veio quando, por intermédio de Mollie, Nate lhe devolveu o exemplar de *Mulherzinhas*. Não pôde entregá-lo pessoalmente.

Por um momento ela não soube se seria capaz de o ler novamente, mas, alguns dias depois, em seu quarto após o jantar, ela o pegou na cômoda onde o havia deixado. Ela chorou quando leu sobre Jo lendo *Ondina*, mas então se viu de volta ao mundo de Louisa Alcott. Era reconfortante retornar a um lugar onde sabia o que ia acontecer. Ao ler o *Young Ladies' Journal*, ela recortou a foto de um jovem de cabelos emaranhados e um sorriso inteligente que a lembrava de Nate – e como imaginava Laurie – e a colou na página de rosto. Dessa vez, sublinhou diferentes passagens, porque agora entendia melhor Jo e sua ambição.

Quando Maud terminou de ler, seu coração ainda doía por Nate, mas sentiu-se mais certa de sua decisão. Esperava que um dia ele a perdoasse.

As coisas nem sempre eram tão claras na vida como nos livros. Mas ela nunca esqueceria o primeiro menino que a amou. E a quem ela amou.

No final de maio, a senhorita Gordon anunciou os resultados do concurso do jornal *Montreal Witness*, com Nate em segundo lugar e Maud em terceiro. De alguma forma, durante todo o drama, Maud havia se esquecido completamente disso.

Doeu quando a senhorita Gordon lembrou a Nate e Maud que eles leriam seus ensaios no concerto de junho, e Nate nem mesmo a felicitou. Nem lhe agradeceu quando ela lhe desejou boa sorte.

Mas Maud estava aprendendo a esconder suas emoções e leu seu ensaio, orgulhosa e forte. E, dessa vez, não houve ovação em pé.

Mollie estava chateada porque, como Maud previra, era impossível para os Quatro Mosqueteiros continuar iguais. Mais de uma vez sua melhor amiga reclamou disso, e Maud se perguntou se Mollie a culpava. As duas viam cada vez menos Jack, e Maud não conseguia deixar de se sentir culpada pela ruptura que havia causado.

As aulas terminaram, o que ajudou um pouco, já que Maud não precisava ver Nate e Jack todos os dias. Ela aproveitou o verão o melhor que pôde com os amigos: colheu frutas silvestres com Lu, foi a palestras com Pensie e Mollie. Jack e Nate estavam presentes, mas se sentavam do outro lado do corredor. Ela desejava que Nate a perdoasse. Mas ele a via e fingia que ela nem estava lá. Em algumas semanas ele iria para a faculdade, e ela partiria para Saskatchewan. Ela desejava desesperadamente se separar dele como amiga.

Agora que os planos de viagem haviam sido acertados e estava claro para os avós que o namoro com Nate havia terminado, eles estavam muito mais cordiais com ela. Passaram a maior parte do verão preparando a viagem, costurando roupas de que Maud precisaria.

– Não sabemos o que eles têm lá no Velho Oeste, então é melhor garantir – disse a avó a caminho de Hunter River, onde fariam a maior parte das compras. Não era tão grande quanto Charlottetown, mas ficava a apenas dezesseis quilômetros ao sul de Cavendish e, sendo uma estação ferroviária principal, tinha os materiais de que elas precisavam.

Tia Annie veio a Cavendish para ajudar Maud com seu traje de viagem, porque todos sabiam que ela era a melhor costureira daquele lado da ilha, e as de Saskatchewan não podiam superá-la. Ela até convenceu a avó de que era apropriado Maud usar uma saia longa, porque já estava com quase 16 anos.

Tia Annie também mostrou a Maud como se vestir, agora que ela tinha de usar um espartilho em vez de apenas um corpete. Espartilho, anágua, anquinha, saia, corpete, jaqueta e um chapéu – eram tantas peças que Maud se perguntou como conseguiria usar tudo aquilo. Ela já vira Pensie se vestir, é claro, mas só agora entendia por que a amiga costumava reclamar de ter de se levantar meia hora antes para se aprontar. Maud teria que se acostumar com o peso dessas novas camadas.

No final de agosto, Maud estava colhendo mirtilos no bosque da escola para uma torta que a avó ia assar, feliz com a oportunidade de dar um último passeio antes de partir. Com o chapéu caído sobre as costas, deixava que o sol acariciasse sua pele. Estava curvada, comendo algumas frutas silvestres, quando ouviu o assobio familiar.

Ela parou de mastigar.

– Olá – disse ele.

Ela engoliu em seco, colocou o chapéu desajeitadamente na cabeça e se levantou.

– Oh, olá.

– Posso levá-la para casa como nos velhos tempos, Polly? – ele perguntou. – Com 'y'.

Ela não pôde deixar de sorrir ao ouvir seu antigo apelido.

– Sim, Snip.

Nate pegou a cesta dela e colocou algumas frutas na boca. Quando o suco lhe escorreu pelo rosto, ele corou e o enxugou.

Depois de alguns passos em silêncio, ele disse:

– Então, irei para Acadia na próxima semana.

– Mollie me contou – disse Maud. – Meu pai me escreveu que há uma escola secundária em Prince Albert, de modo que vou continuar meus estudos.

– Você ainda quer lecionar?

Parecia tão certo caminharem juntos falando sobre o futuro, embora soubessem que o futuro não seria como qualquer um deles o tinha imaginado.

– A senhorita Gordon acha que é uma boa profissão para uma mulher – disse ela. – E poderei escrever também.

– Talvez você se torne famosa como Louisa May Alcott – ele brincou, mas havia em sua voz um tom de provocação que ela nunca tinha ouvido antes.

– Eu nunca serei Alcott – respondeu ela, desejando de repente que não estivessem fazendo aquela caminhada.

Quando chegaram ao caminho para a casa dos avós de Maud, ele se encostou na velha árvore e, entregando-lhe a cesta, cruzou os braços sobre o peito. Ele olhou para ela como fazia um ano antes – como se pudesse ver através dela. Ela sofria por aqueles dias de amizade. De amor.

– Quando você parte? Odeio pensar em Cavendish sem você – disse ele.

– Neste domingo depois da igreja, eu acho. Depende de meu tio Cuthbert conseguir me acompanhar. Vou ficar com o vovô Montgomery e depois viajaremos juntos para o oeste.

– Parece que pode ser uma grande aventura – disse ele.

– Espero que sim – disse ela. – Preciso de uma mudança. Tenho decepcionado... todo mundo.

Nate não a contradisse nem a defendeu. Por que o faria?

Ele deu um passo à frente.

– Sentirei sua falta, Maud – disse ele. – Daquele dia no Buraco no Muro. – Ele expirou pelo nariz. – Revi o que aconteceu e acho que não faz nenhum sentido. Tudo foi tão repentino.

– Foi uma tarde maravilhosa – ela sorriu, esquecida de si mesma.

Ele lhe estendeu a mão, mas ela se afastou.

– Entendo – ele disse, deixando a mão cair sobre a perna. – Você pode pelo menos me dizer o que aconteceu para mudar seus sentimentos? O que eu fiz?

Ele piscou e fungou. Se ele chorasse agora, ela baixaria a guarda, e ele saberia quanto ela ainda o adorava.

Por que não pudera amá-lo o suficiente?

– Não foi nada que você fez – ela disse, finalmente. – Mas viemos de tradições diferentes e queremos coisas diferentes. Somos românticos, você e eu.

Seria tão fácil segurar sua mão. Mas ele estava indo para o leste, e ela, para o oeste. Ela tinha grandes planos, e – por mais que lhe doesse – eles não incluíam um futuro com Nate Lockhart.

– Você vai me escrever? – ela perguntou.

– Você quer que eu escreva?

– Eu não teria perguntado se não quisesse.

Ele sorriu tristemente.

– É, sempre fomos bons em escrever cartas.

Capítulo 23

Havia mais uma coisa que Maud precisava fazer antes de deixar Cavendish.

Na noite anterior à partida, Maud e Pensie deram sua última caminhada ao longo da costa, e Maud finalmente lhe contou o que havia acontecido com a senhora Simpson e a senhora Clark e o que elas haviam falado sobre os seus pais. Maud viu a expressão de Pensie mudar de choque para tristeza e depois para raiva.

– Como você pôde esconder algo tão importante de mim? – Pensie disse.

– Eu estava com vergonha – disse Maud.

– Envergonhada de seus pais ou com vergonha do que eu poderia dizer?

Maud não sabia o que responder. Como de costume, Pensie podia ver dentro dela.

– Pensie – disse Maud, permitindo que as lágrimas rolassem –, por favor, me perdoe. Tem sido um tempo muito desafiador.

– E quanto à sua preciosa Mollie? – O veneno no tom de Pensie surpreendeu Maud. Ela sempre suspeitou que Pensie não gostasse de Mollie, mas não pensava que a odiasse.

– O que tem Mollie? – disse Maud.

Pensie não disse nada por um longo tempo. Ela havia se voltado para o golfo, seu cabelo castanho estava solto, e seu choro misturava-se ao vento.

– Por favor – disse Maud. – Diga alguma coisa.

Pensie se virou.

– Eu sei que posso ser difícil. Que sou mandona e sempre digo o que penso. Mas é só porque a amo, Maudie.

– Eu também a amo, Pensie – disse Maud. – Mas você estava com Quill e Mary, agindo como se não precisasse mais de nós, de mim, como se nossa amizade não significasse nada.

– Isso não é verdade!

– É verdade! Desde a semana de palestras em janeiro você está diferente. Sentada com Quill e Mary, dizendo que meus amigos e eu parecíamos crianças.

– Bem, e quanto a você, Mollie e aqueles meninos? Você tinha seu próprio grupo, que não me incluía – disse Pensie. – E, se eu tenho sido diferente, é porque meus problemas...

– Que problemas? – perguntou Maud.

Pensie fungou.

– Quill me pediu em casamento, e não o recusei exatamente, mas também não o aceitei.

– Por que você não me contou?

– Porque sei o que você pensa dele. Oh, não me olhe assim, Maudie. Você o acha estúpido, e uma coisa que você não pode tolerar é alguém estúpido.

Maud sorriu. Ela não conseguiu evitar. Pensie a conhecia muito bem. Vendo Maud sorrir, Pensie também sorriu.

– Acho que nós duas temos algo a lamentar – disse Pensie.

– Você me perdoa, então? – disse Maud.

– Sim – disse Pensie. – Mas posso demorar um pouco para confiar em você.

A ideia de que Pensie não confiava nela feriu o coração de Maud, mas ela estava aprendendo que certas coisas precisavam de tempo para curar.

No dia seguinte era domingo, e, depois da missa, Maud deu uma última caminhada até o cemitério, sozinha.

Maud

– É tudo minha culpa – disse ela à lápide da mãe enquanto o vento quente de agosto soprava suavemente em seu rosto. Como a mãe devia estar decepcionada.

Depois, houve uma pequena reunião de amigos e familiares para se despedir de Maud. Pensie veio, mas ficou quieta a maior parte do tempo e deu apenas um breve adeus a Maud. Maud queria correr atrás dela, mas, depois da noite anterior, o que mais poderia dizer? Com o tempo, a amiga a perdoaria totalmente.

Até a avó ficou em silêncio na maior parte do dia. Quando falou, disse a Maud para respeitar as regras de sua madrasta e, mais tarde, colocou algum dinheiro nas mãos da neta quando ninguém estava olhando. A senhorita Gordon fez uma visita e deu a Maud um pequeno livro de poemas, *Sonetos da portuguesa*, de Elizabeth Barrett Browning.

– Para mim, estes são alguns dos poemas mais verdadeiros sobre o amor – disse a senhorita Gordon.

Maud pegou o livro de capa vermelha e acariciou suas bordas. Mesmo agora, depois de tudo o que acontecera entre eles, seu primeiro instinto foi contar a Nate sobre o livro – talvez até encontrar um poema para lerem juntos. Mas ela não podia. Não naquele dia. Eles podiam ter deixado as coisas em um tom mais amigável, mas ainda doía muito vê-lo.

Mais tarde, naquela noite, quando arrumava seu baú, os poemas que havia escrito, a colcha de tia Annie, as cartas de Nate, tudo lhe pareceu significativo. Ela embalou seus livros amados: *Mulherzinhas*, *Jane Eyre*, *O Morro dos Ventos Uivantes*, *Sonetos de Shakespeare*, *Orgulho e preconceito* e *O último dos moicanos*, que ela planejou ler no trem, pois tinha boas descrições de índios. Tia Annie sugeriu que Maud usasse o cabelo preso no alto da cabeça durante a viagem e mostrou-lhe como fazê-lo. A primeira vez que Maud se viu com o novo penteado, percebeu que não era mais a menina assustada que voltara de Park Corner no último verão.

Maud embrulhou as cartas de Nate no xale branco que usara na primeira noite em que ele a levou para casa e colocou-as delicadamente no baú. Não tinha certeza se voltaria para a ilha novamente e não queria pensar no que a avó faria se as visse. Ainda pensava no velho diário, aquele que ela queimara menos de um ano antes. Muita coisa havia mudado desde então. Provavelmente foi melhor que ela o tivesse queimado – era como se tivesse sido escrito por outra garota.

– Entre – disse Maud ao ouvir uma batida suave à porta.

A avó entrou segurando algo contra o peito e sentou-se na cama ao lado de uma pilha de roupas. Maud percebeu que ela estava abraçando um objeto quadrado. Maud sentou-se ao lado da avó. O único som era o das ondas batendo na costa do golfo.

– É quase o quarto da sua mãe de novo – disse a avó.

– Vou sentir falta do som do mar – disse Maud. – Meu pai disse que há um rio perto da casa dele, mas não estou convencida de que será a mesma coisa.

A avó deu uma meia risada abafada.

– Não vai ser. Você pode ter certeza disso. – Então ela pigarreou e fungou. – Eu tenho guardado algo para você. Estava pensando em dá-lo a você no seu aniversário de 16 anos, mas, como você não estará aqui, pensei que você poderia ficar com ele agora. – A avó segurou o item por um longo tempo e então o passou à neta.

Maud o pegou com a maior delicadeza que pôde. Estava embrulhado em um pedaço de algodão gasto, marrom desbotado com flores. Daria um lindo retalho para a colcha.

– Antes de abri-lo, quero lhe contar uma história. Suspeito que ficará muito distraída com o presente depois de desembrulhá-lo. Você deve saber o que é, a quem pertencia e por que o está recebendo agora.

Maud colocou o pacote cuidadosamente no colo, reprimindo a vontade de abri-lo.

– Quando sua mãe tinha 19 anos, havia um costume popular entre as amigas dela de coletar assinaturas e histórias. Não muito diferente de um livro de autógrafos, mas tinha um nome diferente. Embora suspeite que eles sejam de natureza semelhante.

O coração de Maud bateu forte.

– Isso pertenceu à sua mãe quando ela era um pouco mais velha que você.

Maud

Tudo ficou em silêncio. Até as ondas.

– Eu não tenho nada que tenha pertencido à minha mãe.

A avó respirou fundo, longamente.

– Agora você tem.

Com dedos trêmulos, Maud desembrulhou delicadamente o pacote, revelando um livro quadrado marrom do tamanho de um livro de orações. A lombada estava um pouco desgastada, mas ainda estava em excelentes condições. Inclinando-o sob a luz do abajur, Maud viu que a capa trazia a palavra *Fragmentos* escrita em ouro no meio, com espirais em relevo nas bordas, lembrando esculturas reais.

As lágrimas de Maud caíram na capa velha e gasta.

– Chama-se "Livro de Notas" – disse a avó.

– Você o guardou todo esse tempo? – perguntou Maud. Ela estava surpresa demais para ficar com raiva.

A avó não respondeu. Maud se desvencilhou do livro a tempo de pegar a avó enxugando os olhos discretamente.

– Era muito doloroso – disse ela depois de um tempo. – Você sabe que não gosto de falar sobre... ela.

Por causa do que ela fez e da vergonha que causou? A pergunta estava na ponta da língua de Maud. Mas, se ela a fizesse, a avó levaria o livro embora? Isso arruinaria um dos poucos bons momentos que tivera com a avó desde aquele dia terrível, havia quase um ano, quando seu diário fora descoberto?

Maud abriu cuidadosamente o livro e leu a inscrição na folha de rosto: *Senhorita Clara W. Macneill. Cavendish. 11 de abril de 1872.*

A caligrafia de sua mãe. Ela já a tinha visto antes? Abriu o livro e começou a lê-lo.

Havia poemas: poemas escritos por membros da família para a mãe e alguns no que parecia ser a caligrafia do pai. Maud não tinha certeza.

– Sua mãe não sabia quão inteligente você seria ou não previu seu talento para escrever, o que suspeito que você herdou do meu lado da família, embora eu negue se você disser alguma coisa – disse a avó. – Seu avô tem muito orgulho da linhagem Macneill nesse assunto.

Maud congelou. Havia páginas em branco. Páginas em branco que ela poderia preencher com suas próprias palavras!

– Obrigada, vovó – ela sussurrou.

A avó se levantou, deu um tapinha gentil na mão de Maud e saiu.

Sentada no quarto da mãe, Maud virava cada página como se o livro fosse uma relíquia há muito perdida.

Pegando o lápis, ela escreveu uma frase, e depois outra e outra. Parecia que ela e a mãe estavam tendo uma conversa secreta, uma conversa que voltou no tempo e a levou a um profundo entendimento de quem era sua mãe: uma mulher apaixonada por um homem que seus pais não aprovavam.

Quando Maud foi para a cama naquela noite, pensou em tudo o que acontecera no ano anterior, em tudo o que mudara. Percebeu que sentiria falta dos avós, da constância deles. Sentiria falta da constância dos amigos próximos. Da constância dos rituais diários e dos dias de escola com Mollie e Jack e, sim, Nate. Ele escreveria, como havia prometido?

E quem faria as leituras na palestra do próximo ano ou se apresentaria nos concertos da senhorita Gordon? Outros Quatro Mosqueteiros ocupariam seu lugar? Certamente essa tarefa não poderia ser deixada para Clemmie e sua turma executar, mas Mollie ainda estava lá. Ela faria o possível para representá-los.

E o que dizer de seus lugares favoritos? Haveria uma Trilha dos Amantes, uma Mata Assombrada ou um Buraco no Muro em Prince Albert?

Maud soube que Saskatchewan estava sendo batizada de "Novo Éden", prometendo terras férteis e ricas, cheias de oportunidades. Seu pai também lhe escrevera sobre a possibilidade de frequentar o ensino médio. Era uma oportunidade rara – para uma mulher, pelo menos. Parecia o lugar perfeito para recomeçar. Seus avós não estariam lá para julgá-la; não haveria sussurros dos habitantes da cidade, de famílias que alegavam superioridade.

Ela tinha orgulho de fazer parte da história da ilha; suas florestas e flores estavam gravadas em seu coração. E estava levando com ela as histórias de seu avô Macneill, seu diário e o Livro de Notas da mãe. Eles a conectariam a um passado precioso enquanto ela escalava em direção a um novo e brilhante futuro.

LIVRO DOIS

Maud de Prince Albert 1890-1891

> *Para ser totalmente apreciada, Saskatchewan deve ser vista, pois nenhuma caneta, por mais talentosa ou ilustrativa, pode descrever com justiça os esplêndidos recursos naturais, a fertilidade inigualável e a rara beleza das pradarias deste Éden ocidental.*
>
> L. M. Montgomery, "Um Éden ocidental".

Capítulo 1

Enquanto o crepúsculo descia sobre a cidade de Prince Albert, na pradaria de Saskatchewan, a exaustão pairava sobre Maud como a poeira vermelha em seu traje de viagem. Estava em seu novo quarto na casa do pai, a Villa Eglintoune. Imediatamente havia batizado o quarto de "Vista Sul", já que dava para a parte sul da rua principal, que subia até o tribunal recém-construído. Era tudo muito diferente de sua amada Cavendish. Ela sentia falta da Árvore dos Amantes, do rugido monótono das águas do golfo, das estradas de terra vermelha da ilha. Embora estivesse a uma curta caminhada do Rio North Saskatchewan e achasse lindos os choupos que ali cresciam, Maud não havia percebido que até então via a beleza da ilha como algo natural.

Ela havia mantido um registro dos sete dias e oito mil quilômetros de viagem desde que partira de Cavendish, prometendo a si mesma que o copiaria em seu diário quando chegasse. Não queria esquecer-se de nada.

Embora feliz por ter reencontrado o pai no dia anterior, uma parte dela desejava estar de volta ao casarão do avô Montgomery em Park Corner, onde havia ficado por três dias antes de partirem em sua jornada pelo país. Tinham deixado Park Corner em uma manhã chuvosa e cinzenta.

Tio Cuthbert os levou para o sul até a estação de Kensington, onde pegaram o trem para Summerside e, no dia seguinte, a balsa para Pointe-du-Chêne.

Na estação de Kensington, quando o avô voltou com os bilhetes, tinha uma notícia emocionante. O primeiro-ministro, *sir* John A. Macdonald, e sua esposa estavam a caminho de Summerside para um comício político. O avô mandou um telegrama para eles, providenciando para que todos viajassem juntos. Que emocionante! Sua primeira viagem de trem e ela conheceria um dos homens mais poderosos do Canadá, um dos Pais da Confederação.

Quando o carro especial chegou, Maud embarcou com o avô e, de repente, lá estava ela, ao lado do grande homem. Ele tinha uma aparência ágil e não era bonito, mas tinha um rosto bastante agradável. Lady Macdonald era bastante quieta e – apesar de seu lindo cabelo prateado e estatura imponente – estava vestida de maneira deselegante, com um colarinho alto de renda e boné preto.

O primeiro-ministro e o avô discutiram o fechamento dos estaleiros, mas Maud estava muito ocupada olhando para os Macdonalds e a mobília elegante de seu vagão para prestar atenção ao que diziam.

Cerca de meia hora depois, chegaram a Summerside e, depois de se despedirem dos Macdonalds, foram recebidos na estação pela filha do avô, tia Nancy, e seu marido, tio Dan Campbell, que os levou ao hotel que administravam. Na manhã seguinte, Maud e o avô pegaram a balsa para Pointe-du-Chêne e depois o trem para St. John, New Brunswick. Como no momento em que deixara a ilha pela primeira vez, Maud sentiu o mesmo tremor no queixo ao se lembrar do barco flutuando para longe do cais. De pé no convés, apoiada na amurada, com as lágrimas chicoteando sua face, ela viu sua amada terra vermelha desaparecer de vista.

De New Brunswick, eles embarcaram em outro trem e viajaram pelas colinas arborizadas do Maine até Montreal, onde Maud saiu sozinha para dar uma volta ao longo do velho porto, já que o avô havia ficado no hotel para descansar. Ela se manteve suficientemente perto do hotel para não se perder, mas não pôde deixar de sentir um sabor de aventura em andar sozinha por uma cidade grande, onde ninguém sabia quem ela era.

Naquela noite, tomaram um vagão-leito, e Maud acordou em uma região de troncos cortados e pedras no norte de Ontário, e escreveu em seu diário de viagem quando entraram na província de Manitoba. Depois de uma curta parada em Winnipeg, onde parecia que alguém havia jogado um punhado de ruas e casas no chão e se esquecido de separá-las, ela e o avô finalmente chegaram a Regina, Saskatchewan, às cinco horas da manhã. Estava tão frio e nublado que era difícil ver a cidade; ela só conseguiu distinguir uma série de edifícios cinzentos, que combinavam com o cinza do céu. O avô os registrou no Windsor Hotel, em frente à estação de trem, e Maud estava tão exausta que quase não conseguiu subir as escadas antes de cair na cama e dormir um sono sem sonhos.

Poucas horas depois, foi acordada por uma batida à porta. Como esperava ver apenas o avô, demorou alguns instantes para perceber que o homem ao lado dele era seu pai. Havia mais algumas rugas em seu rosto desde a última vez que o vira, mas tinha os mesmos cabelos e barba castanhos e olhos azuis escuros amigáveis, exatamente como os dela. Ao vê-la, ele abriu os braços. Sem hesitar, ela correu para o abraço, respirando seu cheiro de sol de verão, trigo recém-cortado e tabaco.

– Estou muito feliz por finalmente ter você aqui – disse ele, com as mãos nos ombros dela.

– Eu não esperava vê-lo até chegarmos a Prince Albert – disse ela, encantada.

– Não sabíamos se seríamos capazes de providenciar tudo. – O avô deu um tapa nas costas do filho e riu. Maud havia se esquecido de como eles compartilhavam a mesma risada explosiva.

– Vim com um amigo que estava viajando para cá a negócios – explicou o pai –, mas vamos ter que ser criativos para voltar a Prince Albert. – Ele desabotoou a parte de cima do paletó e sentou-se em uma das poltronas macias. – Embora agora exista um trem de carga para Prince Albert, não há vagão de passageiros. Portanto, primeiro teremos que parar em Duck Lake.

Maud teve uma visão absurda, imaginando-os arrastando troncos por hectares de campos de trigo.

O pai riu quando viu a expressão de dúvida em seu rosto.

– No final de cada trem de carga há um pequeno vagão vermelho de madeira que antigamente era destinado à tripulação – continuou ele. – Em uma viagem de três horas será um pouco apertado, mas nada que não possamos suportar, certo, Maudie?

O entusiasmo do pai era contagiante, e, embora seu senso de aventura a tivesse abandonado em Winnipeg, ela sorriu para ele.

– Enquanto isso, consegui arranjar um cavalo e uma charrete para podermos passar o dia em Regina, onde poderemos ver os pontos turísticos – disse ele. – O que acha disso?

Maud não conseguia parar de olhar para o pai. Durante toda a viagem para o oeste, ela temeu que ele tivesse vergonha dela, mas, em vez disso, ele planejara algo para fazerem juntos.

– Sim! Sim! – ela exclamou, quando conseguiu recuperar a voz. – Acho maravilhoso!

Depois que Maud se vestiu e tomou um rápido desjejum de chá com torradas e geleia, eles saíram do hotel para a Broad Street, onde a charrete os esperava. Ao redor da estação de trem, um novo distrito comercial tinha se formado, e, enquanto o pai os conduzia por Regina, Maud observava as pessoas cuidando de sua vida cotidiana. Ela nunca tinha visto os homens da Polícia Montada de North West e ficou impressionada com a quantidade deles e com a beleza de seus uniformes. Tinha visto policiais quando visitou Charlottetown com a avó, mas não havia muita necessidade de um em Cavendish. Regina também tinha uma aparência muito nova em comparação com as casas e fazendas de sua cidade, aonde as famílias fundadoras haviam chegado há mais de cento e cinquenta anos. A recém--concluída Casa do Governo, residência oficial do vice-governador dos Territórios do Noroeste e Saskatchewan, era um imponente edifício de pedra de dois andares que – de acordo com o pai – tinha água encanada e vasos sanitários.

Maud

Quando o pai saiu de Regina para mostrar a eles as fazendas da região, tudo o que Maud pôde ver foi poeira e sujeira; ela rezou para que Prince Albert estivesse melhor. Ansiava pelas colinas onduladas, os verdes pastos e as praias rosadas de Cavendish.

Durante todo o passeio, o pai e o avô conversaram e, embora ela apreciasse esse tempo para absorver o novo ambiente, mal podia esperar para ficar sozinha com o pai e conversar com ele sobre a mãe. Mas ela sabia que a hora certa ainda não havia chegado; se queria descobrir a verdade, o momento teria que ser perfeito.

Por isso, ela recostou-se e ouviu o avô e o pai discutirem sobre a política "violenta" de Prince Albert.

– Estou feliz que você tenha resolvido esse assunto com seu supervisor – disse o avô.

O pai pigarreou.

– Além de minhas funções como agente na Confederation Life Insurance Company, existem alguns empreendimentos que parecem promissores. – Ao ver que o avô não respondeu, o pai continuou. – Você descobrirá que sou muito respeitado em Prince Albert, pai. As pessoas estão felizes por eu estar de volta, e fala-se de minha candidatura ao governo local.

– Seguindo nos negócios da família – disse o vovô. – Estava na hora.

Mais tarde, naquela noite, quando eles finalmente embarcaram no pequeno vagão, Maud se pegou tremendo no carro minúsculo, iluminado por lâmpadas a óleo e não muito mais. Sua cabeça doía, e ela ansiava por uma cama e um pouco de chá quente. Algumas horas depois, chegaram a Duck Lake, uma pequena cidade algumas horas ao sul de Prince Albert, onde ficaram com um dos amigos do pai, o senhor Cameron. Era tão tarde quando chegaram que Maud simplesmente se jogou na pequena cama do quarto de hóspedes e caiu imediatamente em um sono profundo.

Na manhã seguinte, acordou revigorada e ficou aliviada ao descobrir que o mundo lá fora havia mudado de marrom empoeirado para verde exuberante. Havia até alguns grupos de choupos a distância.

Depois do café da manhã, o sogro do pai, John McTaggart, chegou para levá-los na última etapa da viagem a Prince Albert. O senhor McTaggart era um empresário local e agente imobiliário do governo; seu trabalho era convencer as pessoas a se mudarem para o oeste.

– Todo mundo quer começar do zero. Prince Albert já pode se orgulhar de dois mil proprietários rurais que vieram trabalhar na terra – disse McTaggart, enquanto eles partiam em sua charrete e começavam a viagem para o norte.

– É uma ideia tola – disse o pai. – Não vou depender da terra. Já vi muito disso no leste. Ganho um bom dinheiro como leiloeiro e então... – Ele se virou e piscou para Maud. – Quem sabe.

– Sim – disse o avô Montgomery –, quem sabe.

O pai ignorou a observação.

– As coisas estão prestes a se mover a nosso favor, Maudie. Você vai ver.

Maud ficou quieta. O pai parecia estar estabelecido em Prince Albert, com uma nova família e novas oportunidades. Talvez aquele "Novo Éden" a favorecesse também.

Os três homens continuaram a falar sobre a expansão e a ferrovia, enquanto Maud observava seu novo ambiente. Um sol morno guiou-os por colinas ondulantes atapetadas de flores silvestres e campânulas. O senhor McTaggart contou a Maud e ao avô que havia se mudado para Prince Albert com sua segunda esposa e filhos havia quatro anos. Maud não conseguia decidir se gostava dele ou não – ele sem dúvida gostava de ouvir a própria voz –, mas estava tão cansada que ficou feliz em deixá-lo continuar.

No meio da tarde, chegaram a Prince Albert. O senhor McTaggart apontou para sua casa de dois andares pintada de branco no topo da colina, nos arredores da cidade. Parecia um lugar agradável.

– Chamamos nossa casa de Riverview – disse McTaggart –, porque oferece uma bela vista do Rio Saskatchewan de nossa janela da frente. Dali se vê todo o caminho colina abaixo.

Enquanto desciam lentamente a colina pela Avenida Central, ela suspirou de encantamento. Prince Albert fora construída sobre vários terraços naturais ao longo da margem do rio, de onde se estendiam pradarias ondulantes, salpicadas de bosques de salgueiros e choupos e minúsculos lagos azuis. Certamente não possuía as estradas de Cavendish e árvores antigas, mas tinha um pitoresco caráter de cidade medieval.

Enquanto desciam a rua principal, o pai disse:

– E lá está Villa Eglintoune.

A casa tinha dois andares, com uma varanda do lado esquerdo, uma cerca branca e um cachorro de lata empoleirado no portão da frente. Era muito mais nova do que a casa de seus avós ou a maioria das casas da costa norte. Ficava de frente para o presbitério e a Igreja Presbiteriana de Saint Paul de Prince Albert. De acordo com o senhor McTaggart, a Igreja Presbiteriana possuía grande parte das propriedades de Prince Albert, mas a Hudson's Bay Company ainda negociava as terras a leste em direção a Goschen. Várias pessoas estavam reunidas em frente à Villa Eglintoune para recebê-los.

– Bem-vindos – disse o pai. Enquanto ajudava Maud a descer da charrete, ela notou a pequena casa amarela vizinha, com uma varanda que, assim como tudo na cidade, ficava de frente para o rio.

Dois jovens e uma mulher que parecia ter a idade da tia Annie esperavam a chegada deles.

– Ao lado fica a residência Kennedy; são parentes dos Pritchards – disse o pai, percebendo para onde Maud estava olhando. – Esses na varanda são Laura Pritchard e o irmão dela, Will. Eles têm mais ou menos a sua idade, Maudie. O pai deles, Richard Pritchard, foi quem me levou a Regina. Ele possui uma propriedade e um rancho fora da cidade, perto do Lago Maiden.

Seguindo o pai e o avô até a casa, Maud olhou para os Pritchards, que pararam de falar e estenderam a mão para cumprimentá-la. Maud não estava acostumada a encontrar pessoas morando tão perto umas das outras, e, como tinha a mão ocupada com sua maleta, fez-lhes um aceno amigável. Em Cavendish, embora parecesse tão pequena, havia alguns hectares entre as fazendas. Parecia estranho ver outras pessoas em suas varandas, tão próximas. Ela se sentiu bastante exposta.

Enquanto Maud seguia o pai pelo portão, os dois irmãos olharam para ela. Maud desviou o olhar e então, após alguns segundos, ouviu a garota rir. Esperava que eles não estivessem rindo dela. Talvez tivessem ouvido dizer o que ela fizera em Cavendish e a estivessem julgando. Será que o pai teria contado tudo à sua nova esposa, que, por sua vez, contara aos vizinhos? Mas o pai nem sequer mencionara Nate ou a verdadeira razão de ela estar ali. O que será que ele pensava dela?

O pai empurrou o portão e guiou Maud para a casa. Ela se afastou dos Pritchards e reconheceu sua madrasta pela foto do casamento. A menina, que Maud presumiu ser sua irmã, Katie, escondeu-se na saia verde-clara da mãe. A madrasta de Maud era alguns centímetros mais alta que Maud e mantinha-se tão ereta que parecia estar esperando pelo dia do juízo. O pai havia escrito que a madrasta preferia ser chamada de "mamãe". Maud se sentia um pouco velha para fazer isso, mas não queria começar com o pé esquerdo. A madrasta não parecia ser muito mais velha que a senhorita Gordon – devia ter cerca de 25 ou 26 anos – e usava uma blusa preta simples, um pouco mais solta na barriga, com belos bordados nas mangas.

– Você deve estar cansada depois de sua longa viagem, Maud – disse a madrasta, depois de lhe dar um leve abraço. – Lembro-me de estar exausta quando cheguei, e vim apenas de Ontário. Você viajou de muito mais longe.

– Maudie é uma boa viajante – disse o avô, apertando a mão da madrasta.

– Com certeza – disse a madrasta, em um tom que indicava que não estava convencida de nenhum dos talentos de Maud. Talvez fosse apenas nervosismo. Não é todo dia que se encontra uma enteada.

Katie estendeu os braços para o pai.

– Esta é Katie – disse o pai, levantando-a.

– Olá, Katie – disse Maud.

Katie tinha cachos dourados de anjo e os mesmos olhos azul-escuros do pai. A menina escondeu o rosto no peito do pai e, em seguida, jogou a cabeça para trás e riu de puro deleite quando ele a girou. Maud olhou para o rio, ignorando a sensação de formigamento na garganta. O pai costumava girá-la quando era pequena.

Ela se concentrou no vento e no rio. Nunca tinha sido a irmã mais velha de alguém; aliás, nunca tinha sido irmã de ninguém. Em Cavendish, sentia-se uma visitante, uma espécie de parente distante. Mesmo com os Campbells, que a adoravam, sentia-se uma convidada: não realmente um membro do grupo unido de primos.

– Seremos as melhores amigas. – Ela fez cócegas no tornozelo de Katie, e a menina deu uma risadinha.

Exceto pela madrasta, que parecia um pouco deprimida, os McTaggarts eram todos feitos do mesmo tecido, barulhentos e opiniosos, cada um falando acima do outro. Tudo era muito diferente da reserva silenciosa do clã Macneill; nem mesmo os joviais Montgomerys eram tão arrogantes. Mas ela gostou da senhora Mary McTaggart, a mãe da madrasta, que garantiu que Maud tivesse um lugar à mesa e um bom pedaço de torta.

– Lembro-me de como me senti quando cheguei aqui. Simplesmente extenuada.

Uma garota a quem Maud ouviu a madrasta chamar de Edith ajudava no serviço da casa, mas, como a sala se encheu de conversas e referências a pessoas e lugares que Maud não conhecia, sua cabeça se turvou, e tudo se tornou um labirinto de ruídos. Estava claro que a cidade tinha sua própria versão dos clãs: os McTaggarts e os Pritchards, bem como uma das famílias fundadoras, os Agnews, que administravam uma loja de ferragens na cidade. Maud não tinha certeza de onde se encaixaria nessa nova comunidade.

Finalmente, um por um, todos lhe deram boa-noite, e o pai instruiu Edith a levar Maud para cima.

– Meu nome é Edith, mas você pode me chamar de Edie – disse ela.

Edie tinha cabelos escuros, quase pretos, presos em um coque baixo, olhos castanhos e um sorriso convidativo. Maud não estava acostumada a morar em uma casa com uma criada. O avô e a avó Macneill não tinham uma; o avô Montgomery, sim, mas, como as criadas moravam em uma parte separada da casa, perto da cozinha, Maud não as conhecia muito bem.

O andar de cima tinha quatro quartos: o quarto principal, voltado para a frente da casa, um berçário ao lado e um quarto "extra", onde Maud teve certeza de que seria hospedada. Ela parou na frente dele e ficou surpresa quando Edie continuou andando até o fim do corredor. Quando chegaram ao quarto sul, Maud ficou imediatamente confusa. Havia duas camas. A madrasta esperava que ela as juntasse ou escolhesse uma?

– Qual cama você quer? – Edie perguntou, encostando-se no batente da porta. – Tenho dormido perto da porta, caso a senhora Montgomery precise de mim.

A surpresa tomou conta de Maud, e ela deixou cair a maleta de viagem. O pai não lhe dissera que teria que dividir o quarto. E com uma completa estranha, que era – sem ofensa para Edie, que parecia uma boa moça – uma empregada!

Maud quase se virou e desceu as escadas para falar com o pai e com a madrasta, mas se lembrou de que a avó lhe dissera para respeitar as regras da casa. Aquela era a casa da madrasta, e devia haver um motivo válido para ela querer que Maud ficasse exatamente naquele quarto. Ele tinha uma bela vista das pradarias cobertas por árvores recém-plantadas.

– Que tal eu ficar com a outra? – disse Maud, sentando-se na cama. – Gosto de dormir perto de uma janela aberta.

– Há uma vista adorável daquela janela voltada para o sul.

Agora, ao chegar ao final da longa passagem em seu diário, ela escreveu: *Southview. Um lugar que posso chamar de meu.*

Capítulo 2

Era estranho para Maud estar em um lugar onde não conhecia todos os cantos e de cuja história ela não fazia parte. Em Prince Albert, ela não sabia qual era seu lugar e começou a se perguntar se a madrasta pensava que era na cozinha com Edie.

Depois dos primeiros dias, a timidez de Katie desapareceu, e ela rapidamente se tornou a pequena sombra de Maud, seguindo-a aonde quer que fosse. Isso a lembrou da prima Campbell, Frede. Quando era pequena, Frede ficava chateada quando os pais a mandavam dormir porque queria "brincar com Maudie". Mas algo lhe dizia que não deveria baixar a guarda perto da madrasta. Ela era educada e cordial, certificando-se de que a enteada se sentisse confortável em seu novo ambiente, fazendo com que Edie colocasse flores recém-colhidas no quarto delas e fornecendo tudo de que ela precisava. A madrasta também costumava ficar exausta, queixando-se de que o calor do final de agosto não era bom para ela. Como Maud queria causar uma boa impressão, costumava ajudar Edie com os pratos e as refeições. A madrasta a recompensou por esse bom comportamento encarregando-a de limpar o pó semanalmente.

Maud sentia falta de seus rituais diários: caminhar ao longo da costa com Pensie, ajudar a avó com o jantar e suas aventuras com Mollie e os outros Mosqueteiros – inclusive de Nate. Tentava não pensar nele, mas frequentemente se perguntava o que ele estaria fazendo. Ele já devia ter partido para a Nova Escócia. Será que estava gostando da Acadia? Também sentia sua falta?

Pensar em tudo isso deixou Maud com saudade de casa. Desejou que houvesse cartas esperando por ela quando chegou, embora fosse muito cedo para qualquer correspondência.

Durante a primeira semana, o avô descansou e se preparou para sua jornada mais para o oeste. Ela ficara de olho nos Pritchards, aqueles que vira no primeiro dia, mas ouviu a vizinha, a senhora Kennedy, dizer que eles haviam voltado para o rancho alguns quilômetros fora da cidade. Um lugar chamado Laurel Hill.

Certa manhã, cerca de uma semana depois de sua chegada, Maud perguntou ao pai se poderia levá-la, ela e Katie, em um passeio por Prince Albert para que ela conhecesse melhor a cidade. Como a madrasta estava cansada e o avô mandava telegramas, ela por fim teve o pai (exclusivamente) para ela. Esperava poder lhe mostrar o livro de notas da mãe e, talvez, se conseguisse ter coragem, lhe perguntar o que tinha acontecido havia tantos anos.

Naquela tarde, o pai pegou emprestados o cavalo e a charrete do senhor McTaggart e levou Katie e Maud para o norte em direção ao rio, passando pela igreja e depois pela rua principal, paralela ao Rio North Saskatchewan, onde os mercadores carregavam peles em barcos rumo ao oeste. Eles também passaram por um grupo de mulheres indígenas com roupas de cores vivas. Embora parecessem cansadas e magras, elas bordavam laboriosamente o que pareciam ser luvas, e uma mulher trabalhava em um lindo casaco. A maneira como trabalhavam lembrava Maud das noites em Cavendish com a avó. O pai subiu a colina, passou pela casa dos McTaggarts e pelo tribunal quase concluído e saiu da cidade. Os choupos se destacavam contra o céu azul-claro enquanto eles atravessavam os campos. O pai apontou para algumas fazendas no caminho.

– É aqui que muitas pessoas, como os Pritchards, estão reivindicando suas propriedades. Você os encontrará na igreja.

Maud estava mais interessada na ida do pai do que nas pessoas que não conhecia.

– Você já esteve em muitos lugares, não foi, pai? – ela perguntou, segurando Katie, que dormia profundamente contra seu peito.

– É verdade. Como você sabe, eu era um jovem capitão do mar e viajei para a Inglaterra, Índias Ocidentais, América do Sul...

– Muito emocionante – disse Maud. – Queria poder fazer o mesmo.

– Um navio mercante não é lugar para uma mulher – disse ele. – Mas é uma boa maneira de um homem ver o mundo. Depois, voltei para a ilha, onde conheci sua mãe.

Por um tempo o único som era o dos cascos do cavalo zunindo na grama. Então Maud se atreveu a perguntar:

– E então o que aconteceu?

O pai pigarreou e disse:

– Conheci sua mãe e você ia nascer... de modo que eu precisava ter algo mais perto de casa.

Uma resposta se desenrolou em mais perguntas. Como ele a conhecera? Por que ficara em casa? O que ele não estava lhe dizendo? Mas, como ela demorou a falar, o pai continuou:

– Depois, seu tio Duncan McIntyre, um bêbado e ladrão, devo acrescentar, arruinou nosso armazém geral, e nos afastamos. Então... depois que sua mãe morreu... era hora de conseguir uma vida melhor para você... para nós... e então voltei no navio para Boston, onde trabalhei em vários ofícios, inclusive como escriturário, o que me ajudou a concorrer a um cargo em Battleford. Você nunca sabe quando a experiência criará oportunidades, Maud. Lembre-se disso.

Estar ali certamente lhe daria a oportunidade de viajar e conhecer outras regiões do Canadá. E sua família.

– Pai... – Maud baixou os olhos para Katie, que ainda dormia. Era tão tranquilo ouvir o ruído das rodas, o vento conversando com as árvores. Ela deveria ela destruir aquele momento de paz com mais perguntas?

– Sim? – O pai colocou o braço em volta dela, e ela encostou a cabeça em seu ombro.

– Nada.

Naquela tarde, quando Edie estava lá embaixo e Maud estava sozinha no quarto relendo o poema de amor no livro de notas da mãe, ela foi repentinamente tomada pelo desejo de saber a verdade sobre o relacionamento dos pais. Depois de sua tarde agradável com o pai, ela sabia que ele estaria aberto para compartilhar isso com ela.

Ela já estava no alto da escada quando ouviu a madrasta dizer:

– Não acho apropriado você chamar uma garota de quase 16 anos de "Maudie".

– É apenas um termo carinhoso, Mary Ann – disse o pai, mantendo a voz baixa. – Não sei por que isso é importante para você.

– Estou preocupada com você... conosco – disse ela. – As pessoas estão prestando atenção em você, para ver como você se comporta com sua família e como sua família se comporta. É importante darmos uma boa impressão.

Maud escorregou no último degrau, e o livro caiu sobre seu peito.

– Acho que Maudie se comporta muito bem para uma garota da idade dela – disse ele.

Pelo menos o pai a defendia.

– A maioria das garotas da idade dela não se dá ares como ela – disse a madrasta.

O que ela quis dizer com aquilo? Quem era a madrasta senão uma garota de uma pequena cidade como Ontário?

– O que os avós ensinaram a ela naquela ilha? – continuou a madrasta. – Dado o motivo pelo qual ela veio morar conosco, acho que esta é nossa oportunidade de lhe mostrar o que é apropriado.

Oportunidade. Dessa vez, parecia que a palavra estava contra ela. Ali estava outra mulher disposta a lhe dizer o que fazer.

Maud ouviu o pai beijar a madrasta.

– Por favor, não se preocupe, principalmente em seu estado. – Ele fez uma pausa. – Não queremos complicações.

Maud aninhou o livro no colo, as lágrimas molhando as páginas.

– Então me dê a liberdade de que preciso para lidar com ela adequadamente – disse a madrasta. – Isso é trabalho de mulher.

Lidar com ela? Ela era algum cavalo que o pai pedira à sua nova mãe para domar?

O pai suspirou.

– Muito bem, vou parar de chamá-la de "Maudie".

Seu coração parecia estar a ponto de se partir. Só havia se sentido assim uma vez, quando os avós encontraram seu diário. A madrasta queria moldá-la, treiná-la... Maud só não sabia no quê. Ela mexeria em suas coisas? Deveria ir para o oeste com o avô e depois voltar para Cavendish? Alguém a aceitaria?

Maud apertou o livro contra o peito. Depois de ouvir a madrasta e a resposta do pai, ficou claro que o livro da mãe não estava seguro. Teria que o manter escondido.

Do lado de fora da janela sul, grossas nuvens cinzentas pairavam baixas, quase tocando os campos verdes. Ouviu-se o estrondo de um trovão, e uma chuva repentina caiu sobre o telhado. Parecia que ela estava sendo espancada, como se a chuva fosse um castigo por seus crimes contra Nate, contra os avós e contra a memória da mãe.

Apesar de estar a muitos quilômetros da ilha, Prince Albert estava se tornando muito parecida com Cavendish: ali ninguém iria defendê-la, nem mesmo o pai poderia defendê-la contra a madrasta. E, de certa forma, Prince Albert era pior. Maud estava agora em um lugar onde não tinha história, onde ninguém se importava se ela era uma Macneill ou uma Montgomery, embora a madrasta obviamente se importasse com o que os outros pensavam. Maud dependia dos caprichos de qualquer pessoa que decidisse que era seu dever acolhê-la.

Abrindo seu baú, ela enterrou o livro da mãe debaixo de suas roupas, livros e retalhos da colcha que ainda tinha que costurar. Só quando fosse seguro ela finalmente faria ao pai as perguntas que havia muito acalentava.

Enquanto isso, Maud faria as coisas certas para o pai – e para ela mesma. Não reclamaria; seria uma filha obediente e mostraria àquela mulher que estava errada sobre ela. E ela se sairia tão bem na escola que o pai pagaria para ela ir para a faculdade. Ela nunca seria dependente de pessoas como a madrasta.

Não, ela não era a "mamãe" de Maud; seu comportamento certamente não merecia esse título. Maud seria respeitosa e cordial com a madrasta em público – até mesmo a chamaria de mãe –, mas no seu diário privado ela seria a senhora Montgomery, uma estranha que não tinha nenhum poder sobre ela. E manteria um diário separado e mais público, que contivesse apenas reflexões sobre o tempo e anedotas bobas sobre a escola. Porque a verdade era mais terrível. Mary Ann McRae Montgomery era a monarca suprema daquele pequeno castelo no oeste, e Maud, sua súdita. Maud não tinha mais poder ali do que em Cavendish.

Capítulo 3

Durante as primeiras duas semanas em Prince Albert, Maud teve um tal ataque de saudade de casa que quase escreveu aos avós implorando que a aceitassem de volta. Todas as noites ela verificava a mesa do corredor onde o pai deixava a correspondência, mas não havia nada. Não ajudou que eles estivessem tendo uma estação chuvosa particularmente ruim, o que parecia aumentar seu desespero.

Ela tentou retomar o ritmo da escrita pela manhã. Seu poema, "Sobre o Cabo LeForce", estava quase pronto para ser enviado ao *Charlottetown Patriot* e, embora essa perspectiva ajudasse um pouco, ainda era difícil para ela se concentrar.

Uma noite, ela e Edie foram colher avelãs nas falésias ao longo da margem do rio, de onde se tinha uma vista esplêndida dos choupos e da água. Do outro lado, algumas mulheres e meninas índias estavam colhendo bagas de Saskatoon[3] e conversando. Maud admirava sua linguagem suave e musical. Vê-las juntas a lembrava da época em que ela e as amigas

---

[3] Um tipo de fruta vermelha, originária das pradarias do Canadá, com a qual se fazem tortas com recheio de frutas silvestres. (N.T.)

colhiam bagas para fazer tortas. Isso a lembrou da última vez que colheu amoras, e de Nate.

Empurrando a memória para longe, ela olhou para Edie, que parecia uma garota muito boa. Calma, mas bem-humorada. Será que poderiam ser amigas? Como nunca tinha feito amizade com alguém que não conhecesse durante toda a vida, Maud não sabia por onde começar.

– De onde é sua família? – perguntou Maud.

Edie parou de colher avelãs, e seus ombros ficaram tensos.

– Por que você pergunta?

Será que ofendera a garota? Maud tinha ouvido a avó fazer essa pergunta a pessoas que eram de fora. Assim, dizia ela, era possível avaliar de que lugar da Escócia ou da Inglaterra elas tinham vindo.

– Sinto muito, Edie – disse ela com a voz que reservava aos mais velhos. – Eu só estava conversando. Visto que passamos muito tempo juntas, achei que seria bom nos conhecermos.

Os ombros de Edie relaxaram.

– Entendo. – Ela jogou uma avelã na cesta. – Minha família mora em Battleford.

Maud percebeu que Edie não deu muitos detalhes sobre sua família ou de onde ela viera. Queria perguntar, mas achou que seria rude. Ela também sabia o que significava ter uma história que não queria contar.

– A maior parte da minha família vive na Ilha do Príncipe Edward – disse Maud, procurando algo mais para dizer. – Você gosta daqui?

Maud olhou para o rio. Duas das meninas estavam sentadas juntas, claramente trocando segredos. Sua mente vagou para a mesa vazia no corredor. – Sinto falta de minhas amigas. Pensie e Mollie, especialmente. – Ela também sentia falta de Nate, mas certamente não iria mencioná-lo.

– Também sinto falta da minha família – disse Edie. – Mas trabalhar para sua família é uma boa oportunidade.

Maud teve dificuldade em imaginar que trabalhar para a senhora Montgomery era uma oportunidade, mas sabia que para algumas mulheres era a única opção.

Maud

— Minha mãe trabalha como criada para a esposa de um oficial da Polícia Montada — Edie continuou. — Foi assim que consegui este trabalho.

Ela tinha ouvido a madrasta dizer à senhora McTaggart que estava grata pelo fato de a "mestiça" ter decidido vir com eles para que ela não precisasse treinar outra pessoa. Maud fez uma pausa. Era sobre Edie que elas estavam falando? Seria por isso que ela era tão calada?

Uma das mulheres do outro lado do rio deu uma risada.

Se era de Eddie que elas falavam, talvez ela soubesse mais sobre aquelas mulheres.

— Você sabe que língua essas mulheres índias estão falando? — perguntou Maud.

— Elas estão falando *cree*. Na língua deles, eles se chamam *Nehiyawak*, que significa "o povo". — Ela se afastou um pouco e começou a colher em outro arbusto.

— É muito bonita.

— Sim. — Ela pegou outra avelã e ficou olhando para o fruto por um longo tempo. — Minha mãe fala *cree* com as mulheres locais quando elas trazem itens para negociar.

— Você fala? — perguntou Maud. — Sempre achei que seria maravilhoso falar outro idioma. Aprendemos latim na escola, mas falar francês seria maravilhoso. Ouvi alguns homens falando em Montreal e gostaria de saber o que eles diziam.

Edie colocou a avelã na cesta e sentou-se na grama, a saia cobrindo os joelhos e tornozelos.

— Na verdade, falo uma língua que mistura *cree* e francês. Chama-se *michif*.

— Que exótica! — disse Maud, colocando sua cesta no chão e se acomodando.

Edie riu.

— Não sei se é exótica, mas é a língua dos *métis*[4].

---

[4] Os *métis* são povos indígenas que vivem no Canadá e em partes dos Estados Unidos e descendem originalmente de mestiços de indígenas e europeus. (N.T.)

Maud voltou o olhar para o rio e ouviu o som do vento entre os choupos. Se fechasse os olhos, quase podia se imaginar de volta à ilha.

– Eu adoro isso – disse ela, depois de colherem mais avelãs. – O rio. As árvores. Talvez eu escreva um poema sobre isso e mande para Pensie.

– É lindo – disse Edie. – Você sabia que este rio, o Saskatchewan, tem um nome de origem *cree*? Talvez você possa usá-lo em seu poema.

Maud sorriu. Ela sabia que havia um motivo para gostar de Edie.

– Eu adoro ouvir a história de um lugar. Por favor, conte-me.

Edie sorriu.

– Os *crees* chamam este rio de Kisiskatchewani Sipi, que se traduz vagamente como "rio de fluxo rápido".

Maud olhou para o rio.

– Minha professora, senhorita Gordon, disse-nos um dia, quando estudávamos a história da Ilha do Príncipe Edward, que os índios que vivem lá, os *mi'kmaq*, a chamavam de Abegweit, que significa "berço nas ondas". Você acha que existe uma ligação? Não é maravilhoso imaginar que existe?

– Sim. – Edie sorriu.

Maud sorriu de volta. Elas colheram avelãs em silêncio por um tempo. Era bom estar com alguém que tinha um temperamento tão agradável, ao contrário da madrasta.

– Edie, posso perguntar por que você acha que trabalhar para minha madrasta é uma boa oportunidade? – Ela não acrescentou nada sobre ter que tolerar sua natureza azeda. Nenhuma oportunidade poderia valer isso.

– Uma das razões pelas quais concordei em vir para Prince Albert é porque aqui o colégio permite que *métis* o frequentem. Minha irmã só conseguiu chegar à sexta série, mas eu quero ser professora.

– Eu também – disse Maud.

– Você! – Os olhos castanhos de Edie brilharam. – No leste existem escolas em conventos que aceitam mulheres *métis*. Ser professora é uma das poucas profissões aceitáveis, além de criada.

Parecia que ela e Edie tinham mais em comum do que Maud pensava.

– Além disso, com a senhora Montgomery esperando, ela vai precisar da minha ajuda, e possivelmente poderá me dar uma boa recomendação de como sou boa com crianças.

Maud sentiu uma sensação de cócegas na nuca.

– O que você quer dizer com "esperando"?

– Ah, não! – Edie deixou cair a cesta, espalhando as avelãs pela grama. – Eu não percebi que a senhora Montgomery não tinha contado a você. Sei que é um assunto delicado, mas pensei... – Ela mordeu o lábio inferior. – Eu não deveria ter dito nada. Por favor, não diga a ela que eu lhe contei.

A senhora Montgomery. Grávida.

– Por que meu pai não me disse? – Maud encostou a cabeça em uma árvore. – Sei que não é apropriado discutir essas coisas, mas, se eu vou ter outro irmão ou irmã, deveria saber.

Edie deu um passo tímido na direção de Maud.

– Eu só sei porque ajudo a senhora Montgomery com seu espartilho de maternidade. Ela começou a usar nesta semana. Mas, se ela descobrir que eu lhe contei, pode me mandar de volta para Battleford.

– Por que ela não quis que eu soubesse? – disse Maud. – Não faz sentido. Eu estou emocionada! – E percebeu que, apesar da maneira como havia descoberto, estava animada por ter a oportunidade de ser uma irmã mais velha novamente.

– Não sei – disse Edie. – Mas eu não ficaria surpresa se a senhora Montgomery tivesse planos para você.

Planos? Que tipo de planos? Eles não sabiam que ela tinha seus próprios planos?

Maud fechou os olhos. As pessoas falavam de quietude, mas para Maud o vento, a grama, o rio, as árvores estavam em movimento.

Depois de um tempo, Maud abriu os olhos e prometeu a Edie que guardaria a informação para si. Do outro lado do rio, as mulheres e crianças *crees* ainda trabalhavam diligentemente. Maud não deixaria transparecer que conhecia o segredo da senhora Montgomery. Com o tempo, a madrasta iria confiar nela. Ela trabalharia com a senhora Montgomery, mostraria a ela que era confiável, uma filha que ajudaria sua família com tudo de que eles precisassem, qualquer que fosse o sacrifício.

No dia seguinte, quando Maud entrou na sala de jantar, o avô, o pai, a madrasta e Katie já haviam começado a tomar o café da manhã. Maud tentou não pensar na partida do avô no final da semana. Gostava muito de tê-lo por perto; ele frequentemente era um escudo entre ela e a madrasta. Isso nunca fora mais evidente do que naquela manhã.

– Bom dia – ela sorriu para todos.

– Bom dia? – disse a senhora Montgomery enquanto Maud se sentava, tentando ver se o espartilho traía o segredo da madrasta. Não funcionou.

– Já é praticamente tarde, eu acho.

Maud brincou com o anel e conferiu o relógio de pêndulo do avô na outra extremidade da sala. Ainda não eram oito horas da manhã.

– Maud provavelmente ainda está cansada de nossas viagens, Mary Ann – disse o avô, limpando a boca. – Não queremos que ela fique doente por estar muito cansada. Lembram-se de como Agnes McKenzie viajou de Halifax, pegou um resfriado e morreu?

O pai riu.

– Não vejo isso acontecendo com Maudie... Maud. Ela tem uma constituição forte.

– Ela está aqui há mais de uma semana – disse a senhora Montgomery.

O avô colocou a mão sobre a mão de Maud.

– Mesmo assim, não lhe desejamos nenhum mal, não é?

Naquele momento, Maud teve vontade de implorar ao avô que a levasse com ele. Mas sabia que não era prático; ele tinha trabalho a fazer na Colúmbia Britânica, e ela só atrapalharia. Ela rapidamente se sentou, examinando o que restava do café da manhã. De repente, percebeu que não estava com fome, mas não queria preocupar o avô, porque ele pensava que, se alguém não tivesse apetite, devia estar morrendo.

– Chá? – disse a senhora Montgomery, estendendo o bule para o marido.

– Acho que temos tempo para mais uma xícara antes de visitarmos algumas pessoas no Kinistino Lodge – disse o pai ao avô. – Você sabia que ajudei a iniciá-lo para expatriados escoceses quando cheguei a Prince Albert? Está prosperando.

A senhora Montgomery serviu o chá do avô, depois o do pai e depois o dela antes de recolocar o bule na mesa.

E ignorou a xícara de Maud.

Maud abriu a boca para pedir chá, mas então o avô perguntou ao pai:

– Você contou as novidades para Maud?

Ele ia contar a ela sobre o novo bebê? O pai tinha mudado de ideia? Queria que ela voltasse para a ilha com o avô? Maud não tinha certeza se estava com raiva ou aliviada.

O pai piscou e colocou um pouco de leite e açúcar em sua xícara.

– Sua chegada saiu no jornal!

– Que bom! – Maud bateu palmas, descobrindo que estava, na verdade, aliviada por ter sido poupada de outra viagem e da possibilidade de uma conversa estranha sobre assuntos tão delicados na frente do avô. Talvez estivesse com um pouco de fome, afinal. Ela pegou um pedaço de torrada do prato principal e espalhou um pouco de manteiga sobre ele.

– Foi gentil da parte do editor, J. D. Maveety, mencionar isso – disse a senhora Montgomery ao marido, tomando lentamente seu chá. – Mostra quanto você é respeitado na comunidade.

Maud olhou para sua xícara de chá vazia. Devia ter sido um descuido. Talvez ela não tivesse percebido que Maud queria chá. Ela seria atrevida e pediria chá, só isso. Maud estava ganhando coragem quando a senhora Montgomery se virou para ela com uma expressão fria.

– O que você está esperando, garota? Você estava atrasada para o café da manhã; o mínimo que você pode fazer é comer sua torrada rapidamente e ir ajudar com a louça.

Maud estava acostumada com os ataques do avô, mas algo no tom da senhora Montgomery destruiu qualquer esperança de receber dela o amor de mãe. Ela a odiou por isso.

Maud pigarreou.

– Posso tomar um pouco de chá, por favor?

O pai e o avô trocaram um olhar. O rosto da senhora Montgomery ficou pálido. Sem dizer uma palavra, ela pegou o bule e serviu o que parecia ser um chá muito forte.

– Obrigada – disse Maud.

A senhora Montgomery bateu o bule com força na mesa.

– Torrada! – pediu Katie.

– Aqui, Katie – disse Maud, entregando à irmã mais nova um pedaço da torrada, com o cuidado de evitar o olhar da madrasta. – Pegue um pedacinho da minha.

Naquele breve tempo em que esteve em Prince Albert, o que havia feito para fazer a senhora Montgomery se comportar assim? Ela preferia as constantes picuinhas da avó àquela hostilidade inexplicável.

– Sabe, Maudie... – começou o avô, mas foi interrompido pela senhora Montgomery batendo o garfo no prato. O avô colocou o guardanapo sobre a mesa. – Se você sentir muita falta de Cavendish, pode voltar comigo quando eu passar por aqui em setembro.

– Maudie... Maud já terá começado as aulas nessa época – disse o pai.

A senhora Montgomery começou a raspar os pratos para retirá-los. Maud se levantou para ajudá-la, mas ela balançou a cabeça.

– Não se preocupe – ela grunhiu, e foi para a cozinha. Estava claro que a senhora Montgomery gostaria de mandar Maud para casa.

Logo o embaraçoso desjejum acabou, e o pai foi cuidar de alguns negócios, deixando Maud e o avô sozinhos.

– Eu falei sério, Maudie – disse o avô, inclinando-se para ela. – Você não tem que ficar aqui.

Maud não sabia por que merecia a gentileza do avô depois do que acontecera com Nate em Cavendish.

– Obrigada, vovô – disse ela. – Mas papai tem razão. A escola secundária começa na próxima semana. Vou ficar.

Capítulo 4

Poucos dias depois, o casal Montgomery levou o avô à estação de trem em Duck Lake. Maud se despediu dele na varanda, a pequena Katie agarrada à sua perna. A despedida foi agridoce. Embora Maud soubesse que o veria novamente em algumas semanas, não conseguia se livrar da sensação de que estava perdendo um aliado.

Assim que eles saíram, Katie se queixou de que estava com fome.

– Que tal uma pequena festa do chá, só você e eu? – perguntou Maud, lembrando-se dos chás que ela e tia Emily costumavam dar quando ela era pequena, antes de as coisas azedarem entre elas.

Animada, Katie acenou com a cabeça.

Maud estendeu a mão para a menina.

– Venha comigo. – Caminharam juntas para a cozinha. Maud colocou Katie em sua cadeira e foi até a despensa. Tentou abrir a fechadura, mas ela não se mexeu. Tentou de novo, nada. Depois de girar a maçaneta para a esquerda e para a direita e lutar com ela por alguns minutos, olhou por cima do ombro para a irmã e disse: – Parece estar travada.

– Travada – a irmã repetiu.

– Edie! – ela chamou, procurando uma chave nas gavetas da cozinha. Por que estava trancada?

Edie, que estava limpando o andar de cima, desceu com uma vassoura na mão.

– Sim, Maud.

– Você sabe onde está a chave da despensa? Eu queria fazer uma pequena festa do chá com Katie, mas está trancada.

Edie balançou a vassoura de uma mão para a outra.

– Edie?

– Sim. – A vassoura balançou para a frente e para trás.

Maud caminhou até a garota e parou a vassoura.

– A chave?

– Ela a mantém trancada – disse Edie.

– O quê?

– Ela mantém a despensa trancada.

– A senhora... "mamãe" fecha a despensa?

Edie acenou com a cabeça.

– Ela diz que é para poder controlar as coisas.

Aquilo era uma loucura. Katie precisava comer. Mesmo seus avós não teriam feito algo tão ridículo.

– A caixa de gelo está destrancada? – perguntou Maud.

Edie sorriu.

– Sim, não tem fechadura.

Maud enxugou as mãos no avental.

– Excelente. – Foi até a caixa de gelo e encontrou um pouco de queijo e leite. Teria que servir.

Ela brincou com Katie na maior parte da tarde, elaborando exatamente o que diria ao pai quando ele chegasse em casa. Mas naquela noite o pai chegou com cartas de Mollie e Lu e, na empolgação, Maud se esqueceu de tudo. As cartas eram exatamente o elixir de que ela precisava.

No dia seguinte, Maud estava lá fora, no quintal, relendo a carta de Lu, que lhe contava os últimos acontecimentos da escola, quando a meia-irmã da senhora Montgomery, Annie, que tinha a idade de Maud, entrou valsando. Relutante, Maud sussurrou um adeus para Lu e para Cavendish e colocou a carta no bolso.

– Olá! – Annie disse, acomodando-se na cadeira ao lado de Maud. – Onde estão Mary Ann e seu pai? – Annie estava usando uma saia azul-marinho, corpete combinando e o cabelo preso com grampos. Maud invejou a franja de Annie.

– Eles estão no chalé – disse ela.

– O que você está achando daqui? – Annie disse, após alguns momentos de silêncio constrangedor.

– É muito diferente de Cavendish. – Maud não tinha certeza do quanto ela podia confiar em Annie.

– Com certeza. – Annie recostou-se na cadeira. – Foi uma grande mudança para nós quando viemos de Ontário para este lugar bruto. E a sujeira! – Ela deu um tapa na saia. – Não importa quantas vezes eu bata nesta saia, ela nunca fica limpa.

Apesar de tudo, Maud riu.

– É verdade. – E limpou a sujeira da própria saia marrom claro. – Mas é uma aventura. Certamente maior do que Cavendish.

– Possivelmente. – Annie tirou uma mancha imaginária da blusa. – Mas, em comparação com Ontário, Prince Albert é um remanso. Mamãe dá graças a Deus pela igreja ou aqui não haveria nada além de homens bêbados e mulherengos. E também tem a escola, é claro.

Quando chegou, Maud tinha ouvido a senhora McTaggart dizer algo semelhante, mas nunca teria sonhado em repeti-lo! Ficou impressionada e surpresa com a franqueza de Annie.

– Temos um novo professor este ano, o senhor Mustard – Annie continuou. – Ele é amigo de Mary Ann, eles estudaram juntos, e deve ser muito instruído.

Maud percebeu aquela sensação familiar rastejar pelas suas costas; tendia a acontecer toda vez que a madrasta era mencionada. Que mentiras a madrasta contara ao senhor Mustard? Não era uma situação ideal para uma boa primeira impressão.

– Espero que ele seja melhor do que o último professor, que não conseguia controlar os meninos de jeito nenhum – continuou Annie.

– Sinto falta da minha antiga professora, senhorita Gordon. Ela podia controlar uma classe com um olhar.

– Nossos professores em Ontário eram considerados os mais instruídos – disse Annie. – Portanto, esse senhor Mustard tem muito a provar.

Maud escondeu um sorriso. Annie gostava de dar-se ares.

– Podemos ir para a escola juntas? – Annie perguntou.

– Edie e eu estávamos planejando isso – disse Maud. Normalmente, era considerado impróprio caminhar para a escola com a companhia da criada. Mas, dada a recente amizade com Edie, Maud não via mal nenhum nisso. – Eu sei para onde ir. Papai me mostrou o caminho quando passeávamos pela cidade.

– Está perfeito então! – Annie disse. – Vou passar por aqui mais cedo, e todas podemos ir juntas. Não tenho certeza de quantas garotas realmente estarão lá; algumas vão para a escola do convento no caminho, e outras estão em casa.

– Meu pai me disse que a garota do vizinho estuda na escola do convento.

– Você se refere à sobrinha da senhora Kennedy, Laura? Sim, ela estuda no convento, embora seja presbiteriana. Você pode imaginar? Meus pais nunca permitiriam isso. – Portanto, algumas coisas em Prince Albert eram as mesmas que em Cavendish. – O irmão dela, Will, tem ajudado no rancho do pai na maior parte do verão, e por isso não tenho certeza se ele estará na escola.

Will devia ser o ruivo que Maud tinha visto no dia de sua chegada.

– Então, amanhã? – Annie disse, levantando-se. – Venho pegar você e Edie.

Maud não tinha certeza se deveria ser amiga de Annie, mas, se a madrasta tivesse pedido à meia-irmã para espionar, talvez fosse melhor mantê-la por perto. Além disso, embora Annie se desse ares, sabia muita coisa sobre as pessoas da cidade.

– Tudo bem – disse Maud. – Vejo você amanhã de manhã.

Naquela noite, depois do jantar, o pai disse que tinha um negócio de leilão na loja de Agnew. Enquanto Katie dormia, deixou Maud e a madrasta sozinhas pela primeira vez. Maud esperava se esconder no quarto com suas cartas e seu diário. Também precisava escrever alguns trechos novos para o falso diário que estava fazendo para a madrasta.

Mas a senhora Montgomery evidentemente decidiu que aquela seria uma boa oportunidade para lhe transmitir um pouco da "orientação" que mencionara ao marido. Isso faria parte do plano que a madrasta tinha para "lidar com ela"?

— Não tivemos a oportunidade de nos conhecer, e há algo em particular que adoraria discutir com você, de mulher para mulher — disse ela, dando tapinhas no lugar a seu lado.

A mudança de atitude da senhora Montgomery surpreendeu Maud, e ela parou na porta. Talvez fosse lhe dizer que estava grávida. Então, sentou ao lado da madrasta no sofá amarelo-queimado da sala.

— Como sua nova mãe, acho importante discutirmos certas... — ela fez uma pausa — coisas delicadas.

— Isso seria ótimo — disse Maud. Talvez ela estivesse errada sobre a madrasta. A avó sempre dizia que nunca se deve presumir o que se passa na cabeça de uma pessoa.

A senhora Montgomery colocou a mão no braço de Maud e acariciou-o brevemente, mas então — como se estivesse pegando fogo — afastou-o para longe.

— Alguém já falou sobre seu cabelo? Talvez sua avó?

— Meu cabelo? — Instintivamente, sua mão tocou no coque no topo de sua cabeça. O que o cabelo dela tinha a ver com a gravidez da madrasta?

— Sim, seu cabelo. — A senhora Montgomery torceu as mãos, como se estivesse dando um nó. — Você não sabe que é um pouco jovem para usar o cabelo preso?

Ela tinha quase 16 anos! Mas, como não queria fazer da madrasta uma inimiga, disse: — Tia Annie sugeriu que eu o usasse preso para viajar, e eu me acostumei com meu pescoço livre.

– Exatamente como eu suspeitava – disse a senhora Montgomery. – Não é apropriado para uma garota que ainda não fez 16 anos usar o cabelo preso. Até minha meia-irmã Annie, que tem a sua idade, usa o cabelo solto com um laço.

Maud queria dizer algo para rebater o argumento, mas era verdade. Mesmo em Cavendish as meninas não usavam o cabelo preso até os 16 anos.

A senhora Montgomery brincou com o polegar e o indicador.

– É bastante constrangedor, mas a verdade é... você vai rir de mim, tenho certeza. É tão bobo. Sei que há apenas alguns anos entre nós...

– Vou fazer 16 anos em novembro – disse Maud.

– Sim, mas eu me preocupo que, se a virem com o cabelo preso, as pessoas pensem que sou mais velha do que sou. Você entende?

Maud entendia muito bem. A senhora Montgomery era uma mulher casada na casa dos 20 anos. E, embora estivesse escondendo, grávida! Seria difícil negar esse fato. A pura verdade era que a madrasta não queria que Maud deixasse seu cabelo solto, não por causa da moda ou da moralidade, mas por vaidade. Maud apertou as mãos com força no colo. Mas, se isso ia resolver o atrito entre elas, concordaria. Ela se levantou.

– Vou cuidar disso agora.

A senhora Montgomery também se levantou e – com uma energia quase demasiada – a abraçou.

No quarto, Maud tirou lentamente os grampos, e o cabelo pesado lhe caiu pelas costas, uma mecha de cada vez. Então, pegou uma tesoura, repartiu o cabelo e, depois de respirar profunda e desafiadoramente, cortou nele uma franja.

Capítulo 5

– Onde está essa maldita fita? – ela murmurou na manhã seguinte. A última coisa de que precisava era se atrasar para o primeiro dia de aula.

O gato de Katie, Pussy, devia tê-la derrubado ou levado com ele em uma de suas muitas rondas noturnas. Ele era um animalzinho agressivo, mas um bom caçador de ratos que costumava se aninhar em Maud quando ela estava escrevendo. Pussy não tinha muita utilidade para os humanos, e as únicas exceções eram Maud e Katie, mesmo que esta última gostasse de puxar sua longa cauda preta.

A fita de Maud não estava em sua cômoda, e ela estava atrasada. Edie descera para ajudar no café da manhã, Annie chegaria a qualquer minuto, e Maud já havia demorado muito para colocar o espartilho.

O que fazer? Dada sua recente conversa com a senhora Montgomery, ela se perguntou o que seria pior: voltar atrás em sua palavra de deixar o cabelo solto ou chegar atrasada à escola? Ela suspeitou que não ser capaz de encontrar uma fita de cabelo seria uma desculpa lamentável para o atraso. Dificilmente a senhora Montgomery entenderia.

Maud prendeu o cabelo em um coque e gostou do resultado. Com o espartilho acentuando-lhe a cintura, o anel destacando-se contra a blusa e a nova franja, ela quase poderia se passar por um daqueles desenhos que admirava no *Young Ladies' Journal*.

Quando desceu para a cozinha, ela notou que era muito mais ativa do que a da casa dos avós. Annie estava conversando com a senhora Stovel, sobrinha da madrasta, que tinha vindo para discutir o próximo diálogo a ser apresentado na igreja. Maud o tinha escrito em Cavendish – era como uma peça, só que com uma moral religiosa –, e pensou que poderia ser uma boa maneira de conhecer pessoas e se livrar do que rapidamente se tornava uma supervisão sufocante da senhora Montgomery. A senhora Stovel havia se casado recentemente e estava muito entusiasmada com seu envolvimento na igreja. Ela havia encorajado Maud a participar do concerto da igreja "porque nunca havia jovens suficientes".

Edie servia o café da manhã, enquanto a madrasta fazia o possível para ouvir a senhora Stovel e ajudar Katie, que estava mais interessada em colocar mingau no cabelo do que na boca. O pai estava absorto no jornal, completamente alheio ao barulho ao seu redor.

Se Maud esperava que toda aquela atividade distraísse a senhora Montgomery de seu cabelo, estava profundamente enganada. Ela o notou e olhou feio para Maud como se ela tivesse quebrado um dos Dez Mandamentos.

– Vejo que você adicionou seu próprio toque ao meu conselho – disse a senhora Montgomery.

– Linda franja, Maud – disse Annie, dando-lhe o braço. – Você está perfeita.

Maud sorriu em gratidão e disse:

– Eu estava procurando minha fita, mas acho que ela caiu atrás da cômoda ou Pussy a pegou.

– Essa é sua desculpa? O gato comeu? – murmurou a senhora Montgomery e, pegando Katie, saiu da cozinha. Embora a reação da madrasta não tenha sido nenhuma surpresa, Maud ficou chateada de que algo tão trivial a tivesse perturbado.

Depois de se despedirem do senhor Montgomery, as três meninas saíram.

Apenas um ano antes, ela estava nervosa sobre o que seus antigos colegas (e certo garoto) iriam pensar dela. Agora estava preocupada com a primeira impressão que causaria em um novo professor, uma nova escola com novos colegas e uma nova cidade.

Enquanto as três garotas desciam a rua, passaram por homens amontoados em cobertores na Baía de Hudson. Um deles olhou diretamente para Maud, e seus olhos castanhos pareciam ver através dela. Ela desviou o olhar, mas Edie, não.

Maud se lembrou de algo que o primeiro-ministro Macdonald havia dito no trem, até com certo orgulho: que estava mantendo os índios à beira da fome como forma de ensinar-lhes uma lição. Na época, ela não tinha entendido muito bem o que ele quis dizer, mas agora, vendo aqueles homens, isso a incomodava.

– O colégio já foi um hotel – disse Annie, esquecendo-se rapidamente dos homens famintos. As meninas pararam diante do prédio que atualmente abrigava o colégio enquanto o novo estava sendo construído. Tinha dois andares e era marrom e sombrio. – Eles nem mesmo pensaram em retirar a placa – ela continuou, referindo-se à grande placa retangular de madeira onde se lia "Royal Hotel".

– É... estranho – disse Maud.

– Não se surpreenda se as salas de aula parecerem estar sendo usadas para outras coisas. – Edie deu uma risadinha.

– Outras coisas? – disse Maud.

– É melhor que você mesma veja. – Annie sorriu, puxando-a em direção ao prédio.

Certamente era mais grandioso do que a escola de Cavendish, ou mesmo que o Cavendish Hall. Alguns meninos de uns 12 ou 13 anos, talvez 14, brincavam do lado de fora, chutando uma bola. Normalmente Maud não se importaria de brincar com meninos, mas aqueles eram diferentes. Era o jeito como eles jogavam: com brutalidade, como se o jogo não fosse apenas por esporte.

– Somos as únicas meninas? – perguntou Maud.

Edie e Annie trocaram um olhar.

– Algumas garotas vêm e vão – disse Annie.

Enquanto subiam os degraus de madeira, Maud ficou impressionada com o tamanho do prédio. De um lado do corredor, passaram por uma sala tão empoeirada e cheia de teias de aranha que Maud se perguntou se alguém a limpava.

– A sala da Câmara Municipal fica lá em cima. – Annie apontou para cima e cobriu a boca com a mão, de modo que Maud e Edie tiveram que se inclinar. – Na parte de trás do prédio ficam os quartéis de patrulha, onde dois ou três guardas montados vigiam as celas da prisão.

– Celas da prisão! – Se a avó soubesse disso, Maud tinha certeza de que viria até a escola e a arrastaria para casa pelos cabelos ou a mandaria para a escola do convento, não importava que fosse uma instituição papista.

– Eu os vi arrastando homens bêbados pela cidade e prendendo-os até que fiquem sóbrios – disse Edie.

– Eles farão isso durante as aulas? – perguntou Maud.

– Se for preciso – disse Annie.

– Inacreditável.

– Não é o que você esperava, é? – Edie perguntou.

Maud balançou a cabeça. Não era em absoluto o que ela esperava.

Ela ficou ainda mais decepcionada ao ver o estado da sala de aula. Ao contrário de sua antiga escola – que sempre cheirava a água com limão e cedro fresco –, aquela cheirava a poeira e grama.

– Ninguém pensou em espanar – disse Maud, levando um lenço para uma cadeira perto da janela.

– Oh, não somos uma coisinha bonita? – disse um dos meninos que brincavam lá fora quando ela se sentou. O rosto dele estava sujo.

– Ninguém lhe disse que você deve limpar o rosto para a escola, Tom Clark? – disse Annie.

Tom Clark limpou a sujeira no rosto e sorriu. Se a senhorita Gordon estivesse ali, ela o teria mandado para casa.

Então, outro menino, de cerca de 12 anos, cabelos loiros e sardas, que Annie chamou de Willie MacBeath, piscou para elas. Pelo menos estava um pouco mais limpo.

Maud

– Ele se orgulha de conquistar mulheres com seu charme. – Edie deu uma risadinha.

Maud não viu nenhum charme nele.

Mais alguns meninos desordeiros entraram. Um era Frank Robertson, disse Annie, um menino alto de cabelos escuros de cerca de 16 anos cuja expressão sugeria que ele estava sempre procurando encrenca, e os outros dois eram filhos do reverendo, Bertie e Arthur Jardine. De acordo com Annie, o "irmão mais novo e mais estúpido, Bertie", definitivamente tinha um péssimo comportamento, mas seu irmão mais velho, Arthur, era um garoto de quem Maud poderia ter gostado se ele não andasse com aqueles outros dois. Graças a Deus, Edie e Annie estavam ali.

– Aquele é Joe MacDonald – disse Annie, apontando para outro menino. – E ali está Douglas Maveety. O senhor Mustard vai ter que manter esses meninos sob controle.

– Muitos desses garotos são *métis* – Edie sussurrou para Maud. – Se continuarem se comportando dessa forma, o senhor Mustard não lhes dará uma chance.

– E como é que vou estudar com um cabelo castanho tão lindo na minha frente?

Maud congelou, e Annie deu uma risadinha. Maud se virou lentamente e encarou o garoto ruivo que vira na casa dos Kennedys no primeiro dia. Ele tinha, ela admitiu, os olhos verdes mais charmosos e o sorriso mais agradável. Ainda assim, depois do comportamento ridículo que aqueles meninos exibiam, ela não estava disposta a permitir que ele a provocasse. Ela provavelmente estava corando.

– Acho que você vai ter que dar um jeito – disse Maud, virando-se. Agora com certeza estava corando.

– Achei que seu pai não fosse deixar você vir para a escola tão cedo, Will – disse Annie.

– Eu certamente contarei a meu pai, Annie – disse ele.

Edie escreveu para Maud um bilhete em seu quadro-negro: *Esse é Will Pritchard. A tia dele mora ao lado.*

Eu já o vi antes, Maud escreveu de volta.

Melanie J. Fishbane

Enquanto Edie apagava zelosamente as mensagens, um homem alto e magro, de cabelos castanhos curtos, entrou correndo, sem fôlego. Alguns dos meninos riram, mas ele bateu com a régua na mesa, e eles pararam.

Deve ser o senhor Mustard. Maud rabiscou em seu quadro-negro, mas logo apagou a frase e endireitou-se na cadeira. Queria causar uma boa primeira impressão.

O senhor Mustard ficou de pé como se lhe tivessem dito para ficar sempre em posição de sentido caso a rainha Vitória viesse para o chá. Seu discurso de boas-vindas certamente não foi tão inspirador quanto o da senhorita Gordon, mas foi tão enfadonho quanto ele parecia ser. Pior, o livro era novo, de Ontário, e não se parecia com o livro de leitura da coleção Royal Reader em que Maud estudara. Ela estava acostumada a encontrar os mesmos poemas que havia lido ao longo de sua vida escolar, e aquele livro também continha Matemática – algo que ela sempre desprezou. Perplexa, ela teve dificuldade em acompanhar quando o senhor Mustard os pôs a trabalhar de imediato, exercitando-os tediosamente em cada equação matemática sem lhes dar nenhuma instrução.

Quando Maud levantou a mão para pedir esclarecimentos, ele fungou, enfiou uma das mãos no bolso do colete e disse:

– Tudo de que você precisa está no livro.

Na hora do almoço, não havia realmente nada para fazer. Os meninos voltaram a jogar bola, e Will se juntou a eles. Embora não fosse tão bruto como eles, sabia se defender. Maud, Annie e Edie caminharam pela escola e depois ficaram na varanda do antigo hotel, observando as pessoas na rua.

Por ali passavam muitos homens e mulheres, todos muito magros. Maud se perguntou se deveria ajudá-los de alguma forma. Não era isso que as pessoas sempre faziam na igreja, mandando dinheiro para as missões? Ainda na semana anterior, o reverendo Jardine pedira a todos que colocassem um pouco mais no prato de coleta para os missionários. Ela suspirou. Havia muito a entender naquele Novo Éden.

À medida que a semana avançava, Maud perdeu completamente a fé no senhor Mustard – e qualquer esperança de aprender alguma coisa em um lugar tão abandonado. Certa manhã, ela encontrou uma pena rosa

Maud

flutuando perto do seu pé; Edie lhe contou que, como o andar de cima era usado como salão de baile, as senhoras usavam a sala de aula como vestiário.

No final da segunda semana, Douglas chegou atrasado do intervalo do almoço, com o rosto sujo, olhando para seus sapatos gastos e cheirando como um porco podre. Maud pegou um lenço, colocou-o sobre a boca e tossiu.

– Por que ele veio? – Edie perguntou. – Ele cheira como se tivesse levado um gambá na cara.

– Suspeito que ele não queria ser punido por vadiagem e enfrentar o chicote – disse Annie.

– Meninas, calem-se – disse o senhor Mustard.

Os meninos não paravam quietos nas cadeiras, e houve muita tosse e algumas risadas. O senhor Mustard largou o livro e enfiou os dedos indicadores no bolso do colete.

– Douglas, o que é esse odor nojento?

As bochechas sujas de Douglas ficaram vermelhas.

– Eu estava ajudando as crianças da escola pública a se livrarem de um gambá irritante, senhor.

– Esse gambá levou a melhor – disse Bertie, o que deixou a classe histérica. Até Maud teve dificuldade em manter o rosto sério.

O senhor Mustard pigarreou e apontou para Douglas.

– Vá para o canto.

– Não tenho certeza se isso vai ajudar, senhor – disse Willie MacBeath. – Ele cheira como minha privada.

Isso provocou outra rodada de risos.

Douglas foi lentamente para o canto mais distante da sala, enquanto todos tentavam se concentrar na aula. Em uma hora o odor contaminou toda a sala, e havia tanta agitação e tosse que, finalmente, o senhor Mustard mandou Douglas para casa.

No final da semana, ficou claro para Maud que lecionar não era a vocação do senhor Mustard. Durante as aulas, Maud costumava pegá-lo olhando pela janela com uma expressão sombria.

Aquele não era o lugar onde obter uma educação de qualidade. Ela tinha que pensar em um novo plano. Mas não tinha ideia de qual seria esse plano.

Capítulo 6

A saudade de casa deixava tudo mais triste. Maud não tinha notícias de Pensie ou de Nate, duas pessoas que ela amava, mas que agora estavam claramente irritadas com ela. E não havia nada que ela pudesse fazer. Talvez precisasse escrever e mostrar a eles quanto significavam para ela. Com Nate, porém, era muito perigoso, pois ele poderia ter uma ideia errada. Mas a Pensie ela poderia explicar com palavras.

Um dia na escola, enquanto o senhor Mustard novamente olhava pela janela com ar sombrio, Maud, em vez de fazer outra temida equação matemática, escreveu um longo poema para Pensie no qual falava de todas as coisas bonitas que amava na casa dela em Cavendish. Ela o chamou de "Casa de Minha Amiga", no qual tentou retratar em versos o que estava sentindo, imitando o que havia observado em Tennyson e Browning.

> *Esta não é minha casa, embora quase seja tão querida*
> *E ao lado de casa, o lugar mais bonito da terra*
> *Aquele pequeno chalé em uma terra distante*
> *Naquela ilha com um círculo azul que me deu à luz.*

Maud

Ela deu a Pensie um presente majestoso, evocando imagens do arco do Cupido, assim como dos poemas de Tennyson. Tinha de lhe mostrar quanto a amava. No dia seguinte, mandou o poema pelo correio.

Quando, uma semana depois, o pai chegou com uma pilha de cartas de Mollie, da avó, de Jack e de Pensie (que incluía um chiclete), Maud pulou de alegria. No quarto sul, ela mergulharia nessas histórias sob a colcha de tia Annie e esqueceria tudo. Ela não sabia se a carta de Pensie era uma resposta ao seu poema, já que era muito cedo para a resposta ter chegado à ilha, mas significava que a amiga lhe havia escrito! Pensie ainda a amava. Ela deixaria a carta dela para o final.

A carta de Mollie estava cheia de notícias da escola.

Queridíssima Pollie,

É difícil imaginar que, mais uma vez, quando eu entrar na escola amanhã, você não estará lá. Nada é igual por aqui desde que você se mudou para esse lugar no meio do mundo. Até a senhorita Gordon está entediada sem nós, os Quatro Mosqueteiros, que causávamos tanta diversão. Desconfio de que ela sentirá falta da sua ajuda com o concerto de Natal deste ano, pois tem que confiar em Clemmie e Nellie, e Annie continua afirmando saber tudo.

Jack e eu tentamos, é claro, mas, sem Nate, acho que não somos muito eficientes. Como Jack na melhor das hipóteses fica calado, tudo fica por minha conta, o que não é nada divertido. Por falar em Jack, ele lhe contou que está indo embora? Está seguindo os passos de Nate e indo para a faculdade. Você pode imaginar Jack como professor? Suponho que alguém deveria lhe dizer que ele terá que falar com os alunos...

Sinto terrivelmente a sua falta, Pollie! Oh, sei que não é sua culpa que todos estejam me deixando para trás. Vou ficar sozinha, forçada a fazer amizade com Clemmie, Nellie, Mamie e Annie. Ajuda estar entre elas, especialmente quando George Robertson vai a uma reunião literária ou de oração. Parece não haver gozações suficientes para dissuadi-lo de suas intenções. Se ao menos Jack fizesse um movimento, George poderia me deixar em paz! Posso ter que recorrer a medidas drásticas para tornar meus sentimentos conhecidos.

Além disso, meus pais continuam falando que minhas atenções deveriam estar focadas em encontrar um marido adequado, e não em ir para a faculdade.

Teve notícias do Nate? Eu não, mas Jack diz que ele está bem.

Conte-me todas as notícias do oeste. Você já viu um búfalo?

Com amor, Mollie

Em sua carta, tão breve quanto sua fala, Jack confirmou as notícias de Mollie.

Cara Polly,

É tão engraçado chamá-la assim. Não somos mais esses quatro, somos? Embora Molly certamente tente. Suponho que ela lhe tenha dito que irei para o Prince of Wales College no próximo semestre. Certamente não posso permitir que Lockhart passe à minha frente. Isso vai fazer a cabeça dele inchar mais do que já está inchada.

Você vai voltar no verão? Estarei em casa antes de ir para a faculdade. Seria bom ver você de novo.

Escreva logo e me fale sobre Prince Albert.

Sinceramente,

Jack (também conhecido como Snap)

Maud respirou fundo e, mascando um pouco do chiclete que Pensie lhe havia enviado, finalmente leu a carta da amiga. Enquanto lia, seu estômago se revirou cada vez mais. Era profundamente decepcionante: uma série de comentários sobre o tempo e nada sobre seus gatos ou qualquer outra coisa que Maud lhe havia perguntado em sua carta anterior. E, o que era pior, ela lhe perguntava sobre Nate de uma forma que parecia mais do que mera curiosidade: *Você já teve notícias de Nate? Tenho certeza de que vocês dois estão escrevendo cartas de amor secretas.*

Por que Pensie teria mencionado isso? Estaria tentando aborrecê-la? Era evidente que ainda estava com raiva. Ela conhecia os sentimentos de Maud. E talvez fosse essa a questão. Seria essa a sua vingança? Maud precisava convencê-la do contrário – e mostrar sua lealdade.

Agora veja, Pen, vou lhe dar uma pequena repreensão, escreveu ela, com a mão trêmula. Ela respirou fundo, preparando-se para aquilo que sabia que deveria escrever. *Acho que você é muito cruel ao ficar me provocando eternamente sobre aquele detestável Nate Lockhart.*

"Detestável" era uma boa palavra. Mas seria suficientemente forte? Ela respirou fundo novamente.

Você sabe que eu o odeio, e, se mencionar o nome dele em suas cartas mais uma vez, nunca mais escreverei para você.

Algumas semanas depois, Pensie finalmente lhe respondeu pedindo desculpas por seus comentários, e, embora suas cartas continuassem sem criatividade, pelo menos chegavam regularmente.

Maud se enganara quando acreditou que passaria mais tempo com o pai. Entre o Kinistino Lodge, seu negócio de leiloeiro, e agora a eleição para conselheiro, ele ficava fora de casa a maior parte do dia – e, mesmo quando estava em casa, sempre havia pessoas que vinham vê-lo.

A menos que estivesse muito cansada, a senhora Montgomery costumava insistir em acompanhar o marido, o que significava que, na maioria dos dias depois da escola, cabia a Maud alimentar, entreter e colocar Katie na cama. Isso não a incomodava muito, mas, quanto mais as tarefas domésticas recaíam sobre ela e Edie, menos tempo sobrava-lhe para escrever.

Maud também estava errada quando acreditou que cuidar de Katie aliviaria a tensão com a senhora Montgomery. Embora a madrasta estivesse feliz em vê-la encarregar-se da maior parte do trabalho, nunca foi cortês nem grata. Na verdade, parecia esperar que Maud bancasse a babá da meia-irmã o tempo todo.

Passar tanto tempo com Katie lembrava Maud de algo que sua tia Emily lhe dissera dois anos antes, depois do incidente com Izzie Robinson. Quando Maud chegou à casa cinza em Malpeque, tia Emily franziu a testa e disse:

— Mais uma vez você foi atirada à minha porta. Não foi suficiente para minha mãe eu ter desistido de oito anos da minha vida?

Antes de conhecer o tio John Malcolm, tia Emily era uma irmã mais velha atenciosa. Maud tinha boas lembranças dos piqueniques de sábado na praia e das palestras no Cavendish Hall. Mas, à medida que Maud crescia, tia Emily se tornava cruel e muitas vezes brigava com os pais por querer sair com os amigos. Maud se culpava. Claramente, havia feito perguntas demais e se tornado, como tia Emily a acusou, "totalmente infantil e sonhadora".

Um domingo na igreja, tia Emily abandonou Maud para ficar com os amigos. Foi nesse dia que ela conheceu John Malcolm Montgomery. Mais tarde, quando tia Emily voltou para casa, os pais a castigaram por se esquivar de seu dever, mas ela lutou, e foi então que começou a namorar John Malcolm.

Às vezes Maud era instruída a acompanhá-los, o que só enfurecia a tia ainda mais. E, quando Maud implorou à tia que a levasse quando se casasse, a resposta foi um retumbante não.

— Você não é mais meu dever — disse tia Emily na manhã do casamento. — Eu honrei a memória de Clara o suficiente e agora é a vez de outra pessoa.

Foi quando Maud recorreu a seus autores favoritos, encontrando consolo em livros e palavras. Ela manteve seu diário, onde escreveu sobre sua solidão, perguntando-se o que fizera a tia odiá-la tanto. Aqueles poucos meses em sua casa, havia dois anos, não tinham mudado nada. Ela ainda se sentia um fardo.

Agora, quando a quietude da pradaria ecoava no vazio do seu coração e a chuva constante batia no centro de sua alma, Maud sentiu um pouco de compaixão pela tia. Ela amava Katie, mas também queria escrever e passar tempo com seus novos amigos.

Também ficava cada vez mais claro que a madrasta não tinha respeito pelas coisas que eram importantes para Maud. Quando ela havia perguntado ao pai se poderia ter um exemplar de *Evangeline* de Longfellow para a escola, já que não havia cópias suficientes, a madrasta insistiu que não podiam desperdiçar dinheiro em um livro. Maud tinha certeza de que o pai

Maud

a defenderia – afinal, o livro era para a escola –, mas ele suspirou e disse que a madrasta estava certa e que o dinheiro precisava ser gasto apenas no essencial.

Para Maud, os livros eram essenciais; sem eles, ela teria se desesperado. O fato de o pai não poder ver isso partiu seu coração. Talvez fosse porque ele não a via lendo muito. Normalmente, Maud poderia se perder em uma história, mas, com todas as tarefas domésticas e os trabalhos escolares, muito de seu tempo de escrever lhe fora roubado. Às vezes ela voltava aos velhos favoritos, *Mulherzinhas* e *Jane Eyre*, e algumas vezes tentou *O último dos moicanos*, de Cooper, mas sua mente vagava. Ela não conseguia se concentrar.

A escola continuava sendo uma decepção. Maud estava certa sobre o senhor Mustard. Ele não tinha vocação para ensinar. Mesmo os livros que Maud teria adorado estudar – como *Evangeline*, de Longfellow – tornavam-se aulas tediosas.

E parecia que ela não conseguia escapar dele nem depois da escola; à noite ele costumava visitar a senhora Montgomery, já que eram velhos amigos.

Às vezes o pai estava por perto, às vezes, não. Se a visita fosse da senhorita Gordon, Maud teria gostado de passar um tempo de qualidade com a professora, mas o senhor Mustard era tão enfadonho fora da sala de aula quanto dentro.

Maud só conseguia pensar em uma maneira de tornar as coisas melhores: a escola do convento. Tendo resolvido perguntar ao pai sobre isso, certa noite, durante o jantar, Maud esperou por uma pausa na conversa.

– Pai, as coisas na escola estão horríveis.

– Mustard precisa controlar aqueles meninos – disse a madrasta, cortando um pedaço de carne de porco assada. – Ele sempre foi um pouco mole.

– Mustard veio altamente recomendado de Ontário – disse o pai.

– Você deveria prestar atenção à maneira como administro esta casa – disse a senhora Montgomery a Maud, ignorando o comentário do marido. – Você precisa saber mais do que isso que você faz em seu quarto o tempo todo, seja lá o que for.

– Pai, você sabe o quanto eu amo estudar. – Maud olhou para o pai, esperando desesperadamente que ele fizesse a sugestão que ela queria ouvir.

A senhora Montgomery cruzou os braços sobre a barriga. Eles ainda não haviam contado a Maud sobre a gravidez.

O pai olhou para Maud e sorriu.

– Bem, há a escola do convento no alto da colina. Pritchard manda a filha mais velha, Laura, para lá, e ele disse que ela está aprendendo todo tipo de coisas, como arte e música.

Maud juntou as mãos sobre o peito. Era incrível como o pai era capaz de ler sua mente.

– Pai, isso seria simplesmente divino! Eu adoraria aprender arte, e você sabe que já toco órgão, porque tive aulas com a senhora Spurr. – Resolutamente, ela afastou a memória de Nate e continuou. – Prometo que estudarei muito e deixarei você orgulhoso.

– Você não pode estar falando sério, Hugh! – exclamou a senhora Montgomery. – Nenhuma família presbiteriana que se preze mandaria sua filha para aquela escola. Tenho visto Laura Pritchard na igreja, e ela age como se fosse melhor que nós. Acho que ela pegou algumas dessas noções papistas. Lá eles não ensinam apenas os três Rs, mas o grande R, de religião, e não a certa.

– Mas, mamãe – disse Maud, lutando para engolir a palavra. – Esta nossa escola secundária tem tantos meninos! Há dias em que você faz Edie ficar em casa e, quando Annie está doente, sou a única garota.

– Você pode ficar em casa comigo e não estudar – disse ela.

Maud começou a protestar, mas algo na expressão da madrasta lembrava muito a senhorita Robinson.

– Entendo o que você quer dizer, Mary Ann – disse o pai, e então se virou para Maud. – Deixe-me pensar sobre isso.

Maud não disse mais nada, mas tinha um mau pressentimento sobre a provável decisão do pai. Isso resolveu tudo. Era hora de voltar para casa.

Depois de ajudar Edie com a louça, ela escreveu uma longa carta para Pensie, na qual lhe dizia quanto odiava Prince Albert e implorava por notícias de Cavendish e de sua família: qualquer coisa que pudesse tirá-la dali e livrá-la daquela mulher. Teve o efeito desejado. Escrever para Pensie a ajudou a acreditar que pelo menos talvez alguém a estivesse ouvindo.

Mais tarde, o pai bateu à porta do quarto sul para dizer a Maud que havia recebido um telegrama do avô, dizendo que passaria por Prince Albert no final da semana, no caminho de volta para a ilha. Talvez essa fosse a sua chance. O avô havia se oferecido para levá-la com ele para a Colúmbia Britânica; talvez pudesse levá-la para casa. Mas primeiro precisava ter um lugar onde morar.

Depois que o pai saiu, Maud colocou a carta de Pensie de lado e escreveu outra para a avó, implorando-lhe permissão para voltar para casa. Disse que tinha aprendido a lição e prometeu ser obediente.

Ela colocou Katie na cama e desceu com o discurso preparado. Isso incomodaria o pai, mas suspeitava que a senhora Montgomery choraria de júbilo. Eles estavam sentados no sofá de veludo amarelo-queimado da sala de estar, a luz da noite caindo em cascata sobre as fotos de família na parede.

– Acho bom você ter descido – disse o pai. – Tenho pensado muito sobre o que você disse.

Por um segundo ela se perguntou se ele havia mudado de ideia. Ela se sentou em uma cadeira ao lado do sofá, apertando os braços de madeira.

– Sei que não é adequado falar sobre certos assuntos, mas você fará 16 anos em poucos meses, e nós, Mary Ann e eu, queremos lhe falar sobre o bebê que esperamos para fevereiro.

– Isso é maravilhoso! – disse Maud, esperando que soasse como se fosse a primeira vez que ouvia a notícia. – Estou muito feliz por ter um novo irmão ou irmã. – Ela se levantou e abraçou o pai, e ia abraçar a madrasta, mas algo na expressão da senhora Montgomery a deteve.

– Fico feliz em ouvir isso – disse a senhora Montgomery –, visto que suas prioridades aparentemente estão em outro lugar.

Maud sentou-se lentamente e voltou o olhar para os retratos. Havia uma foto de Katie bebê, a foto do casamento do pai e da senhora Montgomery, algumas imagens dos McTaggarts – mas nenhuma dela.

– Minha família é minha prioridade, é claro – disse ela. Era verdade. Desejava a escola mais do que qualquer coisa. Mas, se o pai precisava dela, ela o ajudaria.

– Sabemos que você veio para cá – o pai coçou a barba – sob certas circunstâncias. Mas esperávamos que você pudesse nos ajudar quando o bebê nascer.

Maud não entendeu muito bem, mas disse:

– Claro.

– Veja, Mary Ann – disse o pai. – Eu disse que ela iria ajudá-la.

– Eu não acho que ela tenha entendido – disse a senhora Montgomery.

– Posso ajudar você depois da escola e nos fins de semana, como faço com Katie – disse Maud.

A senhora Montgomery franziu a testa.

Maud se concentrou na foto do casamento.

– E quanto a Edie? – perguntou Maud.

– Edie não ficará conosco por muito mais tempo – disse a senhora Montgomery. – Assim que acertarmos tudo, ela irá embora.

Edie estava certa, a senhora Montgomery tinha um plano para Maud. E, embora suspeitasse da resposta, ela perguntou:

– Mas por quê?

– Pobre Edie! Tudo o que ela queria era estudar. Sem lugar onde morar e sem emprego, teria que voltar para Battleford. E seus planos de se tornar professora? Não era justo!

A senhora Montgomery e o pai trocaram um olhar.

– Estou surpresa com sua explosão – disse a senhora Montgomery. – Os serviços de Edie não são mais necessários. Isso é tudo com que você precisa se preocupar.

Maud lutou para conter as lágrimas. Não daria àquela mulher a satisfação de vê-la chorar. Maud se levantou, afastando-se das fotos de família.

– Você pode continuar na escola até que o bebê nasça – disse o pai.
– Mas então precisará ficar aqui. – Embora ele parecesse confiante, seus olhos azuis imploraram que Maud entendesse.

Maud

– Claro. O que você precisar – ela disse, concentrando-se no pai.

Maud pediu licença e foi para o quarto. Estava realmente presa ali. Para sempre. Não era melhor que uma criada.

Por isso o pai havia concordado em recebê-la. A resposta agora estava clara: ela fora enviada para cá para ser babá. Imaginar-se como Jo em *Mulherzinhas* era inútil. Ao contrário de Jo March, que aceitou o trabalho de boa vontade, o trabalho lhe fora imposto.

Maud alguma vez teve alguma escolha?

Edie preparava-se para dormir quando Maud subiu.

– Então, você já sabe – ela disse.

– Sinto muito, Edie – disse Maud, sentando-se na cama. – Parece que nós duas estamos à mercê dela.

– Não é sua culpa – disse Edie, cobrindo o queixo com as cobertas.

Mas Maud se perguntou se ela poderia ter evitado tudo aquilo. Na cama estava sua carta para a avó. Maud a rasgou, deixando cada pedaço cair no chão.

Capítulo 7

Nas semanas seguintes, Maud se despediu primeiro do avô, que havia chegado e ficado cerca de uma semana, e, alguns dias depois, de Edie. Em seu último dia juntos, Maud e o avô caminharam pela rua principal em direção ao rio, e ele expressou preocupação em deixá-la com a madrasta, mas Maud lhe garantiu que tudo ficaria bem. Ela não deve tê-lo convencido, porque naquela noite, durante o jantar, ele sugeriu que Maud pudesse visitar a ilha no próximo verão. Embora a ideia parecesse um raio de sol para sua alma, ela duvidava poder ir a algum lugar, pelo menos a julgar pela expressão da senhora Montgomery. Ainda assim, ela era grata ao avô por tentar.

Foi pior quando Edie partiu. Embora soubesse que ficaria triste, Maud não esperava a dor do vazio em seu coração. Na noite anterior à partida de Edie, elas conversaram no quarto até tarde, e Maud amaldiçoou a madrasta por mandar a amiga embora.

— O que você vai fazer sobre a escola agora? — perguntou Maud.

— Vou descobrir uma maneira. Depois de alguns meses em Battleford, irei para o sul, para Regina, ou para o leste. Minha família não cria raízes. Sempre deixamos tudo o que amamos para trás. — Ela franziu a testa, mas depois se recompôs e sorriu. — Além disso, o padre Emmanuel escreveu

uma carta em meu nome ao convento. Talvez isso, assim como meu emprego aqui em Prince Albert, trabalhe a meu favor.
— É bom ter pessoas cuidando de você — disse Maud. Por que ninguém fazia isso por ela agora?
— Sou uma sobrevivente, Maud. Vou encontrar uma maneira.
— Você vai me escrever e dizer como está indo? — disse Maud.
— Prometo — disse Edie.

Na noite seguinte, com a cama de Edie vazia ao seu lado e com Pussy a seus pés, Maud escreveu até que sua mão doeu e a tinta ficou gravada em seus dedos. Havia certa satisfação nisso, como se, pela dor, ela tivesse sido purificada. Maud colocou a caneta no tinteiro, as mãos sobre as páginas escritas e o queixo nas mãos. O sol já surgia no horizonte, banhando a pradaria de luz.

À medida que sua gravidez progredia, a senhora Montgomery fazia cada vez menos. Maud cuidava da limpeza e das refeições, assumindo o lugar de Edie, além de frequentar a escola todos os dias. Ela implorou ao pai por alguma ajuda, mas ele disse que não podiam arcar com mais despesas. De qualquer modo, era apenas uma questão de tempo, pois o bebê nasceria em fevereiro, e ela seria forçada a desistir da escola.

Que propósito havia em sonhar com uma família feliz quando era mera fantasia? Ela deveria ter ouvido a avó. Agora ela sabia que a vida com o pai nunca poderia corresponder às suas expectativas, especialmente com a senhora Montgomery ali. Ele trabalhava duro, mas nada lhe agradava. Algumas noites, Maud podia ouvi-los discutir por causa de dinheiro — sempre por causa de dinheiro. Ela reclamava que ele nunca estava por perto, quando na verdade ele estava cuidando de seus negócios para o bem da família!

Todas as noites, antes do jantar, o pai e a madrasta tinham a mesma conversa, e então comiam em um silêncio que rivalizava com o da casa dos avós. Enquanto Maud fazia a limpeza, a senhora Montgomery reclamava de que o marido sempre a deixava sozinha com "suas filhas". O pai argumentava que era imperativo angariar votos, uma vez que os outros candidatos locais faziam o possível para comprar votos. Ela dizia que sentia falta dele, e ele a beijava no rosto e saía.

– É apenas até janeiro; será mais fácil quando a eleição acabar – ele dizia.

Certa noite, no final de outubro, a senhora Montgomery estava reclamando do trabalho extra que tinha de fazer agora que Edie havia partido e ela precisava entreter os visitantes sozinha.

– Se por visitantes você quer dizer John Mustard – disse o pai –, ele é mais seu amigo do que meu e sempre acaba falando sobre os velhos tempos de escola.

O senhor Mustard os visitava duas ou três vezes por semana, e eram Maud e a madrasta que o entretinham. Nas poucas vezes em que esteve em casa, o pai parecia muito entediado. Maud o entendia completamente; a última coisa que ela queria fazer era socializar com seu professor.

A madrasta suspirou.

– Você não vai nos ajudar com os pratos do jantar, Maud?

– Eu já ia fazer isso – disse Maud.

– Bom. – A senhora Montgomery recostou-se na cadeira. – Estou bastante cansada agora. – Ela levantou-se lentamente, segurando a parte inferior das costas e tentando se equilibrar enquanto subia as escadas.

– Isso também vai passar, Maud, tenha certeza – disse o pai quando a senhora Montgomery saiu.

Maud duvidava, mas não queria aborrecer o pai. Ela parou de empilhar os pratos e abriu um sorriso brilhante.

– Entendo completamente – ela disse, colocando a mão no braço do pai. – Agora, vá para a sua reunião. Eu vou dar um jeito nisto aqui.

– Você é uma garota tão responsável! – disse ele, beijando-a levemente no topo da cabeça.

Enquanto lavava os pratos, Maud permitiu que sua mente vagasse para Cavendish. O que seus amigos e familiares estariam fazendo? A avó lhe escrevia fielmente todas as semanas sobre a fazenda e a saúde do avô, e Lu havia escrito sobre uma reunião social da igreja. Maud imaginou que estava lá com Mollie, Lu e os meninos, Nate sorrindo para ela enquanto cantavam "Deus salve a rainha". Foi um sonho tão adorável e distante que Maud se perdeu nele até que uma batida à porta quase a fez quebrar a travessa favorita da madrasta e a trouxe de volta à realidade.

A batida se repetiu com força total. Ela suspirou e colocou a travessa na mesa.

– Mamãe, há alguém à porta – ela gritou.

Silêncio.

– Mamãe!

Nada.

Maud enxugou as mãos e foi até a porta. Era o senhor Mustard de novo. Será que ele não tinha nada melhor a fazer? Ela estava quase envergonhada por ele.

– Sua madrasta está em casa? – perguntou o senhor Mustard, limpando a garganta. – Eu esperava visitá-la.

– Ele não percebe que minha madrasta é casada? – Maud murmurou para si mesma.

– Perdão? – ele disse.

Maud disse-lhe que esperasse na sala enquanto ela ia chamar a madrasta. Tinha certeza de que a senhora Montgomery não estava disposta a ter companhia, mas, como ela a havia deixado com os pratos, Maud viu uma oportunidade de retaliar, fazendo-a passar algumas horas com o enfadonho senhor Mustard.

Maud subiu a escada pulando os degraus e bateu ruidosamente à porta três vezes. Sem resposta, imaginou que a madrasta, ao ouvir a voz do senhor Mustard, encolhida sob as cobertas, de roupa e tudo, fingia dormir.

– Sinto muito, senhor Mustard – disse Maud quando voltou à sala. – Minha madrasta não está recebendo visitas nesta noite.

O senhor Mustard cruzou e descruzou as mãos, mas continuou sentado onde estava – em seu lugar favorito no sofá.

A avó ficaria horrorizada ao ver alguém mostrar tal desrespeito ao decoro. Mas seria uma mancha nos nomes Montgomery e Macneill se Maud não lhe oferecesse pelo menos um refresco e bancasse a boa anfitriã. Talvez a senhora Montgomery a achasse incapaz de fazer isso. Talvez por acreditar que ela viera de... como a madrasta costumava chamar Cavendish?... uma "cidadezinha atrasada".

Maud abriu seu melhor sorriso e disse:

– Aceita um refresco, senhor Mustard? A senhora Montgomery e eu fizemos uma deliciosa torta de cereja esta tarde. Está deliciosa.

– Não, obrigado. – Ele fungou. – Não gosto de comer depois das sete horas, pois não é bom para a digestão. – O senhor Mustard soltou as mãos e apoiou uma em cada perna.

– A perda é sua. Dizem que a torta de mamãe é a melhor de Prince Albert.

– Um grande elogio, de fato – disse Mustard. *Sniff.* – Talvez da próxima vez eu chegue mais cedo, e então poderemos compartilhar esse prazer juntos. – *Sniff. Sniff.*

Maud sentou-se na extremidade mais distante do sofá e ambos ficaram olhando para o chão pelo que pareceram horas. Naqueles minutos preciosos, a mente de Maud girou em busca de algo para dizer, mas o fungar incessante do professor era muito perturbador. Ela agora concordava com a madrasta e desejava que o pai tivesse preferido ficar em casa. Pelo menos ela estaria livre para subir.

– Onde está seu pai nesta noite fria? – perguntou o senhor Mustard finalmente.

– Ele foi ao Kinistino Lodge encontrar os expatriados Filhos da Escócia. Suspeito que haverá alguma festa e um jogo de cartas depois.

Ela admitiu para si mesma que estava instigando o pobre homem com aquela frase final. Sabendo da aversão do senhor Mustard por toda e qualquer diversão, Maud não ficou nem um pouco surpresa quando ele disse:

– Não aprovo jogos de cartas; é apenas um passo para a jogatina, e jogar é um pecado. *Sniff.*

– Também gosto de cantar no coral – disse Maud, olhando rapidamente para o relógio do avô: nove horas. Ele devia partir logo. – Devemos fazer um recital em algumas semanas.

Oh, por que lhe dissera isso? Será que ele estava pensando que ela queria conversar com ele.

– Acho que vou pedir que mudemos nossa sala de aula para o outro lado do corredor – disse ele, mudando repentinamente de assunto. – É inapropriado expor os jovens ao tipo de perambulação que acontece à noite. – Maud tinha certeza de que o senhor Mustard nunca seria acusado de perambular. – Posso argumentar sinceramente que é uma sala maior e com um aquecedor melhor. Vai ser bom para todos. – Ele se inclinou na direção em que ela estava sentada. – Você não concorda? *Sniff.*

Maud apoiou os cotovelos no braço do sofá. Verdade seja dita, ela concordava. Não gostava de encontrar penas perdidas em seu caderno quando chegava em casa, mas certamente não contaria isso a ele! Então disse:

– Oh, não sei, sinceramente. Ouvi dizer que aquelas garotas dão todos os tipos de risadas.

Isso fez o professor ficar da cor da torta de cereja da senhora Montgomery.

O relógio de pêndulo continuou a testemunhar a noite dolorosamente lenta e, finalmente, mostrou misericórdia ao tocar às dez horas. Maud não aguentou mais e fingiu um enorme e indelicado bocejo, que teve o efeito desejado. O senhor Mustard se levantou e anunciou que deveria voltar para casa.

Batendo a porta atrás dele, Maud se perguntou por que o professor decidira ficar, quando era claramente a senhora Montgomery que ele tinha vindo ver. E por duas das mais longas horas de sua vida. Ela tinha ouvido sermões mais interessantes do que o pobre senhor Mustard. E o que ele poderia ganhar conversando com uma de suas alunas? Certamente ele devia preferir conversar com pessoas de sua idade, não é?

Sentada no sofá amarelo, Maud olhou para o relógio que testemunhara os acontecimentos da noite como se ele pudesse resolver o mistério. Mas ele não tinha opinião a oferecer.

Então ela se lembrou de como ele olhara para ela quando lhe perguntou sua opinião sobre a sala de aula, como se ela pudesse ter todas as respostas. Uma sensação assustadora desceu por sua nuca. Não. Era ridículo. Seria possível que o professor tivesse planos para ela? Ela tinha ouvido falar sobre essas coisas, é claro, e isso não era necessariamente motivo de desaprovação, pois os professores tinham um lugar valorizado na comunidade. Se era isso que ele estava pensando, Maud teria que o impedir. Imediatamente.

Capítulo 8

Na manhã seguinte, Maud teve o cuidado de arrumar o cabelo como a senhora Montgomery gostava. Quando a família estava terminando o café da manhã, ela mencionou a estranha visita do senhor Mustard.

A senhora Montgomery estava ajudando Katie a se alimentar.

– Você está sendo excessivamente dramática, como sempre – disse ela, enxugando o queixo de Katie. – Ele é um homem solitário.

Maud brincou com seu mingau.

– Mas ele é seu amigo, não meu.

– Tenho certeza de que é inofensivo. – O pai engoliu o que restava do chá. – Além disso, parece ser um bom sujeito, embora um pouco estranho.

Uma imagem do senhor Mustard olhando pela janela o dia todo passou pela mente de Maud, seguida pela lembrança dele com o chicote na mão. O contraste violento a fez deixar cair a colher. O barulho contra o prato de porcelana assustou todos.

– Por favor, tome cuidado com nossos pratos, Maud – disse a madrasta. – Ou tenho que ajudá-la a se alimentar como se você fosse Katie?

Maud pegou delicadamente a colher e murmurou um pedido de desculpas. O pai serviu-se de mais chá e abriu o jornal. Trazia um artigo sobre a eleição, informando sobre o próximo debate. O pai vinha se preparando para isso a semana toda. Maud não pôde deixar de se orgulhar.

– E você pode se sair pior do que o senhor Mustard – continuou a madrasta. – Uma garota da sua idade precisa considerar pretendentes.

Ela estava cansada de meninos, de homens, de tudo isso.

– Tenho planos diferentes de ser esposa de alguém – retrucou Maud.

A madrasta se levantou, pegou Katie (que gritou que ainda estava com fome) e subiu as escadas.

– Isso foi desnecessário, Maud – disse o pai por cima do jornal.

– Sinto muito.

O pai suspirou.

Maud começou a limpar os pratos. A partida da senhora Montgomery a deixara sozinha com as tarefas.

– Você fez alguma coisa para encorajá-lo? – perguntou o pai depois de um tempo.

Maud quase deixou cair os pratos que carregava, mas os salvou colocando-os de volta na mesa com cuidado. Estava trêmula e sentou-se antes que suas pernas desabassem.

– Sou aluna dele – disse ela, tão calmamente quanto pôde, embora por dentro estivesse chorando como Katie. Por que estava sob ataque? Primeiro Pensie, e agora o pai: por que era a culpada pelas ações de um homem? – Eu o trato como qualquer outro professor.

O pai se levantou e vestiu o casaco, a barba se contraindo em um leve sorriso.

– Você deve ter feito algo. Um homem geralmente não vai atrás de uma garota a menos que ela tenha feito algo para atrair sua atenção. – Ele beijou Maud no topo da cabeça.

– Mas por que ele iria querer passar um tempo depois da escola com uma garota de quase 16 anos? – perguntou Maud.

– Você pode ter quase 16 anos – o pai ajeitou o colarinho –, mas você também é inteligente, e suspeito que um homem culto como o senhor Mustard possa se sentir atraído por alguém com os seus interesses.

Enquanto tirava o café da manhã, Maud se perguntou se o pai poderia ter razão. Ela precisava ser mais cuidadosa. Não sabia ao certo o que fazer, mas teria de afastar o senhor Mustard. Tinha se esforçado tanto para ser uma senhorita adequada – do tipo de que a avó se orgulharia –, mas talvez por isso o senhor Mustard a considerasse mais velha. Ela teria que lembrá--lo de que era mais jovem do que ele, praticamente ainda uma criança.

Se ela lhe mostrasse sua imaturidade juvenil com seu comportamento, certamente ele voltaria suas atenções para outro lugar. Mas ela ousaria? Já fazia algum tempo que não fazia nada desse tipo e geralmente contava com Mollie para ajudá-la a colocar qualquer plano em ação. Dessa vez tudo caberia a ela.

A oportunidade surgiu naquela tarde, quando o senhor Mustard estava ajudando Willie MacBeath com suas somas – tudo o que eles faziam eram somas –, e Annie e Will Pritchard trabalhavam silenciosamente ao lado dela. Will havia perdido alguns dias de aula ajudando o pai no rancho da família em Laurel Hill, e Maud admitiu para si mesma que estava feliz por ele estar de volta e ela poder sentir sua presença silenciosa atrás dela. Ele era tão diferente dos outros meninos da escola: mais velho e mais responsável, não fazia travessuras como os outros.

Maud não queria contar seu plano a Annie ou a Will. O senhor Mustard podia não açoitar uma garota, mas ele com certeza chicotearia um garoto, e a última coisa que ela queria era colocar Will em apuros. Além disso, aquela era a sua luta, e ela teria que vencê-la – como a maioria das coisas em sua vida – por conta própria.

Em um pedaço de papel, Maud escreveu uma pequena canção folclórica da ilha e, imaginando um violino cadenciado, começou a cantar. Os olhos de Annie se arregalaram de surpresa, e Maud tentou esconder o sorriso. A música era sobre um professor que não tinha controle sobre seus alunos e fazia coisas bobas para chamar sua atenção. Era perfeitamente possível que aquele "homem magro com um bigode fino" fosse o senhor Mustard, mas ela não quis confirmar nem negar.

Maud

    Depois de alguns minutos, Annie começou a marcar o ritmo na mesa com o lápis e pegou a melodia, cantarolando em harmonia com Maud, e então – para surpresa absoluta de Maud – Will começou a bater na beirada de sua mesa, juntando-se a elas nas notas mais baixas. O volume dos três foi crescendo cada vez mais, eventualmente acompanhado de gestos de mão e palmas.
    O senhor Mustard perdeu a paciência.
    – Por que vocês três estão cantando? Parem com isso imediatamente! – ele gritou.
    – Não sei o que você quer dizer – disse Maud, enquanto Will e Annie continuavam cantando.
    Will passou o papel com a canção para Douglas, Frank e Willie M., para que eles pudessem participar.
    – Oh, um homem magro com um bigode fino teve dificuldade para segurar seu dinheiro – eles gritavam.
    – Silêncio, já! – À medida que suas orelhas ficavam mais vermelhas, o bigode fino do senhor Mustard parecia ainda mais fino.
    Os meninos mais novos pararam, pois já tinham visto aquela expressão e não queriam mais uma rodada do chicote do senhor Mustard.
    Maud ficou surpresa por eles terem continuado. Annie e Will deviam parar, já que isso não tinha nada a ver com eles, mas ela havia subestimado a total falta de respeito deles pelo homem – e possivelmente sua amizade por ela.
    – Se você três não pararem agora, terão que ficar depois da aula – gritou o senhor Mustard acima da cantoria.
    – Um homem magro, oh, ele é um homem magro – cantaram os três rebeldes.
    – Basta! Vocês três vão ficar depois da aula e fazer cem somas cada um antes de ir – disse o senhor Mustard.
    Maud, precisamos parar. Lembre-se do ensaio, Annie rabiscou em seu quadro-negro. Maud havia esquecido a promessa feita à senhora Stovel de ajudar no diálogo de Natal.

Ok, mais uma rodada, ela escreveu em resposta.

Os três deram à música mais um grito retumbante, que foi recebido com grandes aplausos por todos, exceto pelo homem alto e magro que estava parado diante dos alunos.

Depois da aula, o senhor Mustard obrigou Maud, Annie e Will a completar as cem somas. Annie e Will as fizeram, mas Maud estava decidida a não pegar no lápis.

– Senhorita Montgomery, você sabe que vou mantê-la aqui até que tenha concluído sua tarefa – disse o professor.

– Sim, sei disso – disse Maud, acendendo uma vela que tinha em sua mesa e pegando seu livro de poemas de Tennyson.

– Por favor, guarde isso – disse ele. – Você pode resolver os problemas de Matemática ou não fazer nada.

Maud apagou a vela.

– Então não farei absolutamente nada. – Ele poderia tê-la mantido lá até a meia-noite e ela não teria se mexido.

– Pronto, senhor Mustard – disse Will, jogando os problemas na mesa do professor. – Devo ajudar na igreja com o concerto de Natal.

– Estou surpresa – sussurrou Annie. – Achei que seu pai não o deixaria sair para ensaiar um diálogo. Ele está sempre controlando o filho.

– É um trabalho para a igreja.

– Você não vem? – Will perguntou na porta.

– Somos esperados na igreja – disse Maud, encarando o professor. – O senhor não pode nos manter aqui contra a nossa vontade, senhor Mustard. Especialmente quando se espera que façamos na igreja a obra do Senhor.

– Estamos representando um papel importante no diálogo da igreja – disse Annie.

O senhor Mustard fingiu estar interessado no trabalho de um aluno.

– Direi à senhora Stovel que você se atrasará um pouco – disse Will ao sair da classe.

– Vocês são os alunos mais velhos da escola e deveriam dar o exemplo. – disse o senhor Mustard depois que Will saiu. – Eu esperava mais de você.

– Se não nos tratar como se fôssemos crianças – disse Annie –, o senhor poderá ver algo melhor de nós.

– Cuidado com o tom, senhorita McTaggart. Não costumo açoitar garotas, mas, se esse comportamento descontrolado e inadequado continuar, você verá.

Annie respirou fundo pelo nariz.

– Se eu fosse o senhor, eu odiaria ver o que vai acontecer quando eu contar aos meus pais como o senhor falou comigo.

O senhor Mustard franziu a testa. Maud não conseguia acreditar. Annie a defendera – o que raramente as pessoas faziam. Ela certamente estava tomando um caminho perigoso. Maud tinha visto como o pai e a senhora Montgomery haviam ficado do lado do professor, mas, para um novo professor, disciplinar certos alunos poderia ser uma aposta. O pai de Annie, o senhor McTaggart, era um homem importante na cidade, e não seria bom para o senhor Mustard ficar contra ele.

– Está bem – disse o senhor Mustard, acenando com o braço, derrotado. – Vá. Mas não pense que terminamos por aqui.

Enquanto corria para fora, Maud esperava que pelo menos seu desempenho o afastasse para sempre.

Capítulo 9

Maud estava grata pelo fato de a Igreja Presbiteriana de St. Paul estar a apenas alguns quarteirões da escola – e do outro lado da rua da Villa Eglintoune –, porque ela e Annie puderam deixar seus livros rapidamente em casa e correr até lá. Elas ainda estavam atrasadas e, quando entraram na sala, a senhora Stovel já estava colocando as pessoas em suas posições para um dos quadros, uma técnica dramática em que todos ficavam parados como se estivessem posando para uma fotografia. Frank Robertson estava na última fila com Will, que surpreendeu Maud com uma piscadela rápida.

Fingindo ignorar completamente Will, Maud acenou para duas jovens que ela conhecia da igreja, Lottie Steward, uma adorável garota de Quebec, e Alexena MacGregor. Maud gostava de Alexena, que tinha um sorriso amável. Ambas as garotas já estavam congeladas na posição, mas sorriram discretamente.

– Estou tão aliviada que vocês duas puderam vir! – disse a senhora Stovel, jogando as mãos para o ar. – Will mencionou que vocês ficaram detidas, mas ele conseguiu chegar a tempo.

Maud e Annie trocaram um olhar.

Maud

– Já está nos colocando em apuros, Will? – Maud gritou para ele. Seus olhos verdes eram travessos, mas ele não se mexeu, provavelmente porque a senhora Stovel estava à sua frente, e ele não queria incorrer na ira dela.

Maud e Annie se permitiram ser guiadas, e a senhora Stovel se agitou, tentando fazer tudo "absolutamente perfeito".

Quando a senhora Stovel deu a eles uma pausa de dez minutos, Maud foi até o vitral de um anjo que protegia Cristo, onde Will estava parado ao lado da irmã, Laura. Ela tinha o mesmo nariz e os mesmos olhos verdes travessos do irmão, mas seu rosto era mais redondo, e ela tinha cabelos castanhos macios presos em um coque.

Desde aquele primeiro dia em Prince Albert, Maud vira Laura algumas vezes na igreja e fora tomada pela sensação de que ela era uma amiga havia muito perdida, uma alma gêmea. Queria conhecê-la melhor, mas Laura morava fora da cidade, na fazenda dos pais, e apenas ocasionalmente visitava a tia vizinha. Além disso, como ela frequentava a escola do convento no alto da colina, encontrá-la na igreja era a única oportunidade para Maud falar com ela. Ajudar a senhora Stovel com o concerto de Natal foi a oportunidade perfeita para Maud conhecê-la melhor – e afastar Will das aulas infernais do senhor Mustard.

Nas noites seguintes, os atores ensaiaram na casa dos McTaggarts e dos Kennedys, já que a senhora Montgomery "não estava em condições de receber convidados turbulentos". Maud ficou grata por ter uma desculpa para sair de casa, e a madrasta parecia disposta a dar-lhe uma folga das tarefas domésticas. Maud supôs que o motivo era o fato de a senhora Stovel ser sua sobrinha, mas não importava por quê. Ela estava feliz por ter tempo para ficar com seus novos amigos.

Embora estar na peça trouxesse de volta memórias agridoces dos amigos de Cavendish, isso ajudou a amenizar a saudade de casa. Laura fez lindas bandeirinhas com retalhos de velhos vestidos verdes, vermelhos e dourados e recrutou Alexena, Lottie e Maud para ajudá-la a colocá-las na igreja, dando-lhe um aspecto bastante festivo.

Uma vez, quando ensaiavam *Noite feliz*, Maud pegou Will olhando para ela de uma forma que a fez lembrar-se de Nate. Como realmente gostava de Will, não queria atrapalhar sua amizade com romance nem encorajá-lo involuntariamente. Já estava farta disso com o senhor Mustard.

No entanto, havia algo em Will que a fez esquecer Nate – ou pelo menos sentir-se menos culpada. Tinha sido importante ele a ter defendido do senhor Mustard, e eles até começaram a passar bilhetes em sala de aula. Não era o mesmo que com Nate. Will com certeza não tinha as ideias românticas de Nate ou amor pela poesia, mas sabia fazê-la rir. E ela precisava tanto rir!

Mas o senhor Mustard foi persistente, indo à casa dela algumas vezes por semana. E nenhum mau comportamento o deteve. Maud nunca disse nada ao pai ou à senhora Montgomery, pois estava claro que, ao contrário da senhorita Robinson, o senhor Mustard não iria denunciá-la. Talvez o orgulho o tenha impedido, por não querer mostrar sua falta de controle sobre a classe.

Era evidente que ela teria de tentar outra manobra.

Sua nova amizade com Will ofereceu-lhe uma oportunidade. O senhor Mustard certamente não gostava de como ela e Will – e Annie, que insistia em se juntar a eles – se divertiam e constantemente os fazia ficar depois da aula para "discutir seu comportamento". Ela não queria usar Will, já que ele era o garoto mais gentil da escola, mas tinha de admitir que o senhor Mustard ficava nervoso quando os pegava passando bilhetes.

Infelizmente, isso também significava que o senhor Mustard encontraria qualquer desculpa para manter Maud, Annie e Will presos. Uma tarde, alguns dias após o incidente do "bigode fino", o senhor Mustard anunciou que manteria Maud e Annie depois da aula por "conduta indigna e uso de gíria".

– Acho que não entendi direito o que o senhor quis dizer – disse Annie, cruzando os braços sobre o peito. – Só porque descobrimos algo na hora não significa nada.

– É exatamente disso que estou falando – disse Mustard.

– Acho que você está ficando louco – protestou Maud, batendo a mão – com muito gosto – contra a mesa. Ao lado dela, Willie M. e Frank riram. Will tossiu para abafar uma risada, fingindo ler, embora Maud soubesse que ele não poderia estar estudando. A classe não abriu um livro o dia todo.

– Você e Annie permanecerão depois da aula – disse o senhor Mustard.

Will ergueu a mão.

– Sim, senhor Pritchard.

– Não acha que isso é meio idiota, senhor?

O senhor Mustard respirou pesadamente pelo nariz.

– Você também vai ficar depois da aula.

Mas, quando Will foi fechar a porta depois que o resto da classe saiu, Frank o irrompeu, ofegante.

– Pritchard, você precisa vir comigo agora. É uma emergência – disse ele, inclinando-se para recuperar o fôlego. Will nem pediu permissão; apenas pegou suas coisas e saiu.

O senhor Mustard foi até a porta e gritou:

– Sim, para uma emergência você pode sair, senhor Pritchard.

Maud se perguntou qual seria a possível emergência e torceu para que não fosse nada sério ou alguma coisa com Laura. Mas então Annie escreveu em seu quadro-negro que foi tudo um truque para tirar Will da classe. Ela o ouvira pedir a Frank no recreio para vir buscá-lo porque tinha que ir ao rancho ajudar o pai, e todos sabiam que o senhor Pritchard odiava que alguém se atrasasse – mesmo que fosse seu filho.

O senhor Mustard começou a parecer abatido.

– Se ficarem em silêncio pelos próximos cinco minutos, vou deixar vocês irem.

– Você ouviu isso, Maud? – disse Annie. – Ele diz que, se ficarmos cinco minutos em silêncio, podemos ir para casa. Não é gentil da parte dele?

– Oh, terrivelmente gentil, Annie – respondeu Maud. – Ele é certamente um pilar de nosso sistema educacional.

– Você sabe que ele veio de Ontário?

– Mesmo? Eu não sabia.

– Sim.

– Você não diria.

– Senhorita Montgomery! Senhorita McTaggart! Se vocês não pararem com isso, vou insistir em mantê-las aqui – disse ele.

Maud e Annie continuaram a conversar e, quando não conseguiram pensar em mais nada para dizer, começaram a sussurrar poemas. Maud gostava particularmente de Tennyson.

Finalmente, quando Maud teve certeza de que era quase hora do jantar, ela gemeu:

– Deixem a esperança para trás todos vocês que aqui entram.

– Citar Dante incorretamente me mostra que você é mais inteligente do que seu comportamento poderia sugerir, senhorita Montgomery – disse Mustard. – Espero que possamos ver um melhor desempenho seu no futuro. E seu também, senhorita McTaggart.

Enquanto corriam para a igreja para ensaiar o diálogo, as meninas sentiram que definitivamente – embora dolorosamente – haviam ganhado outra rodada.

Capítulo 10

No final de novembro, Maud não sabia como administraria suas responsabilidades em casa, na igreja e na escola. Ela tentou esperar seu aniversário de 16 anos no dia trinta, mas começou a ter dores de cabeça: uma dor baixa, surda e persistente na parte de trás da cabeça, como se estivesse sendo sufocada por trás. Ela se recusou a ceder à dor, mas o esforço drenou sua energia.

A senhora Montgomery estava com sete meses de gravidez e passava a maior parte do tempo na cama, o que significava que Maud tinha ainda mais tarefas domésticas. O pai estava sempre trabalhando ou no clube. Isso a deixava sozinha com Katie, que se agarrava a ela quando chegava a casa, seguindo-a por toda parte e "ajudando" onde podia. Maud se viu contando a Katie as histórias que os avós lhe haviam contado, na esperança de transmitir à irmã o espírito das histórias que havia amado.

Finalmente, inscrevera "Sobre o Cabo LeForce" no *Charlottetown Patriot*, na certeza de que o veria na próxima edição. Mas, com o passar das semanas, começou a temer a chegada do jornal, o que acabou se tornando um sentimento de rejeição. Mais um sonho não realizado.

Mas isso não a impediu de continuar. Escrever a salvava quando acordava no meio da noite e não conseguia mais dormir, quando a madrasta era particularmente cruel e nos momentos em que a saudade de casa a oprimia.

Laura e Will também salvaram Maud. Eles estavam morando na casa vizinha durante o inverno, já que era mais fácil ficar na cidade do que gastar uma hora de ida e volta para Laurel Hill sob um clima inclemente. Maud amava a tia Kennedy, que, por ser tão gentil e paciente, a lembrava da tia Annie. Ela insistiu que Maud a chamasse de tia Kennedy também. Tia Kennedy não tinha filhos e por isso adorava Laura e Will – e Maud também.

Por mais exigente que fosse a senhora Montgomery, não mantinha Maud trancada em casa. Permitia que ela fosse até a casa ao lado, ou a algum lugar próximo, "caso ela precisasse".

Ao voltar para casa uma noite depois de biscoitos e chá preto na casa da tia Kennedy, Maud encontrou uma série de cartas de Cavendish que o pai havia deixado em sua cama. Pussy a seguiu até seu quarto, atacando a pilha de cartas e chiando quando Maud a enxotou. Maud espalhou as cartas pela cama, tocando cada uma e imaginando qual ler primeiro.

Pussy pulou de volta na cama e se acomodou na beirada, ronronando profundamente. Distraída, ela o coçou atrás da orelha, enquanto se recostava na cabeceira da cama.

Havia a carta semanal da avó, é claro. Maud podia ler nas entrelinhas: o que a avó realmente queria saber era se a neta estava correspondendo às suas expectativas. Maud se recusara a lhe contar como as coisas eram difíceis. De qualquer maneira, ela provavelmente culparia Maud.

A carta de Lu era leve e divertida. Nela, contava-lhe todas as fofocas da escola e da igreja. Relatava também que, agora que Jack Laird estava planejando ir para a faculdade, Mollie estava bastante mal-humorada, e Maud sentiu uma pontada de tristeza pela amiga, que estaria lá sozinha.

Havia uma carta adorável e longa da senhorita Gordon, na qual dava a Maud uma lista inspiradora de livros e um pouco do encorajamento necessário:

Maud

Eu não seria a educadora que sou sem antes lhe perguntar como estão seus estudos. Só conheço o senhor Mustard de reputação, e ouvi que ele é bastante experiente, de modo que espero que você aproveite essa oportunidade. Nem todas as meninas conseguiram chegar ao ensino médio, inclusive eu... embora eu esteja orgulhosa de minhas realizações como uma das primeiras mulheres a ter o certificado de professora do Prince of Wales College.

Se a senhorita Gordon soubesse a verdade sobre o senhor Mustard, Maud se perguntou se ela teria a mesma opinião.

Entre a pilha estava um envelope com um selo da Nova Escócia. Ela congelou. Conhecia aquela letra muito bem. Maud colocou as outras cartas no colo, deixando aquela com o emblema da Universidade Acadia em cima da cama.

Eles não se tinham escrito durante o outono. Ela pegou a carta de Nate e, em um arroubo de sentimentalismo, cheirou-a, pensando que poderia conter um vestígio de seu sabonete, mas cheirava apenas a pó e papel – e prontamente deu uma risadinha. Havia passado tanto tempo reprimindo os pensamentos sobre ele! Simplesmente não deveria ceder a essas ideias românticas.

Pussy levantou a cabeça.

– Não me julgue – Maud disse a ele.

Pussy simplesmente apoiou a cabeça sobre uma pata estendida, deixando um olho aberto.

Com todo o cuidado, ela cortou o envelope com o abridor de cartas. Durante meses, Maud se perguntava o que ele estaria pensando sobre ela. Quando ele não lhe escrevia, era fácil imaginar que ele a odiava. Agora, mandava-lhe notícias.

Cara Polly,
É difícil imaginar que alguns meses atrás você e eu estávamos colhendo frutas e agora estou sentado no meu dormitório frio na

faculdade e você está do outro lado do país. Sei que deveria ter escrito antes, como prometi, mas também não recebi notícias suas, e me pergunto se você realmente quis dizer isso quando me pediu para escrever. Mas não podia esperar mais; há muito que quero lhe contar sobre a faculdade e minha vida aqui.

Você gostaria de minha aula de História. A especialidade do professor é História britânica, e acho que ele e a senhorita Gordon teriam muito o que conversar. Embora existam muitos bons professores, ela definitivamente venceria alguns dos professores aqui. Acho que estou assumindo a liderança em todos os meus cursos, naturalmente. Há um colega que está disputando o primeiro da turma, mas você sabe que vou superá-lo. E há algumas garotas também, mas não é tão divertido quanto competir com você.

Certamente não havia ninguém disputando o primeiro lugar na classe do senhor Mustard. Ela daria qualquer coisa por uma das anotações de Nate inseridas em seu livro de francês. Invejava as meninas que tiveram permissão para ir para a faculdade, que de alguma forma encontraram o apoio financeiro de que precisavam. Como é que essas meninas puderam ir para a faculdade, mas Maud não conseguiu nem mesmo fazer o pai comprar um exemplar de *Evangeline!*

Nate passou a discutir as muitas atividades atléticas e estudos clássicos que empreendera, incluindo Teologia. Ele não queria ser ministro, mas, como a Acadia era uma faculdade batista, todos os alunos eram obrigados a cursar essa matéria.

Pussy sentou-se e arqueou as costas, e Maud distraidamente acariciou-lhe o pelo.

– Vou lhe escrever uma longa carta sobre todas as coisas que estou aprendendo – disse ela a Pussy, que pulou da cama e a deixou com sua correspondência. – Não serei deixada para trás.

Capítulo 11

Com um renovado senso de ambição, Maud voltou à sua programação diária de leitura e escrita, embora isso significasse menos sono, pois tinha de acordar cedo com Katie. Ela se concentrou naquele objetivo distante, "O Caminho Alpino". Suas dores de cabeça diminuíram.

Se a crítica da senhora Montgomery ou a atenção do senhor Mustard fossem demasiadas, Maud abriria o velho caderno de cuja capa copiara o poema e o leria. Isso a lembrava de que chegara com expectativas e, embora tivesse ficado desapontada, a única maneira de ter sucesso era confiar em si mesma. Mas focar na educação significava voltar a ficar séria na sala de aula, e ela não queria dar a ideia errada ao senhor Mustard, aplicando-se repentinamente aos estudos. Definitivamente, seu olhar não estava nele!

Maud ficou um pouco mais animada com o fato de finalmente ter completado 16 anos e poder prender o cabelo novamente. O pai tentou fazer de seu aniversário um grande evento, para o qual convidou os McTaggarts e algumas pessoas da igreja, mas no último minuto a senhora Montgomery decidiu não aparecer, alegando uma forte dor de cabeça. Esse foi o presente perfeito para Maud: comemorar sem ter que se preocupar com a negatividade da madrasta.

Laura e Will vieram e deram a ela um cartão e alguns doces da loja do pai de Andrew Agnew. Andrew era um rapaz alto, na casa dos 20 anos, com cabelos negros e brilhantes, olhos escuros e inteligência crítica – e estava completamente apaixonado por Laura. Ele também servira durante a Rebelião Riel, ajudando mulheres e crianças a se refugiarem em um lugar seguro. E ele fumava, o que Maud achava totalmente escandaloso, mas Laura achava intrigante. Também havia presentes de Cavendish: rendas e chicletes de Pensie e uma carta longa e deliciosa de Mollie. Depois, Maud foi para seu quarto, desenterrou o livro de notas da mãe e leu as páginas que havia escrito na noite anterior à saída de Cavendish.

Uma semana depois do aniversário, Maud desceu para o café da manhã antes da igreja, embora preferisse ficar na cama por causa das chuvas úmidas de dezembro. O senhor Mustard tinha aparecido na noite anterior para outra visita, e ela fora forçada a entretê-lo sozinha, já que o pai e a madrasta estavam fora.

Maud estava exausta, mas era domingo, e ai da garota que não fosse à Escola Dominical.

A senhora Montgomery estava preparando o café da manhã, enquanto Katie perseguia Pussy pelo chão. O pai chegou com a correspondência da noite anterior e um exemplar do *Charlottetown Patriot*. Nas últimas semanas, ela havia procurado o seu poema, sentindo-se cada vez mais decepcionada, mas, com sua determinação recém-descoberta, teve de arriscar. Agarrou o jornal e, com o coração batendo e os dedos trêmulos, abriu-o.

– Meu Deus, não estamos ansiosos? – disse a senhora Montgomery.

Mas Maud a ignorou, examinando e amassando cada página.

– Você está bem? – perguntou o pai.

As letras dançavam vertiginosamente. Lá estava, em uma das colunas. Seu poema!

Sobre o Cabo LeForce.
[Uma lenda dos primeiros dias da Ilha do Príncipe Edward]
Lucy Maud Montgomery

Maud

A sala inteira se encheu de luz. Depois de um mês extenuante de chuvas intermináveis, talvez o sol finalmente estivesse saindo.

Seu nome impresso. Ela nunca tivera uma visão tão linda.

– Maud, o que está no jornal? Você parece o Pussy quando ele pega um rato – disse o pai.

Ainda tremendo, Maud entregou-lhe o jornal. Ele ficaria orgulhoso dela? Maud não sabia o que o pai pensava de escritoras. Talvez ele a achasse muito ousada.

O pai franziu a testa enquanto lia. Lentamente, ele começou a sorrir e, em seguida, soltou um selvagem "Viva!". Agarrou Maud e a girou, beijando-a em ambas as bochechas.

– Muito bem, Maudie! – A senhora Montgomery pigarreou, parecendo bastante chocada com o comportamento exuberante do marido. – Que incrível! Minha Maudie... Maud... no jornal.

Maud riu, contendo as lágrimas que com certeza viriam. O pai estava orgulhoso dela.

– Eu não queria que ninguém soubesse caso não fosse publicado – ela conseguiu dizer.

– Eu diria que este é um motivo de comemoração. Você não acha, Mary Ann?

– Certamente... incrível – disse a senhora Montgomery. – Mas você não quer se atrasar para a Escola Dominical, não é, Maud?

O pai passou a mão pelo cabelo.

– Não, é verdade. Vamos comemorar nesta noite!

Nem mesmo a senhora Montgomery poderia arruinar aquele momento. Pegando sua Bíblia e o jornal, Maud flutuou até a igreja.

No momento em que Maud chegou, no entanto, a senhora Rochester, esposa do novo reverendo, puxou-a de lado. Era uma mulher corpulenta, que sempre tinha um temperamento alegre, mas agora parecia preocupada.

– Oh, Maud. Kate McGregor não apareceu para ensinar as meninas na Escola Dominical – disse ela. – Você poderia, por favor, assumir a aula dela?

Maud ficou surpresa por estar sendo convidada e também um tanto chateada; queria tanto compartilhar as boas notícias com os amigos – e com Will. Ela conteve um sorriso ao lembrar que logo o veria, já que Will trabalhava na biblioteca da igreja, que ficava na mesma sala usada pela Escola Dominical das meninas. Ela, então, voltou sua atenção para a senhora Rochester.

– Eu nunca ensinei antes – disse ela.

– É fácil. – A senhora Rochester apertou o braço de Maud. – A lição desta semana é sobre a arca de Noé.

Embora Maud conhecesse a história, isso não significava que pudesse ensiná-la. Mas a senhora Rochester parecia tão desesperada! E ela sabia o que a avó diria:

– Um bom presbiteriano não se esquiva de seu dever.

– Está bem – disse Maud.

Depois de muitas exclamações de gratidão, a senhora Rochester apresentou Maud ao grupo de meninas vestidas com suas melhores roupas de domingo e a deixou sozinha.

Seis pares de olhos fixaram-se nela. Maud disse-lhes que abrissem os livros de leitura da Escola Dominical e fez uma série de perguntas que ela mesma ouvira centenas de vezes sobre o Senhor dizendo a Noé para construir uma arca que salvaria apenas sua família e todos os animais, dois a dois. Mas nenhuma das meninas tinha feito o dever de casa e, em vez de responder às suas perguntas, tinham algumas perguntas confusas a fazer:

– Jesus estava na arca?

– Todos foram para o céu ou para o inferno?

– Como Noé soube que a voz vinha de Deus e não de Satanás?

Ela foi salva quando Will entrou com uma pilha de livros.

– Noé sabia que era Deus porque a voz de Satanás é mais profunda – disse ele, colocando os livros na estante.

As meninas ouviram, em transe, quando ele começou uma longa explicação de como Noé sabia a diferença, e então o encheram de perguntas. Mais tarde, a senhora Rochester veio para levar as meninas a seus pais, e Maud e Will foram deixados sozinhos na sala.

Maud

Maud se encostou na parede e começou a rir com profundo alívio.

– Graças a Deus acabou.

– Foi apanhada de surpresa? – perguntou ele, colocando um livro na estante.

– Sim – disse Maud, reunindo os livros de leitura. – Eu me descobri transformada de aluna em professora.

Ele pegou os livros dela e os colocou na estante.

– Você gostou?

– Gostei bastante. Uma coisa que posso dizer é que certamente sou melhor nisso do que o senhor Mustard.

Will riu.

– Obrigada pela ajuda – disse ela. – Há pessoas que sabem nos colocar em uma situação embaraçosa.

– E você não sabia nada sobre o assunto – disse ele de uma forma que aqueceu seu rosto. Ela virou o rosto para a janela para que ele não visse o rubor.

– Que tal ser o bibliotecário aqui? – perguntou ela, depois de recuperar a compostura. – Quero dizer, você gosta de trabalhar aqui?

– Sim – disse ele.

– Isso é bom, se quero ser professora.

– E eu ser um bibliotecário? – Ele deu uma risadinha.

Maud riu de nervosismo e o ajudou a guardar o resto dos livros.

– Na verdade – disse ela –, tenho uma notícia interessante hoje.

– Mesmo? – ele disse. – Professora e detentora de segredos?

Ela entregou-lhe o *Charlottetown Patriot,* e ele sorriu abertamente ao ver o nome dela. Ele tinha um sorriso muito agradável.

– Parabéns! Eu sei que você sempre tem uma caneta na mão, mas não fazia ideia de que tinha aspirações reais. Isso é excelente, Maud. Temos que encontrar uma maneira de celebrar sua boa sorte.

– Meu pai disse a mesma coisa – disse Maud. – Mas nada é tão maravilhoso quanto ver o próprio nome impresso. – Ela respirou fundo. – Will, isso me prova que meu maior sonho se tornará realidade. Vou ser uma escritora.

– É bom saber quem você realmente é – disse ele. Eles se encararam por alguns instantes, e Maud se viu repentinamente ansiosa para preencher o silêncio com palavras. Mas, antes que pudesse fazer isso, Annie irrompeu na sala.

– Esses meninos são um terror! – Annie dava aulas para os meninos da terceira série.

– Eles precisam que você lhes mostre o caminho, Annie – disse Maud, virando-se para ela.

Annie colocou os livros na mesa ao lado de Will.

– Olá, Will.

– Olá, Annie – disse ele, pegando a pilha. – É melhor eu terminar isso para chegar à casa da minha tia a tempo para o almoço. Minha mãe, meu pai e todos os meus irmãos e irmãs também virão, e esse almoço promete ser um banquete.

Maud imaginou Will e Laura em torno de uma mesa com a família e então se lembrou da tensão e das discussões que a aguardavam em casa. Sentiu uma pontada repentina de ciúme.

– Adeus, Will – disse Maud.

– Adeus, Maud – ele disse, de uma maneira que a fez sentir como se ele estivesse dizendo "olá".

Capítulo 12

Depois de semanas de preparação e ensaio, chegou o dia do concerto de Natal. O meio de dezembro trouxe consigo um tempo terrivelmente frio, com o termômetro da cozinha marcando quarenta graus abaixo de zero.

– Será que o Senhor não podia escolher um dia menos frio? – disse a senhora Montgomery, enrolando um cachecol de lã vermelha em volta da cabeça de Katie. Ela olhou para Maud como se a enteada tivesse conspirado com o Todo-Poderoso para incomodar sua madrasta com o tempo inclemente.

– Maud e seus amigos trabalharam diligentemente no concerto de Natal – disse o pai, calçando as luvas. – Além disso, como sua sobrinha, a senhora Stovel, o dirigiu, você pode querer mostrar seu apoio.

– Pelo menos é só atravessar a rua. – E saiu correndo, deixando a Maud a tarefa de carregar Katie e parte de seu figurino.

Quando chegaram à igreja, Maud entregou Katie ao pai e foi para o camarim improvisado, que era muito pequeno para tanta gente. Ninguém conseguia encontrar seu figurino, Alexena tropeçava o tempo todo na saia, e Lottie tinha certeza de ter esquecido "tudo que tinha aprendido".

Mas, uma vez no palco, os artistas tocaram com quase total perfeição.

Apenas um dos quadros foi um desastre completo: quando Lottie quase caiu em cima de Alexena porque Frank acidentalmente pisou no lençol que ela usava como capa. Mas a recitação de Maud de "A criança mártir" foi tão excelente que ela recebeu uma ovação em pé. O público até exigiu um bis, e então ela recitou parte de seu trabalho sobre o Cabo LeForce e o fez tão bem quanto seu avô.

As damas haviam assado seus melhores petiscos para o chá que se seguiu às apresentações, e a sala cheirava a açúcar e pinho. Muitas pessoas se aproximaram de Maud para cumprimentá-la.

– Eu sabia que você andava rabiscando alguma coisa – disse a senhora McTaggart –, mas não fazia ideia de que você era tão talentosa.

– Fiquei muito impressionada com sua elocução. – Tia Kennedy a abraçou. – Laura me disse que a ajudou a ensaiar e sabia que você seria um sucesso.

A senhora Rochester convidou Maud para o grupo de estudos bíblicos que começaria no Ano Novo.

– Precisamos de alguém com seus talentos – disse ela.

Depois de esperar pacientemente que todos fossem embora, Will se aproximou de Maud e perguntou se ela iria com eles para a estação de trem. Agora que o trem passava por Prince Albert, uma atividade noturna popular entre os jovens era assistir à sua chegada. Por causa de seus deveres em casa, Maud ainda não tinha tido permissão para ir.

– Vou ter que perguntar ao meu pai – disse Maud. Ela ainda não tinha conseguido chegar até ele, porque as pessoas sempre a paravam para lhe dar os parabéns.

– Will! – Um homem alto que era uma versão mais velha de seu amigo o chamou.

– Meu pai – disse Will a Maud antes de se virar para encará-lo.

– Como vai, senhor Pritchard? – ela disse.

– Will – ele bufou. – Você não me ouviu chamar você?

– Sim, pai – disse Will. – Eu estava terminando minha conversa com Maud. Ela não leu maravilhosamente bem?

Maud

Sem lhe dar a menor atenção, o senhor Pritchard olhou por cima da cabeça de Maud e disse a Will:

– Quando eu o chamar, você deve vir. Sua mãe estava procurando por você. Acredito que ela quer que você a leve para casa, assim como seu irmão e suas irmãs.

Os outros cinco irmãos de Will e Laura moravam em Laurel Hill com os pais.

– Você não vai para casa, pai?

– Tenho de falar com algumas pessoas – disse ele. – Não se esqueça de levar sua mãe e seus irmãos para casa.

E então se foi.

Maud percebeu que estava profundamente desapontada por Will não ir à estação de trem – não que o pai a deixasse ir.

– Acho melhor eu ir – ele murmurou, e foi embora.

Maud vagava pela sala em busca do pai quando Laura se aproximou e a beijou.

– Will tem que levar a mamãe e a ninhada para casa, mas você virá, não é?

– Ir aonde? – perguntou a senhora Montgomery. – Você tem que colocar Katie para dormir.

Katie parecia bastante cansada; o pequeno laço azul que Maud lutara tanto para amarrar em seu cabelo estava meio caído.

– Acho que tenho responsabilidades – disse Maud a Laura.

– Aí está você, Maudie... Maud. – O pai a abraçou. – Estou tão orgulhoso de você!

Pela primeira vez em algum tempo, Maud viu aquela centelha antiga em seus olhos azul-escuros. O fato de tê-la causado era tudo de que Maud precisava para tornar a noite perfeita.

– Eu estava dizendo a Maud que Katie precisava ir para casa – disse a senhora Montgomery.

Katie deu um grande bocejo e encostou a cabeça na saia de Maud, puxando-a um pouco. Maud ergueu a irmã e deixou que ela descansasse a cabeça em seu ombro.

– Você deveria ter me dito, Hugh, que tinha uma filha tão talentosa – disse o senhor McTaggart. – As pessoas estão perguntando sobre ela.

– Verdade? – disse o pai, e trocou um olhar com o sogro. – Sim, ela é uma maravilha, não é?

Maud mudou Katie de posição. A senhora Montgomery havia cruzado os braços, como que se recusando a levar a própria filha.

– Senhor Montgomery – disse Laura –, será que Maud poderia se juntar a nós na estação de trem depois que puser Katie na cama? Em uma noite como esta, queremos comemorar.

O que sua amiga estava fazendo? Não percebia que a senhora Montgomery não lhe permitiria sair? Seu papel naquela família era bastante claro.

Mas então o pai fez a coisa mais extraordinária.

– Laura, você está certa. Maud pode ir com você. – Ele estendeu o braço para a filha. – Depois de eu apresentá-la a alguns de meus amigos.

– E quanto a Katie? – perguntou Maud.

O pai não disse nada, enquanto a senhora Montgomery continuava de pé com os braços cruzados.

– Mary Ann – disse o senhor McTaggart. – Você pode ver como é importante Maud dizer algo aos possíveis eleitores de seu marido.

– Está muito frio para qualquer um de nós sair – disse ela, mas não havia mais força em suas palavras, e ela tirou Katie de Maud. E, ao sair, não desejou boa-noite a ninguém.

Se não tivesse gostado tanto de ser abraçada pelo pai, Maud poderia ter sentido pena dela.

Capítulo 13

Finalmente, todos deixaram a igreja. Tinha começado a nevar, aquecendo o ar do início da noite o suficiente para que ficar do lado de fora fosse tolerável. Enquanto o grupo de artistas subia a colina em direção à estação de trem, revivendo seus sucessos e tragédias, Maud sentiu que, afinal, talvez fosse possível tornar Prince Albert seu lar. Com Laura e Annie, Alexena e Lottie – até mesmo Frank –, parecia que estava se tornando parte de um grupo novamente.

Maud lamentou que Will não tivesse vindo. Ele era tão parte do sucesso quanto qualquer outra pessoa.

– Will vai ficar em Laurel Hill esta noite? – perguntou Maud a Laura quando dobraram a esquina.

– Muito provavelmente – disse Laura. – Vai ficar muito escuro para voltar.

– É uma pena que ele não tenha podido ficar – disse Maud.

Laura ficou em silêncio por um momento.

– Mamãe precisa de ajuda. Ela tem muito do que cuidar no rancho e com todos nós. Comigo longe, sei que é mais difícil para ela, mas ela quis que eu terminasse a escola neste ano.

– Ela se preocupa com a sua educação – disse Maud.

– Ela era professora antes de se casar – disse Laura. – Se fosse pelo meu pai, eu teria deixado a escola no ano passado. Principalmente depois que minha irmã morreu. Mamãe ficou doente por um tempo.

– Sinto muito, Laura – disse Maud. – Eu não sabia.

Laura parou de andar e olhou para o rio congelado.

– Foi pouco antes de você chegar aqui. Não falamos muito sobre isso.

Elas ficaram em silêncio por alguns instantes.

– Mamãe disse que queria que eu aproveitasse minha liberdade enquanto pudesse – disse Laura depois de um tempo. – Estou muito grata por poder estudar arte no convento.

– Você é muito talentosa – disse Maud. – Gostei daqueles esboços que você me mostrou quando estive na casa de sua tia pela última vez.

– Faremos uma exposição em junho; você tem que ir.

Junho parecia tão distante. A essa altura, seu irmão ou irmã já teria nascido, e Maud não estaria mais na escola.

– Espero estar lá.

Laura lhe deu o braço, e as duas seguiram em frente.

Quando o grupo chegou à estação, os jovens começaram a formar pares. Enquanto um dos pretendentes de Laura, George Weir, queria sua atenção, foi Andrew Agnew quem conseguiu levá-la para um canto tranquilo perto da bilheteria. Frank tentava chamar a atenção de Alexena, mas ela nem o notou.

Pela primeira vez, Maud estava feliz em assistir a tudo sem que ninguém a notasse.

– Como é que você está sozinha? – Maud saltou ao som inesperado da voz baixa de Will.

– Pensei que você fosse ficar em Laurel Hill esta noite – ela disse, esperando que sua voz não traísse a alegria em vê-lo.

– Assim que deixei todos em casa, mamãe me disse que eu tinha feito um trabalho tão bom nesta noite que queria que eu comemorasse com meus amigos. Além disso – ele sorriu –, estou acostumado a viajar no escuro.

Maud

— Você deve ter cavalgado depressa — disse Maud.

Ele não disse nada, mas diante de seu sorriso era impossível não corar.

— Will, você veio, afinal — disse Laura, correndo para ele. — Eu estava dizendo a Maud que você provavelmente não viria.

— Então vocês estavam falando de mim — disse Will.

Maud chegou a abrir a boca, mas não disse nada.

— Estávamos nos divertindo — disse Laura, batendo no braço do irmão. — O chefe da estação me disse que um trem deve chegar em cerca de dez minutos. Vamos ter uma boa visão?

O vento frio os atingiu no momento em que pisaram na plataforma. Maud puxou o cachecol de lã sobre a boca. Will foi até a borda, onde os rastros começavam, pegou um pouco de neve, fez uma bola e a jogou no escuro. Maud o seguiu.

— Sinto muito pelo meu pai — disse ele. — Ele pode estar tão focado que esquece as boas maneiras.

— Em que ele está tão focado?

O vento abriu a porta, que bateu contra a parede, deixando sair o calor e a conversa de quem teve a sabedoria de ficar dentro.

— Ele confiou em nosso vizinho para cuidar de nossa fazenda há alguns anos, quando foi lutar na rebelião. Muitos dos homens foram...

— Sim, meu pai também foi — disse Maud.

Will se concentrou nos trilhos do trem.

— Eu era muito jovem.

Laura e Andrew caminhavam à frente deles.

Will estendeu o braço e, apesar de seu nervosismo, Maud o segurou. Ouviu-se ao longe o barulho das rodas do trem.

— Então o que aconteceu? — ela perguntou.

— Quando você faz uma reivindicação de propriedade rural, deve permanecer na terra para provar ao governo que está cultivando. Estar fora por seis meses significava que meu pai não estava.

— Mas você estava — ela disse.

– Sim – disse Will, e calou-se por alguns instantes. Maud apertou seu braço para encorajá-lo a continuar. – A reivindicação não estava em meu nome. E, como meu pai gosta tanto de me lembrar, eu ainda não era um homem.

Maud entendeu como era desapontar alguém que se ama.

– O senhor Coombs sempre quis nossas terras, como disse ao escritório da herdade. Papai conseguiu explicar o assunto, mas um tal inspetor Coon não cedeu. Meu pai teve que provar sua alegação duas vezes. Não é desculpa, mas... – Ele soltou o braço dela e se virou para encará-la. – Maud, espero que sejamos amigos – disse ele. – Desejo conhecê-la melhor.

Ela podia ver sua respiração no halo luminoso das lanternas da estação.

– E você não conhece? Minha avó diz que eu uso meu coração na manga. – Ela se afastou dele e ouviu seus passos suaves arrastando-se na neve.

– Sua avó não a conhece.

Maud riu e se virou.

– Não, mas ela acha que sim. – Ela soprou nas mãos.

– Meu pai acha que me conhece – disse ele, jogando outra bola de neve no escuro.

– Tenho certeza de que ele pensa que sim – disse Maud, perguntando-se quanto seu próprio pai a conhecia de verdade. – À maneira dele.

– Talvez. – Ele soltou baforadas de ar branco. – Ele quer que eu assuma a fazenda quando ele se for. Gosto de cuidar da fazenda, principalmente de trabalhar com cavalos – disse ele. – Mas também gosto de estudar e gostaria de ir para a faculdade, mas isso significaria voltar para o leste, e ele não pode me dispensar.

– Muitas vezes me sinto como se estivesse presa.

– Mais uma coisa que temos em comum – disse ele. Seus olhos se encontraram e, quando ele tentou dizer algo mais, um assobio estridente soou duas vezes, forçando-os a desviar o olhar.

Ao longe, Maud viu uma luz vermelha vindo na direção deles. Teria sido muito mais fácil se sua viagem pelo país a tivesse trazido diretamente a Prince Albert.

Maud

Will pegou mais neve e a jogou nos trilhos. Em seguida, fez outra bola de neve e a entregou a Maud.

– Tome – ele disse. – Acho que às vezes uma pequena ação nos ajuda a nos mantermos na direção certa.

– Tal como?

– Como se perder no cabelo castanho de alguém. – Seus olhos verdes brilharam no escuro, e ela estremeceu.

– Jogue – ele sussurrou.

Maud segurou a bola de neve e se lembrou de todos os sonhos que havia perdido desde que chegara. Talvez Will estivesse certo. Uma pequena ação poderia ajudá-la a seguir em frente. E atirou a bola de neve no escuro.

Capítulo 14

Depois do Natal, a eleição foi realizada. O senhor Montgomery conquistou um assento no Conselho Municipal com uma margem de cinquenta e dois votos. Também foi nomeado para o Conselho de Obras. Naquela noite, todos festejaram no Kinistino Lodge até as primeiras horas da manhã. Maud nunca tinha visto o pai tão feliz.

Mas a manhã seguinte era o primeiro dia de aula após as férias de Natal, e, cansada das festividades da noite anterior, Maud dormiu até tarde. Só quando Annie bateu à porta ela percebeu, com um susto horrível, que havia dormido demais. Por que ninguém a acordara?

Maud saltou da cama e se vestiu rapidamente. Enquanto descia correndo as escadas, ela deu por falta do casaco do pai; provavelmente ele já havia começado em seu novo emprego. Quando entrou na cozinha, a madrasta estava sentada à mesa, dando de comer a Katie.

– Eu estava pensando se você iria se juntar a nós hoje – ela disse.

Maud se perguntou se a senhora Montgomery a tinha atrasado para a escola de propósito.

As meninas deveriam ter voltado no momento em que saíram pela porta e viram a neve rodopiante, tão perigosa na pradaria. Mas estavam determinadas e fizeram o caminho bem devagar até o colégio.

MAUD

Finalmente, irromperam na sala de aula com os cabelos molhados de neve e os olhos ardendo por causa do vento.

– Vocês estão atrasadas, senhorita Montgomery e senhorita McTaggart – disse o senhor Mustard. – É assim que desejam começar o ano novo?

– Sinto muito, senhor Mustard – disse Maud. – Levamos muito tempo para atravessar a neve.

– É mesmo? – ele disse. – Todos os outros conseguiram chegar sem problemas.

– Nunca nos atrasamos antes – disse Maud, com as mãos cerradas de frustração.

– Com a neve pesada, esta manhã foi diferente – disse Annie. – Contando com o seu bom senso, peço que nos permita ocupar nossos lugares.

Maud tinha certeza de que o bom senso do senhor Mustard – se é que ele havia tido algum – o havia abandonado há muito tempo.

– Por favor, fique contra a parede pelo resto da manhã.

– Desculpe? – Annie disse.

– Eu disse para ficar contra a parede ou sair. – O senhor Mustard enfiou o dedo indicador no bolso do colete. – É com você.

– Se eu sair agora – disse Annie, com uma determinação que Maud nunca ouvira dela –, o senhor não me verá em sua sala de aula novamente.

– E quanto ao seu certificado de professora, senhorita McTaggart?

– Vou fazer outros arranjos.

Annie caminhou para a porta. E, se ela não ia ficar, Maud também não. Ela deu a Will um olhar simpático e seguiu a amiga.

Novamente com a cabeça abaixada, as meninas lutaram para voltar para casa em meio à neve rodopiante. Maud pediu a Annie que reconsiderasse, mas sua decisão foi definitiva.

– Vou falar com meu pai – disse ela. – Eu o ouvi mencionar que uma nova escola em Lindsay precisava de um professor.

– Vou sentir falta de ir para a escola com você – disse Maud, surpresa com suas próprias palavras. Annie podia parecer um pouco arrogante, mas sempre ficava do lado de Maud.

– Oh, você não vai se livrar de mim tão facilmente – disse Annie com um sorriso.

– Não vou deixar o senhor Mustard se dar bem – disse Maud. – Só preciso descobrir como me vingar dele.

Quando Maud chegou a casa, não havia ninguém lá, e ela se lembrou de ter ouvido a senhora Montgomery dizer algo sobre visitar a senhora McTaggart.

O que fazer? Ela certamente não queria que sua prisão começasse tão cedo – e por algo que era inteiramente sua culpa. Ela estava atrasada e fora impertinente. O pai provavelmente ficaria do lado do senhor Mustard; afinal, o professor era um velho amigo da senhora Montgomery. Mesmo que as coisas não tivessem corrido como planejado, ela precisava desesperadamente terminar o ano letivo.

Maud ficou no quarto durante toda a manhã tempestuosa e só desceu as escadas para atender a uma batida à porta na hora do almoço. Quem havia batido era um jovem ruivo com um sorriso perturbador.

– Espero que você pense em voltar para a escola, Maud – disse Will. – Sem você não vai ter graça.

Sentindo-se ousada por ficar à porta sozinha com ele, Maud convidou Will para entrar.

– Aceita um pouco de chá? – ela perguntou.

Will esfregou as mãos.

– Não posso ficar muito tempo. Preciso voltar para a escola.

– Claro – ela disse. – Mas eu me sentiria traindo Annie se voltasse.

– Não consigo imaginar você gostando de passar o dia – ele abriu os braços – aqui.

– Eu estava pensando nisso – disse ela, levando-o para a sala. – Na ideia de ficar presa aqui o dia todo. Mas como posso voltar depois do que aconteceu? O que devo fazer em relação ao senhor Mustard?

– Eu ficarei do seu lado.

Surpresa, Maud sentou-se no sofá e não disse nada por alguns minutos. Era incrível que seu próprio pai não pudesse dizer essas palavras, mas aquele jovem – aquele estranho, na verdade – estivesse disposto a ajudá-la. Ele era como um cavaleiro em um romance.

– Não posso deixar você fazer isso! – Maud se levantou abruptamente. – Isso vai lhe criar dificuldades.

Ele sorriu, e ela sorriu de volta.

– O que é a vida sem um pouco de dificuldade? Volte comigo, Maud.

Naquela tarde, Maud e Will voltaram para a escola juntos. Um senhor Mustard presunçoso, mas carrancudo, fez com que os dois ficassem depois da aula porque supostamente estavam atrasados.

Maud não disse uma palavra pelo resto do dia, o que irritou ainda mais o professor. Não importava o que o senhor Mustard fizesse, ela só acenava ou balançava a cabeça, certificando-se de ser amigável com todos os outros – até mesmo com Frank e Willie M. – e extremamente amigável com Will, que não tinha problemas para retribuir seus sentimentos.

O efeito foi o desejado. O senhor Mustard ficou cada vez mais zangado.

No dia seguinte, quando o sinal do fim do dia tocou, o senhor Mustard pediu a Maud que ficasse. Ela ouviu os colegas recolhendo suas coisas.

– Senhorita Montgomery. – O senhor Mustard se levantou de sua mesa e caminhou até a dela. Ela teve vontade de se levantar para que ele não tivesse a vantagem de ficar mais alto que ela. – Não entendo o seu comportamento. Achei que tivéssemos um acordo. – Maud apertou os lábios. Estava decidida a não falar.

Ela ouviu a porta se abrir e fechar enquanto os colegas saíam, um por um. Ele se aproximou mais, seu hálito nasal quente contra o rosto dela.

– Por que você não fala?

Ela empurrou as costas o mais possível contra a cadeira de madeira e ficou olhando para uma rachadura em uma tábua do chão, desejando que ela se abrisse e o engolisse inteiro.

– Estou tão chateado quanto você porque a senhorita McTaggart não está mais entre nós – continuou ele. – Com certeza não acho que ela esteja pronta para lecionar, especialmente quando ela age como se ainda fosse uma criança.

Houve uma confusão no corredor, e Maud desejou que um dos policiais estivesse trazendo alguém para passar a noite na prisão, como Annie lhe contara.

– Você sabe que o único motivo pelo qual eu a mantenho aqui depois da aula é minha preocupação mais sincera com seu bem-estar. – Ele se sentou na mesa ao lado, a mesa de Annie, e se inclinou para ela. Maud se encostou ainda mais na cadeira e não se mexeu.

– Você pode ir, mas espero ver um comportamento melhor de sua parte amanhã.

Maud não conseguiu sair da sala rápido o suficiente e, quando entrou no corredor, encontrou – para sua surpresa – Will encostado na parede, os braços cruzados contra o peito.

– Você está bem? – ele sussurrou.

– Olá, Will – disse Maud, um pouco mais alto do que provavelmente seria adequado a uma dama, o que lhe pareceu ainda mais alto porque não tinha falado a tarde toda.

– Olá, Maud – disse ele, muito mais alto. – Posso acompanhá-la até sua casa?

– Seria muito gentil – disse ela, e murmurou: – Obrigada.

O senhor Mustard espreitou pela porta, carrancudo. Will se aproximou de Maud e pegou os livros dela, colocando-os no banco na frente do cabide dos casacos. Ela não conseguiu enfiar o braço na manga do casaco.

– Aqui – Will disse, e a ajudou a vestir o casaco, as mãos parando por um momento em seus ombros antes de lentamente deslizá-las pelas costas de Maud e se afastar. Ela não se atreveu a dar uma olhada no rosto do senhor Mustard.

Poucos minutos depois, Will e Maud estavam em segurança longe da escola, enfrentando a neve.

– Esse homem precisa de uma boa surra – disse Will, a mão enluvada roçando a manga de Maud enquanto ele pegava seus livros.

– Não sei o que fazer. – Suas botas deixavam marcas na neve. – Ele não é um bom professor. É temperamental e intolerante e não sabe o que está fazendo. Chicoteia aqueles meninos, nos mantém depois da aula sem motivo. – Will ergueu uma sobrancelha. – Bem, está certo; não estamos ajudando, mas ele é insuportável. Ninguém fará nada porque ele é o professor e a ordem dele é lei. Admiro-me de ter aprendido alguma coisa na classe dele.

– Acho que você será uma excelente professora – disse Will, e pigarreou.

Ela se virou para o rio congelado.

– Eu seria uma professora melhor se tivesse uma instrução melhor.

– Prometo fazer o que puder para ajudá-la na escola – Will disse quando eles se aproximaram da porta da frente da casa dela.

– E quanto ao senhor Mustard?

– Vamos continuar fazendo o que fizemos hoje. – Ele se aproximou um pouco mais. – Como se fôssemos bons amigos.

Então não eram bons amigos? Ela manteve o olhar firme.

– Meu amigo Nate e eu costumávamos usar um código cifrado para trocar bilhetes.

A expressão de Will ficou séria.

– Não vou repetir coisas que você fez com outro menino.

Claro que ele não iria. Ela expirou o ar gelado.

– Não foi isso que eu quis dizer.

Will esfregou as mãos.

– É realmente algo que deixaria o senhor Mustard louco – disse ela. – E, enquanto isso, vou ignorá-lo. Só vou falar com ele quando for absolutamente necessário.

Pelo menos o plano deles podia mantê-lo afastado.

Nas duas semanas seguintes, Maud ficou completamente em silêncio na escola e só falava com o senhor Mustard quando necessário. Will e Maud começaram a trocar bilhetes, mantendo essa atividade habilmente escondida do professor, que implorava que ela quebrasse o silêncio. Sua resposta foi o total silêncio.

Depois daquele primeiro dia de volta à escola, o senhor Mustard não a visitou, o que foi uma bênção – e um incentivo para continuar. O silêncio valia a pena se significasse que ele ficaria longe.

Mas estava ficando cada vez mais difícil mantê-lo. Um dia, no final de janeiro, o senhor Mustard perguntou a Maud sobre Tennyson, e ela simplesmente não conseguiu ficar calada. Foi um erro grave, porque naquela noite o senhor Mustard estava de volta à Villa Eglintoune.

– Vai me deixar entrar, senhorita Montgomery? – ele perguntou, sorrindo como se nada tivesse acontecido entre eles.

Maud desejou que a senhora Montgomery pelo menos aparecesse, mas ela havia subido logo após o jantar, recusando-se a descer.

Era como se o pai e a madrasta quisessem que aquele homem tedioso e pedante a cortejasse. Ela não duvidaria disso em relação à madrasta, mas o pai? Não. Certamente não. No final, não havia nada que Maud pudesse fazer a não ser deixar o homem entrar.

Capítulo 15

As nevascas de janeiro na pradaria se consolidaram no auge do inverno, e Maud não dormiu mais durante a noite; sua mente girava com memórias e sonhos perdidos. As dores de cabeça estavam de volta, mais dolorosas do que antes. Às vezes, tudo que ela conseguia fazer era sair da cama.

Uma noite, no final do mês, Maud acordou de um pesadelo que a deixou com uma sensação de frio e abandono. E então tudo voltou: o que tinha acontecido no início daquela noite, quando voltara para casa depois de visitar Will e Laura.

O pai a chamou quando ela subia as escadas, e ela sentou-se ao lado dele no sofá amarelo-queimado da sala. Ele parecia velho e cansado.

Maud colocou o xale sob o queixo.

– O que há de errado?

Ele deu um suspiro dolorido.

– Tenho algo difícil para lhe contar. – Ele colocou as mãos sobre as dela. – Odeio perguntar, mas... caso... Katie... – Ele a soltou e segurou a cabeça entre as mãos.

Maud colocou a mão no ombro do pai.

– O que aconteceu?

O pai esfregou o cabelo e olhou para ela.

– Preciso que você diga a Katie que Pussy fugiu.

– Fugiu? – Maud tinha visto o patife pela manhã, quando ele perseguia um rato na cozinha. – Está tão frio lá fora; ele não vai durar a noite toda.

Os olhos do pai a lembravam do Rio Saskatchewan congelado. Maud estremeceu.

– O que você fez?

– Fui obrigado, Maudie. Ela estava preocupada que ele machucasse o bebê.

O que a senhora Montgomery o obrigara a fazer?

– Eu o afoguei.

Afogara-o! Maud engoliu as lágrimas que lhe subiam pela garganta. Pussy era um animalzinho velho e mau, mas um bom companheiro.

– O gato estava tendo muitos ataques – disse ele.

Essas coisas podem ser treinadas por um gato, se a pessoa souber lidar com elas. Claramente, a senhora Montgomery não estava disposta a isso – nem o pai.

– Você entende, não é? – ele disse.

– Sim – ela murmurou e correu escada acima tão rapidamente que quase tropeçou.

Ao pé da porta do quarto estava um rato morto.

Sua pele se arrepiou, e ela conteve um grito. Pussy devia tê-lo deixado em algum momento entre aquela manhã e...

Seu queixo tremeu.

Como quando seu diário foi descoberto pelos avós, era como se ela estivesse se observando de cima. Lentamente ela puxou o lenço enfiado na manga e, engolindo a bile, colocou o rato morto no lenço, amarrando-o com força. Em silêncio, caminhou até a varanda dos fundos e o enterrou na neve.

Agora, uma sensação avassaladora de estar perdida rastejou até seu coração e permaneceu por tanto tempo que mal conseguia respirar. Ela abriu uma pequena fresta na janela, permitindo que o ar frio entrasse. Então, foi até a escrivaninha e pegou seu diário, caneta e tinta.

Maud não tinha escrito muito. A explosão de energia de meses antes havia desaparecido, e em seu lugar havia fadiga e vontade de dormir. Havia o poema que ela havia escrito para Pensie, seu diário e cartas para casa, mas ela não se permitira soltar a imaginação.

Maud foi até a janela gelada. Naquela manhã escura, escreveu sobre o rio congelado e como os choupos fantasmagóricos o abraçavam. Escreveu seus pensamentos sobre Pussy e as visitas indesejadas do senhor Mustard, sobre como tudo parecia fora de controle.

Em seguida, escreveu sobre algumas das coisas boas. Lembrou seu primeiro estudo bíblico no início da semana e escreveu sobre ele. A princípio estava cética, preocupada com que parecesse muito a Escola Dominical, que era mais uma oportunidade de ouvir no que acreditar do que de discussão e reflexão. Tendo crescido na casa dos avós, fora desencorajada a questionar. Mas logo percebeu que era na verdade uma oportunidade para uma discussão teológica e intelectual.

O novo ministro, o reverendo Rochester, explorava um capítulo ou salmo diferente a cada semana, mas também incentivava seus alunos a liderar as discussões. A vez de Maud seria em duas semanas. A ideia a emocionou e a assustou. A avó diria que uma garota de 16 anos discutir teologia era uma blasfêmia.

Ouvindo o reverendo, Maud imaginava a mão de Deus tecendo e escrevendo o mundo. Quando escrevia, ela sentia como se estivesse fazendo algo semelhante, embora nunca tivesse tido a presunção de se comparar a Ele. Mas criar um mundo de personagens que falassem com ela, compartilhando as histórias que ela conhecia e amava, essa era a sua vocação. Na maioria das vezes, não sentia que tinha controle sobre nada, a não ser sobre suas palavras.

O estudo bíblico havia terminado com um hino: *Guie-nos, luz benigna*. Ela já o havia cantado antes, é claro, mas naquela noite foi como se o ouvisse pela primeira vez. Como tantas vezes acontecia quando relia seus livros e poemas favoritos, ela descobriu algo novo. "A noite está escura, e estou longe de casa." Ela estava tão longe de tudo que amava... e tinha tido planos de morar com o pai e ir para a escola, talvez ter uma boa educação e ir para a faculdade. Nada disso era como ela acreditava que seria. Quase podia ouvir a avó dizer: "Está tudo nas mãos da Providência".

Maud tinha ficado entre Will e Laura enquanto cantavam. A senhora Rochester tocara o pequeno órgão de tubos, sua voz soando acima de todas as outras. Houve momentos na vida de Maud em que ela podia sentir o poder da oração, quando a palavra e a música envolviam sua alma. Aquele fora um deles. Quando todos cantaram "E com a manhã sorriem aquelas faces de anjo", Will e Laura se viraram para Maud e sorriram. Ela retribuiu o sorriso, e era como se eles estivessem compartilhando uma verdade oculta. Um saber.

Agora, ali no escuro, Maud desejava algum momento de clareza – algo que a tranquilizasse de que não ficaria para sempre no escuro, para sempre presa entre o que desejava e o que se esperava dela.

Acompanhando o hino mentalmente, ela sentiu aquele arrepio de saber: "Com o amanhecer sorriem aquelas faces de anjo/Que há muito eu amava e perdi por um tempo".

Era o mesmo que sentira quando viu Laura pela primeira vez na igreja, a sensação de que eram almas gêmeas.

Talvez não fosse o que ela a princípio acreditava que aconteceria, mas nunca teria sonhado com a amizade de Laura e Will. E, ainda assim, ali estavam eles.

– Lidere – disse ela para a noite escura, a lua e as estrelas. – Lidere.

Capítulo 16

Certa manhã, no final de janeiro, os Montgomerys receberam uma visita inesperada. O líder do Partido Liberal federal veio fazer uma visita ao senhor Montgomery, e os dois passaram várias horas no escritório do pai de Maud. Quando saíram, os olhos do pai tinham aquele olhar de aventura, e ele declarou que estava ingressando na política federal e concorreria na chapa liberal.

– Tem certeza de que isso é sensato, Hugh? – disse a senhora Montgomery. – Você sempre foi um defensor ferrenho dos conservadores, até mesmo ajudou na campanha do senhor Macdonald. Agora ele vai ser seu oponente. As pessoas vão achar que você está sendo oportunista.

– Confie em mim, Mary Ann – disse Hugh. – Eles vão votar no homem, não no partido.

Maud percebeu que o pai estava animado com aquela nova oportunidade, mas não sabia ao certo o que pensar. Durante toda a vida, o pai e o avô foram conservadores. Além disso, os cargos ocupados pelo pai não lhe tinham sido atribuídos por favor do primeiro-ministro Macdonald e seu partido? Ele devia saber o que estava fazendo.

Mas, antes que o pai pudesse começar a campanha, a chegada de seu irmão caçula tomou conta da casa. O pai parecia tão orgulhoso quando a senhora McTaggart trouxe um bebê adormecido, Bruce, para a sala de estar, todo rosado, envolto na manta que Maud havia tricotado durante todas aquelas longas noites em que fora forçada a ouvir o senhor Mustard.

Nas primeiras semanas após a chegada de Bruce, a senhora Montgomery também estava feliz. Ela sorriu e foi até gentil com Maud, agradecendo-lhe por tudo o que havia feito. Talvez o comportamento grosseiro da madrasta fosse causado pelo cansaço da gravidez.

O pai falava alegremente sobre um futuro brilhante, seus negócios e as eleições. Não comentou o fato de o jornal o estar chamando de "traidor" ou de as pessoas o criticarem por "mudar de lado", como a madrasta o havia advertido.

Maud não foi à escola nem viu os amigos naquelas primeiras semanas. Ela se aconchegava na cama com os dois irmãos. Não se cansava de admirar os dedinhos e o nariz de Bruce. Katie se aninhava ao lado deles, estendendo os braços para segurá-lo como se ele fosse uma de suas bonecas.

– Meu! – ela dizia.

– Ele é nosso – Maud dizia, deixando a irmãzinha acariciá-lo.

Naqueles momentos de silêncio, Maud quase acreditou que um lar tranquilo era possível.

Infelizmente, as previsões da senhora Montgomery estavam certas, e na primeira semana de março a notícia saiu. O pai havia perdido a eleição.

O pai tinha estado tão feliz e divertido desde o nascimento de Bruce, mas agora perdera a alegria. Isso a preocupou. O que isso significaria para eles? Seu negócio de leiloeiro seria suficiente para sustentá-los?

Com o passar das semanas, o pai e a madrasta discutiam cada vez mais. Brigaram sobre voltar para Ontário, algo a que o pai era a favor, mas a senhora Montgomery se opunha veementemente. Brigavam por dinheiro, principalmente por causa de "pessoas extras na casa que não contribuíam com nada".

Era demais – para não dizer injusto. Agora que ela havia parado de ir à escola e ajudava com Katie e o bebê em tempo integral, estava mais ocupada do que jamais imaginou, preparando as refeições, lavando a roupa e limpando a casa. Maud amava os irmãos, mas não era assim que via seu futuro. Aproveitando o fato de o pai ter contratado uma garota *métis* muito calada chamada Fannie, perguntou-lhe se podia voltar para a escola, pelo menos para terminar o ano. Embora a senhora Montgomery reclamasse que não queria ficar sozinha em casa com os filhos e com a criada como companhia, o pai permitiu que Maud voltasse.

– Pelo menos você pode dizer que terminou o que começou – disse ele.

Maud deu um salto e abraçou o pai.

Mas o afastamento romantizou as memórias de Maud sobre o colégio. Assim que chegou lá e viu o senhor Mustard e seu bigode fino, percebeu que nada havia mudado.

O primeiro dia de volta foi ladeira abaixo rapidamente. Primeiro, Will lhe passou um bilhete, convidando-a a andar de tobogã naquela noite, mas dessa vez o senhor Mustard viu e a forçou a mostrá-lo a ele. Depois de dizer que ela estava "perdendo seu tempo", determinou a detenção de ambos.

Então Douglas entrou ensopado por ter sido empurrado na neve, e o senhor Mustard o fez ficar de castigo no canto por estar atrasado.

Enquanto os alunos trabalhavam de má vontade na lição de Geografia, Maud flagrou o professor olhando desamparadamente pela janela, como de costume... mas havia em sua expressão uma nova sombra escura que a assustou.

Frank e Willie M. se comportaram como de costume, brigando e se se provocando quando deveriam estar estudando – mas, como sempre, ninguém estava de fato estudando. Talvez fosse porque Frank já havia sido avisado de que suas "explosões" teriam "consequências terríveis", ou talvez fosse porque o senhor Mustard olhava pela janela por mais tempo que o normal, mas, quando Willie M. empurrou Frank mais uma vez, o senhor Mustard foi até eles, agarrou Frank pelo colarinho e o empurrou contra a parede. Frank agarrou os braços do professor, puxando-os de cima dele, e girou...

Maud se virou. Não conseguia assistir. Enterrando a cabeça entre os braços, ficou olhando para a rachadura no assoalho enquanto ouviu um tapa, depois outro e depois um grunhido. Alguém – Willie M.? – gritou, mas então ouviu-se a pancada da régua contra a pele, e tudo ficou em silêncio.

Poucos minutos depois, o senhor Mustard os dispensou.

Tinha acabado. Maud ergueu lentamente a cabeça para ver Frank dobrado de dor e Willie M. esfregando a mão na perna. O assoalho rangeu quando Frank caiu de joelhos.

Ela se sentiu mal. Nunca tinha visto tanta violência em uma sala de aula. Mas então sentiu uma mão familiar em seu ombro.

– Maud – disse Will. – Você está bem?

– Will, eu...

Sua cabeça parecia estar atolada na lama.

– Frank levou a pior. Levou um soco no estômago – disse Will, ajudando-a a se levantar.

– Mas deu alguns golpes. Não acho que o senhor Mustard vá bater nele novamente.

Ela virou-se para o professor, que olhava de novo pela janela, os braços cruzados contra o peito e um leve hematoma se formando em seu queixo.

– Eu ouvi... – Ela engoliu em seco. Não conseguia nem descrever o que tinha ouvido.

– Venha. – Ele a guiou para fora. – Vou acompanhá-la até sua casa.

Três dias depois, Fannie saiu sem aviso prévio ou motivo, deixando Bruce mais uma vez a seu cargo. Após seis meses de luta, Maud se resignou a seu destino e não voltou para o colégio.

Capítulo 17

Havia poucas pessoas em sua vida que Maud realmente odiava. Ela costumava pensar que odiava Clemmie, mas seus sentimentos em relação ao senhor Mustard eram totalmente novos. A bile subia à sua garganta quando o via. Após o incidente brutal na escola, ela nunca se sentiu segura com ele. Desejava nunca mais vê-lo. Mas, agora que ela não era mais sua aluna, ele parecia ainda mais inclinado a vir quase todas as noites, ficando às vezes até as onze horas. Mesmo com a eleição encerrada, o pai ainda encontrava desculpas para sair, e muitas vezes a senhora Montgomery o acompanhava, deixando Maud cuidando de Bruce e Katie sozinha.

Em seu diário, Maud tentou superar sua aversão transformando seu ex-professor em uma figura de comédia. Foi fácil, pois ele era tão estranho e não tinha ideia de como ler os sinais sociais.

O pior – se é que alguém podia ficar pior do que ser um ser humano deplorável – era que o senhor Mustard era insuportavelmente chato. Todas as noites era a mesma conversa, as mesmas histórias que Maud já ouvira pelo menos mil vezes. Se não falasse sobre a construção da nova igreja presbiteriana, era sobre quanto ele detestava jogar cartas e dançar.

A conversa acabava levando a seus dias de escola e, em seguida, à ancestralidade e à nomenclatura.

Pior ainda, as pessoas na igreja estavam começando a falar sobre uma suposta ligação entre eles. No grupo de estudos bíblicos, a senhora Stovel e a senhora Rochester perguntaram a Maud se as coisas estavam sérias com o senhor Mustard.

Ela precisava falar com o pai.

Algumas semanas depois de sair da escola, Maud encontrou o pai examinando alguns papéis de leilão em seu escritório.

– Pai, sei que você está ocupado, mas preciso desesperadamente falar com você – disse ela.

O pai largou os papéis com um sorriso cansado.

– Bem, eu preciso de uma distração dessas contas. Como posso ajudar?

Maud demorou a explicar toda a história da corte obstinada e enfadonha do senhor Mustard, certificando-se de manter um tom sereno. Não queria que seu ódio colorisse suas palavras.

– O senhor Mustard é um professor, Maud – disse o pai. – Provavelmente dará um bom marido.

– Marido! – disse Maud. Ela tinha apenas 16 anos! – Esse homem é um chato.

O pai deu uma risadinha.

– Não seja indelicada, Maud. Sei que Mustard é um pouco, digamos, estranho, mas sua madrasta pode atestar o bom caráter dele.

Dado o caráter da madrasta, Maud tinha dúvidas sobre esse endosso. Ela teve que tentar outra tática.

– Vovó nunca me deixaria ficar sozinha com um homem.

O pai odiava ser comparado à avó, e a ironia à sua esposa era inconfundível. O pai pegou a caneta e mergulhou-a na tinta.

– Talvez. Eu confio em você, Maud. Você cresceu nos últimos meses, assumindo mais responsabilidades. – Ele deu a ela um longo olhar. – Está se preparando para uma vida como mãe e esposa.

Maud

Mesmo que a madrasta quisesse que ela se prendesse ao senhor Mustard, Maud não conseguia imaginar que o pai... não. Ele não gostava do senhor Mustard.

– Não me sinto desse modo em relação a ele – disse ela, quase engasgando com as palavras.

– Se você não está interessada, precisa dizer a ele. Não é adequado dar esperanças a um homem. As pessoas vão falar se uma mulher der a um homem a ideia errada. – Ele pegou a caneta novamente.

Mas ela tinha feito tudo que estava ao seu alcance para dissuadir o senhor Mustard. Tinha sido rude com ele dentro e fora da escola. Também havia Will.

– Não sei o que mais posso fazer – disse ela. Não era possível dizer a ele diretamente. Isso seria muito desagradável para os dois.

– Você é uma jovem inteligente – disse ele. – Agora, preciso voltar a isto.

Maud deixou o pai com os papéis e foi para o quintal.

Tudo estava tão fora de controle. Sentada em um tronco de madeira, Maud se enrolou no xale e permitiu que algumas lágrimas silenciosas brotassem. Ela andava chorando muito ultimamente. E, a cada vez, sabia o que a avó diria: estava sendo muito sensível.

– Você está bem?

Maud ergueu os olhos e viu Laura parada ali, confortavelmente envolvida em seu xale quente.

– Está muito frio para estar fora de casa – disse Maud.

– Eu poderia lhe dizer a mesma coisa. – Laura pegou um grande tronco redondo, sentou-se e beijou a amiga no rosto – O que há de errado?

– Nada com que você precise se preocupar.

– Nada com que eu deva me preocupar! – Laura colocou o braço em volta de Maud. – Minha amiga está chorando no frio e não devo me preocupar.

Apesar de tudo, Maud riu.

– Eu realmente não quero incomodar você.

– Por favor – disse Laura – Não foi você quem disse que somos almas gêmeas? Se você não pode contar com sua alma gêmea, com quem poderá contar?

Maud desenhou na lama congelada com a bota. Sempre havia muita lama em Prince Albert. Ela também estava cansada disso.

– É sua madrasta? Ela está exigindo muito de você?

– Esse é meu destino aqui – disse Maud com um sorriso irônico. – Mas não, é outra coisa.

Laura ficou quieta. Elas ouviram o gelo se quebrando no rio.

– Meu pai disse que seria um bom partido. – Ela enterrou a cabeça no xale de Laura. – Talvez eu esteja errada?

– Quem? Seu antigo professor?

Maud ergueu a cabeça.

– Eu o vejo aqui quase todas as noites. Ele é persistente. – Laura deu um sorriso malicioso para Maud. – Will não está feliz. – Ela tocou no rosto de Maud, que voltou a se enterrar no xale macio. – Mas eu a conheço e sei que, se isso a deixa tão chateada, é porque nada fez de errado.

– Sinceramente, não sei o que fazer – Maud fungou. – Mostrei desinteresse, fui rude com ele na escola e, bem, até Will ajudou a dar a impressão de que éramos... você sabe. – Sua bota rachou a lama congelada.

– Não acho que você e Will estavam representando – Laura a cutucou. Maud ergueu a cabeça e deu uma risadinha. – E suspeito que isso tenha aborrecido o senhor Mustard, tornando-o mais persistente.

– Mas como posso impedi-lo? Não importa o que eu faça, ele continua vindo.

– Seu pai vai conversar com ele?

– Ele raramente fica em casa agora. – Maud percebeu que o pai nunca estivera por perto.

– Talvez você possa obter permissão para ir à nossa casa.

– Com a senhora Montgomery, nunca se sabe.

– Vou ajudá-la – declarou Laura. – Seu sorriso lembrou Maud do olhar de Will quando estava tramando algo.

– O que você está planejando?
– Qual é a coisa que deixa o bom professor mais desconfortável?
– Will e os bilhetes que trocamos – disse Maud, lembrando-se.
– Além disso.

Maud endireitou-se na cadeira e, pela primeira vez em muito tempo, acreditou que realmente podia controlar a situação.

– Qualquer coisa interessante.
– Ótimo! – Laura disse. – Vamos fazer o seu tempo aqui mais... interessante.

Maud deu uma risadinha, mas rapidamente ficou séria.

– O problema é que não há razão para suas visitas. Como vamos planejar algo se não sabemos quando ele virá?

– Deve haver um padrão – disse Laura.

Maud pensou por um momento.

– Bem, ele costuma vir às segundas-feiras, quando papai e a senhora Montgomery saem para o chalé – disse Maud.

– Então ela é um pouco conivente, não é?

– Juro... minha madrasta está por trás disso. – Maud já tinha essa suspeita, que reprimiu por muito tempo, mas que agora, ao dizê-la em voz alta, se tornava verdade.

– Ela é capaz de descer tão baixo, não é? E provavelmente acha que ele é um bom partido.

Maud riu.

– Como você sabe disso?

– Porque é o tipo de coisa que a senhora Montgomery diria.

– Até a congregação sabe. E ontem à noite papai não podia me pedir a mostarda sem rir! – Maud suspirou. – É mortificante. Odeio aquele homem. Ninguém está do meu lado.

Laura apertou as mãos de Maud e beijou-as.

– Estou sempre do seu lado.

Nas noites seguintes, Laura certificou-se de estar por perto caso o senhor Mustard aparecesse. Na primeira noite, Laura instruiu Maud a adiantar meia hora o relógio da sala para que ele pensasse que eram dez e meia quando na verdade eram dez horas.

Na noite seguinte, o senhor e a senhora Montgomery foram visitar os McTaggarts, e Laura chegou no momento em que Maud estava colocando o bebê e Katie na cama. Quando o senhor Mustard apareceu às nove horas, as duas mudaram a conversa para um debate acalorado sobre teologia e a doutrina da predestinação. Mustard a defendeu, Maud se opôs, e Laura bancou a advogada do diabo em ambos os lados, embora fosse uma crente convicta.

Mas na noite seguinte Laura ficou em casa para ajudar a mãe a cuidar dos irmãos, e Maud teve que suportar a visita miserável sozinha.

Entre cuidar dos irmãos e as visitas do senhor Mustard, Maud não estava descansando e muito menos encontrando tempo para escrever ou ler. Abatida e exausta, pegou uma tosse persistente que nenhuma quantidade de chá conseguia debelar.

Cada vez que ela pegava um livro, Bruce chorava ou a senhora Montgomery a chamava, pedindo alguma coisa. Finalmente, contrataram uma mulher para lavar a roupa, mas todas as outras tarefas foram deixadas para Maud – sem nenhuma gratidão da madrasta.

Certa manhã, ela acordou com espasmos de tosse, como se facas estivessem cravadas em seu peito, tornando quase impossível respirar. Maud se queixou com a madrasta, que prontamente disse que ela estava exagerando. Não havia trégua na rotina de tarefas diárias. E o infatigável senhor Mustard não percebeu nada, ficando até depois das onze horas daquela noite.

No dia seguinte, Maud acordou suando frio, a tosse ameaçando rasgar seu peito. Em meio a uma névoa estonteante de febre, ela pensou ter ouvido o pai dizer:

– Você está com coqueluche.

A senhora Montgomery e as crianças foram para a casa da família dela para não serem contaminadas. A tia Kennedy veio ajudar o médico e o pai a cuidar de Maud. Foi uma bênção dupla: o senhor Mustard manteve distância, e ela não teve de brigar com a madrasta.

MAUD

Às vezes o pai se sentava com ela e lhe contava algumas das velhas histórias do clã Montgomery. Sentia-se como se estivesse de volta a Cavendish, em torno da mesa dos avós, ou em Park Corner com a tia Annie. Maud quase lhe perguntou sobre o livro de notas e sobre a mãe, mas não queria perturbar a nova paz na casa. Queria que nunca acabasse.

Depois de três semanas tranquilas e celestiais com apenas ela e o pai na casa, Maud estava bem o suficiente para descer as escadas. Infelizmente, isso também significava que era hora de a senhora Montgomery voltar para casa e que as visitas do senhor Mustard provavelmente recomeçariam.

Ainda um pouco fraca, Maud entrou na sala para cumprimentar a madrasta. A senhora Montgomery estava ninando Bruce, enquanto Katie tirava uma soneca e o pai lia o jornal.

– É bom poder descer – disse Maud.

– Tenho certeza de que você aproveitou suas pequenas férias – disse a senhora Montgomery.

– Estar doente não é ter férias – disse Maud.

– E todas as coisas que caíram sobre meus ombros enquanto você dormia? – disse a senhora Montgomery. – Acho que no início você pode ter ficado doente, mas depois simplesmente queria uma desculpa para não fazer nada.

– Basta, Mary Ann! – o pai gritou. Ele nunca havia gritado.

Maud quase saltou em seus braços. Ele finalmente defendia Maud... contra *ela*.

A senhora Montgomery fechou a cara e balançou o bebê.

– Eu realmente não sei por que você está chateada – ele disse, mais calmo.

A senhora Montgomery se levantou e colocou Bruce no berço. Ele imediatamente começou a chorar. Maud tentou pegá-lo, mas a madrasta a impediu.

– Eu faço isso. Afinal, ele é meu filho. – Ela pegou o bebê. – Você a mima, Hugh. Ela foi enviada para cá para cuidar de mim e das crianças, não para andar de tobogã, participar de estudos bíblicos ou mesmo ir à escola.

Maud sentou-se em uma cadeira próxima. Estava fraca demais para ficar com raiva.

– Vim para ficar com minha nova família e ir à escola – disse ela.

– Tolinha. – A senhora Montgomery correu até ela com Bruce choramingando em seus braços. – É isso que você acha? Seus avós antiquados a mandaram embora daquele vilarejo porque você os envergonhou com seu comportamento. E, pelo que posso ver pela maneira como você anda por aí com aquele garoto Pritchard, nada mudou. Eu esperava que você finalmente pudesse ver que o senhor Mustard é um bom partido, mas você não sabe quando algo bom lhe é apresentado. Sim, está certo. Você acha que, com o magro salário de seu pai na casa de leilões e seu recente revés político, podemos nos dar o luxo de mantê-la? Nós planejamos que você pudesse encontrar um bom partido que pudesse sustentá-la.

– Mary Ann...

– Não, Hugh. Já tolerei tudo o que podia dessa garota.

O pai passou as mãos pelos cabelos.

Todo o corpo de Maud, enfraquecido pela doença recente, tremia como uma bétula em meio a uma tempestade de inverno. Devia ser assim a verdadeira indignação.

– Acho que não posso mais morar aqui, pai – disse Maud. Mesmo enquanto seu corpo tremia, sua voz era sólida e segura. – Vou escrever para a vovó e ver se ela está disposta a me aceitar de volta.

– Maud... eu... – Ele olhou para as próprias mãos, abertas sobre os joelhos, como se estivesse se rendendo. – Talvez seja melhor.

Capítulo 18

O dia seguinte foi péssimo. O pai passou o dia inteiro trabalhando em seu negócio de leiloeiro, e a senhora Montgomery se trancou em seu quarto. Mas naquela noite Maud escapou e pediu a Laura e Will que caminhassem juntos pela River Street. Quando contou a eles o que tinha acontecido e que iria embora, Laura começou a chorar, e Will murmurou algo que Maud não conseguiu entender e correu em direção ao rio.

– Não sei quando irei. Tudo depende da vovó e do avô Macneill. – Ela fez uma pausa. – Do que eles vão dizer. Se vão me aceitar de volta.

Laura abraçou Maud com força e beijou-a no rosto.

– Eles amam você – disse ela. – Tenho certeza de que, depois que você contar a eles...

– Pode ser. – Parecia certo ter a cabeça apoiada no ombro da amiga, ouvindo a quebra silenciosa do gelo. Como tudo dera tão errado?

Depois de alguns momentos, Laura e Maud se separaram. Enxugando os olhos, a amiga disse:

– Temos você aqui agora. Então vamos aproveitar e passar o máximo de tempo possível juntos.

Maud sorriu. Laura sempre tinha a coisa certa a dizer.

Mas, enquanto as duas amigas olhavam o reflexo espelhado do crepúsculo na pradaria, observando Will caminhar ao longo do rio, Maud não pôde deixar de notar como a luz carmesim acentuava seu cabelo ruivo. Ele definitivamente tinha um jeito que a intrigava e intimidava. Isso a fez querer conhecê-lo melhor. Isso a fez querer andar até ele e passar as mãos por seu cabelo ruivo.

– Acho que Will se permitiu se aproximar muito de você – disse Laura depois de um tempo. – Agora você está partindo sem a menor ideia de quando... ou se... retornará.

– Vocês poderiam me visitar... – Mas, quando disse isso, Maud percebeu que a possibilidade seria tão remota quanto a aceitação da senhora Montgomery.

Laura repetiu seus pensamentos.

– Tudo o que temos é o agora. Até que a Providência nos mostre o contrário. – Uma mecha solta do cabelo de Laura se projetou sob o chapéu e balançou ao vento.

– Vou sentir sua falta. – Maud a abraçou novamente, apreciando o conforto do toque da amiga. – A ideia de não ver você todos os dias faz meu coração doer.

Elas permaneceram assim abraçadas por muito tempo, enquanto Will se afastava, imerso em seus pensamentos.

– Eu fiz de novo – disse Maud quando elas se separaram e deram-se as mãos.

– Fez o quê?

Maud não respondeu. Não tinha forças para falar sobre Nate, e trazê-lo à conversa não era certo para aquele momento. Ele era o garoto do passado, uma tristeza que ela não conseguia desfazer. Mas ali ela tivera a oportunidade de fazer as coisas de forma diferente. Will não era Nate. Will era... Will. Ele havia mantido o senhor Mustard afastado durante a escola, submetendo-se ao risco do chicote, e fez mais por ela do que seu próprio pai – mesmo que ela não quisesse admitir.

MAUD

Como se tivesse ouvido seus pensamentos, Will voltou lentamente para ela. Laura soltou a mão dela e seguiu à frente; como os pedaços de gelo quebrando-se no rio, os irmãos trocaram de lugar.

Maud sentiu o vento suave levar embora o laranja do céu junto com quaisquer reservas que um dos dois tivesse. Por um momento, foi como se ela estivesse diante das falésias da costa de Cavendish, com Will respirando ao seu lado.

Will pegou a mão de Maud. Aconteceu tão rapidamente; se ela tivesse tido um segundo para pensar, poderia ter-se afastado com medo. As mãos dele estavam frias do ar da primavera e ligeiramente ásperas do trabalho no campo.

Ele sussurrou:

– Se vou ter o prazer da sua companhia por apenas mais alguns meses, maldito seja eu se deixar esta mão longe de mim.

Ele aspirou o vento.

– Maud, quer cavalgar comigo neste sábado?

O sol poente brilhou contra o gelo quando ela se virou para encará-lo. Mais uma vez ela teve de se conter para não passar a mão por seus cabelos ruivos.

– Se eu puder escapar – ela conseguiu dizer – e papai permitir...

E, quando o crepúsculo se ergueu na última curva do sol, Laura pegou a outra mão de Maud, e os três se balançaram com o rio, em silêncio.

Naquele sábado, para desgosto da senhora Montgomery, o pai deu permissão a Maud para sair com Will. Embora ela soubesse que a avó nunca lhe permitiria sair com um rapaz sozinha, a verdade é que, depois de todas aquelas noites a sós com o senhor Mustard, havia pouco que o pai pudesse dizer contra isso. Além disso, os Pritchards eram uma família respeitada na comunidade.

Will foi buscar Maud depois do jantar. Vestia uma camisa azul recém-passada (que acentuava seu cabelo ruivo), calça marrom, seu casaco de primavera e chapéu de domingo. Maud vestira sua saia de verão preferida, em xadrez marrom e vermelho, e um corpete branco com gola de renda. Completou o traje com um chapéu marrom claro, que enfeitou com flores da pradaria. A charrete era puxada por um novo cavalo chamado Platão, com uma juba escura e exuberante e uma atitude arisca.

– Aonde devemos ir? – Will perguntou, estalando as rédeas.

Maud refletiu sobre o caminho.

– Precisamos ter um destino certo?

Will sorriu.

– Tenho uma ideia. – Eles partiram, margeando o rio em direção a Goschen, o posto comercial na Baía de Hudson, a leste da cidade. Quando passaram por ele, Will entregou as rédeas a Maud.

– Nunca conduzi antes.

Will sorriu.

– Estou surpreso que isso a possa impedir.

Ela pegou as rédeas e as segurou com força. Era ao mesmo tempo uma sensação poderosa e assustadora ter a vida essencialmente nas patas daquele cavalo. Um movimento em falso e ela poderia levá-los a um atoleiro.

– É uma questão de equilíbrio. – Will colocou as mãos sobre as dela, e ela afrouxou o aperto. – Deixe o cavalo guiá-la, mas você também precisa estar no controle.

– Fácil – ela murmurou, e ficou um pouco triste quando Will a soltou. Ainda assim, estava gostando de dirigir e, depois de um tempo, começou a permitir que o cavalo os conduzisse pela estrada.

Era um dia lindo: o céu estava de um azul nítido, e os choupos balançavam com a brisa suave. Eles pegaram uma estrada em direção ao Lago Maiden, um parque a seis quilômetros de Prince Albert.

– Quando o tempo esquenta, há algumas boas trilhas – disse Will, apontando na direção do parque. – E, como no ano passado houve uma série de piqueniques, talvez tenhamos mais.

Ela ainda estaria em Prince Albert para fazer um piquenique?

– Parece agradável.

Em silêncio, eles cavalgaram para o sul em direção ao parque.

— É difícil falar e dirigir — disse Maud a certa altura, pensando que não estava sendo uma boa companhia.

— Vai ficar mais fácil — disse Will. — Quando você confiar em si mesmo. E em Platão.

Mas Maud deu as rédeas a Will.

— Se você não se importa, prefiro aproveitar esta vista enquanto conversamos. Na nossa ilha, sempre nos disseram que as pradarias eram muito planas, mas não aqui. Existem penhascos e colinas tão bonitos.

— É bonito, não é? — ele disse, e ela tinha certeza de que ele estava olhando para ela. Eles passaram por mais algumas árvores. — Não sei se deveria lhe perguntar isso, se estou bisbilhotando, mas gostaria de saber como foram as coisas com seu pai.

— Elas são o que são — disse ela.

— Você quer permanecer misteriosa?

Ela queria? De certa forma, não queria esconder nada daquele jovem. Mas isso significaria não esconder nada de si mesma.

— Alguns anos atrás, cerca de quatro, eu suponho, eu estava hospedada na casa de meu avô Montgomery em Park Corner, e meus tios conversavam sobre meu pai. — Os olhos de Will permaneceram nela, como se a encorajassem a continuar. — Por que estou lhe contando isso?

— Nós somos amigos — disse Will. — E você pode confiar em mim.

Ela sabia que isso era verdade.

— Meu pai viajou por vários anos, e sempre acreditei que ele iria me buscar, mas meus tios diziam que meu pai era irresponsável. — Ela se lembrou de como queria ir até a sala de jantar e defender o pai, mas permaneceu escondida na cozinha. — Acho que foi por isso que o vovô Montgomery ficou tão satisfeito em vê-lo seguir seus passos na política. Mas, agora que ele perdeu a eleição, as coisas não são mais as mesmas... — Ela deixou sua voz morrer.

— Somos ensinados a honrar nossos pais — disse Will. — Nem sempre é fácil.

— Seu pai?

Ele assentiu.

– Na verdade, coloquei na cabeça a ideia de perguntar a ele sobre ir para a faculdade de Medicina, e você sabe o que ele me disse?

Maud podia imaginar, mas balançou a cabeça.

– Ele disse que não havia dinheiro para a extravagância e que meu dever era para com ele e Laurel Hill. – Maud sentiu uma vontade repentina de segurar a mão dele, mas desistiu.

– Sinto muito, Will.

Ele encolheu os ombros.

– Pelo menos posso trabalhar com cavalos, como com Platão. Veja, ele se saiu bem hoje. – Ele estalou as rédeas. – Espero que possamos sair com ele novamente algum dia.

– Eu adoraria.

Capítulo 19

Enquanto esperava uma resposta de Cavendish e continuava a ajudar a senhora Montgomery, cuidando dos irmãos e fazendo suas tarefas, Maud também planejava dar algum significado ao resto de seu tempo em Prince Albert – algo de que a senhora Montgomery pudesse reclamar.

Maud continuou a frequentar as reuniões semanais do grupo de estudos bíblicos do reverendo e da senhora Rochester na mansão e a dar aulas na Escola Dominical. Estar com Will e Laura foi um alívio muito bem-vindo da forte tensão da Villa Eglintoune e das visitas persistentes do senhor Mustard. E, mais de uma vez, Will levou Maud (e às vezes Laura) para passear com Platão nas tardes de domingo depois da igreja. Ela mal podia esperar por aquelas tardes em que podia escapar com segurança e desfrutar de um alívio do choro e dos gritos contínuos.

O pai e a senhora Montgomery não saíam tanto quanto antes. Certa noite, Maud ouviu a madrasta dizer que gostaria de ter sabido a verdade sobre o marido, porque nunca teria se casado com ele e ficado presa naquela "cidade esquecida por Deus". Embora também estivesse decepcionada com o pai, Maud não pôde deixar de se irritar com as palavras da madrasta. Ela não conseguia ver que o pai estava se esforçando, procurando trabalho e focando mais sua atenção no negócio de leilões? Nada disso era bom o suficiente para ela.

Maud, Laura e Will aproveitavam ao máximo a primavera, que havia colorido de verde a pradaria marrom. Às vezes Andrew se juntava a eles. Em um sábado, os quatro caminharam ao longo do rio em direção a Goschen, até a galeria de fotos Strachan. Will e Maud admiravam as fotos enquanto Laura e Andrew caminharam até o rio.

– Você deveria tirar sua foto antes de ir – Will sussurrou.

– Isso seria bastante extravagante – disse Maud. – Duvido que meu pai pague por isso.

Seus rostos espelhados no vidro lembraram a Maud um retrato de seus avós, deixando-a desesperadamente triste porque ela e Will nunca fariam uma foto juntos.

– Você faria uma? – ela perguntou. – Para mim?

No reflexo da janela, Will disse:

– Quando eu economizar o suficiente, será a primeira coisa que farei. Ele roçou o dedo mínimo contra a palma da mão dela, e a intensidade de suas palavras, seu toque, seu olhar, tudo foi muito forte. Ela se virou em direção ao rio.

Laura e Andrew continuavam absortos na conversa.

– Maud?

Ela lentamente se virou para encará-lo.

– A próxima foto que eu tirar será para você.

Quando Laura e Andrew voltaram, os quatro caminharam para a casa dos Kennedys, onde Andrew se despediu, pois tinha que ajudar o pai na loja.

Maud observou o sol âmbar mergulhar a pradaria em fogo. Tinha sido uma tarde perfeita.

Olhando para o céu, ela foi repentinamente tomada pelo desejo de contar nove estrelas. Mas o deixou passar. Isso pertencia ao passado e acontecera com outra garota. Ela percebeu quantos tipos diferentes de garotas ela era ou poderia ser.

Maud

Laura e Maud sentaram-se no degrau superior da varanda da casa dos Kennedys, enquanto Will se sentou atrás delas, encostado ao baluarte lateral.

– Você não precisa voltar? – perguntou Maud. Will finalmente voltara a viver na fazenda para ajudar o pai com Courtney, o cavalo mais novo da família.

– Ainda não são nove horas – disse Will. – Tenho um pouco de tempo.

– Eu gostaria que você pudesse ir e ficar em Laurel Hill – disse Laura a Maud.

– Eu adoraria conhecer Laurel Hill. – Maud se apoiou em Laura. – Espero que a senhora Montgomery não cause problemas.

– Tenho planos para cavalgarmos – disse Will. Maud apoiou a cabeça no ombro de Laura, ciente da respiração de Will atrás dela. Ela esticou o braço para o lado, roçando levemente a varanda com a mão direita. O ar cheirava a flores da pradaria.

– Quando você for para a fazenda, vamos sair com Courtney e nos vestirmos como se estivéssemos fazendo uma visita domiciliar de verdade – disse Laura. – Não vai ser divertido, Maud?

As pontas dos dedos de Will tocaram suavemente a mão direita de Maud.

– Sim – disse ela, sem saber se estava concordando com Laura ou permitindo que Will pegasse sua mão, mas não se queixou quando ele acariciou cada um de seus dedos.

– Não sei se Courtney está pronta para vocês, senhoras – sussurrou Will ao ouvido de Maud.

Ela fechou os olhos.

– Bem, quis dizer que, quando Maud chegar, ela estará pronta.

Maud ouviu tia Kennedy na cozinha. Will não parou. A ideia de que a tia pudesse pegar Will sentado tão perto a emocionava mais do que ela ousava admitir.

O dedo de Will caiu sobre seu dedo indicador, no qual ela usava o anel que tia Annie lhe dera.

– E vamos colher morangos silvestres e deitar na grama a tarde toda – disse Laura.

E, com o dedo indicador e o polegar, Will rapidamente tirou o anel do dedo de Maud.

Praticamente derrubando Laura, Maud se levantou e tentou pegar o anel de volta.

– O que você está fazendo? – ela exigiu, com as mãos na cintura, tentando não sorrir.

Will colocou o anel em seu dedo mindinho – não estava muito confortável, mas cabia – e riu.

– Eu estava admirando isto.

Maud sentiu seu dedo nu depois de tê-lo usado por tantos anos.

– Will, não provoque – disse Laura, parecendo um pouco irritada que aquele momento de sonho tivesse sido interrompido.

Maud sabia que deveria estar com raiva. Deveria estar furiosa. Mas não estava.

– Por quanto tempo você deseja admirá-lo? – perguntou Maud.

– Isso depende – Will trouxe o anel de ouro mais para perto – de você.

Maud tentou agarrar a mão dele, e ele a afastou.

Tia Kennedy chamou da casa.

– Laura, hora de entrar.

– Estou indo – disse Laura.

– Will, você também – disse tia Kennedy. – Diga boa-noite antes de voltar para a fazenda. Não gosto da ideia de você perambulando sozinho no escuro.

– Sim, tia Kennedy – disse Will. – Eu prometo, depois de garantir que Maud chegue em casa em segurança.

Houve uma pausa e um arrastar de pés na casa.

– Muito bem. Mas seja rápido!

– Não vou demorar – disse ele a Laura.

– Duvido – ela murmurou, e então abraçou e beijou Maud. – Vejo você amanhã.

Tomando o braço de Maud, Will a conduziu pelos poucos passos que separavam as duas casas. Pararam no portão, ele à frente dela. O brilho do pôr do sol batia contra o portão da casa.

– Eu gostaria que fôssemos um pouco mais velhos e estabelecidos. Talvez então as coisas fossem diferentes.

– É um sonho bom – disse Maud, sabendo, no fundo, que seu futuro envolveria educação e literatura, algo totalmente diferente do que Will estava imaginando. Mas ela também amava a versão dele. Por que não havia uma maneira de ter as duas coisas?

– Estive pensando – ele começou, mas se interrompeu. Sorriu tristemente e pegou as duas mãos dela, traçando sua palma com o dedo indicador; ela estremeceu com o ar quente e olhou para a terra dourada. – Adoro nossos passeios juntos e odeio que eles terminem.

Ela amou a sensação de suas mãos juntas, a poetisa e o fazendeiro.

– Não podemos fazer nada sobre isso agora – disse ela.

– Isso é verdade – disse ele. – Então terei que manter você... perto.

– Você deve me prometer algo primeiro – ela disse.

– Qualquer coisa. – Ele acariciou seu queixo e levantou seu rosto.

Ela quase não conseguia falar. Ele era tão lindo! Ela tirou a mão dele do rosto, mas não a soltou.

– Eu já lhe falei sobre Nate.

Ela esperava que a expressão dele ficasse sombria, como da outra vez que mencionara Nate, mas tudo que Will fez foi observá-la em silêncio.

– Éramos amigos, e as coisas...bem... desmoronaram e nunca mais foram iguais – disse ela. – Eu acreditava que o amava, mas acho que, porque estava tão feliz de ser amada, sonhei acreditar nisso.

– E comigo? – Ele deu um passo à frente.

– Com você... – Ela engoliu em seco. – Com você, tudo é diferente.

– Maud... eu...

Ela respirou fundo.

– Prometa-me que nunca vamos nos desprezar.

– Nunca poderia desprezar você, Maud.

– Prometa-me.

– Prometo que nunca vou desprezar você. Além disso – ele sorriu –, acho que minha irmã não o permitiria.

Ela deu uma risadinha.

– Acho que vou precisar inspecionar este anel um pouco mais – disse ele, levantando o dedo.

Maud não conseguia desviar o olhar do anel – o seu anel! – no dedo dele.

– Mais uma vez, pergunto: quanto tempo você espera precisar dele?

Ele se inclinou.

– Quanto você deixar.

Era diferente de beijar Nate. Os beijos de Will eram ternos, mas mais confiantes. Ele a beijou uma vez, suavemente, e de novo e de novo. Ela se inclinou para ele, seus braços em volta de seus ombros. Ela estremeceu. Isso a assustou, mas estar ali com ele era como voltar para casa, e ela permitiu que ele beijasse seu pescoço, seu rosto, seus lábios.

Ela encostou a cabeça no peito dele. Eles se encaixavam perfeitamente.

Will lhe acariciou as costas, e ela se atreveu a olhar para ele e colocou os braços em volta do seu pescoço.

– Cuide bem do meu anel – disse ela.

Capítulo 20

Maud e Will foram o mais discretos possível. E, como diria Laura, a Providência ofereceu muitas oportunidades para que se encontrassem. Havia o grupo de estudos bíblicos na mansão e, como Will previra, agora que o tempo estava ficando mais quente, havia piqueniques quase todos os fins de semana. Como ainda não tinha notícias da avó, Maud decidiu que podia aproveitar o tempo que lhe restava. E que melhor maneira do que com as pessoas que ela adorava?

Um dos curadores, o senhor McArthur, realizou um piquenique especial em seu rancho para comemorar o aniversário da rainha Vitória. O rancho ficava a dezenove quilômetros da cidade por uma linda trilha, e Maud saiu de carro com Lottie, Alexena, o doutor e a senhora Stovel. Como a senhora Montgomery teve uma de suas dores de cabeça, o marido ficou em casa com ela.

– Você tem trabalhado em seus textos, Maud? – perguntou o doutor Stovel. Desde a publicação de seu poema no *Charlottetown Patriot*, ele sempre lhe perguntava o que estava escrevendo.

– Estou retrabalhando um poema que comecei em Cavendish. Chama-se "Junho" – disse Maud.

– Maravilhoso – disse ele.

– Não sei como você faz isso, Maud – disse Lottie. – As palavras não vêm a mim facilmente. Às vezes tenho dificuldade para escrever uma carta.

– Talvez a diferença esteja na pessoa para quem você escreve – disse Alexena. – Há pessoas para quem não tenho interesse em escrever, e minhas cartas para elas são enfadonhas. Mas existem outras...

– Como Frank? – Lottie provocou.

– Talvez – disse Alexena, tirando uma sujeira imaginária da manga. – Mas não foi isso que eu quis dizer.

– Senhoritas – disse a senhora Stovel. – Não é apropriado falar sobre esses assuntos, especialmente na presença do doutor Stovel.

Alexena estava prestes a abrir a boca para replicar quando Maud a interrompeu.

– Acho que o poema sobre junho está quase pronto para ser enviado para publicação.

– Eu adoraria ler isso – disse o doutor Stovel.

– O doutor Stovel escreve um pouco para si mesmo – disse a senhora Stovel.

– Minha esposa é muito gentil – disse ele. – Eu me envolvo com o que alguns podem chamar de literatura, mas não tenho grandes aspirações.

– Tenho certeza de que não é assim – disse Maud. – Sinceramente, raras vezes compartilho algo com alguém antes de achar que está pronto. – Na verdade, era raro ela conseguir encontrar alguém com quem discutir literatura.

Quando chegaram, Maud, Lottie e Alexena ajudaram a senhora Stovel a arrumar sua cesta, e então Maud foi procurar Laura e Will. Ela os encontrou ajudando a mãe a montar a cesta, com vários irmãos correndo por ali. A senhora Pritchard tinha os mesmos olhos bondosos de Laura e dera a Will seu queixo forte; ela parecia exausta, mas tinha um sorriso agradável.

Maud ajudou os irmãos a desfazer os pacotes para o almoço. Ela e Will decidiram dar uma longa caminhada quando o doutor Stovel apareceu, insistindo que participassem de um jogo de beisebol. Maud não praticava esportes havia muito tempo. Estava enferrujada e logo ficou sem fôlego, mas era bom correr e se concentrar em ganhar um simples jogo de bola em vez de se perguntar o que aconteceria com ela se os avós Macneills não a aceitassem. Teria que contar com um de seus outros primos? Depender da caridade deles? Era tão frustrante esperar, mas havia pouco mais que ela pudesse fazer.

Depois do jogo, Maud estava indo buscar refrescos com Will, Laura e o doutor Stovel quando J. D. Maveety, editor do *Prince Albert Times*, os abordou. Os três amigos viram nisso uma boa oportunidade para continuar sozinhos, mas o editor parou Maud e disse:

– Fiquei muito impressionado com a maneira como você se comportou na mansão do reverendo no domingo, senhorita Montgomery.

Maud sorriu. Pela segunda vez, na semana anterior ela havia liderado o estudo bíblico e escolhera Timóteo 4:12, o mesmo versículo que a inspirara no ano anterior na palestra do reverendo Carruthers.

– Obrigada – disse ela.

– Também li seu ensaio sobre o *Marco Polo* – disse Maveety. – Na verdade, Stovel e eu estávamos conversando sobre isso e nos perguntamos se você estaria disposta a escrever um artigo para nós sobre sua perspectiva quanto a nossa cidade.

Maud não tinha certeza se o tinha ouvido corretamente.

– Quer que eu escreva para o senhor?

O senhor Maveety riu.

– Sim! Você ouviu corretamente.

Ela se sentiu tonta ao se ouvir concordando.

O resto do dia foi uma névoa. Maud não parava de pensar no artigo que escreveria sobre Prince Albert. O senhor Maveety estava procurando um texto que mostrasse quanto ela amava Prince Albert. Ela certamente não poderia escrever sobre a decepção que experimentara ali. Pensou que iria encontrar uma família amorosa, a promessa de um lindo futuro. Não falaria do que acontecera na escola, do que acontecera com Edie. Nem no que o primeiro-ministro Macdonald dissera no trem sobre seus planos para os índios, aqueles pobres e famintos homens misturados sob os cobertores.

Ela se lembrou das histórias e dos segredos que as mulheres *cree* e *métis* contaram enquanto colhiam amoras naquele dia no rio e como trabalharam duro para criar aquelas lindas roupas bordadas para vender. Ela tinha lido que um dia todas teriam partido.

E, de repente, ela entendeu.

Tudo o que ela tinha imaginado quando viera a Prince Albert – sobre a casa do pai, até mesmo sobre como os índios seriam, algo saído de *O último dos moicanos*, de Cooper – era uma mentira.

Ela estava tão focada nessas reflexões que concordou com a oferta de Will de uma carona para casa sem pensar duas vezes, esquecendo o que as pessoas poderiam dizer ao vê-los juntos. Na verdade, pela primeira vez ela não se importava. Afinal, logo iria embora.

– Não estamos fora do seu caminho? – disse Maud, só percebendo isso quando estavam na metade do caminho para casa. Ele não respondeu, e Maud percebeu que ele não dizia nada havia um tempo.

– Você está bem? – ela perguntou, refazendo a tarde em sua mente. Realmente estava confusa! Talvez Will tivesse se sentido ignorado.

– Sim – ele disse. – Estou tentando pensar como lhe dizer algo.

Maud se enrolou no xale.

– Sinto muito – disse ela. – Às vezes me perco em pensamentos.

Will parou a charrete na beira da estrada, sob algumas árvores.

– Por que você está se desculpando? – ele disse, pegando a mão dela.

Ela acariciou seu anel no dedo dele. Foi de alguma forma reconfortante vê-lo ali.

– Sinto-me muito mal com isso, mas meu pai quer me mandar para Battleford a negócios por alguns dias. Eu lhe disse que não queria ir. – Ele fez uma pausa. – Mas, quando ele insistiu que eu lhe desse um motivo, não pude dizer a ele. Perdoe-me, Maud; eu sabia que meu pai não iria me entender. Eu teria que lhe explicar o que somos um para o outro.

O que ela poderia dizer? Ali estava um rapaz que não queria deixá-la, mesmo por apenas alguns dias. Será que ela não poderia ficar em Prince Albert por ele? Talvez as coisas entre eles pudessem ser como sonharam:

ela escrevendo, ele cultivando. Ela nunca tinha considerado se casar com um fazendeiro, mas estar com Will a fazia imaginar que isso poderia ser possível. Ele a encorajara a escrever e certamente não a impediria de fazê-lo, mas, quando imaginou uma vida sem educação, um vazio se apoderou dela.

Ela segurou a mão dele.

– Estarei aqui quando você voltar.

– Pelo menos – ele a beijou em uma face e depois na outra – estamos aqui agora.

Will partiu na primeira semana de junho. Maud sentia muita falta dele.

– São apenas alguns dias – ela lhe dissera. – Você não ficará longe por tempo suficiente para sentirmos falta um do outro.

Mas ela se pegou procurando por ele na biblioteca quando dava aulas na Escola Dominical, desejando que ele estivesse sentado ao lado dela no grupo de estudos bíblicos. Ela percebeu que havia se acostumado a tê-lo de um lado e Laura do outro.

Seu pai finalmente contratou uma nova criada, e a senhora Montgomery parou de reclamar de não ter ajuda porque sua enteada estava "vagabundeando com aquele garoto Pritchard".

Ter um projeto de escrita tornou tudo mais fácil. Maud trabalhou no artigo para o *Times* e leu outros artigos no jornal para se familiarizar com o estilo. Concentrou-se em cada detalhe, certificando-se de não se esquecer de mencionar as características da cidade e de seu povo, mas lutou para manter o equilíbrio entre mostrar honestamente as coisas que tinha visto e entregar o que as pessoas esperavam ler. O senhor Maveety esperava um ensaio que descrevesse Prince Albert e Saskatchewan como parte importante do Domínio[5]. Mas ela sabia que essa não era a história completa nem algo que as pessoas estivessem prontas para ouvir. Pelo menos não diretamente. O senhor Maveety estava lhe dando uma chance,

---

[5] Domínio (*Dominion*, no original) refere-se a império, ou soberania. Também designa cada um dos países independentes que, com a Grã-Bretanha, formavam a Comunidade Britânica de Nações. O Dominion Day, em 1º de julho, marca o aniversário da proclamação do Dominion no Canadá, onde se passa a história do livro. (N.T.)

e ela não podia desperdiçá-la. Ainda assim, havia coisas que ela não podia ignorar. E escreveu e reescreveu passagens inteiras sobre o povo *cree*. Mas parecia falso.

Maud nunca teria acreditado, mas a solução acabou vindo na forma de um pretendente tímido e terrivelmente estranho.

Alheio ao completo desprezo de Maud por ele, o senhor Mustard continuou a visitá-la à noite quando ela não estava no grupo de estudos bíblicos ou saindo com Will e Laura. Certa noite ele chegou com flores, e eles foram dar um passeio. Ela não conseguira pensar em uma desculpa para não ir. Bruce e Katie estavam sob os cuidados da nova babá, e não havia nada que ela pudesse fazer a não ser sair com ele.

Em outra noite, quando o pai e a senhora Montgomery a deixaram sozinha com as crianças, o senhor Mustard chegou, seu bigode fino parecendo mais fino que o normal.

– Tenho pensado, senhorita Montgomery, em fazer uma mudança – disse ele quando se sentaram em seu lugar habitual na sala, com Maud segurando o irmãozinho sonolento. – Não acredito que minha vocação seja ensinar.

Maud concordou sinceramente, mas não abriu a boca para dizer uma palavra e o deixou continuar.

– Mas não tenho certeza do que o Todo-poderoso deseja de mim. – Ele franziu a testa. – O que você acha que eu deveria fazer?

Maud disse, o mais seriamente que pôde:

– Eu nunca poderia lhe dizer o que fazer.

– Tenho pensado em voltar para o leste, talvez cursar o Knox College em Toronto para me tornar um ministro.

– Entendo. – Maud tentou manter a compostura balançando Bruce.

– Sim, um ministro. – Ele alisou o bigode com o indicador e o polegar. – O que acha, senhorita Montgomery?

Maud pigarreou para impedir que o riso borbulhasse. Que ideia! Aquele homem, que nem mesmo conseguia comandar uma sala de aula, oferecer uma visão teológica e espiritual a uma congregação.

Maud

– Ele deveria sair pela porta, seguir a estrada e se atirar no lago – disse Maud quando contou a história a Laura no dia seguinte. Elas estavam sentadas na varanda da casa de tia Kennedy.

– Tenho pena da mulher que se casar com ele – disse Laura.

– Suspeito que ele queira que eu tenha essa honra – disse Maud.

– Minha mãe e a senhora Stovel mencionaram que viram vocês dois caminhando juntos outra noite.

– Oh, Laura! – Maud agarrou seu braço. – Não tive como recusar. Como meus pais estavam em casa, eu não tinha desculpa.

– Você poderia ter recusado – disse Laura.

Maud supôs que Laura estava certa, mas não tinha ideia de como fazer isso quando o senhor Mustard aparentemente estava alheio ao decoro social.

– Ele chegou e perguntou se podíamos dar um passeio. E, Laura, ele tinha flores! Como se estivesse tentando ser um herói romântico.

– Flores. – Laura riu. – Oh, querida. Isso parece sério.

– Eu não queria que ninguém nos visse, mas encontramos tia Kennedy e a senhora Stovel, que acenou para mim como se soubesse das intenções do senhor Mustard. Você sabe como ela faz isso. Laura, não ria. Foi terrível. Você poderia pensar que o fato de eu passar a caminhada inteira despetalando uma flor seria uma ofensa, mas isso não o deteve nem um pouco.

– Maud, você tem o talento de achar graça de uma situação tão terrível – disse Laura, rindo. – Sinto muito, minha querida, mas é verdade. Você é muito engraçada.

Mais tarde naquela noite, Maud pensou no que Laura havia dito enquanto relia alguns de seus escritos e passagens do diário. De fato, havia alguns momentos divertidos e anedotas, especialmente quando o patético senhor Mustard estava envolvido. Tinha sido divertido descrevê-lo como um tolo; Maud sentia que isso lhe dava menos poder sobre ela. Ela se lembrou de algo que a senhorita Gordon dissera sobre humor quando eles escreviam suas redações: que certos escritores usavam a sátira como uma forma de rir de si mesmos, mas também de mostrar a verdade.

Talvez Laura estivesse certa. O poder estava no riso. Se ela pudesse usar o humor para persuadir os leitores do *Prince Albert Times* a rir da maneira como acreditavam que as coisas eram, de suas próprias noções preconcebidas, talvez ela pudesse pelo menos mostrar algumas das verdades ocultas.

Maud trabalhou com afinco no texto pelos dias seguintes, grata por ter algo para distraí-la de pensar quanto sentia falta de Will. Quando ele voltou para casa na semana seguinte, acompanhou Maud à escola do convento para ver a mostra de arte de Laura. Maud já conhecia os trabalhos de arte de Laura, mas, vendo-os agora pendurados na parede entre os dos colegas de classe, compreendeu que sua amiga era realmente uma artista. Quando Maud sugeriu que Laura continuasse seus estudos artísticos, ela tocou a borda de sua pintura e disse que o pai decidira que era hora de ela ficar em casa e ajudar a mãe.

– Nunca foi uma escolha real para mim. – Laura baixou a cabeça em uma atitude de desistência. – Provavelmente vou me casar com Andrew, ou alguém semelhante. Terei filhos e ficarei contente. Não tenho a mesma ambição que você, Maud.

Maud ficou muito desapontada com a amiga por não lutar por sua arte, mas também entendeu. Lembrou-se das palavras da senhorita Gordon sobre o caminho difícil que estava à frente de qualquer mulher que desejasse uma carreira. Era preciso um tipo especial de determinação, que ela sabia que tinha.

Capítulo 21

Em 1º de julho, Dia do Domínio, Maud observou os homens colocarem a pedra fundamental da nova igreja presbiteriana e se perguntou se era possível sentir saudades do futuro. Era estranho pensar que não estaria ali para ver a igreja concluída. O tempo estava quente, mas não muito úmido, e uma brisa adorável soprava do rio. O céu estava azul-claro, e o mundo brilhava em verde. Pela manhã, houve uma cerimônia do lançamento da pedra fundamental da nova igreja e, à tarde, haveria atividades do Dia do Domínio no recinto de feiras na colina próxima, que incluíam corridas de cavalos.

Na semana anterior, a avó finalmente respondera à sua carta, dando-lhe permissão para voltar para casa. Maud quase não ousava sonhar em ver seus queridos amigos e Cavendish novamente. Talvez até voltasse à escola. Mas a ideia de nunca mais ver Laura e Will e ter que deixar o pai a fez sentir frio. Quando contou a Laura e Will sobre a carta da avó, Laura prometeu pedir permissão ao pai de Maud para irem a Laurel Hill, já que não havia tempo a perder.

A questão agora era quando ela deixaria Prince Albert. O avô Montgomery não tinha certeza de quando poderia deixar Ottawa. O primeiro-ministro

Macdonald acabava de morrer, jogando o Parlamento no caos. Era estranho pensar que viajara com ele havia menos de um ano e agora ele estava morto.

Maud afastou esses pensamentos e se concentrou no presente. A pedra foi colocada, e os habitantes da cidade se juntaram, pois o senhor Maveety havia contratado um fotógrafo para comemorar o evento. Maud ficou entre Laura e Alexena, cercada pelos demais habitantes da cidade. Estava ali, entre aquelas pessoas boas, para ver algo começar, e pensou como era estranho que houvesse alegria e tristeza tanto nos começos quanto nos finais.

Depois da cerimônia, Maud esperou que o pai ficasse sozinho para perguntar se poderia ir para Laurel Hill por alguns dias. O pai colocou a mão em seu braço e beijou sua testa, sussurrando:

– Acho que não podemos dispensá-la. Precisaremos de você em breve.

Ela sabia que o pai não queria ser duro, mas as palavras ainda queimavam. Por que não poderiam dispensá-la? Por que precisariam mais dela? Por que não podiam amá-la?

Quando Maud voltou para casa após as festividades do dia, a madrasta e o pai partiram rapidamente, pois iam se encontrar com os McTaggarts na cabana, deixando-a para trás com os bebês – e também, como ela soube mais tarde, com seu destino.

Houve uma batida à porta, e Maud soube exatamente quem era. Ela não o tinha visto na feira; ele provavelmente era muito respeitável para tais frivolidades. Maud levou o homem à sala e ofereceu-lhe chá – que ele, como sempre, recusou.

Maud se sentou no canto mais distante do sofá amarelo, embalando um Bruce sonolento e se concentrando em seus cílios perfeitos. O senhor Mustard empoleirou-se na outra extremidade. Um minúsculo fio amarelo de um sapatinho que Maud estava tricotando tinha caído no tapete. Ela olhou para ele, notando a maneira como se retorcia.

Exceto pela fungação do senhor Mustard, o silêncio entre eles era estranho, provocando em Maud um arrepio.

O senhor Mustard pigarreou e fungou.

– Senhorita Montgomery, tenho... *sniff*... apreciado imensamente nosso tempo juntos. *Sniff, sniff.* A senhorita acha que nosso relacionamento poderia se tornar... *sniff*... mais profundo?

Aquela sensação arrepiante e rastejante vibrou em sua nuca, e ela estremeceu. Ele finalmente havia reunido coragem. Ela tinha que lhe dar uma resposta.

Olhando para o fio amarelo retorcido, Maud disse, com a voz mais normal que conseguiu:

– Senhor Mustard, o senhor me lisonjeia com suas atenções, mas eu realmente não vejo o que mais poderia haver entre nós.

– Você não vê? – Ele realmente parecia surpreso. Triste.

Nesse momento, o portão da frente bateu, e a senhora McTaggart entrou correndo, procurando pelos pais de Maud.

– Eles deveriam ir conosco até o rio. Eles já saíram? – ela perguntou.

– Sinto muito, eles saíram há muito tempo – disse Maud, ignorando quanto o senhor Mustard estava suando.

– Tudo bem, querida, vou ver se consigo pegá-los. – E saiu.

Então fez-se silêncio. Um silêncio terrível. Nem mesmo os roncos minúsculos de Bruce conseguiram quebrar aquele silêncio horrível.

Finalmente, após outro período que pareceu interminável de mudez, o senhor Mustard disse:

– Senhorita Montgomery, sei que às vezes as mulheres jovens são instruídas a recusar a atenção de um homem para que não pareçam... *sniff*... dispostas.

Maud se levantou, balançando Bruce para que o ex-professor não a visse tremendo.

– Garanto-lhe, senhor Mustard, que não é isso que está acontecendo aqui. – Ela recuperou a compostura e sentou-se na outra extremidade do sofá. Mudando Bruce para o outro ombro, ela aproveitou a oportunidade para se sentar o mais ereto que pôde. – Estou sendo totalmente sincera em minha recusa à sua proposta. Agradeço-lhe e desejo-lhe uma boa-noite.

Talvez entendendo finalmente que havia perdido, o senhor Mustard se levantou, ajeitou o paletó, fungou e estendeu a mão. Como tinha as mãos ocupadas com o bebê, Maud se retraiu.

– Eu... verdadeiramente... espero... não a ter ofendido... com minha pergunta, senhorita Montgomery. Certamente não desejo nenhum... mal-entendido entre nós.

– Claro que não, senhor Mustard. – Maud abriu seu sorriso mais sedutor e o conduziu até a porta. Logo aquela noite excruciante terminaria.

– Boa noite, então – ele disse.

– Boa noite – disse ela, praticamente batendo a porta atrás dele. E balbuciou para Bruce: – Esta foi a última visita dele.

Naquele domingo, houve outro piquenique da igreja em Lago Maiden. Will deu a Maud um saco de balas de um centavo, e eles caminharam em silêncio por entre ásteres, campainhas e margaridas. Ele fez um buquê de flores e o prendeu no vestido dela. Então encontraram um lugar tranquilo sob um arvoredo e, com as costas contra um choupo, apoiaram-se confortavelmente um no outro. Parecia tão certo estarem juntos, e Maud descobriu-se desejando que ele a pedisse em casamento, porque então poderia dizer sim e ficar com ele. Mas, com apenas aquele verão para ficarem juntos, ela queria aproveitar seu tempo com ele sem que a conversa de casamento complicasse as coisas.

No início, ela queria contar a Will a proposta do senhor Mustard, mas não teve coragem. Pensou que, se não falasse no assunto, significaria que aquilo nunca acontecera. Mas odiava esconder as coisas de Will. Ela sabia o que havia acontecido quando escondeu coisas daqueles que amava e então lhe fez um relato completo do que o senhor Mustard havia dito e como ela respondera. Mesmo agora, não conseguia tirar aquele fio de lã amarela da cabeça.

– Ele a visitou de novo? – Will perguntou quando ela terminou.

– Não – ela disse. – Obrigada, Senhor.

Will segurou a mão dela.

– Juro a você, Maud, que, se ele tentar fazer isso com você de novo, vou chicoteá-lo eu mesmo.

– Will... – Maud riu de tão surpresa. – Isso não será necessário.

Ele largou a mão dela.

– Sinto muito. Não pretendo ser este... – Ele se interrompeu. – Acho que estou com um pouco de ciúme. Se alguém tivesse que lhe fazer a proposta, seria eu.

O batimento cardíaco de Maud acelerou e, pela primeira vez, ela não conseguiu encontrar nenhuma palavra.

Ela estava ciente de seu hálito quente contra sua pele, e, quando ela virou a cabeça, ele segurou seu rosto. Beijou lentamente sua face, sua boca. Ela retribuiu o beijo. Eles já haviam se beijado antes, mas agora era diferente. A paixão a assustou tanto que ela teve de se afastar. Seu corpo estava quente, e ela levou um momento para recuperar o fôlego.

– Sinto muito – disse ele, e Maud resistiu ao impulso de puxá-lo de volta para um beijo. Eles se levantaram e continuaram andando.

– O que você disse... se as coisas fossem diferentes...

Agora o suspiro dele foi diferente.

– Talvez devêssemos pegar uma página do livro de Laura e acreditar na Providência. Quem sabe o que Ele planejou? – Will beijou sua mão, e ela acariciou o rosto dele.

Esperança era algo que Maud tinha praticamente esquecido, mas, quando voltou para casa naquela noite, ela guardou em seu álbum de recortes o buquê que Will lhe tinha dado.

Capítulo 22

Uma semana depois, Maud estava pronta para ir a Laurel Hill. Como prometido, Will a levaria e planejou uma parada-surpresa ao longo do caminho. Nada o persuadiria a lhe dizer o que era.

Depois de deixar a Escola Dominical, Will e Maud se dirigiram para a Villa Eglintoune e, ao se aproximarem, notaram alguém sentado em uma cadeira da varanda. Ela ficou rígida.

Era o senhor Mustard.

Will ofereceu-lhe o braço, e ela o aceitou.

– Não tenha ideias, Will – ela sussurrou, lembrando-se de sua ameaça em Lago Maiden.

– Só se ele não fizer nada – Will murmurou.

Enquanto eles caminhavam até o professor, Maud viu o contorno da sombra da madrasta através da janela do andar superior. Sem dúvida ela estava por trás daquilo, impondo a ele – e a ela – aquela última provação.

O senhor Mustard se levantou.

– Vim dizer adeus, senhorita Montgomery. Partirei amanhã.

– Maud – Will enfatizou seu primeiro nome, deixando claro para o professor que era pretendente dela – sem dúvida está grata por sua consideração.

– De fato, estou. Obrigada, senhor Mustard – disse ela. – Desejo-lhe sorte em Ontário. Agora o senhor Pritchard e eu temos uma jornada própria pela frente. Então, se nos der licença...

Depois de um silêncio terrivelmente longo, durante o qual Maud percebeu um farfalhar por trás das cortinas do andar superior, o senhor Mustard se atrapalhou com o chapéu e murmurou alguma desculpa que ela não ouviu direito – nem se importou! – e se afastou lentamente.

De dentro da casa, Maud ouviu uma porta bater. Essa era uma cerca que provavelmente nunca seria consertada, ela pensou.

Depois que Maud pegou sua maleta, Will a levou para fora da cidade, e ela se esqueceu de parentes decepcionados e pretendentes trapalhões e se concentrou nas falésias e nos choupos. Cavalgaram em silêncio, contentes com a calma de estarem juntos. Maud aproveitou a oportunidade de estar tão perto de Will para memorizar seu perfil, fixando-o firmemente em sua memória para que ainda o tivesse em mente dali a alguns meses. Os cílios longos sobre aqueles olhos verdes penetrantes, seus lábios, a maneira como suas mãos seguravam as rédeas. Embora a charrete estivesse coberta, ela sentia muito calor. Quando olhou para Will, ele rapidamente se virou, como se ela o tivesse pego olhando para ela.

– Vai me contar sua surpresa? – ela perguntou.

Ele levou o dedo aos lábios. Um pouco mais adiante, pararam no arvoredo perto de Lago Maiden onde o piquenique da igreja acontecera na semana anterior. Ele deu a volta na charrete para o lado dela e ajudou-a a descer. Sua mão estava quente, e Maud a segurou enquanto caminhavam. Quando chegaram a um trecho lamacento, Will a ajudou a atravessar. Chegaram a um local onde quatro árvores se curvavam umas sobre as outras. Will despiu a jaqueta e a estendeu para que ela pudesse se sentar.

– Por que estamos aqui? – ela perguntou.

– Eu estava pensando sobre a semana passada, quando... – ele limpou a garganta – caminhamos aqui.

O calor de Maud aumentou com a lembrança.

– Você tem o dom das palavras – disse ele, tirando uma pequena faca do bolso da jaqueta. – Eu tenho meus próprios talentos.

As folhas sussurravam enquanto ela observava o braço de Will se mover em curvas profundas e rápidas, a pequena faca raspando suavemente a casca antiga. Ele estava gravando suas iniciais na árvore, começando com o L e movendo-se rapidamente para o M.

Como foi que a ideia de esculpir as iniciais de alguém em uma árvore se tornara excessivamente romântica – ridícula, até? Mas agora, vendo o braço dele dançar com a árvore, aquilo lhe pareceu mais profundo do que uma fantasia romântica. Isso a lembrou de uma velha história.

– Você conhece a história de *sir* Walter Raleigh e da rainha Elizabeth? – ela perguntou, enquanto o braço dele terminava suavemente o M.

Ele soprou na árvore, e lascas de casca caíram.

– Sei que ele era um dos pretendentes dela e um soldado leal – disse ele, limpando a faca e adicionando um E comercial.

– Ela deu a ele um anel de diamante como recompensa por estender a capa a seus pés...

– Foi uma grande recompensa – disse ele, terminando o W e movendo-se rapidamente para o P.

– Sim, sim, foi – disse ela. Ele estava esculpindo um coração em torno de suas iniciais, e ela corou.

Com a inscrição completa, ele se sentou.

– Então o que aconteceu? – Ela não sabia ao certo qual era a pergunta dele. Estava com os olhos fixos na mandíbula dele, na forma como seus lábios se curvavam.

– Com Raleigh...

– Oh. – Ela sabia que ele saberia que seu rosto não estava vermelho de calor. Ela limpou a garganta e voltou seu olhar para a árvore. – Raleigh estava profundamente apaixonado por Elizabeth e queria lhe mostrar quanto ela significava para ele. Então foi para o quarto dela e gravou uma frase na vidraça com o diamante do anel.

– O que foi?

Ela se atreveu a olhar para ele. Ele agora estava apoiado nos cotovelos. Ela conteve o desejo de beijá-lo.

– "De bom grado eu escalaria, mas temo cair."

– Ele estava com medo de se apaixonar? – Will disse, virando-se para o lado esquerdo, cruzando um tornozelo sobre o outro e deixando a mão direita cair suavemente no antebraço de Maud.

– Ela sabia quanto tinha medo de se apaixonar, mas era pior não se apaixonar – disse ela. – A rainha Elizabeth viu a frase gravada e respondeu usando seu próprio anel de diamante.

A mão dele agora estava em seu ombro.

– O que ela gravou? – ele perguntou.

Quais foram as palavras? Ela sabia, mas havia mãos em suas costas, e o sol batia em seu pescoço. Quando foi que seu chapéu caiu? E, quando Will a atraiu para um beijo, Maud encontrou as palavras: "Se teu coração te falhar, não subas".

Capítulo 23

Apesar do desvio, Maud e Will chegaram a Laurel Hill bem a tempo para o jantar.

A senhora Pritchard havia feito um porco assado com batatas e cenouras, encarregando Laura de assar pão fresco e as irmãs de ajudar com a sobremesa. Queria que a primeira noite de Maud com eles "fosse especial". Maud garantiu à anfitriã que a refeição estava deliciosa e que estar em uma fazenda com colinas cor de esmeralda e pequenos choupos encantadores já era bastante especial.

Durante a refeição, o senhor Pritchard aproveitou a oportunidade para advertir Will:

– Estou decepcionado com você. Você me enganou quando me pediu permissão para convidar Maud.

A faca de Will arranhou o prato.

– Você demorou o dia todo, e eu precisava de você aqui.

– Às vezes acontecem coisas que estão além do nosso controle, pai – disse Will.

– Senhor Pritchard, a culpa foi minha – disse Maud, usando a voz que reservava para pessoas como a senhora Simpson. – Meu pai e minha madrasta precisaram de minha ajuda com as crianças antes de partirmos.

– Tenho certeza – disse Pritchard, em um tom que mostrava que não estava convencido.

Os pretendentes de Laura também estavam em boa forma. Andrew e George Weir chegaram à tarde e, como Laura não teve coragem de mandá-los embora, os dois ficaram. Depois do jantar, todos foram para a sala, e Maud mostrou suas habilidades no órgão tocando alguns dos *Hinos e cânticos espirituais* de Isaac Watts. Will ficou ao lado dela, virando as páginas da partitura. Com a lembrança de sua tarde fresca, ela teve dificuldade de se concentrar.

Mais tarde, enquanto Laura tocava e Andrew e George brigavam para saber quem iria ajudá-la com a partitura, Maud e Will sentaram-se em lados opostos do sofá, mas de alguma forma, durante o último hino, o espaço entre eles havia diminuído. Ela queria mostrar a Will o que sentia por ele e retribuir seu gesto galante.

Foi um dos lampejos de percepção que costumavam ocorrer quando ela estava escrevendo: uma ideia ousada.

– Will – disse ela. – Pode me devolver meu anel?

– Oh. – Ele franziu a testa. Seu polegar deslizou por seu dedo mindinho, mas ele não o removeu. – Por quê?

– Só por esta noite – ela lhe assegurou.

Relutantemente, ele tirou o anel e o colocou na palma da mão dela.

– O que você vai fazer? – ele disse.

– Logo você verá – disse Maud, levantando-se. – Laura, vou subir para... – ela se virou para Will – escrever um pouco.

– Está bem – disse Laura. – Eu subirei assim que der boa-noite a estes dois rapazes.

Carregando uma vela, Maud subiu as escadas e percorreu o corredor até o quarto dos fundos, onde sabia que Will dormiria. Abrindo a porta, entrou rapidamente e foi até a janela. Seu coração bateu forte quando, com a ponta do anel, ela começou a gravar.

Cerca de uma hora depois, Laura encontrou Maud já preparada para dormir e escrevendo em seu diário.

— O que você acha que seremos? — perguntou Laura, quando terminou de se arrumar e engatinhou para o lado de Maud.

— Quando? — Maud perguntou, colocando o diário, a caneta e o tinteiro na mesa de cabeceira.

— Quando formos adultas.

— Muitos diriam que já somos adultas.

A risada de Laura se misturou ao vento noturno.

— É verdade. Se aqueles dois meninos lá embaixo tiverem algumas ideias, seremos um velho casal em breve. — Laura ficou séria. — Quero dizer, daqui a dez anos.

Maud não sabia como responder à pergunta.

— Tudo que eu sempre quis ser foi escritora — disse ela. Antes de sua temporada agridoce em Prince Albert, Maud tivera tantos sonhos! Escrever o artigo para o *Prince Albert Times* e ter seu poema publicado reacenderam nela algo que ela pensava ter-se apagado.

— Claro que você vai escrever. — Laura se virou e ficou deitada de bruços, chutando os calcanhares no ar. — Mas eu me pergunto o que mais estaremos fazendo. Você vai voltar aqui para que possamos ser irmãs de verdade? Teremos uma ninhada de filhos aos nossos pés?

— Seria um sonho maravilhoso. — Maud não sabia o que seria mais perfeito: ser cunhada de Laura ou ser esposa de Will. — Eu me pergunto se isso vai dar em alguma coisa... seu irmão e eu.

— Se meu irmão conseguir o que quer, vai dar.

— Provavelmente acabaremos sendo bons amigos. — Ela brincou com o anel.

— Tenha esperança, Maud — disse Laura. — Se o Senhor desejar, você voltará e se casará com Will.

Maud não tinha certeza. Havia tantas coisas que queria realizar antes de se casar.

— Poderíamos escrever cartas de dez anos — disse Maud, mudando de assunto. — A senhorita Gordon me contou sobre elas. Nós as escrevemos, selamos e não as abrimos até que uma década se passe. É como se estivéssemos escrevendo para o nosso ser futuro.

Maud

Laura bateu os calcanhares no ar novamente e aplaudiu.

– Isso seria divertido!

– Sim – disse Maud. – Eu tinha muitos planos quando vim para cá. – Sua mente visualizou rapidamente seu primeiro diário, queimado havia muito tempo. Estava feliz por nunca mais ter que ler o diário daquela menina. Mas aquilo seria diferente.

Laurel Hill era adorável, a cura perfeita depois de meses de servidão, encerrada em uma casa com uma mulher que estava sempre pensando o pior e trancando a comida. Maud ficou aliviada por estar em uma casa com amigos queridos, que a estimavam tanto quanto ela a eles. Quarenta anos poderiam se passar antes que ela voltasse para o oeste, e então ela, Laura e Will estariam muito velhos e muito maduros para relaxar e se divertir.

Os três se deitaram alegremente na campina, até que Andrew chegou e, um tanto nervoso, convidou Laura a dar um passeio. Ela concordou e deixou Will e Maud sozinhos.

– Acho que alguém esteve fazendo travessuras na minha janela na noite passada – disse Will. – Algum inglês? Talvez *sir* Walter Raleigh e a rainha Elizabeth?

– Não tenho ideia do que você quer dizer, senhor Pritchard – ela disse com um ar britânico.

– Posso receber meu anel de volta agora? – ele perguntou.

– Seu anel? – Maud colocou-o em sua mão.

– Tenho uma confissão a fazer – Will disse, colocando-o de volta no dedo mindinho. – Conversei com Andrew ontem à noite e pedi a ele que viesse e levasse Laura para ficarmos sozinhos.

Maud fingiu estar zangada, mas depois riu.

– Tenho certeza de que Laura ficará absolutamente furiosa.

– Não sei, não – disse Will. – Acredito que minha irmã gosta mais do tempo que passa com Andrew do que diz.

– Ela verá Andrew depois que eu partir; eu só a tenho por mais algumas semanas.

– Ela me contou sobre as cartas de dez anos que vocês vão escrever – disse ele, inclinando-se para o lado.

– Sim. Deve ser interessante lê-las.

– Eu me perguntei – e ele pegou uma folha de grama da pradaria – se talvez pudéssemos fazer o mesmo.

– Uma carta de dez anos?

– Acho que seria divertido, como você disse. E quem sabe? Talvez você esteja ao meu lado quando as abrirmos juntos.

Ela pensou na permanência daquelas iniciais gravadas na árvore.

– Sim – ela disse.

Capítulo 24

Maud voltou de Laurel Hill para a Villa Eglintoune três dias depois. Estava guardando suas coisas quando o pai bateu à sua porta.

O pai raramente entrava em seu quarto. Ele sempre brincava que Southview era a torre de Maud e que nunca desejaria perturbá-la. Ele nunca poderia tê-la perturbado, pois ela saboreava qualquer momento que tivessem juntos, no quarto ou em qualquer outro lugar.

Um ano depois, ela podia contar o tempo deles sozinhos em apenas alguns momentos preciosos. Nas três semanas em que esteve doente, só tiveram alguns passeios de charrete. Tudo culpa daquela mulher, Maud tinha certeza. Nunca perdoaria Mary Ann Montgomery por arruinar seu relacionamento com o pai. Nunca.

O pai se sentou na cadeira perto da janela, a cortina balançando delicadamente atrás dele. Ele sorriu, mas Maud percebeu uma sombra por trás do brilho azul.

– Tive notícias do avô Montgomery. – Ele entregou a ela uma carta. Ela a pegou e apenas passou os olhos por ela, sem realmente a ler. – Você deve partir com Eddie Jardine no final de agosto.

– Eddie Jardine! – Maud o conhecera na igreja. O homem era todo braços e pernas, gaguejando cada vez que tentava se envolver em formalidades básicas, e então rapidamente se calava.

– Sim. Eu gostaria de poder levá-la pessoalmente, mas sua madrasta precisa de mim aqui. – Não, a senhora Montgomery certamente não o deixaria ir por algo tão frívolo como ver a filha em casa.

– Fim de agosto. Faltam apenas seis semanas! – Depois de sua bela estada em Laurel Hill, Maud quase se permitiu esquecer que estava partindo. Mas, como acontece com a maioria das verdades, não havia mais como as esconder. – Eddie Jardine vai até a ilha? Lembro-me de a senhora McTaggart dizer que ele iria para a escola em Toronto.

O pai riu.

– Ainda bem que temos minha sogra ou nunca saberíamos o que estava acontecendo na cidade.

Maud fingiu um sorrisinho.

– Como Eddie vai para a escola em Toronto, você pode ir com ele até lá. Então terá que viajar sozinha até Ottawa, onde meu pai irá encontrá-la.

Uma mulher viajar sozinha era algo inédito. As pessoas pensariam que ela era alguém de classe baixa, ou pior. E era perigoso.

– Está me deixando viajar sozinha?

Ele suspirou.

– Não tenho escolha, Maud. Mas sei que você será cuidadosa e responsável.

Ela não conseguia acreditar. Era escandaloso.

Mas, como acontece com tanta frequência, ela não teve escolha.

Ele então sorriu aquele sorriso vitorioso, aquele que Maud percebeu que também aprendera a fingir.

– Achamos que você poderia tentar outra rota e atravessar o norte da província de Ontário pelo Lago Superior. Deve ser de tirar o fôlego, e, dessa forma, você terá outra vista de nosso grande país. Não parece emocionante?

Embora isso tenha partido seu coração, ela respondeu com seu próprio sorriso vencedor.

— Sim, pai, será.

— As coisas serão melhores para você em Cavendish — disse ele. — Lá é seu lugar, em meio a tanta beleza. Este é um lugar difícil e tumultuado.

A cortina voou e caiu atrás da cabeça do pai.

— Você está certo — disse ela, esperando que seu tom de voz não traísse o incômodo em sua garganta. — Cavendish sempre foi meu lar.

Ocorreu-lhe que aquela poderia ser a única vez — a última vez — que o teria só para si. Ia viver com meias verdades pelo resto da vida? Precisava saber. Não tinha vindo de tão longe e suportado tanto para voltar para casa sem uma resposta. Maud foi até o baú, levantou com cuidado a colcha e as roupas de lã que havia guardado e pegou o "livro de notas" da mãe.

— Você já viu isto antes?

Ele estendeu a mão e, lenta e suavemente, tirou-o da mão dela como se estivesse segurando Bruce.

A cortina de repente se abriu como um balão.

— Eu não tinha ideia de que você tinha isto. — Seus olhos se encheram de lágrimas, fazendo que Maud também chorasse. Ela não o vira chorar desde o funeral da mãe. — Quem lhe deu? Eu... pensei que tinha... se perdido.

— A vovó me deu antes de eu partir.

— Foi como eu a conheci, você vê. — Ele virou o livro na palma da mão como se fosse voltar no tempo. — Estávamos em uma reunião da Sociedade Literária em French River. Ela estava visitando a irmã, sua tia Annie, e algumas pessoas o tinham assinado, a maioria querendo mostrar seus poemas.

A cortina foi sugada contra a janela.

— Ela escrevia poesia?

— Não exatamente como você. — Ele apertou a mão de Maud. — Na maioria das vezes, imitava os poemas de outras pessoas, mas também gostava de colecioná-los e permitia que as pessoas escrevessem seus próprios poemas favoritos. Eu acabara de voltar de uma de minhas viagens ao exterior. Eu a conheci através dos Campbells, é claro, que moravam do outro lado da rua de seu avô. Era uma jovem tão doce, a sua mãe, e tão linda! Faz quase vinte anos que nos conhecemos. Ela adorava ouvir minhas aventuras, e eu adorava contá-las. Eu não planejava ficar; tinha arranjado outro emprego, mas coisas aconteceram e fiquei.

– Você se apaixonou.

O pai ficou calado por um tempo.

– As coisas mudaram, e eu tive que me ajustar. – Ele lhe devolveu o livro.

– O que aconteceu?

Ele bateu nos joelhos. Havia algo que ele não estava dizendo. Não diria.

– Seus avós não me aprovaram. Então fizemos o que tínhamos que fazer.

O vento da pradaria soprou a cortina. Nuvens baixas e cinzentas acariciavam o céu.

A senhora Simpson estava certa: seus pais haviam fugido.

Maud tinha muito mais perguntas. Por que eles tiveram que se casar tão rapidamente? Por que ele nunca a levou com ele? Mas o pai rapidamente se levantou e beijou o topo de sua cabeça. E então se foi.

Mas ela tinha obtido sua resposta. Às vezes, o que não é dito é o que mais respostas oferece. A mãe deve ter amado o pai de verdade para se casar com ele contra a vontade dos pais.

Ela era filha de pessoas que haviam se arriscado por amor e felicidade. Poderia viver com isso, mesmo que outros não pudessem.

Capítulo 25

Chegou o final de agosto. Maud passou algumas semanas se preparando para partir, mas também teve outra oportunidade de escrever. O senhor Maveety ficou tão impressionado com seu ensaio sobre Prince Albert, "Um Éden ocidental", que concordou em publicar um de seus poemas, "Adeus". Ela o havia escrito durante um de seus "momentos das duas da madrugada" em meados de julho, quando estava tão quente que não conseguia dormir. Naquele dia, ela havia caminhado com Will e Laura rio abaixo em direção a Goschen, como era seu ritual. Embora nada significativo tenha sido discutido, havia uma mistura de prazer e tristeza, um momento perfeito e ao mesmo tempo a consciência de que, nessa época do verão seguinte, ela estaria de volta em Cavendish.

Ela escreveu:

Adeus, queridos amigos, sua gentileza...
Eu irei acalentar
Entre todas as doces lembranças
Longos anos podem passar antes de mais uma vez
Eu os saudar,
Ainda assim, muitas vezes nos encontraremos em pensamento.

Ela os veria novamente na memória, mas também sabia que na memória as coisas mudam e que nunca mais seria a mesma.

E agora ali estava ela, finalmente arrumando as últimas coisas, preparando-se para dizer adeus a Southview. Tinha sido um bom quarto, um refúgio do resto da casa.

Ela precisava se despedir de Laura, do pai, de Katie e de Bruce. Teria que dizer adeus a Will. E, ao contrário de sua partida de Cavendish, quando uma pequena parte sua sempre acreditou que ela voltaria, Maud não conseguia se imaginar voltando a Prince Albert.

Durante a última semana no grupo de estudos bíblicos, quando todos se levantaram e cantaram *Deus esteja contigo até que nos encontremos de novo*, Maud quase não conseguiu terminar, pois as lágrimas ficaram presas na garganta.

Depois, ela e Will trocaram suas cartas de dez anos. Maud ficou tentada a ler a sua, mas rapidamente a colocou no baú, fora de vista. Era melhor deixar certas coisas para um futuro desconhecido.

O doutor Stovel lhe deu o livro *The sketch book*, de Washington Irving, e um exemplar dos *Ensaios* de Emerson.

– Prometa que vai continuar escrevendo – disse ele. – Espero comprar um de seus livros algum dia.

Mas uma tristeza adicional pairou sobre aquela manhã final. Laura disse a Maud que o senhor Pritchard precisava ir a Battleford e deixaria Will encarregado de Laurel Hill; ele não sabia se poderia escapar. Eles haviam se visto pela última vez no grupo de estudos bíblicos e se prometido um adeus final. Maud não suportava a ideia de não o ver uma última vez. Ela terminou de empacotar lentamente, esperando que, se prolongasse o processo, ele pudesse finalmente conseguir chegar.

À tarde, como o pai e a senhora Montgomery foram visitar os Mc-Taggarts, Maud ficou algum tempo a sós com Laura. Alexena, Annie (que estava em casa depois de dar aulas no verão) e Lottie também prometeram vir dar-lhe adeus.

Maud

Laura e Maud lavaram os pratos de chá – até mesmo nos momentos finais a senhora Montgomery encontrara uma maneira de encarregá-las de tarefas – e então foram ao jardim e, em silêncio, colheram buquês de resedás, petúnias e ervilhas-de-cheiro. Um voto solene de amizade foi selado quando Laura colocou seu buquê nos braços de Maud e a beijou em cada face. Então Maud fez o mesmo.

– Você me mudou, Laura Pritchard – disse Maud. – Nunca terei uma amiga como você novamente.

Elas se abraçaram com força, mas com cuidado para não esmagar seus preciosos buquês. O conforto dos braços de Laura a fez não sentir tanto medo do que estava por vir, mas não queria deixar a querida amiga para trás. Maud acariciou o rosto manchado de lágrimas de Laura com o polegar e beijou-a suavemente nos lábios pela última vez.

No fim da tarde, quando o sol se pôs e havia apenas um leve brilho vermelho sobre a pradaria, elas se sentaram na varanda da Villa Eglintoune.

– Este será meu último pôr do sol na pradaria – disse Maud, acrescentando mentalmente: *E não vou poder compartilhá-lo com Will.*

Como se lesse seus pensamentos, Laura disse:

– Tenho uma carta dele. Eu devo dá-la a você caso ele não possa vir.

O queixo de Maud tremeu, e ela engoliu em seco. Estava prestes a se permitir chorar quando o viu virar a esquina com passos determinados.

Maud deu um salto.

– É ele! – Ela se manteve firme.

– Quer que eu fique com a carta? – Laura perguntou quando Will, sem fôlego, se sentou ao lado delas.

– Não – disse ele, pegando a carta de volta. – Mas não tenho muito tempo.

– Você vai me dizer o que há nela? – disse Maud. Não conseguia acreditar que aquela seria a última vez que o veria. Precisava de mais tempo para lhe dizer adeus.

Will abriu a boca, mas exatamente naquele momento o reverendo e a senhora Rochester passaram pelo portão.

– Olá! – disse o reverendo. – Queríamos ter certeza de que lhe daríamos um adeus adequado.

Maud abraçou os dois.

– Foi bom terem vindo.

– Claro, querida – disse a senhora Rochester. – Você foi um ganho maravilhoso para os estudos bíblicos. Continue seus estudos em Cavendish.

– Eu prometo – disse Maud, enquanto pegava Will verificando o ângulo do sol.

Mas, assim que eles partiram, Alexena e Lottie chegaram com Frank. Ela nunca se esqueceria de que Frank e o senhor Mustard haviam entrado em conflito. Todos tentaram ser positivos, provocando Maud sobre voltar à tranquilidade da Ilha do Príncipe Edward depois de uma vida de pioneira. Impaciente, Will bateu os dedos contra a calça marrom gasta. O sol quase havia desaparecido. Ele teria que partir logo.

Finalmente, todos partiram, exceto Laura, que estava a certa distância.

Will puxou a carta.

– Eu não tinha certeza se conseguiria, com meu pai...

– Laura me contou.

Ele colocou a carta na mão dela.

– Algo para entretê-la no trem.

Maud tocou o anel no dedo dele. O seu anel.

– Maud.

– Não diga mais nada. Agora não – disse ela.

E ele a beijou. Ela agarrou seu cabelo ruivo e acariciou suas costas, memorizando o toque dos dedos fortes, mas gentis, dele contra seu pescoço, a forma como seus beijos tinham o gosto de casa.

Depois de um tempo, ele relutantemente se afastou.

– Tenho que ir – disse ele, beijando-a na testa.

Ela pegou a mão dele.

Laura emergiu da escuridão, e os três caminharam em silêncio até o portão. Laura se despediu, pois havia prometido à tia que a ajudaria com o jantar, e disse a Maud que a veria mais tarde na estação de trem.

Maud

Maud parou na esquina da Villa Eglintoune. As estrelas estavam começando a brilhar no céu claro de agosto. Ela queria memorizar tudo o que amava em Prince Albert naquele momento. A forma como o vento da pradaria tocava seu rosto. As colinas inclinadas e o rio cintilante. Queria ficar ali com Will para sempre.

– Bem – Will disse, com voz trêmula. – Adeus. – Ele estendeu a mão e ela a pegou. – Não se... esqueça... de mim... de nós.

As mãos se entrelaçavam perfeitamente, a poetisa e o fazendeiro, e o anel de ouro sempre os unindo. Ela estava feliz por deixá-lo com ele.

– Nunca vou esquecer você – disse ela.

Um último beijo. Ela poderia? Ela ousaria?

– Adeus – ela disse.

Suas mãos se separaram.

– Adeus, Maud.

Will Pritchard foi embora.

Maud estava entorpecida, sua mente em silêncio. Seu coração gritou-lhe que corresse atrás dele, chamasse seu nome. Alguma coisa.

Mas ela ficou lá, vendo-o desaparecer colina acima.

LIVRO TRÊS

Maud da Ilha
1891-1892

... nossa longa jornada finalmente acabou e nosso destino foi alcançado. E, enquanto nossos pés pressionam o querido solo vermelho uma vez mais, nós exclamamos, com alegria sincera: "Esta é minha terra natal".

L. M. Montgomery, "De Prince Albert para a Ilha do Príncipe Edward"

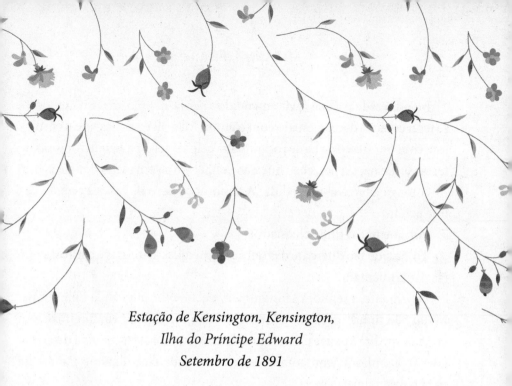

*Estação de Kensington, Kensington,
Ilha do Príncipe Edward
Setembro de 1891*

Capítulo 1

O polegar de Maud esfregou o dedo indicador nu enquanto ela esperava, as costas pressionadas firmemente contra a parede da estação de Kensington. Ela estava estranhamente grata de que a agitação tivesse acabado para que pudesse se sentar com facilidade.

Como o avô Montgomery não tinha especificado quem viria buscá-la, ela presumiu que seria um de seus tios. Mas já estava sentada na estação havia duas horas e ninguém havia chegado ou enviado uma mensagem. Ela já começava a se perguntar se alguém viria.

Seu novo traje de viagem cor de malva, comprado na loja de Andrew (enquanto Laura flertava com ele), estava empoeirado da longa viagem, e Maud tentava imaginar quando o espírito aventureiro que existia nela ao deixar Prince Albert a teria abandonado completamente.

Maud acreditava que havia entendido a perda, mesmo que isso significasse ter o coração decepcionado com o amor. Mas, ali na estação de Kensington, com o ar fresco da tarde roçando sua pele e o sol espalhando sombras na terra vermelha, ela percebeu que não conhecera a verdadeira dor até agora.

A longa e terrível despedida. A lembrança de Will desaparecendo colina acima.

Por que não o tinha chamado?

Tinha sido tão diferente das outras despedidas afetuosas e chorosas que ela experimentara.

Felizmente, a senhora Montgomery decidira ficar na Villa Eglintoune. Maud não tinha mais nada a lhe dizer e não conseguia nem fingir tristeza ao se despedir. Apenas pelo amor ao pai, Maud foi até a cozinha dizer-lhe adeus. A senhora Montgomery estava tomando chá, olhando fixamente para o quintal pela janela.

Maud pigarreou.

– Estou partindo – disse ela.

Sabia que a avó teria esperado que ela mostrasse gratidão pela hospedagem, mas não conseguia encontrar palavras. A senhora Montgomery tomou um gole de chá e não disse nada. Nem mesmo se virou. Sem dizer mais nada, Maud deixou a madrasta para trás.

Maud então subiu para dar um beijo de boa-noite em Bruce, que dormia; ela se perguntou se ele se lembraria da irmã mais velha. Katie, no entanto, recusou-se a ir para a cama e fez tanto barulho que o pai a levou para a estação de trem, onde todos os amigos tinham se reunido para um último adeus.

Quando chegou a hora de partir, Maud pegou Katie, que estava ficando um pouco grande para essas coisas, e a levou para um dos bancos.

– Vai ficar tudo bem, Katie – disse ela, mentindo para ambas. – Nós nos veremos novamente.

– Promete?

Maud não prometeu, pois sabia da importância de não fazer promessas que não pudessem ser cumpridas, mas beijou a testa da irmã e prometeu escrever em breve.

Após aquele momento difícil, ela se despediu do pai, que a abraçou com força. Havia pesar em seu tom quando ele lhe desejou "uma boa viagem".

Maud não pôde deixar de continuar procurando por Will, embora soubesse que seria em vão. Laura, sabendo, como sempre, no que a amiga pensava, deu-lhe um abraço e um beijo solidário "pelos dois". Um milagre de última hora não aconteceria. O pai de Will precisava dele, e a palavra do patriarca era lei.

Maud poderia muito bem ter viajado sozinha. Quando ela e Eddie chegaram a Fort William, Ontário, cinco dias terrivelmente longos depois, e foram forçados a esperar durante a noite, ela perguntou a Eddie o que deveriam fazer, mas ele simplesmente ficou parado, sem dizer nada.

Lembrando que Mollie dizia não ser como o gado, que ficava "parado à espera de ser disputado", Maud assumiu o controle. Ela havia conhecido outro ilhéu a bordo, o senhor Porter, e então lhe perguntou se havia algum lugar onde pudesse passar a noite. Com um sorriso de desculpas, ele sugeriu que o Avenue Hotel era a opção menos terrível.

A opção menos terrível. Se o Avenue Hotel era o lugar mais decente, então Fort William tinha muito trabalho a fazer. Embora com montanhas e bosques bastante bonitos, a cidade ainda estava se desenvolvendo. As ruas estavam cheias de tocos de árvores, e Maud não encontrou senão alguns porcos. No entanto, como às vezes era preciso fazer sacrifícios, Maud agradeceu ao senhor Porter, e ela e Eddie se dirigiram ao Avenue Hotel.

Maud quase chorou ao vê-lo. O lugar estava escuro, dilapidado e superlotado.

– Temos um quarto no topo da escada, senhorita Montgomery – disse uma mulher exausta que precisava desesperadamente de um banho. – E o senhor pode compartilhar um quarto com outro homem.

Se Eddie tinha um problema com isso, nada disse, pois seria necessário falar, mas Maud resolveu ocupar o quarto. Era horrível, do tamanho da despensa da tia Annie. Não havia nada nele além de uma cama, uma bacia rachada e um jarro. O chão precisava ser lavado tanto quanto a mulher que a atendera.

Depois de uma noite desconfortável, Maud ficou mais do que aliviada por estar de novo no trem para Toronto, onde se livrou de Eddie três dias depois. Como o trem para Ottawa só partiria às oito e meia da noite, ela foi com Eddie visitar os primos dele e depois levada de volta à estação.

Houve alguma confusão em Ottawa. O avô havia esquecido a hora de sua chegada, de modo que ela pegou um cabriolé de aluguel para o Windsor Hotel, onde sabia que ele estava hospedado. Quando finalmente chegou, o avô se desculpou e tentou compensar sua falha mostrando-lhe os edifícios do Parlamento e a biblioteca. O alegre reencontro durou pouco. O avô lhe informou que não viajaria com ela de volta à Ilha. Em vez disso, havia arranjado que um jovem casal de Charlottetown, os Hoopers, fossem seus acompanhantes.

Maud ficou profundamente desapontada. Ela gostava de viajar com o avô e, afinal, não conhecia os Hoopers. A senhora Hooper era gentil, mas o senhor Hooper nunca ficava satisfeito com o serviço, a comida ou o clima. Foi um alívio deixá-los para trás na estação de Kensington, onde agora ela se perguntava o que fazer.

Ainda não estava pronta para ir para Cavendish. Seus avós ficariam muito desapontados com ela e a culpariam por tudo. Ela poderia ter feito mais? Ter sido melhor? Era isso que certamente a avó lhe diria quando se encontrassem, e o avô sem dúvida faria comentários maldosos sobre o pai. Não. Ainda não.

Maud presumiu que o avô tivesse enviado um telegrama para um de seus tios em Park Corner, mas ele tinha se esquecido.

Já eram quatro da tarde; ela não poderia ficar na estação a noite toda. Sentia-se como uma órfã, uma estranha em uma terra estranha que conhecera, mas à qual agora não tinha mais certeza de que pertencia.

Por grande parte da viagem ela tinha assumido o controle. Não fora ela quem encontrou aquele quarto miserável em Fort William? Não tinha navegado por duas cidades muito maiores que Charlottetown ou Prince Albert? Havia apenas um lugar onde ela sabia que seria aceita como era agora: com seus primos Campbells.

Levantando-se, Maud atravessou a rua para chamar um coche. Teria que terminar aquela viagem sozinha.

*Na estrada para Park Corner,
Ilha do Príncipe Edward
Setembro de 1891*

Capítulo 2

    Quando o coche parou em frente à casa dos Campbells em Park Corner, era final de tarde, e Maud temeu ser mandada embora. Embora tivesse visitado tia Annie com frequência quando estava na casa do avô do outro lado da rua, Maud nunca apareceu na casa da tia cansada, desgastada e com toda a vida embalada em seu velho baú. Será que tia Annie notaria que o anel estava faltando e perguntaria se ela o havia perdido?

    Maud ficou grata por ter sido sua prima Frede, de 8 anos, quem abriu a porta.

    – Mamãe! A prima Maudie está aqui! – ela chamou, abrindo seu sorriso travesso.

    Com essas palavras, Maud sentiu seus tremores nervosos começarem a diminuir. Já fazia muito tempo que ninguém a chamava de Maudie sem medo de repreensão. Todos os primos Campbells correram a abraçá-la, todos falando ao mesmo tempo. Era quase demais ser motivo de tanta agitação.

— Eu mal a reconheço — disse tia Annie depois que os primos a largaram. — Você cresceu.

— Não é mais a garota que vimos partir no ano passado! — brincou tio John.

Frede agarrou a mão de Maud e sussurrou:

— Prometa que nunca mais nos deixará.

— Não se deve fazer uma promessa que não se pode cumprir, Frede — disse tia Annie, e deu a Maud um sorriso simpático. — Mas estamos muito felizes por ter você em casa.

— Como você chegou aqui? — perguntou tio John. Ele tinha um bigode tão jovial quanto seus modos, mas havia um tom sério em sua pergunta.

— Peguei um coche na Casa Comercial em Kensington — disse Maud.

— Ninguém foi buscá-la? — disse Clara, de 14 anos, voltando-se para a mãe. — Mamãe, você não disse que uma mulher nunca deve viajar sozinha?

Tia Annie e tio John trocaram um olhar rápido.

— Deve ter havido uma confusão — disse Maud, tentando disfarçar o constrangimento. — Vovô anda tão ocupado com as coisas no Parlamento desde o falecimento do primeiro-ministro Macdonald que talvez tenha pensado já ter enviado uma mensagem aos meus tios.

— Venha — tia Annie disse rapidamente. — Você deve estar faminta. — Maud concordou com um aceno de cabeça. — Vamos alimentá-la. — Ela colocou o braço em volta dos ombros de Maud e apertou. O gesto gentil quase fez Maud chorar, mas agora ela tinha muita prática em esconder suas emoções.

Depois de um jantar animado — durante o qual os primos Frede, Stella, George e Clara dominaram a conversa —, Maud os seguiu escada acima, sorrindo para o parafuso preso na parede onde ela costumava se medir quando era criança, e se preparou para dormir em seu antigo quarto no topo da escada onde ela tinha ficado havia dois verões. Os primos brigaram para ver quem iria dormir com ela e foi decidido que, por ser a mais velha, aquela noite seria a vez de Clara.

– Saskatchewan é realmente como o Velho Oeste? – perguntou Clara, depois de terem dado boa-noite aos outros e se deitarem na cama.

– Certamente não é tão exuberante quanto a ilha, mas a cidade está crescendo, e uma nova igreja está sendo construída do outro lado da rua onde mora o papai. – Maud manteve a voz firme e engoliu o nó na garganta ao pronunciar o nome dele.

Percebendo seu sentimento, Clara apertou a mão de Maud.

– Não se preocupe, vamos nos divertir muito enquanto você estiver aqui. Mamãe disse que você, Stella e eu podemos ir ao French River nesta quarta-feira. Lá estão sendo realizadas reuniões literárias praticamente todas as noites.

Maud beijou a prima na testa.

– Mollie e eu nos apresentamos nesses concertos em Cavendish. Eram muito divertidos.

– Não sei se conseguiria fazer isso. – Ela pegou as cobertas. – Acho que sou muito tímida.

Maud riu.

– Clara, você é tudo, menos tímida. Mas é preciso certa dose de confiança e prática para ficar de pé na frente dos outros e recitar. Eles estão ensinando isso na escola, não estão?

Conversaram um pouco mais, até que Clara adormeceu, mas Maud não conseguiu pegar no sono, apesar de estar muito cansada da viagem. Ela olhou pela janela para a meia-lua, imaginando o que viria a seguir. Era confuso sentir-se sem Laura, o pai, os irmãos e, sim, Will, mas sentia-se grata por estar envolvida no abraço amoroso dos primos. O pequeno relógio ao lado da cama marcava onze horas. Normalmente ela teria se levantado e ido até a janela do quarto para escrever, mas, com Clara dormindo, saiu silenciosamente da cama, levou caneta, tinta e diário para a cozinha e começou a aquecer um pouco de leite.

Ouviu-se um farfalhar na porta. Era a tia, vestida com sua camisola branca e com uma única trança longa nas costas.

– Não consegue dormir?

– Excesso de emoção, eu suspeito – disse Maud, mexendo o leite no fogão. – Espero não a ter acordado.

– Sente-se – disse ela, tirando a mão de Maud da colher e começando a mexer. – Com todas essas crianças em casa, uma mãe sempre tem sono leve.

Maud sentou-se à mesa. Ela adorava aquela cozinha aconchegante, com seu papel de parede amarelo, um teto cujas vigas eram usadas para pendurar presuntos e carnes curadas, e o baú azul contra a parede, que continha seus mistérios. Quando a prima Eliza Montgomery fora levada ao altar vinte anos antes em Park Corner, colocou todas as suas coisas nele, ordenando que fosse trancado até que ela fosse morar em Montreal. Maud achou que aquilo tinha os ingredientes de uma história maravilhosa.

Tia Annie despejou o leite em duas xícaras, adicionando duas colheres de chá de mel em cada uma, e as colocou sobre a mesa. Elas ficaram sentadas em silêncio. A bebida com mel e a presença calorosa da tia eram o elixir mágico de que ela precisava. Ela desejou desesperadamente poder ficar, mas sabia que os avós a esperavam.

– É tão bom ver você de novo, Maud – disse tia Annie com um sorriso gentil. E, com essas palavras gentis, os olhos de Maud se encheram de lágrimas; dessa vez, ela não se preocupou em escondê-las. Tia Annie colocou a mão sobre a de Maud. – Sabe, sou uma boa ouvinte. – Ela foi até o balcão e pegou uma lata velha. – Além disso, não há nada que um biscoitinho não consiga consertar.

Maud riu levemente em meio às lágrimas.

– Senti falta do seu biscoito amanteigado – disse ela. – Não há ninguém que o faça melhor.

– Não diga isso a mamãe. – Annie mordeu um biscoito. – Esse assunto nunca teria fim.

Então Maud contou à tia toda a história desde o momento em que chegou a Prince Albert: o tratamento terrível da senhora Montgomery para com ela, os meninos indisciplinados da escola e a corte torturante do senhor Mustard. Falou sobre Will e Laura, esperando não mostrar seus verdadeiros sentimentos, mas a tia sorriu de uma maneira que lhe dizia que não teve sucesso em esconder suas emoções em relação a um dos irmãos Pritchards em particular.

Quando Maud descreveu sua viagem para casa, tia Annie engasgou.

– Maud! Não deixe minha mãe ouvir essa história; ela nunca vai perdoar seu pai por deixá-la viajar sozinha.

– Não estive sozinha o tempo todo, apenas de Toronto a Ottawa, embora, como eu disse, o companheiro que ele me designou não fosse nem um.

Maud então lhe contou o que havia acontecido em Ottawa.

– Então você está dizendo que seu avô ficou muito ocupado e se esqueceu de arranjar alguém para buscá-la? – disse tia Annie. – E depois fez a mesma coisa aqui?

Maud encolheu os ombros. Sabia quanto o avô a amava, mas era inconcebível que ele a tivesse esquecido completamente.

– Vovô me cumprimentou pelo ensaio que escrevi para o *Prince Albert Times* – disse ela, como forma de defendê-lo. – Ele conversou com um amigo dele que escreve para o *Charlottetown Patriot* e disse que um artigo sobre minha viagem de Prince Albert para a Ilha do Príncipe Edward seria exatamente o que o jornal queria.

– Ficamos bastante impressionados com o ensaio no jornal – disse tia Annie. – Você descreveu Saskatchewan tão bem que sinto que já estive lá. E foi engraçado.

Maud sorriu. Foi maravilhoso ser elogiada por seu texto.

– Na volta, fiz anotações no meu diário – ela continuou. – Estranhamente, fui inspirada pelo livro de Geografia que lemos em Prince Albert. Vou escrever como se estivesse levando o leitor em uma jornada.

Maud deu um gole no leite. Estava frio, mas ainda delicioso. Ela percebeu que estava realmente animada com aquele novo projeto.

Tia Annie ficou quieta por alguns minutos e então disse:

– Você sempre terá uma casa aqui em Park Corner. Pode ficar aqui o tempo de que precisar. – Ela colocou a mão no braço de Maud. – Mas sei que meus pais estão esperando você em Cavendish.

– Alguns dias, então?

– Sim. Mandarei uma carta amanhã para que mamãe e papai não se preocupem. E então seu tio John a levará para casa. – Ela apertou a mão de Maud levemente. – Agora, termine o seu leite, que já é hora de dormir.

Park Corner,
Ilha do Príncipe Edward
Setembro de 1891

Capítulo 3

Maud estava em Park Corner havia quase uma semana e ainda não lera a carta de Will. Como voltaria para Cavendish no dia seguinte, sabia que tinha que deixar essa parte final de Prince Albert ir antes de recomeçar.

Sentada na margem, ela olhou para as águas brilhantes do lago. Depois de respirar fundo, finalmente abriu a carta.

Quarta-feira, 26 de agosto de 1891
Cara Maud,
Minha mão está tremendo tanto que mal consigo segurar esta caneta. Você sabe que tenho mais talento com cavalos do que com palavras, e por isso estou adotando a mesma abordagem amorosa, mas firme, comigo mesmo. Mesmo assim, vou submeter esta carta a você, a poetisa, e implorar que não a julgue com muita severidade.

Maud

Não sei se vou vê-la hoje e portanto estou escrevendo esta carta e a confiei a minha irmã (como com todas as coisas) para levá-la a você. Estou fazendo tudo ao meu alcance para garantir que tenhamos um último adeus, ~~pelo menos por agora~~. E, como você sabe, Maud, sempre cumpro minhas promessas. Mas a lei do pai vem em primeiro lugar, mesmo antes do Todo-poderoso, e então tenho que cuidar de Laurel Hill enquanto ele vai a Battleford a negócios. É bom que ele confie em mim para cuidar das coisas, mas eu queria que não fosse em nosso último dia juntos.

Sempre fui honesto com você. Conhecê-la nos últimos meses foi extraordinário. Se as coisas fossem diferentes, eu ~~acho~~ sei que saberíamos que poderíamos ter passado muitos ~~mais bons momentos~~ anos juntos. Talvez você esteja rindo agora, mas sabe que tivemos algo especial, algo que nunca tive com nenhuma garota e não acho que terei novamente.

Vou usar o seu anel e ~~um dia~~ vou colocá-lo de volta no seu dedo. Até então, ~~ficaremos~~ eu ficarei satisfeito com gravações em uma vidraça e em um choupo.

Preciso lhe mostrar a profundidade dos meus sentimentos por você e a verdadeira extensão do quanto eu a adoro. Mas acho que as palavras me faltam.

Amor,

Will

P.S.: ~~p~~Por favor, perdoe os erros. Eu queria que você estivesse aqui. Falo sempre melhor, mas tentarei ser melhor, pois é nossa única forma de correspondência... por enquanto.

Maud dobrou a carta de Will. Por enquanto. A imagem dele subindo a colina ainda a assombrava. Era lindo sonhar que um dia eles poderiam ficar juntos, mas agora estavam separados por quase cinco mil quilômetros. Parecia impossível ficarem juntos novamente.

Maud se demorou em seu Lago de Águas Brilhantes. Ao lado da Trilha dos Amantes, era um de seus lugares favoritos na ilha. Quanto mais tempo passava em Park Corner, mais ela sentia suas partes frágeis se remendando. Estava aliviada por estar de volta a um lugar onde podia ter um pouco de anonimato, e, se tia Annie havia notado a falta de um certo anel, nunca disse. Além do mais, não tinha ideia do que a esperava em Cavendish.

Adorava o quarto em que dormia no topo da escada. Havia uma linda escrivaninha na parede oposta, onde ela passava as noites escrevendo, e uma cama de casal no lado leste com vista da janela. As exuberantes árvores da floresta eram como fantasmas negros dançando uns com os outros.

Clara, Stella, George e Frede estavam sempre tão cheios de alegria que era fácil se envolver em suas aventuras. Depois das duas primeiras noites, Maud foi com Stella e Clara ao French River para uma noite da Sociedade Literária, onde as pessoas debateram as últimas teorias políticas, discutiram literatura, cantaram ou – como a própria Maud fizera em Cavendish e Prince Albert – declamaram poemas. Lá ela foi reapresentada ao tímido primo de Lu, Lem McLeod, e a um dos Simpsons, Edwin, que parecia estar acima da própria rainha Vitória se ela entrasse na sala.

Maud adorava estar entre a amorosa família Campbell. Clara e Stella, que eram apenas alguns anos mais novas do que Maud, muitas vezes a enchiam de perguntas sobre meninos e moda. Ela não estava acostumada a isso. Uma noite, quando estavam todas na cama, Clara perguntou a Maud quando poderia usar o cabelo preso. Isso lembrou a Maud como admirava Pensie, e ela jurou que seus primos sempre lhe seriam queridos.

– Você está escrevendo uma de suas histórias, Maudie? – Uma voz interrompeu seus devaneios, e Maud protegeu os olhos com as mãos para olhar a jovem prima.

– Não, só pensando, Frede. – Ela deu um tapinha na terra. – Venha, sente-se ao meu lado.

Frede usava um vestido de algodão estampado em azul e parecia ter perdido os sapatos; uma de suas tranças se soltou.

– Eu queria falar sobre uma linda borboleta que encontrei, mas ela voou para longe. – Ela franziu o cenho.

– Isso é o que as borboletas devem fazer. – Maud pôs o braço em volta da prima. – Mas você pode me falar sobre isso agora.

Maud

Frede lhe descreveu a borboleta e, após sentar-se em silêncio por alguns momentos, fez-lhe uma pergunta:

– O que vai acontecer quando você for embora, e eu tiver coisas para lhe dizer?

– Por que você não me escreve uma carta? – disse Maud. – Na verdade, sou uma escritora de cartas muito boa e adoro ter correspondentes fiéis.

Frede aninhou-se ao lado dela.

– Você é minha prima favorita, Maudie.

Maud beijou o topo da cabeça da prima.

– Você é a minha também. Mas esse será o nosso segredo, Frede.

*Cavendish,
Ilha do Príncipe Edward
Setembro de 1891*

Capítulo 4

Era quase final de setembro e Maud estava de volta a Cavendish havia pouco mais de uma semana. As aulas já tinham começado, e seria impossível para ela se recuperar, ou foi isso que ela disse a si mesma. Tudo estava diferente.

No início, parecia que nunca tinha partido. Quando tio John Campbell a deixou em casa, os avós já estavam lá para recebê-la. A avó a abraçou com força e disse que eles haviam deixado as coisas em seu quarto como sempre, enquanto o avô relatou que eles tinham tido uma boa colheita de maçãs.

E, depois que subiu as escadas para seu antigo quarto, Maud viu que a avó estava certa. As fotos que colara na parede no ano anterior ainda estavam lá, e uma colcha de verão nova e limpa fora preparada para ela.

– As noites estão esfriando; você vai precisar disso – disse a avó.

Maud

Depois que desfez as malas, ela desceu para encontrar Pensie, mas não soube o que fazer quando viu Quill na varanda. Pensie, porém, levantou-se e correu a abraçá-la longamente. Ela parecia exatamente a mesma, mas seu cabelo ruivo preso em um coque acentuava o queixo fino, fazendo-a parecer mais severa. Então as duas amigas se entreolharam com certo estranhamento antes de Pensie falar.

– Então você finalmente voltou. Você deve achar Cavendish simplesmente provinciano depois de suas viagens.

– Não há lugar como Cavendish – disse Maud. – Você sabe disso.

Pensie riu alto, o que fez Maud se perguntar se aquilo era mais para Quill do que para ela.

– É o que você diz – disse ela.

O resto da conversa foi igualmente estranho, e Maud esperou que seu reencontro com Mollie fosse melhor. Elas tinham trocado muitas cartas enquanto ela estava fora, e Mollie dizia que mal podia esperar para vê-la novamente.

Mas, quando Mollie veio buscar a correspondência, estava mais quieta do que de costume. E, quando Maud lhe perguntou o que havia de errado, Mollie gritou com ela. Mollie nunca havia gritado com ela antes.

Para encobrir a dor, Maud perguntou se a amiga tinha notícias de Jack ou Nate. Não tivera notícias de Nate durante todo o verão. A pergunta teve o efeito desejado, pois Mollie sempre gostou de falar sobre coisas de que outras pessoas não sabiam.

– Nate esteve aqui no verão – disse ela, sentando-se à mesa da cozinha. – Por pouco você não o encontra! E Jack me levou para uma noite de fogueira que Clemmie Macneill estava fazendo. Sei o que você vai dizer, mas ela foi realmente encantadora. – Mollie enfiou um cacho solto embaixo do chapéu e se endireitou um pouco mais na cadeira. – Nós nos divertimos, mas acho que Jack e eu só vamos ser bons amigos.

Maud de repente entendeu por que Mollie estava tão triste e mal-humorada.

– Sinto muito, Mollie.

– Estou bem, Maudie – disse ela, olhando pela janela.

– Não, você não está bem – disse Maud. – Conheço essa expressão muito bem.

Mollie suspirou e bateu na mesa com a carta que segurava.

– Bem, ouvi Jack perguntar a Nate se as coisas realmente tinham acabado entre vocês dois e... se ele se importava que Jack tentasse...

Maud estremeceu, e não foi por causa da brisa do início do outono. Por que os rapazes tinham que estragar tudo?!

– Talvez você tenha ouvido mal – Maud disse. – É ridículo. Todos nós fomos apenas amigos. – Maud procurou na memória qualquer momento em que Mollie pudesse ter feito Jack pensar que eles não fossem apenas amigos.

– Não há nada de ridículo nisso – disse Mollie. – Você é mais bonita e inteligente do que eu. Uma escritora publicada. Por que ele não a iria querer?

Maud estendeu o braço sobre a mesa e segurou a mão fria da amiga.

– Jack é ridículo por não ver a pessoa encantadora que você é. Você é alegre, Mollie. Espero que você mantenha isso por toda a vida. É um dom.

– Talvez. – Mollie puxou a mão. – Mas quero casar por amor.

Maud queria pegar a mão de Mollie de novo, confortá-la e dizer que ainda eram jovens, que as coisas dariam certo para elas, mas estava claro que nada do que dissesse iria ajudar.

As duas amigas não disseram mais nada sobre isso, e Maud ficou aliviada quando Jack voltou para a escola logo depois que ela chegou.

Entre encontros constrangedores e os muitos sussurros ao entrar na igreja, Maud descobriu que seu primeiro domingo estava sendo penoso. Não esperava muito, mas pensou que as pessoas poderiam ter ficado um pouco impressionadas com suas publicações. Em vez disso, elas só perguntaram se havia algum namorado, forçando Maud a mentir e dizer que não havia ninguém. Após o serviço religioso, ela ouviu a senhora Simpson murmurar baixinho para o marido que ela estava definitivamente "se dando ares" por ter estado fora e usar o cabelo preso como faziam na cidade.

Maud

Ela tentou não deixar que isso a incomodasse muito, mas agora entendia quão verdadeiramente pequena era Cavendish. Era como se uma história antiga tivesse acontecido no dia anterior, e as memórias eram mais duradouras que a maioria dos sermões de domingo. Não importava o que fizesse, sempre seria a filha excessivamente emotiva de Clara e Hugh Montgomery.

Ainda assim, isso não significava que ela não pudesse tentar ser diferente do que se esperava.

Depois do culto, quando o reverendo Archibald estava disponível, ela lhe perguntou sobre a possibilidade de ensinar na Escola Dominical. Como um dos professores havia partido para Charlottetown, ele então perguntou a Maud se poderia começar no fim de semana seguinte.

Em seguida, Maud percorreu o caminho familiar até o cemitério, esfregando o polegar contra o dedo. Ao fazer isso, ela se perguntou se Will estaria fazendo a mesma coisa, pensando nela.

Ela parou em frente ao túmulo da mãe. Agora, sentia que entendia mais a mãe, uma jovem que adorava poesia e se casou por amor. A questão que ainda incomodava Maud era: por que tanta pressa? Seus pais não eram casados muito tempo antes de ela nascer. Fora essa a razão? Era escandaloso demais, e ela tirou isso da cabeça fechando os olhos e concentrando-se na sensação do vento contra a pele.

Maud abriu os olhos, e a dor de outra pergunta sem resposta instalou-se em sua alma. O que ela ia fazer? Sentia-se sem leme, à deriva. Precisava de um plano. Os avós começaram a lhe dar mais responsabilidades no correio, mas ela precisava voltar para a escola – só não sabia como trazer isso à tona.

– É você, Maud? – Uma voz familiar interrompeu seus pensamentos.

Senhorita Gordon! Ali estava uma pessoa que podia ajudá-la a descobrir qual seria esse plano.

– Senhorita Gordon, como está? – Maud indagou, e a senhorita Gordon a envolveu em um abraço. Ela parecia tão elegante como sempre em uma jaqueta Bedford marrom. Maud vira algo semelhante no exemplar da *Harper's Bazaar* que tinha comprado em Toronto.

– Você realmente cresceu, Maud – disse a senhorita Gordon quando elas se separaram. – Quase não a reconheci.

– Suspeito que seja o cabelo – disse Maud.

– Sim, deve ser isso. – Ela sorriu. – Eu estava a caminho dos Lairds para o jantar de domingo, mas, quando a vi, tive que parar. – Ela franziu o cenho. – Você não foi me ver.

– Estou me acomodando.

– Tenho certeza – disse a senhorita Gordon. – Mas eu esperava que você voltasse para a escola.

– É tarde demais.

– Nunca é tarde demais, Maud – disse ela.

– Não sei, não – disse Maud.

– Suas cartas indicavam que sua experiência em Prince Albert não foi – ela apertou as mãos – exatamente como você esperava.

Em uma carta na primavera passada, Maud finalmente contara à senhorita Gordon a verdade sobre a escola e o senhor Mustard.

– Foi definitivamente decepcionante.

– Lamento ouvir isso. Tive a impressão de que as autoridades do oeste estavam contratando os professores mais bem formados de Ontário.

– Talvez, mas uma boa educação nem sempre significa um bom professor. – Maud se surpreendeu com a resposta. Ela tentou se desculpar, mas a senhorita Gordon a impediu.

– Não, você está certa, Maud. Nem todo mundo deve ensinar.

Maud observou o golfo lá embaixo.

– Não sei o que meu avô dirá sobre meu retorno, mas sei que preciso terminar meu ano e estudar para me preparar para os exames de admissão, se quero entrar na faculdade.

– Sabe, fiquei tão impressionada ao ver aqueles ensaios e seu poema no jornal – disse a senhorita Gordon. – Seu avô não teria uma atitude semelhante?

– Talvez, mas nada disse. – Isso significaria elogiá-la.

– Isso não significa que ele não esteja orgulhoso de você.
– Talvez.
– Tente novamente. Então venha me ver e definiremos um roteiro de estudos para que você possa se atualizar e estar pronta para o exame do Wales College em Charlottetown no próximo verão. Não é a Acadia, eu sei, mas é uma boa escola e não muito longe de Cavendish. O custo é de sete dólares por período, mais hospedagem e alimentação. E eles estão aceitando mulheres.
– Prince of Wales College?
– Sim. Não é isso que você quer?
Maud respirou fundo.
– Sim. É exatamente o que eu quero.

Capítulo 5

Maud não acreditava que o avô pudesse mudar de opinião sobre a conveniência do ensino superior para meninas. O avô Montgomery poderia até ter pagado a faculdade se ela fosse um menino! Se queria ir para a faculdade, primeiro teria que convencer o avô de que era digna disso.

Domingo não era um dia para perguntar nada ao avô, e então Maud esperou até o jantar da noite seguinte para discutir o assunto com ele. Estava tão nervosa quanto no momento em que pedira para assistir à palestra do reverendo Carruthers, que lhe parecera tão importante dois anos antes.

Quando o avô terminou sua primeira porção de vieiras e batatas e esperava que a vovó lhe servisse mais um pouco, Maud largou o garfo e, em sua voz mais profissional, disse:

– Vovô, há algo sobre o que eu gostaria de falar com você.

A avó olhou para Maud por cima dos óculos como se dissesse:

– O que é agora? – Em seguida, colocou uma porção de batatas no prato do marido.

– O que é? – ele perguntou.

– Bem... é que... – Por que foi que, quando ele a olhou como se ela tivesse sido enviada do País da Fadas, todas as palavras que ela conhecia sumiram?

– Você sabe o que costumo dizer: "Diga o que pensa, porque ninguém mais vai falar por você". – O avô colocou algumas batatas na boca.

– Encontrei a senhorita Gordon ontem – ela disse.

– Ah, a senhorita Gordon. Ela está se saindo muito melhor do que a última. Certamente é capaz de lidar com a sala de aula – disse ele.

– Eu penso que sim. – Ele elogiara a senhorita Gordon, o que era promissor. – Ela disse que eu poderia voltar à escola neste ano e me preparar para os exames de admissão ao Prince of Wales College.

O avô parou de mastigar por um momento e depois engoliu. – Não é tarde demais para fazer os exames?

– Não. Não tarde demais. Se eu estudar neste ano, posso fazer os exames em junho.

Ele largou o garfo, enxugou o queixo com o guardanapo e amassou-o com a mão esquerda sobre a mesa.

– Maud, você sabe que sempre pensamos que era importante você receber uma boa educação. Você ainda teve um ano extra no ensino médio.

Maud abriu a boca para dizer algo, mas um olhar da avó a encorajou a fechá-la.

– Você teve educação suficiente, mais do que a maioria das meninas. Não vejo por que precise se incomodar com mais.

– Não seria um incômodo – disse ela. – Espero conseguir meu certificado de professora.

– Você quer, não é? – Ele zombou. – Você sabe o que eu penso sobre educar mulheres. É bom aprender a ler e escrever, mas obter um desses certificados confundirá sua mente. Você se lembra daquela mulher confusa que morava conosco. Isso é o que resulta do ensino superior para meninas!

Mas a senhorita Gordon era respeitada em Cavendish. Por que ele não podia ver isso? Ela continuou.

– Vovô, você sabe que meu trabalho foi publicado no jornal. Ir para a escola me dará as credenciais de que preciso para fazer isso.

– Como professora, você não seria melhor do que uma babá – disse ele. – Nenhuma neta minha vai se rebaixar.

Tendo bancado a babá, Maud sabia que eram trabalhos bem diferentes. Mais uma tentativa.

– Se eu tentar uma bolsa de estudos, posso ir?

O avô se levantou. A discussão tinha acabado.

– Você ouviu minha decisão, Maud. Pode fazer seus rabiscos, mas seu dever é aqui, não em alguma faculdade da cidade.

Maud não conseguia respirar. Era como se tivesse sido transformada em pedra. Não havia justiça. O avô havia feito seu julgamento, e sua decisão era final. Por que ela pensou que poderia convencê-lo? Estava impotente.

Lentamente, Maud ajudou a avó a limpar os pratos. Por que ela não conseguia apoiar a neta pelo menos uma vez?

Enquanto lavava a porcelana velha, Maud se viu fazendo a mesma coisa, lavando os mesmos pratos, dia após dia, durante os dez ou vinte anos seguintes. Ela estaria abrindo as cartas de dez anos de Laura e Will naquela mesma cozinha.

Nada teria mudado.

Capítulo 6

Mollie e Pensie é que tinham mudado muito, e nem mesmo tentavam esconder sua antipatia uma pela outra, tornando tudo muito difícil para Maud. Muitas vezes ela se sentia como se estivesse traindo Pensie se decidisse virar à esquerda para a casa de Mollie, e traindo Mollie se virasse à direita para a casa de Pensie.

Nenhuma das garotas estava interessada em deixar Cavendish e, embora ainda ouvissem Maud falar sobre Prince Albert ou sobre a faculdade, estava claro que, agora que haviam terminado os estudos, prefeririam conversar sobre encontrar um marido. Mollie também estava angustiada porque tinha a tarefa de ajudar a mãe a cuidar do pai doente. Ela não queria deixar transparecer, mas a avó dissera a Maud que o humor dela estava piorando.

Foi estranho, então, ir para a escola no dia seguinte com Lu, que havia crescido no último ano. Agora com 14 anos, Lu confidenciou a Maud que havia começado a contar suas nove estrelas e quem esperava que fosse seu marido.

Fazia apenas dois anos desde que Maud caminhava com Nate? Desde que ele era o alvo de suas nove estrelas?

A escola era exatamente a mesma; até mesmo a cifra que Nate havia gravado na partitura de Maud ainda estava lá. Mas todos os outros tinham partido ou seguido em frente, enquanto ela estava presa ali em Cavendish, forçada a depender da generosidade da família.

Quando Maud contou à senhorita Gordon o que o avô havia dito, a professora cruzou os braços e começou a andar na frente do quadro-negro que continha a lição de história britânica do dia. Maud daria qualquer coisa para se sentar à sua velha escrivaninha e estudar a história britânica.

A senhorita Gordon olhou para o quadro-negro, os dois dedos indicadores batendo contra os lábios.

– Sabe? – ela finalmente disse. – Vou precisar de muita ajuda neste ano. Tenho uma classe muito maior.

– Sim, mas...

– Você seria muito útil para mim, Maud. E também deve me ajudar com o concerto de Natal. Você sempre teve talento para essas coisas. – A senhorita Gordon fez uma pausa. – É seu dever, afinal.

– Meu dever? – disse Maud.

– Sim. – A senhorita Gordon sorriu. – Seu dever.

Maud começou a entender. Os avós não podiam se opor se ela estivesse fazendo caridade cristã ajudando sua professora. O que a comunidade diria se ela se recusasse?

A senhorita Gordon estava certa. A avó certamente não se importou se Maud estava "cumprindo seu dever" e ajudando a professora. Maud começou no dia seguinte. E, embora o avô não quisesse que ela "enchesse a cabeça de mais tolices", também não a impediu de cumprir seu dever cristão.

Era reconfortante voltar à confiabilidade da escola todos os dias, que ainda cheirava a pinho, a giz e ao esmalte de limão que a senhorita Gordon mandava que os alunos usassem para limpar as carteiras. Mas também havia aqueles com quem ela tinha ido à escola antes, alunos do terceiro ano e que agora estavam nos níveis superiores, como Austin Laird. Sempre brincalhão, Austin costumava criar problemas provocando as garotas, e mais de uma vez a senhorita Gordon teve de mandá-lo para o canto por má conduta. Maud sabia que, se ainda fosse aluna, teria rido junto com a classe, mas, por estar em uma posição de autoridade, manteve seus sentimentos ocultos. Felizmente, Maud não precisava cuidar da disciplina, já que a senhorita Gordon a incumbira de distribuir papéis ou ensinar os mais jovens a ler.

Uma tarde, quando Maud já estava ajudando a senhorita Gordon havia algumas semanas, a professora entregou-lhe uma pilha de papéis e livros. Havia uma série de pequenas lições em diferentes matérias, como Matemática e História, mas o material geral era muito mais avançado do que o que a senhorita Gordon estava ensinando.

– Leia essas lições e venha me ver no final desta semana.

– São muitas! Como vou fazer isso sozinha? – disse Maud. – E com que finalidade?

– Você não está sozinha. Estou aqui, e, se alguém perguntar, você está me ajudando – disse a senhorita Gordon. – Agora, vá e toque a campainha.

Maud levou as tarefas para casa e, depois de separar a correspondência para a avó no correio, examinou-as novamente. A senhorita Gordon havia feito uma lista de leituras e lições de todas as matérias em que Maud precisaria se preparar para o exame de admissão à faculdade. Maud firmou as mãos para que parassem de tremer. Se os avós descobrissem que a senhorita Gordon a estava ajudando secretamente a se preparar para o exame proibido, ela não teria permissão para voltar à escola, apesar do dever cristão. Mas o que isso importava se ela de fato não poderia ir para a faculdade? Por que ter esperanças? Os avós não iam mudar de ideia. Ela prontamente colocou a pilha em sua escrivaninha e fingiu tê-la esquecido.

Nas semanas seguintes, sempre que a senhorita Gordon lhe perguntava sobre as tarefas, Maud mudava de assunto, ignorando a expressão decepcionada da professora.

Enquanto continuava a ajudar a senhorita Gordon, Maud passou os fins de semana de outubro visitando a família do pai em Park Corner e compareceu ao casamento do tio Cuthbert. Foi adorável conviver com os primos Montgomerys. Enquanto ela estava lá, o avô Montgomery a lembrou de sua redação de viagem. Quando voltara a Cavendish, Maud a terminara e estava radiante por ter enviado "De Prince Albert à Ilha do Príncipe Edward" para o *Charlottetown Patriot*. Ela sentiu que era muito boa, com descrições exuberantes da paisagem canadense.

Então, na metade de outubro, a senhora Spurr encontrou Maud na saída do Cavendish Hall. Sua professora de órgão ainda parecia a mesma, com olhos cinzentos que lembravam muito os de Nate. Depois dos cumprimentos formais, a senhora Spurr convidou Maud para um chá. Por um lado, ela não poderia recusar o convite educadamente e, de outro, estava muito curiosa sobre o que sua antiga professora poderia ter a lhe dizer.

Era uma manhã dourada de novembro quando Maud tomou o caminho familiar através da Mata Assombrada para sua visita à senhora Spurr. Maud parou na estrada, olhando para trás, para a trilha bastante movimentada atrás dela. Parecia-lhe muito familiar atravessar a Trilha dos Amantes até a Cavendish Road, subindo a colina íngreme para a mansão de tijolos cinza do ministro batista que, apesar de sua separação agridoce de Nate, tão bem a acolhera.

A senhora Spurr levou Maud para a sala de estar, onde ela quase esperou encontrar Nate sentado em sua cadeira favorita, lendo um livro e aguardando para levá-la para casa. A senhora Spurr vestia uma saia de tecido escuro e uma blusa de renda com lindo acabamento ao longo do pescoço e dos pulsos. A maioria das esposas de ministros batistas parecia deselegante em comparação com sua antiga professora de órgão, que sempre adicionava um pouco de elegância e bom gosto ao que vestia.

Enquanto a senhora Spurr se movia graciosamente, servindo o chá, fazia a Maud todas as perguntas típicas sobre seu ano em Prince Albert. Maud tinha respostas bem ensaiadas, referindo-se ao seu ensaio sobre Saskatchewan, "Um Éden ocidental". Evitou cuidadosamente mencionar o senhor Mustard ou Will, porque isso em geral levava a perguntas sobre romance. Era a última coisa de que ela precisava. Não quando tentava provar ao avô a seriedade com que encarava a educação.

Depois que as duas se acomodaram diante de uma lareira acolhedora e beberam o chá, a senhora Spurr começou a falar sobre Nate e como os estudos dele estavam indo na Acadia: ele era o primeiro de sua classe e presidente da classe do segundo ano. A cadeira incomodava as costas de Maud. E era difícil equilibrar o pires em uma mão e a xícara de chá na outra. Colocando-os cuidadosamente na mesa de madeira escura, ela pegou um pedacinho de gengibre e mastigou-o delicadamente.

Quando Maud terminou seu terceiro pedacinho de gengibre, a senhora Spurr foi até a lareira e pegou uma fotografia.

– Ele fez esta fotografia em Halifax na primavera passada. – E a entregou a Maud. – Não é ótima?

Maud olhou para a imagem do primeiro menino que dissera que a amava. Seu corte de cabelo fazia suas orelhas se projetarem, algo que ela ainda achava cativante. A lembrança a fez sorrir. Ele não estava sorrindo, no entanto. Havia um ar de confiança que não lhe agradou nem um pouco.

– Sim, é ótima. – Maud mentiu e colocou-a sobre a mesa ao lado.

– É muito importante para um menino ter uma boa educação – disse a senhora Spurr. – Isso o coloca no mundo com o pé direito.

Era importante para uma mulher também, pensou Maud.

– Acho que, se uma pessoa se preparar por meio da educação e do bom serviço, fará uma boa demonstração disso – continuou a senhora Spurr, e então tomou um gole de chá. – Eu não poderia pedir coisa melhor para Nate. Meu marido tem sido realmente generoso.

Maud não conseguiu deixar de pensar que a senhora Montgomery poderia ter aprendido uma ou duas lições com o reverendo Spurr.

– Ele tem muita sorte – disse Maud.

– Você não continuou seus estudos em Prince Albert? – perguntou a senhora Spurr. – Você era uma das melhores alunas aqui em Cavendish.

– É muita gentileza sua dizer isso. Meu rendimento era apenas suficiente, especialmente no órgão – disse Maud.

A senhora Spurr riu.

– Na verdade, seria mais que suficiente se eu pudesse fazer você se concentrar. Oh, não me olhe horrorizada. Eu também fui uma menina. – Ela tomou um gole de chá. – Nunca diga isso ao meu filho, mas acho que você fez bem para Nate.

Maud nunca iria admitir, mas ele também tinha lhe feito bem.

– Você o inspirou a levar seus estudos mais a sério. E também o fez se interessar por meu cunhado, o pastor Felix, o escritor.

– Admiro o trabalho dele – disse Maud, e deu outra mordida no gengibre.

– É mesmo? – A senhora Spurr recostou-se na cadeira. – Você estaria interessada em falar com ele? Vou escrever a ele em seu nome.

– Oh, isso não é necessário, senhora Spurr. – E se ele nunca respondesse? – Tenho certeza de que ele está muito ocupado.

– Ridículo. Ele é da família e certamente responderá se eu lhe pedir.

O gesto foi tão gentil, tão genuíno, que Maud se virou para o fogo em um esforço para impedir que seus olhos ardessem. Quando se recompôs, ela disse:

– Devo perguntar: por que a senhora está sendo tão gentil depois que...

– Depois que as coisas ficaram um tanto azedas entre você e meu filho?

Maud ficou mortificada. Claro que a senhora Spurr pelo menos suspeitava do que havia acontecido.

– Quando o pai de Nate morreu, eu não tinha dinheiro próprio. Como você sabe, ele estava perdido no mar. – A expressão sombria da senhora Spurr disse a Maud quanto sua antiga professora de órgão amava o pai de Nate. – Era certamente respeitável para mim morar com meus pais, mas depois da morte de Nathaniel eu precisava ter mais recursos.

– Foi quando a senhora começou a ensinar?

– Eu já havia ensinado antes, mas, como precisava de mais trabalho, pedi ao reverendo Spurr que me recomendasse como professora. Mal sabia eu que Ele – e apontou para o alto – tinha outros planos. – Ela se serviu de mais chá. – Você se importa se eu lhe der um conselho não solicitado?

– Claro que não – disse Maud.

– Se você se aplicar no aprendizado do órgão, acho que também poderia dar aulas.

– Mesmo? – Era algo que ela nunca havia considerado.

– Sim – disse a senhora Spurr. – Você pode ganhar a vida para si mesma até encontrar um marido.

Maud

Embora o chá tivesse adquirido um gosto amargo à menção de um marido, Maud sabia que, ao contrário de muitas das mulheres que lhe deram conselhos sobre casamento, a senhora Spurr estava sendo gentil e prática.

– É uma ótima ideia, senhora Spurr. – Maud se lembrou das ideias do avô sobre o ensino. – Mas deve saber que algumas pessoas não têm a mesma filosofia sobre mulheres que são professoras.

– Pense nisso – disse a senhora Spurr. – Só porque as pessoas não compartilham da mesma filosofia, não significa que não possam encontrar um terreno comum. – Ela sorriu. – Olhe para você e para mim.

Quando o chá acabou, Maud agradeceu à senhora Spurr e tomou o caminho mais longo para casa pela Trilha dos Amantes, ponderando no que a esposa do ministro havia dito.

As coisas sempre ficavam mais claras na Trilha dos Amantes, onde ela se sentia próxima do espírito da floresta. Desde que voltara a Cavendish, Maud havia caminhado por ela muitas vezes. A floresta a embalava quando ela chorava pelo rapaz que havia deixado para trás e pelas decepções da vida no oeste. Mas agora, entre o abraço de bétulas amarelas e arcos folhosos, tudo parecia possível.

Maud caminhou até o pequeno lago e sentou-se em uma rocha próxima, observando uma folha carmesim solitária que flutuava calmamente na superfície espelhada do lago. Ela poderia fazer aquilo? Seria mesmo possível?

A folha deslizou na direção de Maud, e ela a pegou. Sua cor vermelha brilhante era tão ousada! Olhando para ela, Maud sabia que tinha que ser ousada também. Se tinha uma chance de ganhar dinheiro, de se tornar independente, deveria aproveitar essa oportunidade.

Quando chegou a casa, Maud foi diretamente para o quarto e colocou a folha em seu álbum de recortes. Então começou a separar os papéis e livros que a senhorita Gordon lhe havia dado. Sim, poderia. Ela faria dar certo.

Mais tarde, quando Maud desceu para ajudar no jantar, a avó perguntou:

– Como foi sua visita à senhora Spurr?

– Muito agradável. – Maud pegou uma batata e uma faca e começou a descascar.

– O que ela disse?
Maud observou a avó descascar a batata em uma tira comprida.
– Ela mencionou que Nate estava indo bem na escola. – A casca se enrolou em um adorável redemoinho. – E conversamos sobre outras coisas.
– Sim?
– Falamos sobre a vida dela em Halifax e o órgão.
– Você está pensando em ter aulas de novo? – perguntou a avó. – Porque acho que não posso pagar.
– Não. – Sua última decisão fez com que Maud se sentisse corajosa. – Na realidade – ela colocou a batata em uma tigela de madeira e pegou outra –, a senhora Spurr sugeriu que eu fizesse algo que ela fez.
– Casar com um ministro? – A avó realmente riu? – Não acho que você tenha o temperamento certo.
A ideia fez Maud cair na gargalhada e largar a batata, e a avó balançou a cabeça, mas depois sorriu.
– Ela sugeriu que eu ensinasse órgão.
A avó a olhou por cima dos óculos.
– Mesmo?
– Sim – disse Maud. – Ela disse que uma pessoa pode ganhar a vida ensinando órgão até que se case. – Esta última frase Maud acrescentou para agradar a avó, já que ainda não tinha a intenção de se casar com ninguém.
– Humm. Bem, você não vai fazer nada a menos que tenhamos este jantar – disse a avó. – Descasque mais rápido.
– Sim, vovó. – Maud agora sabia quando parar de pressionar e permitir que a ideia brotasse na mente da avó. Então ela continuou a descascar, observando a pele avermelhada girar em lindas tiras sobre a mesa.

Capítulo 7

À medida que novembro esfriava e seu aniversário de 17 anos se aproximava, Maud continuou a estudar diligentemente e a escrever contos e versos, além de ajudar a avó a organizar a correspondência diária dos correios, praticar órgão e ajudar a senhorita Gordon. Maud tentou manter a pequena esperança de que, se estudasse muito, poderia voltar à escola e se preparar para o exame de admissão à faculdade.

Algumas coisas foram encorajadoras. "De Prince Albert para a Ilha do Príncipe Edward" foi aceito pelo editor do *Charlottetown Patriot* e depois reimpresso no *Prince Albert Times*. E mais, o editor do *Patriot* havia lhe pedido mais textos! A senhora Spurr também escreveu ao pastor Felix, que lhe enviou uma resposta solicitando alguns de seus poemas. Maud ficou bastante assustada por ter que escolher quais enviar.

Uma noite, Maud voltou a escrever para Laura uma carta que havia começado mais cedo naquele dia. Escrever sempre a ajudou a clarear a mente.

> *Esta noite fiquei em casa para escrever e estudar; uma grande mudança desde o ano passado, quando eu estava constantemente procurando maneiras de escapar do olhar tirânico da senhora Montgomery.*

Claro que ter você e seu irmão por perto ajudou. Você me salvou, Laura. Já lhe agradeci por isso? Se não, deixe-me agradecer agora. Gostaria que você pudesse convencer seu pai a continuar na escola de arte. Você tem um talento maravilhoso. Lembro-me de quando Will e eu fomos ver sua exposição no St. Anne. Aquela paisagem que você pintou de Laurel Hill capturou perfeitamente o espírito de sua casa. O que espero fazer em palavras você faz em arte. Pense: poderíamos fugir juntas, e você poderia pintar, e eu, escrever! E, sim, Will poderia vir também e estudar Medicina. Nós três estaríamos livres. Livres para sonhar!

Amor profundo,

Maud

P.S.: Agradeça a Will pelo caderno e pelos lápis e diga a ele que também vou lhe agradecer assim que puder.

Maud largou o lápis que Will lhe dera, foi até o baú e pegou um de seus antigos cadernos escolares. Abrindo na capa, viu o poema "O caminho alpino", que colara ali quase dois anos antes, e o traçou com o dedo indicador. Ela tinha tido sucesso, não foi? Já havia sido publicada quatro vezes. Mas, se queria ganhar a vida escrevendo, teria que conhecer os mercados para os quais escreveria. Ela já estava estudando as revistas da Escola Dominical, como *Boys' and Girls' Companion*, e lendo o *Young Ladies' Journal* para ver as histórias que estavam sendo publicadas. Queria encontrar o lugar certo para um conto sobre o baú azul em que estava trabalhando.

Havia alguns bons trabalhos. Talvez. De alguma forma, enviar ao pastor Felix alguns de seus trabalhos parecia diferente de enviá-los a uma revista ou um jornal. Ele era um autor publicado. Se ela fosse escalar o "caminho alpino", teria que levar a jornada – e ela mesma – a sério. Com determinação renovada, Maud encontrou "Junho" e começou a copiá-lo para enviá-lo ao pastor.

Maud recebeu uma carta do pastor Felix uma semana antes do Natal. Ficou encantada ao saber que ele havia ficado muito impressionado com os trabalhos que submetera à sua apreciação. E ele até lhe deu alguns conselhos de como poderia ser publicada em mais revistas. As coisas correram a seu favor, porque, depois do Natal, um dos piores invernos já registrados atingiu a ilha. O frio cortante e a neve estrangulavam as estradas, e as pessoas ficavam em casa, saindo apenas quando necessário. Como a escola foi fechada, Maud ficou feliz por se concentrar em seus estudos e histórias, sem a culpa de ter que reservar um tempo para eventos sociais com as amigas.

Perto do Dia dos Namorados, o tempo se acalmou, e o correio pôde finalmente chegar. Maud recebeu um pacote de Will, que incluía uma caixa com os doces que ela amava, os mesmos que ele lhe dera no piquenique de Lago Maiden, e uma carta. Ela leu avidamente a carta perto do fogo, saboreando um dos doces enquanto a avó costurava. O avô já tinha ido para a cama. Felizmente, Maud recebeu tantas cartas e pacotes de seus amigos de Prince Albert que os avós não questionaram seu conteúdo. A princípio a incomodou não receber muita coisa do pai, mas ele mandava notícias de vez em quando.

29 de janeiro de 1892
Querida Maud,
Feliz Dia dos Namorados!
Sentimos sua falta. Se você estivesse aqui, eu a levaria em um longo passeio com Platão sob cobertores quentes e depois voltaria para a casa de tia Kennedy para um chocolate quente. Está muito frio para um piquenique agora, mas mando doces. (Na esperança de que isso compense.)

Como parte do seu presente do Dia dos Namorados, estou finalmente cumprindo uma promessa que lhe fiz no verão passado. Economizei o suficiente para fazer uma fotografia minha. Foi tirada no Natal passado em Goschen. Quando você olhar para ela, saiba que eu estava pensando em você. Laura também foi, e colocamos nossa "melhor roupa de domingo" e desfilamos no estúdio do fotógrafo. O que acha? Não sei se parece comigo. Como você sabe, fico muito mais confortável com minhas roupas de trabalho. Mas não podia deixar você se lembrar de mim com calças sujas e um chapéu de caubói – ou talvez você preferisse isso?

Esta é sua, em troca da fotografia que você tirou da última vez em que esteve em Charlottetown. Eu a coloquei perto da minha mesa de cabeceira, a centímetros de uma certa frase gravada.

Fico pensando em maneiras de visitar você. Pensei em conseguir um trabalho extra na cidade, mas, quando mencionei a ideia ao meu pai, ele disse que, se eu tivesse tempo suficiente para trabalhar para os outros, deveria ter mais horas no dia para trabalhar para ele. Então ele me encarregou de domar dois potros novos. São bem selvagens, mas, como você sabe, gosto de manter um pouco da natureza deles intacta – respeitar a natureza deles é como conquistar seus corações.

Todo o meu amor,

Will

P.S.: Observe, nenhum erro desta vez. Laura tem me ajudado, e minhas mãos não tremem mais. Elas simplesmente sentem falta de tocar em você.

Embora fosse agradável ficar sentada perto do fogo lendo sua carta e mastigando doces, ela teria preferido o escritor a seus presentes. Maud apertou a foto contra o peito e fechou os olhos, lembrando como foi bom ser abraçada e beijada por ele naquele dia perto do Lago Maiden. A dolorosa despedida final ainda a perseguia, mas aquela foto lhe dava a sensação de estar com ele. Ela havia ganhado uma moldura de Natal e estava esperando a foto perfeita para colocar nela. Também sabia onde a colocar: na estante ao lado da cômoda, para que ele ficasse por perto quando ela trabalhasse.

– Você está em um de seus mundos de sonho, Maud? Já chamei seu nome três vezes – disse a avó.

Maud colocou a foto em segurança dentro do envelope da carta.

– Desculpe, vovó, o que é?

– Já falei com seu avô sobre isso. Estou planejando uma curta viagem a Park Corner enquanto o tempo está bom.

Maud não via tia Annie desde que se hospedara em Park Corner no outono passado.

– Oh, que adorável. Posso ir?

A avó largou o bordado e balançou a cabeça.

– Preciso de você aqui para cuidar de seu avô. Ele não deve ficar aqui sozinho.

– Mas ele odeia a maneira como eu faço as coisas.

– Ele é peculiar, é verdade – disse a avó, e voltou a costurar. – Mas falei com ele, e com certeza falarei com ele novamente antes de viajar. Ele vai concordar.

Maud tinha certeza de que nenhuma maneira de falar mudaria a atitude do avô, mas prometeu à avó que faria o possível.

– Então, tenho notícias interessantes – disse a avó ao avô três noites após seu retorno de Park Corner. – Annie e eu tivemos uma longa conversa sobre as meninas. Você sabe que Stella e Clara estão crescendo. São apenas alguns anos mais novas que Maud e não tiveram muita educação musical. – Ela tomou um gole de água. – Elas precisam de uma professora de música, e sugeri que Maud faria isso satisfatoriamente.

Maud quase engasgou com a torta de frango. Ela pensava que a avó tinha esquecido completamente a conversa delas em novembro.

– Não foi isso que a senhora Spurr lhe disse? – Ela se virou para Maud. – Que você tinha conhecimento suficiente para ensinar?

– Você sabe o que eu sinto sobre mulheres que ensinam... – começou o avô.

– Sim, conheço bem seus sentimentos. – A avó pegou algumas ervilhas e as colocou no prato dele. – Mas isso não é ensino regular em uma escola. Maud poderia ir e ficar com as primas por alguns meses e mostrar a elas o que sabe.

O avô enfiou algumas ervilhas na boca.

– Maud receberá uma pequena quantia – prosseguiu a avó. – Pagamos à senhora Spurr catorze dólares por um período de aulas e, portanto, como é sua primeira vez, Annie sugeriu dez dólares. Isso inclui hospedagem e alimentação.

Maud estava aturdida, em silêncio.

– Não acredito que você agiu pelas minhas costas e organizou isso sem me consultar – disse o avô.

Maud também não. Mas pagaria por um período no Prince of Wales College. E, se vendesse uma ou duas histórias... Talvez...

Mas como os primos poderiam pagar isso com uma família tão grande?

– Calma. Não concordei com nada ainda. Se você não concordar, vou escrever para Annie esta noite e dizer a ela para encontrar outra professora.

– A senhora Spurr é a esposa do ministro batista e continua sendo uma mulher respeitável. – O avô estava falando mais para si mesmo do que para elas.

A avó continuou a comer.

– Isso certamente significaria que todo aquele dinheiro gasto nas aulas de Maud não teria sido desperdiçado – meditou o avô.

A mão de Maud tremia tanto que mal conseguia comer as ervilhas. Ela largou o garfo. A ideia era interessante. Como faria a preparação para a faculdade nesse esquema? Seria essa uma maneira de a avó desviar sua atenção da escola? Se o avô concordasse, eles a mandariam embora, não importava o que ela sentisse. A menos que o avô dissesse não. Mas, pelo jeito como ele falava, estava praticamente certo. Pelo menos era Park Corner, e não com tia Emily em Malpeque.

– Muito bem – disse o avô finalmente. – É melhor Annie pagar Maud do que um estranho.

– Maravilhoso – disse a avó. – Fico feliz que você concorde. – Ela se virou para Maud. – Vou mandar um recado para Annie que você irá nas próximas duas semanas.

– E quanto ao meu trabalho com a senhorita Gordon? – disse Maud.

– A escola fechou por causa do tempo – disse a avó. – Além disso, ela não gostaria de atrapalhar esta oportunidade.

– Não – disse Maud. – Suspeito que ela não faria isso. – Então, pegou o garfo e terminou a torta de frango.

*Park Corner,
Ilha do Príncipe Edward
Março de 1892*

Capítulo 8

Maud chegou a Park Corner em março, em uma tarde de sábado de muita neve. No início, não sabia por onde começar. A senhora Spurr lhe dera alguns livros e dicas, mas ela sabia que tudo que fizesse envolveria improvisação. À medida que as aulas prosseguiam, Maud descobriu que Frede realmente demonstrava uma grande afinidade com a música; as horas que passou ensinando a prima foram algumas das mais agradáveis em muito tempo.

Estar do outro lado da rua da casa do avô Montgomery também lhe proporcionou oportunidades de conhecer melhor seus parentes Montgomerys, e era como se ela estivesse aprendendo sobre eles pela primeira vez. Estava mais velha agora, e eles começaram a lhe contar muito mais histórias de família.

Maud também estava em uma fase muito criativa e passava várias noites no quarto escrevendo e estudando. Fazia o que o pastor Felix chamava de "trabalho preparatório", delineando histórias e personagens. Às vezes, seus personagens emergiam totalmente formados; outras vezes, ela não sabia a que lugar eles pertenciam. Havia muito ela tinha abandonado as histórias sobre rainhas moribundas e se voltado para temas baseados em suas próprias experiências.

Depois que "De Prince Albert à Ilha do Príncipe Edward" foi publicado, as coisas ficaram mais claras para Maud. Ao relê-lo, ela reconheceu que pedaços de sua memória estavam tecidos nele. Estava tão focada em escrever um bom ensaio que não percebeu que algumas das descrições, como "beijar o orvalho sobre o gramado" e "sedutora como as águas do azul Saskatchewan", a lembravam fortemente dos beijos de Will. A maneira como ela descrevia o ritmo do trem enquanto atravessavam os "campos de trigo maduros de Manitoba e casas de fazenda aconchegantes", assim como a palavra "confortável", lembrava aquelas noites aconchegantes com Laura em Laurel Hill.

Isso a deixou um tanto envergonhada. Escrever uma peça de não ficção era uma coisa, mas mostrar a alma para o mundo era algo que Maud nunca havia considerado. Como uma espécie de teste, em suas cartas seguintes ela perguntou a Will e a Laura o que achavam do ensaio, mas nenhum dos dois percebeu o que ela havia feito involuntariamente.

Já era hora de você ser reconhecida por seu dom, Will escrevera, e Laura mandou algumas campânulas como lembrança, que Maud depois colou em seu álbum de recortes. Maud ficou aliviada. Seria necessária uma equipe de investigadores experientes de Sherlock Holmes para descobrir a verdade escondida entre as linhas floreadas da prosa.

Ao longo do início da primavera, Maud continuou a observar o que as revistas estavam publicando e começou uma versão tosca de seu conto sobre o baú azul trancado na cozinha de tia Annie. Se pretendia ganhar a vida com palavras, teria que entender como fazê-lo, mas, uma vez que o fizesse, nada a impediria de dar o próximo passo ao longo do caminho.

Maud também arranjava tempo para se divertir com as primas. Às vezes brincavam e contavam histórias enquanto costuravam; Maud havia terminado sua colcha de retalhos e agora trabalhava em uma para Katie.

MAUD

Em outras noites, iam às reuniões literárias em French River, e Maud às vezes permitia que Lem McLeod ou Edwin Simpson a levassem para casa. Embora Edwin parecesse perder o interesse rapidamente (o que não chegou a preocupá-la), ela suspeitou que Lem tinha intenções mais sérias. Tentou ser leve e amigável, mantendo a distância entre eles quando voltavam para casa juntos na charrete dele, mas se perguntou se isso o encorajava mais. Depois de todo esse tempo, ela ainda não sabia por que não podia ser amiga de homens jovens. Talvez a única maneira fosse por meio de cartas.

Mas o ritmo do tempo de Maud em Park Corner foi interrompido quando uma carta chegou da última pessoa que ela esperava: tia Emily, que convidava a ela e aos primos para a Páscoa em Malpeque.

*Malpeque,
Ilha do Príncipe Edward*

Capítulo 9

Três anos antes, quando Maud chegou à porta da casa da tia Emily e do tio John Malcolm Montgomery em Malpeque, após o incidente com a senhorita Robinson, a recepção não foi amigável. Nuvens baixas pairavam sobre a casa cinza de dois andares que se erguia orgulhosamente contra os fortes ventos em um penhasco que dava para o golfo.

Agora, a maneira como a casa pairava sobre o penhasco lembrava a Maud os pântanos desolados do *Morro dos Ventos Uivantes*. Muitas coisas haviam mudado desde que ela estivera lá. Maud havia tirado uma lição do livro da avó e aprendera a esconder seu nervosismo. Por isso, os primos só viram uma garota risonha e animada para embarcar em uma aventura durante aquela triste tarde de final de inverno.

Maud não sabia ao certo por que tia Emily e tio John Malcolm a tinham convidado para o fim de semana. Não tinha notícias da tia havia meses; na maioria das vezes, as notícias chegavam por meio de outros membros da família. Mas, depois de uma longa conversa com tia Annie, ela concordou em aceitar o convite. Talvez essa fosse a maneira de tia Emily fazer as pazes.

Desde seu tempo em Prince Albert, Maud começara a escrever para a tia, mas nunca sabia por onde começar. Será que deveria se desculpar por ter sido posta aos cuidados da tia depois da morte da mãe? O que poderia dizer para melhorar isso?

Agora, tia Emily e tio John Malcolm estavam na varanda, o vento açoitando a saia escura da tia. Maud desceu cautelosamente do trenó em meio à tagarelice animada dos primos, tentando ignorar a raiz nodosa que se contorcia em seu estômago. Ela ficou chocada ao ver que a tia havia ganhado um peso considerável. E a maneira como apoiava as costas lembrou-a da madrasta no final da gravidez.

Além dos quatro filhos – Charlotte, Annie, John e Edith –, tia Emily estava esperando outro bebê. Foi por isso que a tia a convidara, como um estratagema para lhe pedir para bancar a babá de seus filhos? Isso era tudo que ela era para sua família?

– Estávamos começando a nos perguntar se vocês conseguiriam – disse o alegre tio John Malcolm, abraçando Maud.

– Sim, você está pelo menos duas horas atrasada – disse tia Emily, olhando Maud de cima a baixo de uma forma que a fez querer voltar direto para a casa da tia Annie.

– Foi difícil chegar aqui, tia Emily – disse George. – Nós nos perdemos e pegamos o caminho errado. Foi terrível.

– Não tenho dúvidas – disse o tio John Malcolm. – Este tem sido um dos piores invernos da Ilha. – Ele deu um tapinha no ombro de George. – Vamos colocar todos vocês para dentro.

Enquanto todos caminhavam para a casa, Maud tentou chamar a atenção de tia Emily, mas esta se recusou a olhar diretamente para ela. Por que a tinha convidado se nem ia olhar para ela?

O resto da tarde foi muito agradável; Maud havia se esquecido de como o tio era engraçado, e ele manteve todos alegres e rindo. Depois do jantar, tio John Malcolm foi com os meninos arrumar o trenó para a volta, Clara e Stella brincaram com as filhas da tia Emily, Charlotte, Annie e Edith, de 3 anos, e Maud foi para a cozinha. Encontrou a tia preparando o pão para o café da manhã do dia seguinte.

– Obrigada por nos convidar, tia Emily – disse Maud. Por que, depois de tudo pelo que tinha passado, ela se sentia como se ainda fosse uma garotinha na cozinha da tia?

A tia cobriu o pão com um pano leve.

– Isso foi ideia do seu tio. Ele disse que não a víamos desde que você ficou aqui há alguns anos e que estava na hora de convidá-la.

Maud engoliu a pontada momentânea de tristeza – e as lágrimas. Manteve-se ereta e forte.

– Tio John é um bom homem.

Tia Emily enxugou as mãos e se sentou. Parecia cansada e triste.

– Você está bem, tia Emily? – perguntou Maud.

– Não precisa se preocupar comigo. Eu sempre vou dar um jeito.

– Você é minha tia. Claro que me preocupo com você. – Maud se sentou ao lado dela, mas tia Emily imediatamente se levantou e foi até a pia.

A risada da sala estalou pelas paredes. Maud observou a velha cozinha. O papel verde-escuro, a janela sobre a pia com sua bomba verde e o fogão no canto. O que ela poderia dizer para melhorar a situação?

– Tia Emily, eu bancava a babá de meu irmão e minha irmã em Prince Albert. – A tia não se moveu da janela. – E, embora eu os ame profundamente, muitas vezes não pude estar com meus amigos ou mesmo ir para a escola por causa de minhas responsabilidades em casa. – A tia deu meia-volta, o rosto escondido nas sombras. – Não posso mentir e dizer que sei de tudo o que você teve que abrir mão para cuidar de mim, mas imagino.

Maud esperou para ver se o comportamento da tia mudaria. Imaginou tia Emily correndo, abraçando-a e se desculpando por estar tão mal-humorada. Mas a tia não deu nenhum sinal de perdão. Talvez esse sempre tenha sido o seu jeito, e Maud fosse muito pequena para notar.

— Você está certa, Maud – disse a tia. – Você não pode fingir que me conhece. – Ela se sentou pesadamente à mesa da cozinha. – Mas não havia ninguém mais para cuidar de você. – Ela fez uma pausa. – Meus pais me pediram para assumir enquanto cuidavam dos arranjos. Deus sabe que seu pai era inútil.

Sentindo-se na defensiva, Maud se lembrou da tristeza do pai quando olhou para a mãe em seu caixão.

— Ele tinha perdido a esposa.

— Acho que sim – disse tia Emily. – Havia coisas acontecendo então, Maud. Coisas que você não entende. Era meu dever cristão cuidar da filha de minha irmã. Mas vi minhas amigas conseguirem maridos, e não queria acabar sozinha.

— Eu me lembro – disse Maud.

— Eu não sou você, Maud. – Sua mão tremia. – Eu não tinha nenhum talento no qual me apoiar. E as pessoas não gostavam muito de professoras naquela época, não que meu pai tivesse me permitido.

— A opinião dele não mudou – disse Maud secamente.

Tia Emily se encostou no espaldar da cadeira e colocou as mãos na barriga. Não falaram por um longo tempo, permitindo que a alegria da porta ao lado carregasse o silêncio. Maud não sabia o que mais poderia ser dito. A tia a convidara por um senso de dever, não porque realmente se importasse com ela. Maud fez o possível para fazer as pazes com tudo o que havia acontecido e continuava fora de seu controle.

— Todos nós fazemos o melhor possível – disse Maud, depois de um tempo.

A tia finalmente encontrou seu olhar.

— Não desanime, Maud. Talvez a Providência encontre uma maneira de realizar seu sonho. Assim como Ele fez com o meu. – Lentamente, ela se levantou. – Venha, ajude-me com o chá.

Park Corner,
Ilha do Príncipe Edward
Junho de 1892

Capítulo 10

De volta a Park Corner, Maud sentou-se na varanda dos Campbells, de frente para o campo. Estava escrevendo em seu diário, relembrando os últimos meses e absorvendo a beleza e o frescor da primavera. Era junho, seu mês favorito. Em poucas semanas os tremoceiros espalhariam pétalas rosas e roxas nos campos verdes e na terra vermelha, e (em um dia bom) com céu azul-claro transformariam a ilha em um arco-íris de cores. Um vento quente dançou pela lagoa brilhante. O longo inverno finalmente havia acabado e, após meses ensinando órgão e se preparando para os exames da faculdade, ela partiria para Cavendish no dia seguinte. Frede brincava com suas bonecas no jardim, conversando sozinha e inventando histórias.

O rangido da porta da frente tirou a atenção de Maud do diário, e ela sorriu para a tia em uma saudação silenciosa.

– Posso me sentar um pouco com você?

Maud assentiu e se afastou para que a tia pudesse se sentar. Juntas, assistiram a Frede pegar uma boneca de cabelo escuro e sair dançando pelo gramado como se fosse uma joaninha esvoaçante.

Tia Annie se apoiou nas palmas das mãos, e a postura a fez parecer mais jovem. Até aquele momento, Maud nunca havia considerado quantos anos a tia realmente tinha.

– Maud, há algo que eu queria lhe perguntar. – Tia Annie olhou rapidamente para a mão de Maud. – Mas não tinha certeza se havia uma maneira delicada de fazer isso.

– O anel? – Maud perguntou, sentindo o calor subir a seu rosto.

– Sim. Seu anel – disse tia Annie. – Eu me perguntei se você precisava aumentá-lo.

Maud riu. Tia Annie pensava que a indelicadeza estava relacionada à sua figura.

– Não.

– Você o perdeu?

– Não exatamente – disse Maud. Como poderia explicar isso? Se o fizesse, poderia soar mais inapropriado do que qualquer mudança em sua figura. Mas também não queria mentir para a tia. – Eu o dei a um querido amigo para se lembrar de mim. Era a coisa mais preciosa que eu tinha. Quem sabe se algum dia nos veremos de novo... – Ao pensar nisso, Maud engasgou e quase começou a chorar, mas se segurou.

Tia Annie colocou a mão sobre a de Maud.

– O anel era seu, e você poderia fazer com ele o que quisesse. Estou feliz que esteja em um lugar seguro. Mas você é tão jovem!

– Há tanta pressão – disse Maud. – Todas as minhas amigas estão procurando marido.

– De fato, há alguns homens em French River que expressaram interesse – disse tia Annie.

– Sim, Lem e Edwin estavam disputando minha atenção no início, mas não... – Maud suspirou. – Por que não podemos ser amigos?

Tia Annie riu.

– Não se espera que homens e mulheres sejam amigos; esse é o papel das mulheres. E, se vocês encontrarem os homens certos, eles podem ser seus companheiros mais queridos por toda a vida.

Maud pensou em Laura, Mollie e Pensie – até mesmo em Annie e Edie – e em como cada uma era tão querida, em quanto, mesmo depois de tudo o que havia acontecido entre elas, ela as adorava. Mas elas estavam tomando outro caminho; ela estava desejando algo totalmente diferente.

Maud baixou os olhos para o diário. Será que tinha viajado tanto e visto tanto para deixar a pergunta mais importante sem resposta? Conhecera parte da história com o pai, mas ainda tinha perguntas, e talvez tia Annie estivesse disposta a responder a elas.

– Por que nunca falamos sobre mamãe? Há tantas coisas que quero saber. Sobre ela. Pensei que quando a vovó finalmente me deu o livro de notas de mamãe...

– Ah, eu me perguntava o que mamãe teria feito dele – disse tia Annie. – Estou feliz que você o tenha.

Maud fechou o diário.

– Isso foi o que meu pai disse.

– Clara era tão jovem! – Annie focou-se na brincadeira de Frede. – E morreu terrivelmente rápido. – Ela esfregou os ombros como se estivesse se abraçando.

– Meu pai insinuou uma fuga, mas não quis dizer mais. – As palavras tinham escapado, palavras nas quais Maud nem ousava pensar.

Annie desviou o olhar de Frede e colocou a mão no joelho de Maud.

– Foi isso que você pensou?

Quando Maud não respondeu, Annie a abraçou. Então, de repente, outra mãozinha estava em seu ombro.

– Não chore, Maudie – disse Frede. – Mamãe pode consertar isso. Ela pode consertar qualquer coisa.

Annie e Maud se separaram e riram baixinho.

– Não sei se consigo consertar isso, querida – disse tia Annie. – Mas estou feliz que você pense que eu posso.

Maud

Frede sentou-se entre as duas.

– Não sei se esta é uma história para ouvidos de uma criança – disse Annie, torcendo a trança de Frede com o dedo indicador.

– Eu não sou criança. Tenho 8 anos. – Frede ergueu quatro dedos em cada mão.

Maud a abraçou.

– Você definitivamente tem uma velha alma, querida Frede.

Talvez porque seus ouvidos fossem de criança, tendo alma velha ou não, Annie demorou a responder.

– Eles foram pegos juntos, sozinhos. Ele a havia levado para um passeio de charrete, e meu irmão John Franklin os encontrou na volta. Você sabe como as pessoas falam...

Maud sabia muito bem.

– Uma moça estar sozinha com alguém, particularmente alguém que meu pai, seu avô, não aprovava... Bem, foi decidido que eles deveriam se casar rapidamente para salvar a reputação de sua mãe e antes que seu pai pudesse dizer qualquer coisa em protesto.

– Então eles fugiram.

– Onde você ouviu isso?

– Dois anos atrás. – Maud acariciou o rosto de Frede. – Mollie e eu ouvimos a senhora Simpson dizer algo em uma das reuniões de oração.

– Fofoca de igreja. – Annie franziu a testa. – Mas havia conversas... e Clara nunca me confirmou se havia permitido que as coisas saíssem do controle.

Tudo ficou parado. Era possível? De alguma forma ela sabia. Se parasse um pouco e contasse desde o mês em que os pais se casaram, março, até o mês de seu nascimento, novembro, era de fato possível. A mãe devia ter engravidado quase imediatamente. Essas coisas eram possíveis, mas...

– Maud – disse tia Annie. – Nunca ficou claro o que aconteceu. Sua mãe amava muito seu pai, e eles amavam muito você.

Maud sabia que tia Annie estava tentando recuperar o que ela não disse, o que ninguém dissera.

Tia Annie respirou fundo. Ela estava em sua própria história agora.

– Quando Clara morreu, sua avó ficou muito doente. Uma complicação por causa da gripe. Quase a matou.

Maud teve dificuldade em imaginar a avó forte e estoica doente.

– Uma noite ela realmente perdeu a consciência, e acreditamos que ela havia morrido.

– Por que eu nunca soube disso?

– É difícil falar sobre essas coisas, Maud. Passado é passado.

– Mas nossa família está sempre contando histórias do passado. É o que fazemos.

– É verdade. – Annie riu. – Mas existem histórias do passado que todos desejam enterrar ou permitir que desapareçam como os limites da ilha.

Como o que aconteceu com seus pais.

– Como ela melhorou?

– Não sei bem. Suspeito que um dia ela decidiu melhorar. Emily tinha 18 ou 19 anos e estava cuidando de você. Talvez uma parte de minha mãe soubesse que ela tinha suas próprias tarefas.

– Não acho que vovó me ame. – Maud pensou no que tia Emily havia dito. – Sou apenas um dever para ela.

– Lucy Maud Montgomery, nunca mais fale essas bobagens de novo! – disse tia Annie, chorando. – Minha mãe... – Ela respirou fundo. – Minha mãe a ama. É difícil para ela ver os olhos de Clara olhando para ela...

– Eu tenho os olhos do meu pai – interrompeu Maud.

– Você pode ter a forma dos olhos de seu pai, mas a cor é toda dela, sua tez. Sei que é difícil para você imaginar, mas você é tão parecida... tão romântica e emocional. Clara também gostava de poesia. Não acho que sua vovó saiba disso conscientemente, mas acredito que você é a razão pela qual ela decidiu melhorar. Isso mostra quanto ela a ama.

Embalada pela tia, com Frede aninhada entre elas, Maud chorou por todas as mentiras em que havia acreditado e pelas verdades que nunca conhecera.

*Cavendish,
Ilha do Príncipe Edward
Junho de 1892*

Capítulo 11

— Sou parte de tudo que conheci — Maud leu "Ulisses" de Tennyson em voz alta.

Naquele lindo dia de junho, com o vento suave se misturando à brisa do mar e os tremoceiros em plena floração, envolvendo a Ilha em um arco-íris de cores, era fácil se sentir parte da terra. De volta a Cavendish, Maud estava cuidando dos correios dos avós, que tinham ido ao vizinho fazer alguns negócios com tio John Franklin.

Sinceramente, por mais que Maud gostasse das risadas e da leveza de Park Corner, estava feliz por estar em casa. Cavendish a chamara através de quilômetros de pradaria, colinas arborizadas e vastos oceanos. Era tão parte dela quanto a história de sua família e seus livros favoritos.

Depois de alguns dias, Maud encontrou seu ritmo. Estava feliz por poder se reunir com os amigos. Sabia que a amizade deles nunca mais seria como quando eles eram jovens, mas estava grata por ainda poderem fazer coisas juntos. Pensie disse a Maud que finalmente dera a Quill sua resposta e – para surpresa de Maud – o recusara. Disse que queria alguém que conhecesse sua própria mente, cujas dúvidas não o diminuíssem aos seus olhos. Um dia ela encontraria alguém, e só então cruzaria aquele limiar.

Outras coisas também estavam mudando. Quando Maud passou pela escola no primeiro dia de sua volta, a senhorita Gordon lhe disse que deixaria Cavendish no final do verão para se mudar para o Oregon com a família. Essa ideia era quase insuportável. Ninguém jamais apoiara e se importara mais com suas ambições do que a senhorita Gordon.

Os avós também estavam lhe dando mais responsabilidades nos correios. Isso significava que Maud poderia ficar de olho nas cartas devolvidas, que infelizmente eram muitas. O conto baseado no baú azul havia sido rejeitado, mas ela não desistiria. Era a sua vocação.

As cartas de Prince Albert continuaram a chegar a cada poucas semanas. Ela até teve notícias do pai, que incluíra uma foto que Katie havia desenhado para ela. Desejou que Katie soubesse ler, porque então escreveria para a irmã uma carta especial, sem ter que se preocupar que outras pessoas a lessem. Maud poderia enviá-la para o pai, mas não podia garantir que a senhora Montgomery não a veria. O pai escreveu que ele e a madrasta estavam agora trabalhando como guardas nas prisões locais – e que ela tinha outro irmão. "Você terá de vir conhecê-lo", escreveu ele. Mas Maud sabia que se passariam anos até que se conhecessem, se é que isso aconteceria algum dia.

Maud sentia um desejo primitivo e profundo de ver Laura e Will. Mas a única maneira seria se casar com Will ou morar com o pai, e nenhuma das duas coisas lhe parecia certa. Casar com ele teria tornado as coisas muito mais fáceis, mas ela queria mais.

Maud estava virando a página quando ouviu o assobio familiar – como uma velha canção meio esquecida. Não conseguiu controlar a sensação involuntária de calor que lhe percorreu a espinha. Lentamente, ela levantou a cabeça e viu que ele caminhava em direção à porta com a mesma arrogância de sempre.

Nate. Estava mais alto, mas, de outro lado, exceto pelo queixo mais definido e pelo bigode, parecia o mesmo. Ela baixou a cabeça e fingiu ler, rezando para que não houvesse tinta de selo em seu rosto ou em suas roupas e fechando o livro e reabrindo-o de nervoso. Não daria a Nate a satisfação de ver quanto ele a perturbava. Não tinha notícias dele havia meses e pensava que a amizade havia terminado e se tornado uma memória agradável de muito tempo atrás. Ela se concentrou em Tennyson.

– Lendo sonetos de amor?
Ela lentamente ergueu a cabeça.
– Você sabe o que penso sobre eles, Nate Lockhart.
– Sei no que você gostaria que as pessoas acreditassem, Maud Montgomery.

Como é que ele ainda conseguia encantá-la com aquele sorriso?
– Será que poderíamos dar um passeio?
– Você não está aqui para pegar correspondência?
– Sim, mas seria bom me reconectar com você, Polly.
O apelido reacendeu uma velha centelha, tão familiar quanto um hino na manhã de domingo.
– Vou verificar se há correspondência. – Ela pensou que havia superado a maneira como se sentia quando ele olhava para ela, mas talvez uma pessoa nunca se recupere totalmente do primeiro amor. Havia dois envelopes, que ela trouxe de volta e entregou a ele.
– Dê-me alguns minutos para guardar essas coisas – disse ela, enquanto ele inspecionava sua correspondência.

Cerca de vinte minutos depois, Maud e Nate estavam perambulando pela Trilha dos Amantes, protegidos pelos ramos e arcos, o que lhes permitia caminhar despercebidos.

Nate falou sobre poesia e Direito e como esperava eventualmente estabelecer um escritório de advocacia. Enquanto falava, agarrou um galho, arrancou uma folha e a partiu ao meio.

Eles pararam e se encostaram na cerca quebrada.
– Você vai voltar para cá? – ela perguntou.

– Para visitar. Mas, se pretendo ir para Dalhousie em Halifax, acho que a Nova Escócia é minha casa agora. Afinal, é de onde eu vim originalmente – disse ele. – E você?

Maud deu alguns passos em direção ao riacho, inclinando-se para o abraço frondoso de sua árvore favorita.

– Depois de viajar pelo Canadá, as coisas estão diferentes; são menores aqui do que antes. – Ela se virou e o encarou. – Eu adoraria ir para a faculdade em Halifax.

– A educação universitária é certamente mais difícil do que em nossos dias de escola – brincou ele.

– Desculpe. – Maud se afastou do tronco da árvore e caminhou direto para ele. – Acho que ainda poderia estar à sua altura.

Nate ergueu as duas mãos como se fosse se render.

– Você definitivamente poderia. – A familiaridade de suas brincadeiras era como voltar para casa e encontrar algo de que havia esquecido que sentia falta.

– Quanto tempo você pretende ficar em Cavendish? – ela perguntou.

– Algumas semanas.

– Será bom ter você aqui para falar sobre os velhos tempos. Você, eu, Mollie e Jack.

– Sim, vai ser bom. – Seu sorriso escondeu seus dentes tortos. – Isso é bom agora.

Ele estava certo. Era. Ela nunca iria admitir, mas havia, e sempre haveria, algo entre eles.

Nate foi o primeiro menino a lhe dizer que a amava. Sempre teria um lugar em seu coração.

Eles ficaram lá, sob o arco de árvores na Trilha dos Amantes, naquele lugar intermediário onde haviam se beijado pela primeira vez... e ela queria beijá-lo agora. Seria tão simples voltar. Mas não seria justo com ele, ou com o rapaz ela ainda amava em Prince Albert... ou com ela.

– Venha – disse ela, estendendo-lhe a mão. – Leve-me para casa.

Capítulo 12

Quando voltava para casa, Maud parou brevemente na curva que levava à escola. Ela admirou o sol da tarde pairando sobre o golfo e o pequeno cemitério central da vila, que zelava pelas pessoas que ainda viviam deste lado do véu. Ela sussurrou "boa-noite" para a mãe e pegou o caminho de casa. Os avós estavam sentados do lado de fora, à sombra das macieiras do avô, que já tinham começado a brotar flores brancas. As árvores estavam calmas naquela noite; havia apenas alguns insetos e um pouco de vento, e a distância ela podia ouvir o murmúrio do golfo. Era uma noite de verão verdadeiramente perfeita na ilha.

– Como estava o tio John Franklin? – Maud perguntou, sentando-se em uma cadeira vazia.

– Ele está bem – disse o avô.

– Lu perguntou por você – disse a avó. – Talvez você possa ir vê-la depois do jantar. Há algumas framboesas na colina e podemos fazer uma bela torta.

– Uma ideia esplêndida, vovó – disse Maud, e se levantou. – Posso jantar?

– Espere um pouco, Maud – disse o avô. – Por favor, sente-se.

Aquela sensação familiar de algo rastejando por sua coluna voltou. Eles a estariam mandando embora de novo? Tinham descoberto seu diário?

E, se tivessem, iriam queimá-lo? Uma coisa era condenar às chamas um diário cheio das trivialidades de uma garota que escrevia principalmente sobre o tempo, mas outra completamente diferente era queimar o trabalho árduo dos últimos três anos.

– Não se preocupe, Maud – disse a avó, mas não o disse de maneira indelicada. – Sempre se pode ver no que você está pensando. – A avó fez uma pausa. – Como sua mãe.

Maud se sentou, olhando para o dedo indicador, onde antes estava o anel.

– Ela tem esse jeito dela – disse o avô.

A avó se virou para o marido.

– Muito parecido com o seu.

Maud ficou olhando, surpresa. A avó acabara de provocar o avô?

– Maud, sua avó e eu conversamos – disse o avô. – Temos observado você nas últimas semanas e achamos que você está desperdiçando seus talentos.

– Meus talentos? – Maud esfregou a nuca. – Eu... eu não pensei que você os tivesse notado.

O avô pigarreou.

– Só porque somos velhos não significa que não vemos – disse a avó. – Você tem trabalhado muito nos correios, mas, se a elogiássemos, você ficaria convencida, e as pessoas falam muito. Mas não estamos ficando mais jovens.

O coração de Maud disparou. O que eles estavam dizendo? Eles a estavam forçando a se mudar de novo?

E então a avó disse:

– Seu avô e eu decidimos que você pode voltar para a escola neste ano para se preparar para o exame de admissão à faculdade.

A ilha ficou em silêncio.

– Embora eu ainda não ache apropriado que meninas ensinem – disse o avô –, é verdade que não estamos ficando mais jovens.

Maud ficou sem palavras.

Maud

— Você já economizou algum dinheiro com as aulas neste inverno – prosseguiu o avô –, mas terá que arranjar o resto por sua conta. Talvez uma daquelas bolsas de estudo que você tanto queria.

Ela olhou para a avó, que tentava esconder um sorrisinho, e uma suspeita rapidamente se formou em sua mente. As aulas de órgão. Esse tinha sido o plano da avó o tempo todo? Ela não a mandara embora por ser esquisita; ela havia orquestrado uma maneira de Maud ganhar dinheiro. Maud teve de admitir que se perguntava como seus primos Campbells, com todas aquelas bocas para alimentar, podiam pagar por seu quarto, alimentação e salário todas as semanas. Agora entendia de onde vinha o dinheiro. A avó inventara uma maneira de Maud ganhar dinheiro sem que o avô descobrisse. Ela tinha pagado os meses da neta em Park Corner. Se não estivesse enraizada na cultura local – e se isso não tivesse chocado os avós –, Maud teria pulado em seus braços.

O avô se levantou e deu um tapinha distraído no braço de Maud.

— Vou cuidar dos cavalos.

— Vovó... Eu... obrigada, vovó – disse finalmente Maud depois que ele se afastou.

— Feche a boca, garota, você parece um peixe estripado. – A avó sustentou o olhar de Maud por um momento, ainda com aquele leve traço de sorriso. – E você pode nos agradecer estudando muito e não sendo vítima de suas emoções. – Ela se levantou. – Agora, preciso ir e começar o jantar. Tenho certeza de que você quer dar a boa notícia para seus amigos, mas não demore.

Enquanto observava a avó caminhando pela estrada sinuosa até a casa, Maud se lembrou do que tia Annie havia dito sobre quanto a avó realmente a amava.

Uma rajada de vento e um grito de corvo transformaram o silêncio em uma canção, e Maud correu para a costa, onde o sol baixo se refletia nas águas do golfo. Ela desfez o coque, e o vento libertou seus cabelos, levando--os para o céu. Maud ficou parada, olhando além do Buraco no Muro para a costa distante, traçando o lugar onde seu anel estava e sabendo que um dia ele estaria de volta em seu dedo.

A avó geralmente estava certa, mas naquela noite estava errada: Maud não queria ver seus amigos agora. Haveria tempo suficiente para contar as novidades a eles e à senhorita Gordon, antes que ela partisse. Maud escreveria para Will e Laura e até diria a Nate quando os Quatro Mosqueteiros se reunissem no verão.

Por enquanto, ela deu boas-vindas à solidão do momento entre ela e a terra que amava.

A avó estava errada sobre outra coisa também. Sempre tentara incutir em Maud a ideia de que não havia lugar no mundo para sua natureza sensível, mas isso não era verdade. Maud poderia se ancorar na história.

Ela escreveria sobre meninas que sonhavam com palavras, arte, música e amor – meninas que eram abraçadas por suas comunidades e famílias, mesmo que fossem consideradas estranhas. Ela criaria histórias que vinham dos cantos escuros de sua alma, dando voz a vales de arco-íris e águas brilhantes e famílias desencantadas. E encontraria um lar para si dentro deles, vivendo entre uns e outros.

Notas

Montgomery, L. M. *O caminho alpino: a história da minha carreira*. Jandira: Principis, 2020.

Montgomery, L. M. *L. M. Montgomery Journals*. L. M. Montgomery Collection, University of Guelph Archives.

Rubio, Mary, and Elizabeth Waterson. *The complete journals of L. M. Montgomery: The PEI years, 1889-1900*. Toronto: Oxford University Press, 2012.

Bolger, Francis W. P. *The years before Anne: The early career of Lucy Maud Montgomery*, Author of *Anne of Green Gables*. Halifax: Nimbus Publishing, 1991.

L. M. Montgomery to Pensie Macneill, 1886-1894, L. M. Montgomery Institute Collection, Robertson Library, University Archives and Special Collections, University of Prince Edward Island.

Bolger, Francis W. P. ed. *My dear Mr. M: letters to G. B. MacMillan from L. M. Montgomery*. Toronto: Oxford University Press, 1992.

Motte Fouqué, Friedrich de La. *Undine*. London: Chapman and Hall, 1888.

Mais sobre Maud
e sua época

Esta história não é uma biografia. Embora o enredo, os personagens e os lugares sejam baseados em muitas fontes primárias e secundárias, esta é antes de mais nada uma obra de ficção histórica.

Depois que tive a oportunidade de escrever um relato fictício sobre uma de minhas autoras favoritas – uma pessoa cujo romance *Anne de Green Gables* está tão enraizado na cultura canadense que as pessoas viajam do mundo todo para a Ilha do Príncipe Edward em busca do túmulo de Anne Shirley –, lembrei-me de minha maior questão ao concluir meu primeiro mestrado em História: qual é o papel do escritor de ficção histórica em criar uma verdade sobre quem realmente era seu sujeito, e como esse papel influencia nossa compreensão desse sujeito? L. M. Montgomery é amada por tantas pessoas, e eu sabia disso, mas no final eu precisava ouvir o cerne da minha história: quem Maud sem um *e* realmente é para mim. Minha Maud tinha que se inspirar na história, mas também tinha que ser autêntica. Eu precisava torná-la minha.

Quando tinha 14 anos, Maud queimou o diário que mantinha desde os 9 e começou um novo, que jurou que manteria "trancado". Eu tive de me perguntar: o que havia nele que ela não queria que as pessoas vissem? E por quê?

É aqui que minha história começa.

Maud deixou diários, álbuns de recortes e outros itens pessoais (incluindo sua biblioteca), que agora estão principalmente nos arquivos da Universidade de Guelph, em Ontário, Canadá, e no L. M. Montgomery Institute da Universidade da Ilha do Príncipe Edward, em Charlottetown. Embora todos esses itens forneçam muitos detalhes sobre sua vida, Maud foi muito específica sobre o que queria que soubéssemos sobre ela. Quando ficou mais velha, concentrou-se no que seus leitores poderiam pensar sobre ela e então criou uma imagem de esposa e mãe, uma mulher capaz de equilibrar a família e uma carreira de escritora prolífica e próspera.

Quando estava na casa dos 40 anos, Maud decidiu copiar seus antigos diários em novos livros de contabilidade, destruindo os originais. Esses dez volumes podem ser encontrados em Guelph e contêm fotos que ela tirou de sua casa, de lugares por onde viajou e das pessoas que amava. E, embora Maud diga que copiou seus diários "palavra por palavra", há seções tão fortemente editadas (como a cena do julgamento simulado que aparece no romance) que parecem ficção. Além disso, algumas entradas foram cortadas e, em seguida, inseridas novas, como a carta de amor de Nate. O diário de Maud – normalmente um documento privado – foi editado e revisado em uma versão de sua vida que ela desejava que víssemos.

Outro exemplo foi a publicação de sua autobiografia, *O caminho alpino*, na *Everywoman's Magazine*, em 1919, que enfocou todas as coisas que influenciaram sua carreira de escritora. Seu editor pediu que ela escrevesse sobre seus antigos namorados, mas ela se recusou. Em vez disso, escreveu sobre eles em seu diário. No entanto ela havia deixado instruções específicas a seu filho Stuart de que um dia ele poderia publicar seus diários. Então, escreveu sobre algo que não queria que ninguém visse com pleno conhecimento de que seus diários seriam publicados um dia!

Duas pessoas, Mary Rubio e Elizabeth Waterston, foram convidadas por Stuart a editar os diários quando chegasse o momento certo, e elas o fizeram. A maior parte do material que usei veio dos diários originais da Guelph, mas também daqueles que Rubio e Waterston editaram: *The complete journals of L. M. Montgomery: The PEI years, 1889-1900*; *The complete journals of L. M. Montgomery: The PEI years, 1901-1911*; e os *Selected volumes III, IV e V*.

Maud não sabia que correspondentes como G. B. Macmillan e Ephraim Webber, e amigos como Pensie, guardariam suas cartas, dando-nos mais informações sobre sua amizade e o tempo que Maud passou em Prince Albert. Pesquisei nesses também.

Algumas linhas do tempo foram alteradas para manter o enredo e o ritmo. Por exemplo, a situação com a senhorita Izzie Robinson ocorreu em 1887 ou 1888, quando Maud tinha 12 ou 13 anos; Will não apareceu nos diários antes de dezembro de 1891, e Laura apareceu algumas semanas antes. Adiantei o tempo para fortalecer o desenvolvimento dessas relações.

E, embora a maioria dos personagens do romance se baseie em pessoas mencionadas nos diários e fontes de Maud, minha interpretação e criação deles são inteiramente fictícias. Uma lista de personagens aparece no início do romance. Certos amigos e familiares, como meios-irmãos de Mary Ann McRae Montgomery, os irmãos de Mollie e Pensie e outros, foram omitidos para não confundir os leitores. Isso também significa que certas cenas, como o julgamento da escola, podem não ter incluído todos, mas, nos diários, Clemmie, Nellie, Annie, Mamie e outros estavam presentes. Além disso, o nome verdadeiro da personagem Mary Woodside é Maud Wakefield, e a senhoras Elvira Simpson e Matilda Clark são uma mistura de algumas das pessoas que Maud pode ter conhecido.

A província de Saskatchewan fazia parte dos Territórios do Noroeste (N.W.T.) e só se tornou oficialmente uma província em 1905. Em suas cartas para Pensie, Maud usa Prince Albert, N.W.T. como endereço, mas seu diário diz Prince Albert, Saskatchewan. Isso provavelmente se deve ao fato de a área ser chamada de Distrito de Saskatchewan nos Territórios do Noroeste. Para evitar a confusão do leitor, e porque ela morava em Saskatchewan, decidi simplesmente me referir à província como a conhecemos hoje. Da mesma forma, Regina não se tornou oficialmente uma cidade antes de 1903, mas Maud a menciona pelo nome em seus diários.

Também foi importante para mim mostrar o que estava acontecendo com os povos *métis* e *cree* (*Nehiyawak*, especificamente) e, ao mesmo tempo, ser fiel à história de Maud. Com base em seu ensaio "Um Éden ocidental", em outro ensaio que ela escreveu na faculdade e em um conto, "Tannis of the Flats"[6], fica claro que Maud foi afetada pelo que estava acontecendo com os povos indígenas.

"Um Éden ocidental" e seus diários têm uma linguagem e opiniões que são ofensivas para nós hoje, e algumas delas foram reproduzidas para mostrar a época. Eurocanadenses de classe média como Maud acreditavam que havia uma grande diferença entre eles e os indígenas. Maud pode ter sentido compaixão pela situação das nações *métis* e *cree* (*Nehiyawak*), mas os deve ter visto como inferiores.

Durante o final do século XIX, os indígenas se referiam a si mesmos como "índios" ou "nativos". Quando os indígenas se autodenominavam "índios", não percebiam que estavam aceitando uma identidade definida e controlada pelo governo. À medida que a consciência dos povos indígenas cresceu, eles começaram a insistir em termos diferentes. No início era "nativo", mas este também seria rejeitado. Mais recentemente, as pessoas preferiram usar nomes linguísticos ou culturais, como *Nehiyawak*. A ideia de identificação como uma nação também é relativamente nova.

Da mesma forma, os casamentos entre colonos indígenas e franceses, proibidos pela Igreja Católica Romana e pela Hudson's Bay Company, criaram um novo povo, identificado como *métis* pelos franceses, que falavam *michif*, uma combinação de francês e *cree*. Essas pessoas estabeleceram suas próprias comunidades e tradições culturais. O termo *"métis"* não foi

---

[6] Romance de Lucy Montgomery permeado de considerações sobre racismo. Tannis é uma mulher indiana de raça mista, belíssima, envolvida em um relacionamento com um homem branco. O pai dela, Auguste, era negro, feio e incrivelmente mal-humorado. Morava na única casa de madeira nos Flats. Flats era um pequeno posto comercial quase desabitado, quinze milhas rio acima de Prince Albert. Sua importância estava no fato de ser o ponto de partida de três linhas telegráficas. A história mistura um amor desenfreado, mal-entendidos e um forte contraste entre raça e posição social. (N.T.)

usado durante esse período pelos ingleses, que os chamavam de "mestiços". Apenas os *métis* se identificavam como *métis*.

Maud dividia o quarto com a criada Edith (Edie) Skelton, mas não está claro se ela era *métis*. Era comum as pessoas contratarem *métis* como criadas, e, dada a conexão de Maud com essa personagem, decidi dar a Edie essa identidade. Isso também forneceu um motivo pessoal para a decisão de Maud de escrever sobre as nações *métis* e *cree* em "Um Éden ocidental". Trabalhei em estreita colaboração com Gloria Lee, uma *cree-métis* de Chitek Lake, Saskatchewan, que me ajudou a dar voz a Edie. Agradeço seu conselho por essa parte do romance e por responder a minhas perguntas sobre as nações *métis* e *cree* em Saskatchewan. Todas as tentativas foram feitas em busca de autenticidade e precisão; quaisquer erros são meus.

Durante o final do século XIX, as mulheres no Canadá não tinham muitas opções. Embora seja difícil para nós imaginar, também não era incomum que professores mostrassem interesse por uma aluna mais jovem. As moças tinham poucos recursos nessas situações, pois os professores eram considerados símbolos de autoridade na comunidade. Se um homem era visto cortejando uma mulher, como o senhor Mustard, acreditava-se que ela devia ter feito algo para encorajá-lo. Essa também seria uma das razões pelas quais o pai de Maud poderia pensar que a filha havia encorajado o professor. Maud não indica se chegou a pedir ajuda ao pai, mas menciona que ele brincou sobre "passar a mostarda" durante o jantar. Laura conspirou com Maud para tornar desafiadoras algumas de suas noites com Mustard. E, embora Will e Maud trocassem bilhetes na escola e sua amizade fosse problemática para Mustard, a ajuda que Will forneceu foi fictícia.

O humor de Maud em "Um Éden ocidental" seria ofensivo para nós hoje, mas mostra, como explorei no romance, uma jovem escritora aprendendo seu ofício. Maud costumava usar a sátira para destacar situações sérias em sua ficção, como acontece quando o professor de Anne, o senhor Philips em *Anne de Green Gables*, é mostrado como um mau educador, não só por sua falta de habilidade, mas também por causa do flerte com uma de suas alunas, Prissy Andrews. Isso também foi provavelmente inspirado em sua experiência com o senhor Mustard.

Este romance se passa quando Maud está apenas descobrindo o que significa ser escritora e mulher. Durante um período em que a educação das mulheres (sem falar em ser escritora) era considerada inadequada, a paixão, a ambição e o sonho de Maud em relação à educação a diferenciavam. Ela não tinha o luxo que muitas mulheres no mundo ocidental têm hoje, de poder escolher entre ambição e carreira ou amor e casamento – ou todas essas opções. Maud acabou se casando em 1911, aos 37 anos, e teve três filhos com o reverendo Ewan Macdonald: Chester, Hugh (que morreu) e Stuart. Nessa época, ela já havia trabalhado para o *Daily Echo*, publicado uma série de contos e poemas e o *best-seller* de 1908, *Anne de Green Gables*. Maud e a família moraram em Leaskdale, Norval, e em Toronto, Ontário, e voltavam à ilha para visitas no verão.

Infelizmente, ao longo de sua vida, Maud sofreu de depressão. Seu marido, Ewan, também tinha uma doença chamada melancolia religiosa. Ambos tomaram muitos tipos diferentes de pílulas que deveriam ajudá-los, mas acabaram fazendo mais mal do que bem. Em 24 de abril de 1942, depois de entregar o que seria seu manuscrito final, *O grande livro dos Blythes*, Maud morreu em casa, Journey's End, em Toronto.

Ao longo da vida, Maud escreveu mais de quinhentos contos, vinte e um romances (um publicado postumamente), centenas de poemas e vários ensaios. Foi uma autora de *best-sellers* que alcançou sucesso financeiro, bem como a aclamação de seus contemporâneos, incluindo Mark Twain. Tornou-se oficial da Ordem do Império Britânico em 1935, trabalhou incansavelmente para a seção de Toronto da Associação Canadense de Autores e foi mentora de jovens escritores, oferecendo-lhes a orientação que nunca teve quando era uma escritora adolescente.

Minha esperança é que vocês encontrem em minha Maud algo que os inspire a fazer perguntas, ler sua ficção e descobrir suas próprias ideias, sua própria verdade sobre quem pensam que ela é. E, talvez, encontrem sua própria história.

Melanie J. Fishbane, 2016

O QUE ACONTECEU COM OS AMIGOS DE MAUD

Nathan (Snip) Joseph Lockhart, Jr. (1875-1954): Nate completou seu bacharelado na Universidade Acadia em 1895 e um mestrado em 1896. Ele e Maud continuaram a se escrever e se viam quando ele visitava a família, mas com o tempo a correspondência deles foi rareando. Quando os Spurrs deixaram Cavendish em 1896, ele ficou na Nova Escócia para ensinar, ingressando posteriormente na Dalhousie University, em Halifax, onde recebeu seu diploma de Direito em 1902. Quando Maud e Nate se encontraram rapidamente em 1901 na Dalhousie, ela esperava que ele a procurasse, mas ele não o fez. Eles nunca mais se viram. Nate exerceu advocacia em Sydney, Nova Escócia, e casou-se com Mabel Celeste Saunders em 1906. Naquele ano, os Lockharts se mudaram para Estevan, Saskatchewan, onde ele estabeleceu um escritório de advocacia, e o casal teve dois filhos. Nate teve uma carreira muito bem-sucedida, tornando-se juiz. Depois de se aposentar em St. Petersburg, Flórida, Nate morreu em 1954. Tinha 79 anos. Alguns acreditam que Nate foi a inspiração parcial para Gilbert Blythe na série *Anne de Green Gables*.

Maud

Amanda (Mollie) Jane Macneill (1874-1949): Depois que a mãe morreu e o pai (que sofria de depressão) cometeu suicídio, Mollie casou-se com George Henry Robertson (1875-1965), de Mayfield, uma comunidade que fazia parte dos assentamentos de North Shore, que incluía Cavendish. De acordo com Maud, Mollie se casou com George em julho de 1909 como último recurso, porque não queria acabar solteirona. Mollie mudou-se para Mayfield com George, onde viveu pelo resto da vida. Não tiveram filhos. Maud e Mollie continuaram a se corresponder fielmente, mas Maud sempre reclamou em seus diários que Mollie havia perdido sua juventude e exuberância porque era infeliz no casamento com um homem que não amava, envelhecendo doente e amargurada. A casa da infância de Mollie mais tarde ficou em ruínas e foi demolida quando o governo decidiu construir o Parque Green Gables para os turistas que visitavam a ilha para ver onde transcorria *Anne de Green Gables*. Hammie's Lane e o lugar onde ficava a casa de Mollie são agora um campo de golfe. Maud desejou que tivesse sido transformado em um local histórico. Mollie morreu em 1949, aos 75 anos.

Pensie Maria Macneill (1872-1906): Pensie casou-se com William B. Bulman (1871-1947) e em 1898 mudou-se para North Shore, New Glasgow, onde ele vivia. Eles tiveram um filho, Chester. Pensie e Maud mantiveram a amizade, mas nunca foram tão íntimas como quando eram jovens, e Maud não foi convidada para o casamento de Pensie, o que a magoou profundamente. Maud escreve em seu diário que estava preocupada com a saúde de Pensie, que se esforçava demais. Os temores de Maud eram fundados: Pensie morreu de tuberculose aos 34 anos, exatamente quando Maud estava concluindo um esboço do que se tornaria *Anne de Green Gables*. Setenta anos depois da morte de Pensie, Chester encontrou as cartas de Maud para a amiga de infância na Ilha do Príncipe Edward. Essas cartas mostram como as duas eram próximas quando jovens e quanto sua amizade significava para Pensie.

Laura Pritchard Agnew (1874-1932): Maud e Laura se corresponderam por mais de trinta e nove anos, com uma pausa por volta da Primeira Guerra Mundial, e Maud manteve uma foto de Laura em sua estante. Depois que Maud deixou Prince Albert, Laura continuou sendo cortejada por vários admiradores, incluindo Andrew Agnew, que teve de esperar seis anos antes de ela concordar em se casar com ele em 3 de junho de 1896, em Laurel Hill; ele tinha 30 anos, e ela, 22, e Will foi o padrinho. Eles tiveram cinco filhos. Ao longo da vida, Laura voluntariou-se para causas importantes, como o movimento Temperance, e tocava órgão para prisioneiros na prisão local. Em 1930, Maud procurou Laura quando foi para o oeste para uma visita, e elas tiveram um reencontro alegre, visitando Laurel Hill e relembrando seu tempo em Prince Albert. Laura morreu inesperadamente dois anos depois, em 1932, aos 57 anos. Muitas pessoas acreditam que Laura inspirou a personagem Diana da série *Anne de Green Gables*. O romance de Maud de 1917, *A casa dos sonhos de Anne*, é dedicado a ela.

Will Gunn Pritchard (1872-1897): Will nunca foi para a universidade e continuou trabalhando para o pai em seu rancho, mas Will e Maud se corresponderam até a morte dele de gripe, em abril de 1897, aos 25 anos. Quando Maud ficou sabendo, leu a carta dele de dez anos e escreveu: "Era uma carta de amor e, oh, como me doeu lê-la!". Will é outra inspiração para o personagem Gilbert Blythe em *Anne de Green Gables*. A foto dele estava na estante do quarto de Maud, e, quando Laura lhe devolveu o anel, ela o usou até morrer, tendo dedicado seu último romance publicado em vida, *Anne de Ingleside*, a "W. G. P.".

Leitura adicional

Sou grata aos enormes recursos disponíveis por meio da comunidade L. M. Montgomery. Abaixo estão algumas das pesquisas e fontes usadas para criar este romance.

Websites relacionados a L. M. Montgomery

L. M. (Lucy Maud) Montgomery Literary Society
🌐 http: // lmmontgomeryliterarysociety.weebly.com

L. M. Montgomery Online
🌐 http://lmmonline.org

L. M. Montgomery Institute
🌐 http://www.lmmontgomery.ca

Melanie J. Fishbane

Arquivos e sociedades históricas

Island Newspapers, UPEI, Robertson Library
* http://www.islandnewspapers.ca

Cartas de L. M. Montgomery para Pensie Macneill, circa 1886-1894, University of Prince Edward Island, Robertson Library. University Archives and Special Collections. L. M. Montgomery Institute Collection.

Arquivos da Coleção L. M. Montgomery e Coleção Especial, Arquivos da Universidade de Guelph
* http://www.lib.uoguelph.ca/find/find-type-resource/archival-special-collections/lm-montgomery

Prince Albert Times, Peel's Prairie Provinces, University of Alberta Libraries
* http://peel.library.ualberta.ca/newspapers/PAT/

Prince Albert Historical Society
* http://www.historypa.com

Arquivos Provinciais de Saskatchewan
* http://www.saskarchives.com

Arquivos e coleções especiais, Universidade de Saskatchewan
* http://library.usask.ca/archives/

Arquivos Públicos e Escritório de Registros, Ilha do Príncipe Edward
* http://www.gov.pe.ca/archives/

Materiais sobre Montgomery

Bolger, Francis W. P. (1974) *The years before Anne: the early career of Lucy Maud Montgomery, autor de Anne of Green Gables*. Halifax: Nimbus Publishing, 1991.

Epperly, Elizabeth Rollins. *The fragrance of Sweet-Grass: L. M. Montgomery's Heroines and the Pursuit of Romance*. Toronto: University of Toronto Press, 2014.

Through Lover's Lane: L. M. Montgomery's Photography and Visual Imagination. Toronto: University of Toronto Press, 2007.

Imagining Anne: The Island Scrapbooks of L. M. Montgomery. Toronto: Penguin Random House of Canada, 2008.

Gammel, Irene e Epperly, Elizabeth (org.) *L. M. Montgomery and canadian culture*. Toronto: University of Toronto Press, 1999.

Lefebvre, Benjamin (org.). *The L. M. Montgomery Reader. Volume one: A life in print*. Toronto: University of Toronto Press, 2013.

McCabe, Kevin, comp. *The Lucy Maud Montgomery Album*, editado por Alexandra Heilbron. Toronto: Fitzhenry e Whiteside, 1999.

Montgomery, L. M. *O caminho alpino: a história da minha carreira*. Jandira: Principis, 2020.

Rubio, Mary Henley. *Lucy Maud Montgomery: the gifts of wings*. Toronto: Doubleday Canada, 2008.

Rubio, Mary Henley e Hillman Waterston, Elizabeth (orgs.). *The complete journals of L. M. Montgomery: The PEI Years, 1889 a 1910*. Don Mills, ON: Oxford University Press, 2012.

The selected journals of L. M. Montgomery. 5 vols. Don Mills, ON: Oxford University Press, 1985.

Waterston, Elizabeth. *Magic Island: the fictions of L. M. Montgomery*. Don Mills, ON: Oxford University Press, 2008.

OBRAS DE FICÇÃO E CONTOS DE L. M. MONTGOMERY

Existem muitas edições diferentes dos romances de Maud. Aqui estão algumas das mais recentes.

Montgomery, L. M. *Anne de Green Gables*. (1908) Jandira: Ciranda Cultural, 2020.
_____. *Anne de Avonlea*. (1909) Jandira: Ciranda Cultural, 2020.
_____. *Anne da Ilha*. (1915) Jandira: Ciranda Cultural, 2020.
_____. *Anne e a Casa dos Sonhos*. (1917) Jandira: Ciranda Cultural, 2020.
_____. *Anne de Windy Poplars*. (1936) Jandira: Ciranda Cultural, 2020.
_____. *Anne de Ingleside*. (1939) Jandira: Ciranda Cultural, 2020.
_____. *A Menina das Histórias*. (1911) Jandira: Principis, 2021.
_____. *Emily de Lua Nova*. (1923) Jandira: Principis, 2022.
_____. *A escalada de Emily* (1925) Jandira: Principis, 2022.
_____. *A busca de Emily* (1927) Jandira: Principis, 2022.
_____. *Tannis of the Flats* in *Further Chronicles of Avonlea*. (1920) Toronto: Doubleday Canada, 1987.

Fontes sobre a história e a época

Abrams, Gary. *Prince Albert: the first century: 1866-1966*. Saskatoon: Modern Press, 1976.

Baldwin, Douglas. *Prince Edward Island: an illustrated history*. Halifax: Nimbus Publishing, 2009.

Carter, Sarah. *Lost harvests: prairie indian reserve farmers and government policy*. Montreal: McGill-Queens University Press, 1990.

Conrad, Margaret. *A concise history of Canada*. New York: Cambridge University Press, 2012.

Lamontagne, Manon, et al. (orgs.) *The voice of the people: reminiscences of Prince Albert settlement's early citizens 1866-1895*. Prince Albert, SK: Prince Albert Historical Society, 1985.

Meacham, J. H. *Illustrated Historical Atlas of Prince Edward Island*. J. H. Meacham & Co. 1880: Compact Edition. Charlottetown: PEI Museum and Heritage Foundation, 2013.

Porter, Jene M. (org.) *Perspectives of Saskatchewan*. Winnipeg: University of Manitoba Press, 2009.

Waiser, Bill. *Saskatchewan: a new history*. Allston, MA: Fitzhenry and Whiteside, 2006.

Agradecimentos

Comecei a trabalhar neste romance em 2012. Sou profundamente grata às muitas comunidades de autores, acadêmicos, historiadores, arquivistas, líderes religiosos, blogueiros e amigos que reservaram um tempo para conversar comigo sobre Matemática, cavalos e charretes (Silvio Spina e seu pai), moda do final do século XIX (Lissa Fonseca e Jason Dixon) e outras questões aleatórias (Facebook, meus amigos blogueiros e seguidores no Twitter).

Por ser uma "Editor of Awesome", Lynne Missen. Você mudou tudo. Obrigada por acreditar que eu poderia fazer isso.

Para *feedback* adicional, cópias e sugestões editoriais: Shana Hayes, Brittany Lavery, Peter Phillips e Helen Smith.

Para chá, bolinhos e por ser a Rainha da Publicidade: Vikki Vansickle.

Para conexões com Montgomery que não são acidentais: Liza Morrison.

E ao restante da equipe da Penguin Random House do Canadá que trabalhou neste romance, obrigada por todos os esforços para tornar este livro o melhor possível.

Por acreditar neste projeto e apoio: Kate Macdonald Butler e Sally Keefe-Cohen.

Por contar histórias e dirigir comigo por Cavendish: Jennie e John Macneill.

Por contar as histórias e os mistérios de Park Corner: George, Maureen e Pamela Campbell.

Por contar histórias e nos permitir perambular por Ingleside: Robert Montgomery.

A toda a comunidade L. M. Montgomery e aos ilhéus por me fornecerem *insights* e informações – às vezes a qualquer momento: L. M. Montgomery Society of Ontario, L. M. Montgomery Heritage Society, L. M. Montgomery Literary Society e L. M. Montgomery Institute da University of Prince Edward Island. Também a Balaka Basu, Linda Boutilier, Rita Bode, Vanessa Brown, Mary Beth Cavert, Lesley Clement, Carolyn Strom Collins, Elizabeth DeBlois, Elizabeth Epperly, Irene Gammel, Kathy Gastle, Linda e Jack Hutton, Vappu Kannas, Yuka Kajihara, Caroline E. Jones, Benjamin Lefebvre, Jennifer Lister, Simon Lloyd, Andrea McKenzie, Tara K. Parmiter, E. Holly Pike, K. L Poe, Laura Robinson, Mary Henley Rubio, Philip Smith, Kate Sutherland, Åsa Warnqvist, Elizabeth Waterston, Kathy Wasylenky, Melanie Whitfield e Emily Woster.

Christy Woster morreu repentinamente antes da conclusão deste romance. Sua generosidade em compartilhar sua pesquisa sobre os livros escolares e hinários de Maud foi essencial para o Livro Um. Dedico essa seção a ela.

Por me dar um lugar onde ficar, viajar de carro pelo norte de Saskatchewan e encontrar Laurel Hill: Wendy Roy e Garth Cantrill.

Por reunir livros, fotos, diários e outros artefatos na Coleção L. M. Montgomery nos arquivos da Universidade de Guelph: Jan Brett, Bev Buckie, Kathryn Harvey, Melissa McAfee, Ashley Shifflett McBrayne e Darlene Wiltsie.

Por me dar pistas: os arquivistas que me ajudaram no Arquivo Público e Escritório de Registros da Ilha do Príncipe Edward, na Igreja Presbiteriana do Canadá e nos arquivos da Biblioteca do Canadá.

Por contar histórias e me guiar por Prince Albert – e pela construção de mapas: Ken Guedo.

Por me enviar fotos e documentos e verificar todos os pequenos detalhes: Prince Albert Historical Society e sua arquivista, Michelle Taylor, bem como Jamie Benson, Norman Hill e Glenda Goertzen.

Por me deixar explorar o território de Laurel Hill: Johannes e Emily Van der Laan.

Por fornecer história e o contexto do cemitério de Prince Albert: Derek Zbaraschuz.

Por me mostrar Summerside, estilo do século XIX: o arquivista/coordenador de Coleções do Centro e Arquivos de História MacNaught, Fred Horne.

À equipe do Oakwood Village Branch da Biblioteca Pública de Toronto, obrigada por rastrear todos aqueles livros e por apoiar tanto este projeto.

Aos muitos escritores, artistas e educadores indígenas canadenses e americanos que conversaram comigo, particularmente a Prince Albert Métis Women's Association, Wordcraft Circle, Indigenous Knowledge Systems Educator em Moose Jaw, Barb Frazer e Gloria Lee, uma *cree-métis* de Chitek Lake, Saskatchewan.

Por uma lição improvisada de história do final do século XIX, que me forneceu a estrutura cultural para este romance: professor Gavin Taylor, da Concordia University.

Por me fornecer uma visão sobre o presbiterianismo e crescer como cristão: Vanessa Brown, Andrea Hibrant-Raines, Julie Kraut, Andrea Lindsay, Rachel McMillan e Blake Walker.

Por explicar o órgão: Edwin Brownell, Jacob Letkemann e Mimi Mok.

Por explicar cavalos: Felicia Quon.

Muitas pessoas também leram com coragem, parcial ou totalmente, muitos rascunhos. Obrigada: Kathi Appelt, Mark Karlins e o grupo do Vermont College of Fine Arts (VCFA), que fez um *workshop* sobre as primeiras quinze páginas de um rascunho inicial; Jen Bailey, Kelly Barston, Amy Rose Capetta, Beth Dranoff, Jessica Denhart, Betsy Epperly, Peter

Langella, Benjamin Lefebvre, Meghan Matherne, Kekla Magoon, Katharine MacDonald, Rebecca Maizel, Cori McCarthy, Mary Pleiss, Tristan Poehlmann, Simon Lloyd, Ingrid Sundberg; e aqueles que participaram do retiro dos escritores da VCFA em junho de 2015: Katie Bayerl, Caroline Carlson, Mary E. Cronin, Erin Hagar, Jim Hill, Maggie Lehrman, Lori Goe Perez, Barb Roberts, Adi Rule e Nicole Valentine.

Ao corpo docente e à comunidade do programa para crianças e jovens adultos do Vermont College of Fine Arts e às vozes dentro da minha cabeça, meus orientadores: Sharon Darrow, Sarah Ellis, Mary Quattlebaum e Rita Williams-Garcia. Bem como Alan Cumyn, que viu algo em meus textos antes de mim.

E, para o resto da minha classe VCFA: Shayda Bakshi, Stephen Bramucci, Laura Cook, Rachel Cook, Heidi Landry Phelps, Winter Quisgard, Sheryl Scarborough, Jeff Schill, Heather Strickland e Ariel Woodruff. Nós sobrevivemos.

Às vivazes comunidades de autores canadenses de IBBY, CANSCAIP (e sua útil *listserv*) e TORkidLit; bem como Karleen Bradford, Stephen Geigen-Miller, Linda Granfield, Claire Humphrey, Karen Krossing, Sharon McKay, Debbie Redpath Ohi, Gillian O'Reilly, Marsha Forchuk Skrypuch, Arthur Slade, Kevin Sylvester, Frieda Wishinsky e Nicole Winters.

Por me substituir enquanto eu trabalhava no primeiro rascunho do romance: membros da equipe de produtos online da Indigo, especialmente Michael Bacal, Josh Fehrens, Michael Gallagher, Anne Lee, Meg Mathur e Eva Quan.

Por seu apoio e incentivo contínuos: o corpo docente e a administração da Escola de Artes e Ciências Liberais do Humber College, entre eles Trevor Arkell, Vera Beletzan, Eufemia Fantetti, Kelly Harness e Matthew Harris.

Por terem estado presentes no início, no meio e no fim: Sarah Cooper, Alex Gershon, Terry Gould, Holly Kent, Stephen Graham King, Caroline Nevin, Luis Latour, Alex MacFadyen, Rachel McMillan, Kate Newman, Laird Orr, James Roy, Rosemarie Schade e Tamar Spina.

Aos meus pais, por terem construído um lar que estimulava a criatividade.
Ao meu irmão, por sua bravura.
À minha avó, que me lembra de "continuar o que estou fazendo".
E para Raff, por todas as coisas.
Obrigada.